Als im HOTEL MESSMER der Tee ausging

Kristina Hortenbach, Jahrgang 1969, stammt aus Bonn, wo sie Politik, Geschichte und Germanistik studierte. Seit einem Volontariat beim SDR arbeitet sie für den SWR in Radio und Fernsehen als Promireporterin, ist jeden Freitag in der Fernsehsendung »Kaffee oder Tee« mit dem Promiklatsch der Woche zu sehen. Seit einigen Jahren schreibt sie Bücher, nach zwei fröhlichen Frauenromanen, die zwischen Berlin und dem Schwarzwald spielen, geschrieben unter dem Pseudonym Nina Bach, veröffentlichte sie eine Gartenkrimi-Reihe. In ihrer Freizeit reist und liest Kristina Hortenbach gerne und spielt seit Kurzem Golf.

Dieses Buch ist ein historischer Roman und damit ein fiktionales Werk. Geschichtliche Ereignisse sind, soweit mit der Dramaturgie vereinbar, dem historischen Quellenmaterial entnommen; zahlreiche Dialoge basieren auf überlieferten Äußerungen der dargestellten Persönlichkeiten. Mehr dazu finden Sie in der Danksagung und dem angehängten Literaturverzeichnis.

KRISTINA HORTENBACH

Als im HOTEL MESSMER der Tee ausging

ROMAN

emons:

Cäcilienstraße 48, 50667 Köln
info@emons-verlag.de
www.emons-verlag.de

Umschlaggestaltung: www.buerosued.de
Gestaltung Innenteil: DÜDE Satz und Grafik, Odenthal
Lektorat: Uta Rupprecht
Druck und Bindung: GGP Media GmbH, Pößneck
Printed in Germany 2025
ISBN 978-3-7408-2341-2
Roman
Originalausgabe

Dieser Roman wurde vermittelt durch
litmedia.agency Diana Itterheim.

Eine Frau ist wie ein Teebeutel –
du kannst erst beurteilen, wie stark sie ist,
wenn du sie ins Wasser wirfst.

Eleanor Roosevelt

1

»Ich fürchte nichts – nichts – als die Grenzen deiner Liebe.« Klara rannte so schnell die Wiese hinunter, dass ihr der lange Zopf bei jedem Schritt auf den Rücken schlug und sich der Rock um ihre Beine bauschte. Sie spürte weder den kalten Boden unter den nackten Füßen noch den Wind im Gesicht, der zu dieser frühen Abendstunde mehr vom Winter als vom beginnenden Frühling erzählte. Auch für die Knospen an den Apfelbäumen hatte Klara heute keinen Blick, so sehr war sie darauf bedacht, das Buch nicht zu verlieren, das sie unter ihrer Schürze versteckt hielt. »Kabale und Liebe«, ein Buch voll mit Sätzen, die tief in ihr Herz drangen.

Klara wusste nicht, was schlimmer wäre – wenn der Vater sie damit erwischte, diesem »unnützen Zeug«, wie er ihre Bücher nannte. Oder wenn sie Suppe und Brot nicht pünktlich auf den Tisch stellte. In seinen Augen, seiner Welt, waren Bücher nur dazu da, Klara von der Arbeit abzuhalten. Und kein Sturm, der durch den Schwarzwald fegte, keine wochenlange Trockenheit, die die Ernte verdorren ließ, kein todbringender Frost waren schlimmer als ein schlecht gelaunter Bauer. Das wusste Klara, seit sie ein kleines Mädchen war. Mürrisch und wortkarg war ihr Vater eigentlich schon immer gewesen. Aber so richtig aufbrausend wurde er, wenn er Hunger hatte. Und ihre beiden ältesten Brüder standen ihm in nichts nach.

Sie schlüpfte durch die schwere Holztür und eilte in die kleine Küche, wo ihre Füße auf den glatt gelaufenen Steinen Abdrücke hinterließen.

Die Suppe auf der Feuerstelle dampfte schon. Die Kartoffeln waren jetzt weich, aber Klara wollte noch Zwiebeln in Fett anschwitzen und mit Mehl rösten, um damit die Suppe zu binden. So mochte Vater sie am liebsten. Sie wollte ihn milde stimmen, wenn er gleich müde von der Arbeit auf dem Feld nach Hause kam. Denn nur wenn er guter Stimmung war, konnte sie ihn um etwas bitten.

Klara schnitt das Brot vom Laib, so wie sie es von ihrer Großmutter gelernt hatte. Großmama Bertha. Ein warmes Gefühl durchströmte sie, wärmer als die Suppe vor ihr auf dem Feuer. Diese kleine und doch gewaltige Frau mit den schwieligen Händen. Hände, die zeit ihres Lebens hart gearbeitet hatten. Die sie als Säugling gehalten hatten, sie als kleines Mädchen hochgehoben, auf die lange Eckbank gesetzt und ihr jeden Tag über die Wange gestreichelt hatten. Bis Bertha sich eines Tages hinlegte und nicht mehr aufstand.

Klara betrachtete die herumwirbelnden Kartoffelstücke in dem großen Kupfertopf, während sie die Zwiebel-Mehlschwitze einrührte. Als Großmama zur Sommersonnenwende vor einem Jahr gestorben war, hatte es sich für Klara angefühlt, als habe sie ihre Mutter verloren. Die Mutter, die sie nie gehabt hatte.

Sie hörte die Holztür schlagen, schwere Schritte näherten sich der Bauernstube. Klara erkannte die laute Stimme ihres ältesten Bruders Ludwig, der mit dem ein Jahr jüngeren Paul über das Vieh sprach, das sie heute zum ersten Mal wieder auf die Weide gelassen hatten. Beide wirkten unzufrieden, ein Ochse hatte den Winter nicht überlebt, und viele Zäune mussten ausgebessert werden. Ihr Vater schwieg wie so oft, nur ihr jüngster Bruder Friedrich rief laut: »Wir sind wieder da, und wir haben Hunger!«

Friedrich – ihr Lieblingsbruder und seit dem Tod der Großmutter ihr Verbündeter in diesem Männerhaushalt. Er steckte den Kopf zur Küche herein und kam ihr zu Hilfe. Gemeinsam trugen sie den schweren Topf in die Stube, wo sich nun mitten auf dem Tisch der würzige Duft der Kartoffelsuppe verbreitete. Mit der abgenutzten Kelle schöpfte Klara die Suppe in den ersten Teller und stellte ihn vor den Vater. Der hatte, wie es Sitte war, am Kopfende Platz genommen. Mit dem Rücken lehnte er am warmen Ofen, an dem nicht mehr alle Kacheln so grün glänzten wie früher. Heute sah Klara nur die abgestoßenen Ecken, die von den vielen Generationen erzählten, die in diesem Haus gelebt hatten. Gut, dass sie rechtzeitig eingeheizt hatte. Wenn es auch schon Anzeichen für den nahenden Frühling gab, so wurde es im Schwarzwald abends doch bitterkalt, wenn nicht sogar noch Schnee fiel. Klara machte sich daran, alle Teller zu füllen, bevor die Suppe kalt wurde. Mit den Mägden und Burschen auf der langen Holzbank waren sie am Esstisch wie immer eine große Gesellschaft.

Ihr Vater faltete die Hände, warf einen Blick zum Kruzifix in der Wandnische und sprach das Tischgebet: »Komm, Herr Jesus, sei unser Gast und segne, was du uns bescheret hast.« Erst als er fertig war und, die Ellbogen auf den Tisch gestützt, seinen Löffel in die Suppe senkte, fingen alle an zu essen. Klara atmete auf, die Kartoffeln waren schön sämig und nicht versalzen wie beim letzten Mal, ein Wutausbruch des Vaters blieb ihr erspart.

Sie aß schweigend, schaute nur hin und wieder über den Tisch hinweg zu ihrem Vater. Dem Mann, der ihr so vertraut sein sollte und doch so fremd war. Der von den Burschen und Mägden nur Bauer Heinrich genannt wurde. Der bei allen als streng, aber gerecht galt, wie sie es abends öfter gehört hatte, wenn die Frauen in der Mägdekammer noch leise miteinander sprachen, in der Annahme, die Tochter des Hofherrn schlafe schon längst. So wie Klara das Gehörte nie weitertrug, so schwärzten die Mägde sie nicht beim Vater an, wenn sie noch ein Buch unter dem Kopfkissen hervorzog, um im Kerzenschein ein paar Seiten zu lesen. Dann drehte sich lediglich ihre Lieblingsmagd Martha mit einem Grunzen um und murmelte: »Der Schlaf ist die größte Wohltat Gottes, also verärgere ihn mal nicht, Mädle.«

Bücher! Ihr größter Schatz in einem Leben ohne Besitz, in dem sie die Kleider ihrer Mutter auftrug. Was Klara nicht störte, sie fühlte sich ihr dadurch ein wenig näher. Genau wie durch die vielen Geschichten ihrer Großmutter. Bei der gemeinsamen Hausarbeit hatte Klara sie häufig gebeten, von ihrer Mutter zu erzählen. Solange es ging, hatte die Großmama versucht, ihrer einzigen Enkeltochter Arbeit abzunehmen, aber jetzt musste Klara den ganzen Haushalt allein bewältigen.

Klara spürte einen Fußtritt unter dem Tisch, Friedrichs Art, sie darauf aufmerksam zu machen, dass Vaters Teller leer war und dringend aufgefüllt werden musste. Frauenarbeit, für die sie zuständig war. Klara schöpfte dem Vater neue Suppe in den Teller und wartete, bis er ein paar Löffel genommen hatte und sich mit einem Seufzen an den Ofen lehnte. Dann erst setzte sie an.

»Vater, darf ich etwas fragen?«

Heinrich hob müde den Kopf. In seinem Blick erkannte sie Erschöpfung und eine tief liegende Trauer. Statt einer Antwort sah er seine Tochter nur an und wartete.

»Wäre es wohl möglich, dass ich einmal die Woche zu Fräulein Stern ginge? Sie würde mir weiter Schulstunden geben, ohne ein Entgelt zu verlangen. Ich lerne dabei auch viel über die Landarbeit. Die Wäsche werde ich natürlich trotzdem nicht vernachlässigen und –«

Weiter kam sie nicht, denn Heinrichs Fäuste ließen den Tisch erzittern, dass die Suppe aus den Tellern schwappte. Er richtete sich auf, starrte sie an und brüllte: »I hab g'sagt, Schluss mit der Schul, und dabei bleibt's. Koi Mensch muss sei Zeit mit Bücher verplempere, wenn des Vieh nix zu fresse hat und de Stub net geputzt is. Koi Mann will so a Frau.«

»Aber Vater!« Klara sprang auf, obwohl sie genau wusste, sie sollte lieber still in ihre Suppe weinen, als gegen das Familienoberhaupt aufzubegehren. Es polterte, etwas fiel zu Boden, während alle am Tisch Klara anschauten. Paul bückte sich und hob das Buch auf, das ihr aus der Schürze gefallen war.

»›Kabale und Liebe‹. Klingt aber nicht nach Landarbeit.« Der mittlere Bruder grinste, spöttisch, so empfand es Klara, und schob das Buch seinem Vater hin, quer über den langen Tisch.

Klara versuchte noch, danach zu greifen, aber vergeblich. Ihr Vater, der wohl niemals auch nur eine Seite davon lesen würde, griff sich ihren Schiller, zog die Ofentür auf und warf das Buch in die Flammen. Klara schrie auf. Doch Friedrich drückte sie zurück in die Bank und raunte ihr zu: »Mach's nicht noch schlimmer.«

Klara fühlte Tränen aufsteigen. Aber dies war nicht der Ort, um zu weinen, nicht am Tisch vor den Mägden und Burschen.

Was hatte Großmama Bertha immer zu ihr gesagt, wenn sie gemeinsam auf dem Feld die Kartoffeln aufgesammelt, die Äpfel vom Baum oder die Wäsche von der Leine geholt hatten? »Klärle, mir Frauen san stärker als all die Mannsbilder z'samme. Hier obe.« Und dabei hatte sie mit ihrem Finger an die Stirn getippt. Wäre ihre Großmutter nicht gewesen, dann hätte sie überhaupt keine Schule besuchen dürfen, dachte Klara und biss sich auf die Lippe.

»Das Zeug brauchst du eh nicht mehr«, meldete sich jetzt Ludwig zu Wort. »Der Vater hat andere Pläne für dich.« Aufmunternd sah er Heinrich an, der sich mit dem Handrücken über den Mund fuhr und seinen leeren Suppenteller von sich schob.

»Was? Was meint er, Vater?« Klara konnte ihr Temperament nicht zügeln, Angst umklammerte ihr Herz.

Heinrich blickte seine Tochter ruhig an, um dann mit nur einem einzigen Satz Klaras Leben auf den Kopf zu stellen: »Heirate wirscht.«

Und bevor sie etwas erwidern konnte, ergänzte Ludwig: »Den Ketterer Karl. Der sei Frau verlore hätt.«

»Sie ist jetzt da, wo Mama ist«, bemerkte Friedrich beschwichtigend, ehe Ludwig weitersprach.

»Der braucht ein Weib für seine drei Blagen. Und wir haben dann einen Esser weniger.«

»Aber …« Klara schnappte nach Luft, auch wenn es unklug war zu widersprechen. Als Frau, als Jüngste am Tisch. »Aber wer macht dann die ganze Arbeit hier im Haus?«

»Der Vater wird auch wieder heiraten, die Schwester vom Ketterer Karl«, verkündete Paul.

»Aber … aber ich …« Klaras Stimme versagte.

»Schluss jetzt. Die Sach isch abgemacht.« Heinrich stand auf. Erst als er mit schweren Schritten den Wohnraum verlassen hatte, sprangen auch alle anderen vom Tisch auf und eilten hinaus.

Ihr Bruder Ludwig drehte sich an der Tür noch einmal um und sah sie drohend an. Die drei Wörter, die er dabei ausspuckte, hallten in Klaras Kopf nach.

»Wage es nicht!«

2

Klara blieb stehen und blickte in der Morgendämmerung ein letztes Mal zum Hof hinab, der in der Ebene lag. Von hier oben wirkten das Bauernhaus und die Ställe so klein, als passten sie in eine Hand. Wenn der Hof ihrer Familie auch nicht der größte im Umkreis war und es Ländereien gab, die besseren Ertrag brachten, so wusste sie doch, wie viel Arbeit in jeder Ähre, in jedem Hühnerei steckte. Klara zitterte und sah ihrem dampfenden Atem hinterher. Konnte sie wirklich davon ausgehen, dass niemand mitbekam, wenn sie nicht im Bett oder im Stall war, wo sie um diese Uhrzeit hingehörte?

Sie schob die klammen Hände tief in die Taschen des grauen Wintermantels, der schon lange nicht mehr nach ihrer Mutter roch, sich für Klara aber noch immer nach einer Umarmung von ihr anfühlte. Nein, die Hofarbeit würde sie nicht vermissen: das Aufstehen vor Sonnenaufgang, um die Kühe zu melken, die Hühner zu füttern und den Ofen anzuheizen. Den ganzen Tag das Vieh hüten, Kartoffeln sammeln, den Gemüsegarten bewirtschaften, das Haus putzen und die Wäsche für eine ganze Familie samt Mägden und Burschen machen. Und erst die Ernte im Herbst! Aber das war es nicht, was Klara aus ihrer Heimat vertrieb, denn für Arbeit war sie sich nie zu schade. Und während die Männer auf den Feldern waren, fand Klara oft noch Zeit, den Geschichten aus ihren Büchern nachzuhängen oder sich ihren Träumen hinzugeben.

Nein, es war nicht die tägliche schwere Arbeit. Es war der ständige Streit mit dem Vater, der sie erst aus der Schule genommen hatte. Und der es jetzt ernst meinte mit seinem Vorhaben, sie an den nächstbesten Bauern zu verheiraten.

Klara wischte sich mit dem Ärmel über die Nase. Dem Hof ging es jedes Jahr schlechter. Das hatte sie mitbekommen aus den Gesprächen, die die Männer des Hauses unter sich führten. Und ihr Vater hatte recht, mit siebzehn Jahren war sie alt genug, um zu heiraten. Das war der Weg, der für eine junge Frau auf dem Land vorgezeichnet war: einem Bauern auf seinen Hof zu folgen, ihn gemeinsam zu bewirtschaften, wie sie es zu Hause gelernt hatte, und eine eigene Familie zu gründen.

Aber ihr Vater konnte sie doch nicht an einen alten Mann verschachern, der bereits drei Kinder hatte – und das auch noch, ohne sie zu fragen! Er behandelte sie wie eine dieser Arbeitssklavinnen im alten Ägypten, von denen ihr Fräulein Stern erzählt hatte. Klara traten Tränen in die Augen.

Heinrich hatte kein Herz. Wenn sie Großmutters Erzählungen glauben durfte, war er bitter und aufbrausend geworden, als seine Frau, die Mutter seiner Kinder, bei Klaras Geburt gestorben war. Ihre älteren Brüder waren nicht besser als er, und auch sie hatten Grund dazu: Wenn Friedrich als jüngster Sohn der Tradition entsprechend den Hof übernahm, mussten Ludwig und Paul sich Arbeit im Dorf suchen oder, wenn sie Glück hatten, in einen Bauernhof einheiraten.

Klara vermisste ihren jüngsten Bruder jetzt schon. Er würde als Einziger verstehen, warum sie gegangen war. Es konnte für sie nicht besser werden, nicht auf dem Bauernhof und überhaupt nie mehr. Klara wusste: Sie musste ihre Zukunft selbst in die Hand nehmen, wenn sie nicht wollte, dass sie auf ewig festsaß in einem Leben, das sie sich nicht ausgesucht hatte.

Ihre Finger ertasteten das Papier in ihrer Tasche. Das hatte Fräulein Stern ihr zugesteckt, als sie ein letztes Mal heimlich zu ihr gerannt war, um ihr alles zu erzählen. Ihre Lehrerin, die über die Jahre zu einer guten Freundin geworden war, hatte ihr eine Adresse aufgeschrieben. Ein Ziel, eine Hoffnung, eine Aussicht auf Verdienst und auf eine andere Zukunft. Dieses Stück Papier war für sie so wertvoll wie das kleine goldene Kreuz um ihren Hals, das Klara von der Großmutter an ihrem letzten gemeinsamen Weihnachtsfest bekommen hatte. Damals, als Großmama schon spürte, dass es zu Ende ging. Das Kreuz solle sie beschützen, hatte Bertha gesagt. Mit Gottes Segen auf all deinen Wegen.

Jetzt liefen Klara die Tränen über die Wangen. An diesem Tag führte ihr Weg fort von hier, in eine Fremde, die ihr so unergründlich und angsteinflößend erschien wie die Tiefen des Schwarzwaldes.

Ein Bellen zerriss die Stille der Dämmerung. Arcos, ihr Schäferhund! Hatte er sie bemerkt? Er würde alle im Haus wecken. Hastig zog sich Klara die Mütze tief ins Gesicht, rückte die Riemen ihres Rucksacks zurecht und holte Luft. Nach einem letzten, langen Blick auf ihr bisheriges Zuhause drehte sie sich entschlossen um und lief über das silbrige, feucht glänzende Gras einem neuen, unbekannten Leben entgegen. Ihrer Zukunft.

Klara atmete schwer, als sie ihren Zopf unter dem Mantelkragen versteckte, bevor sie dem Mann am Fahrkartenschalter die abgezählten Pfennige hinüberschob. Am Bahnhof war sie zwar erst einmal in ihrem Leben gewesen, aber im Schwarzwald kannten sich die Leute. Nicht auszudenken, was passieren würde, wenn der Bahnbeamte ihrem Vater die Nachricht zukommen ließ, seine Tochter habe in aller Herrgottsfrühe einen Zug bestiegen, mutterseelenallein! Das Herz klopfte Klara bis zum Hals, trotz der Kälte schwitzte sie. Getrieben von Angst war sie fast den ganzen Weg hierher gerannt. Angst vor dem, was vor ihr lag. Angst, eingeholt zu werden von denen, die sie zurückließ. Sie hielt den Kopf gesenkt, aber der Beamte schob ihr nur schweigend das Billett zu.

Als der Zug ruckelnd anrollte, musste Klara sich festhalten. Ihr Geld hatte nur für die vierte Klasse gereicht. Ohne Sitzplatz, ohne Dach stand sie eng gedrängt neben fremden Menschen und spürte den Fahrtwind im Gesicht. Während das Schild »Hausach« langsam in der Ferne verschwand und die Landschaft an ihr vorüberzog, schnaufte der Zug die kurvenreiche Strecke entlang, auf und ab durch den Schwarzwald.

Klara wagte erst aufzuatmen, als sie endlich in einen Bahnhof einrollten, auf dessen Schild »Station Offenburg« stand. Hier musste sie umsteigen, so hatte es ihr Fräulein Stern erklärt.

Sie kletterte aus dem Wagen, während ihr erneut Tränen in die Augen stiegen. Klara hätte nicht sagen können, ob vom Dampf der Lokomotive oder durch die Gedanken an ihre Lehrerin, ihre Vertraute, bei der ihr Geheimnis und ihre Pläne sicher waren. Sie schaute sich um.

»Warten Sie auf den Zug nach Karlsruhe, mein Fräulein?«

Ein Mann trat auf sie zu. Die dunklen Augen über dem struppigen Schnäuzer wanderten über ihren Körper. »Er wird gleich eintreffen, ich nehme denselben, Sie können mich begleiten.«

Klara wich zurück und warf einen vorsichtigen Blick auf den Mann. Der schwarze Hut auf seinem Kopf passte nicht recht zur Jacke, er erinnerte sie an die Knechte auf dem Hof, wenn sie sich für den sonntäglichen Kirchgang anzogen.

»Vielen Dank, ich komme zurecht.«

Klara umklammerte den Riemen ihres Rucksacks, als sie sah, dass der Zug bereits einfuhr, angekündigt von einer weißen Dampfwolke und dem Trillern der Pfeife des Bahnhofsvorstehers. Sie zückte ihre Fahrkarte und wartete darauf, dass der Wagen der vierten Klasse vor ihr zum Stehen kam, als ihr jemand das Billett aus den Fingern riss.

»Wer wird denn die vierte Klasse nehmen, wenn er auch in der dritten fahren kann? Das Fräulein fährt mit mir.«

Der Mann mit dem Hut hatte ihre Hand gepackt und zog sie jetzt zum Wagen der dritten Klasse. Ehe Klara begriff, wie ihr geschah, saß sie auf einer Holzbank, den fremden Mann neben sich. Sie öffnete den Mund, um zu protestieren, da wurde der Wind, der durch die Fenster hereinblies, stärker – der Zug war losgefahren.

»Ist doch viel schöner hier als hinten beim Vieh. Wie heißt du?« Der Mann hatte seinen Hut abgenommen und sah sie auffordernd von der Seite an. Er grinste. Fräulein nannte er sie nicht mehr.

»Klara«, erwiderte sie zögernd und sah sich um. Von den Mitreisenden schien niemand Notiz von ihnen zu nehmen. »Herr …«

»Nenn mich Toni. Schöne blaue Augen hast, Klara, und so langes Haar.« Er griff nach ihrem Zopf, und Klara zuckte erschrocken zurück. »Du willst doch bestimmt immer in der besseren Klasse fahren, hm?«

»Ich …«

»Ich seh's dir doch an. Arbeit suchst, kommst vom Land. Weiß deine Familie, dass du hier bist?«

Klara rückte ein Stück von ihm ab, zitternd vor Aufregung. Dann nahm sie ihren Mut zusammen und sah dem Mann ins Gesicht: »Was wollen Sie von mir?«

Er lehnte sich zurück und betrachtete Klara erneut von oben bis unten. »Ich kann dir Arbeit verschaffen. Dann musst nicht mehr in alten Säcken laufen.« Er zupfte verächtlich an Klaras Mantel. »Gute Arbeit. Für die du gutes Geld verdienst, brauchst gar nicht viel dafür tun.« Der Mann, der sich Toni nannte, rückte wieder näher an Klara heran und strich ihr über die Wange. Sie spürte seinen Atem. »Musst halt nur ein bisschen freundlicher sein und nicht so schüchtern.«

Mit einem Quietschen kam der Zug zum Stehen. Klara sprang auf, stieß dem Mann ihren Rucksack ins Gesicht und stolperte an ihm vorbei aus dem Wagen. Raus, nur raus! Hektisch sah sie nach links und rechts. Waren sie schon in Karlsruhe? Sie mischte sich unter die Leute und lief den Bahnsteig entlang.

»Hey, warte!« Der Mann mit dem schwarzen Hut, Klara hörte seine Stimme durch den Rauch. Eine Pfeife ertönte. »Eiiiiinsteigen bitte!«

Jetzt sah Klara neben sich auf dem anderen Gleis einen zweiten Zug. Ohne zu zögern, sprang sie in den letzten Wagen. Sie keuchte, während sie sich durch die Menschen kämpfte, die dicht gedrängt standen. Als sie einen Platz am Rand gefunden hatte, setzte sich der Zug auch schon in Bewegung. »Station Oos«, las sie beim langsamen Vorbeifahren auf einem Schild.

Klara versuchte, die aufkommende Panik zu unterdrücken, genau wie den Hunger, der in ihrem Magen rumorte. Sie wusste nicht, in welchem Zug sie sich befand und wohin sie unterwegs war. Die vorbeiziehende grüne Landschaft und die verstreuten Häuser konnten sie nicht trösten. Doch bevor Klara angesichts ihrer Lage in Tränen ausbrach, wurde der Zug bereits langsamer und kam schließlich in einem Bahnhof zum Stehen. »Bade-Bade, Endstation«, rief ein untersetzter Mann in fröhlichem Singsang. Seine dunkelblaue Uniform war vor lauter Orden kaum zu sehen.

Endstation, dachte Klara, als sie aus dem Wagen kletterte, besser konnte man ihre Situation wohl nicht beschreiben. Ängstlich blickte sie sich um, konnte aber den aufdringlichen Kerl nirgendwo entdecken. Sie folgte den anderen Reisenden und kam an einem Stall vorbei, aus dem sich ihr drei Pferdehintern entgegenreckten. In der Halle daneben standen Waggons, ähnlich dem, aus dem sie gerade gestiegen war.

Als die Glocke auf dem Dach läutete, rief der dicke Mann mit der blauen Kappe und der Uniform: »Oiiiisteige bidde!«

Klara betrat die Wartehalle, wo ihr zahlreiche Menschen entgegenströmten. Erschöpft ließ sie sich auf eine frei gewordene Bank fallen. Am liebsten hätte sie gleich den nächsten Zug genommen und wäre zurückgefahren, aber sie saß hier fest. Nur noch eine einzige Münze ertastete sie in ihrer Manteltasche, mit Sicherheit zu wenig für eine Fahrkarte nach Karlsruhe.

Klara nahm die Mütze ab und knöpfte den Mantel auf. In diesem merkwürdigen Ort mit dem doppelten Namen war es viel wärmer als zu Hause im Schwarzwald. Sie lockerte auch die Schnürung ihrer Stiefel. Ihre Füße brannten, so viel auf einmal war sie überhaupt noch nie in Schuhen gelaufen. Klara spürte, dass sie beobachtet wurde, und hob den Kopf. Auf der gegenüberliegenden Bank lümmelte ein junger Mann in einem schlichten grauen Anzug. Er lächelte, als sich ihre Blicke trafen.

»Sie sehen mir aus, als könnten Sie Hilfe gebrauchen.« Als der Mann seinen runden Hut abnahm und aufstand, sah Klara, dass sich darunter wilde dunkle Locken befanden. »Mein Name ist Ferdinand Vogel.«

Klara schwieg. War das wieder so ein aufdringlicher Mensch, der ihr gutes Geld anbieten wollte, angeblich, ohne dass sie viel dafür tun müsste? Er reichte ihr eine Karte, auf der sein Name stand.

»Keine Sorge, ich werbe keine Mädchen an«, sagte er, als ob er ihre Gedanken erraten hätte. »Ich bin Reporter beim hiesigen Badeblatt. Sie sind wohl zum ersten Mal in Baden-Baden?«

Klara nickte stumm.

»Wo kommen Sie her?« Er sah freundlich aus, fand Klara. Aber was wusste sie eigentlich über Männer? Von den drei Brüdern, die sie hatte, war einer ein guter Mensch. Falls die beiden anderen über Herzenswärme verfügten, konnten sie das die meiste Zeit ziemlich gut verbergen. Klara beschloss, dem hübschen jungen Mann eine Chance zu geben. Er war immerhin höflicher als dieser furchtbare Toni und auch besser gekleidet. Sie stand auf und reichte ihm die Hand.

»Klara Butterfass. Ich komme von einem Bauernhof im Kinzigtal. Können Sie mir sagen, wie ich nach Karlsruhe komme?«

»Was wollen Sie denn in Karlsruhe? Hier ist es doch viel schöner.« Der junge Herr Vogel hielt ihre Hand noch immer fest, Klara entzog sie ihm.

»Ich habe eine Adresse in Karlsruhe, wo es Arbeit gibt«, sagte sie so selbstbewusst wie möglich, auch wenn ihre Stimme piepsig klang. Mit der Hand fuhr sie in die Manteltasche, fand jedoch das Papier nicht. »Wo ist es denn nur?« Klaras Augen suchten hektisch den Boden ab.

»Na, arbeiten können Sie auch hier, kommen Sie mit.«

Ehe Klara sich wehren konnte, hatte Ferdinand Vogel sie an der Hand gepackt und zog sie aus dem Bahnhofsgebäude hinaus auf die Straße, wo aufgereiht eine Pferdekutsche hinter der anderen stand.

»Wir laufen. Ich habe eine Idee. Du kannst doch anpacken, oder?«

Klara nickte eifrig und bemühte sich, mit ihm Schritt zu

halten, ohne aus den halb offenen Stiefeln zu rutschen. »Was riecht denn hier so?«

»Ach, das ist unser Fluss, die Oos. Du kannst dir ja vorstellen, was die Menschen da so alles reinkippen.« Klara bemerkte, dass Ferdinand Vogel zum vertraulichen Du übergegangen war. »Es ist kaum zu glauben, wir schreiben das Jahr 1883, und hier stinkt es wie im Mittelalter. Ich habe darüber schon im Badeblatt geschrieben.«

Irritiert schwieg sie eine Weile. »Und das stört die Damen gar nicht?« Sie wies auf die Frauen, die in langen Kleidern, mit kleinem Hut auf dem Kopf und Glas in der Hand, vor dem Gebäude entlang der Säulen flanierten und dabei die Gesichter in die morgendliche Sonne hielten. »Warum sind hier so früh am Tage eigentlich so viele Menschen unterwegs?«

»Kurgäste. Sie holen sich in der Trinkhalle jeden Morgen ihr Heilwasser. Um es besser im Körper zu verteilen, laufen sie ständig herum. Wenn du mich fragst – die wollen alle nur eine gute Partie machen.«

»Die Leute sind wohl sehr reich.« Klara kam sich zum ersten Mal arm vor in ihrem Wintermantel mit dem abgewetzten Kragen und dem Loch in der Tasche. Das konnte zwar niemand sehen, aber sie ertastete es jedes Mal, wenn sie die kalten Finger zum Aufwärmen hineinsteckte.

»Die Reichste von allen wird bald dort drüben wohnen.« Ferdinand zeigte auf die gegenüberliegende Seite, wo ein Haus stand, so groß, wie es Klara noch nie gesehen hatte. »Hotel de l'Europe«, las sie über dem Eingang.

»Wir nennen es Europäischer Hof. Dort erwartet man die Kaiserin von Österreich. Es heißt, sie soll diesmal länger bleiben als bei ihrer ersten Stippvisite. Wahrscheinlich langweilt sie sich wieder zu Hause, am Kaiserhof in Wien.«

»Schon bald?« Klara staunte. Dass es in Österreich einen Kaiser gab, hatte sie von Fräulein Stern gehört. Aber dass seine Frau in dieser Stadt zu Besuch kommen sollte, gar nicht so weit von ihrem Bauernhof entfernt, das hatte sie ihr verschwiegen.

»Das hoffe ich doch. Ich brauche neue Geschichten für

mein Blatt. Auf die Hoheiten ist immer Verlass. Elisabeth von Österreich wird mit ihrem Gefolge das ganze Hotel belegen. Es heißt, sie bringe sogar ihre eigene Kuh mit.«

»Eine Kuh?« Klara stellte sich kurz vor, wie es wohl gewesen wäre, hätte sie ihre Lieblingskuh Elsa heute neben sich im Waggon mitgebracht. »Warum denn das?«

»Na, wegen der frischen Milch. Sisi hat angeblich ihre Lieblingskühe und behauptet, jede Milch schmecke anders.« Ferdinand grinste über das ganze Gesicht. »Auf jeden Fall nicht, um auf ihr zu reiten, falls du das geglaubt hast.«

Klara stieg die Röte in die Wangen, doch Ferdinand redete weiter: »Aber Elisabeth reist immer mit eigener Dienerschaft und bleibt sehr für sich, da hast du keine Chance auf eine Stelle. Komm, wir müssen weiter.« Er wies ihr den Weg, und sie gingen nun unter knospenden Kastanien entlang. Klara kam sich fast vor wie einer der flanierenden Kurgäste.

»Ist das noch eine Trinkhalle?« Klara wies auf ein zweites Gebäude mit Säulen an der Front, aus dem Musik herüberschallte.

»Das ist das Konversationshaus, wer Geld hat, vergnügt sich dort auf Konzerten oder Bällen. Am 1. Mai startet die Saison, dann ist dort täglich etwas los. Jeden Morgen gibt es Musik und auch jeden Abend, gleich gegenüber im Musikpavillon. Seit seinem Tod vor ein paar Wochen spielen sie besonders häufig Wagner. Kennst du den großen Komponisten? Er ist nicht bei allen in Baden-Baden beliebt, nachdem er sein großes Konzerthaus am Ende doch lieber in Bayreuth gebaut hat anstatt in unserem hübschen Städtchen.«

»Darüber schreibst du auch in deinem Badeblatt?« Klara kam sich so unwissend vor neben Ferdinand. Was wusste sie schon über das, was auf der Welt passierte?

»Na, um über Musik zu berichten, haben wir unseren großen Richard Pohl, ein Kollege. Ich bin eher der Gesellschaftsreporter, der den Adligen beim Feiern zuschaut. Zum Beispiel im Konversationshaus.« Er wies auf das große, helle Gebäude. »Aber schon um dort oben hinter den Säulen zu flanieren, müssen wir Eintritt bezahlen.« Jetzt erst nahm Klara den Zaun mit dem Kontrollhäuschen wahr. »Ich habe ein anderes Ziel, komm.« Ferdinand ging weiter.

»Unser Theater!« Sie passierten das einstöckige Gebäude, dessen hohe Türen um diese Uhrzeit noch geschlossen waren. Klaras Blick wanderte hoch zum Balkon und zu den Fenstern bis hinauf zum Giebel, wo sie Figuren entdeckte. Fragend sah sie Ferdinand an.

»Die neun Musen«, erklärte er. »Und daneben die Herren Goethe und Schiller.« Schiller! Dessen Werk ihr Vater in den Ofen geworfen hatte. Hier an diesem Palast der Kunst nahm er den Platz ein, der ihm gebührte.

Eine Menschenmenge verdeckte ihnen den Blick auf den Eingang des nächsten Hotels, das sich nur wenige Schritte entfernt befand. Eine Kutsche rollte an ihnen vorbei. »Die Maison ist nicht so nobel wie die anderen Hotels, eher wie ein Landhaus. Trotzdem steigt hier immer das deutsche Kaiserpaar ab. Ich vermute, weil es die gemütlichste Unterkunft von allen ist.«

»Kaiser Wilhelm?« Klara staunte. Von ihm hatte sie in ihrer kurzen Schulzeit gehört. Und sogar schon ein Bild gesehen, in ihrem Schulbuch. Ein Mann mit weißem Backenbart, der meistens eine Pickelhaube trug.

»Er geht manchmal an der Oos spazieren, das ist sein Kaiserwegle. Die Kaiserin zeigt sich häufiger. Wahrscheinlich stehen deshalb alle hier.« Ferdinand drängte sich mit Klara an der Hand durch die Schaulustigen nach vorne bis in die erste Reihe. Und tatsächlich trat gerade eine schwarz gekleidete alte Dame aus dem Haus, am Arm eines kräftigen, großen Mannes mit grauem Spitzbart.

»Der Kaiser!« Klara hielt sich vor Schreck die Hand vor den Mund.

»Unsinn, das ist Herr Messmer, dem gehört das Hotel.« Ferdinand lachte.

»Und das daneben ist seine Mutter?«

»Das ist Kaiserin Augusta. Unser treuester Kurgast. Sie

kommt jeweils im Frühjahr und im Herbst und bleibt stets mehrere Wochen. Nicht die einfachste Person, was ich so gehört habe.«

Der Hotelbesitzer mit den gescheitelten Haaren und dem roten Gesicht geleitete die gebrechlich wirkende Frau die wenigen Stufen hinunter zu der wartenden Kutsche. Ihr Gesicht erinnerte Klara an das ihrer Großmutter, als sie schon sehr alt gewesen war. Unter der dunklen Haube schauten streng frisierte schwarze Löckchen heraus, ihre Hand umklammerte einen Stock. Als die Frau sich zur Kutsche wandte, fiel etwas zu Boden. Alle waren so damit beschäftigt, die Kaiserin in die offene Kutsche zu bugsieren oder dabei zuzuschauen, dass es niemandem auffiel.

Klara sprang nach vorne und bückte sich. Ein Handschuh aus schwarzer Spitze. Vorsichtig hob sie ihn auf. Nicht einmal das Fell der neugeborenen Kälber fühlte sich so zart an. Sie richtete sich auf und reichte der Kaiserin den verlorenen Handschuh nach oben in die Kutsche. Die alte Dame mit der spitzen Nase und den Schatten um die Augen sah sie verdutzt an.

»Danke, mein Kind.« Sie nahm den Handschuh entgegen. »Wilhelm, würden Sie so gut sein?«

Der Hotelier, der sich schon entfernt hatte, trat heran und griff in seine Jackentasche. Stechend blaue Augen musterten Klara, bevor er ihr eine Münze reichte. Gerade als Klara danach greifen wollte, besann sie sich. Sicher, sie brauchte Geld für ihren großen Traum. Für ihr eigentliches Ziel, für das sie ihr Heimatdorf verlassen und die Reise auf sich genommen hatte. Aber ihr wurde bewusst: Diese eine Münze würde sie nicht weit bringen. In dieser Stadt der Reichen und Adligen könnte sie damit vermutlich gerade mal ein, zwei Tage überleben.

Klara schluckte, machte einen Knicks und nahm all ihren Mut zusammen.

»Vielen Dank, Majestät, vielen Dank, der Herr. Aber ich brauche keine Almosen. Ich brauche Arbeit.«

Es war still geworden. Die Menschen sahen erschrocken den Hotelbesitzer Messmer an, der fragend zur Kaiserin in der offenen Kutsche blickte. Ferdinand sprang herbei und mischte sich ein: »Sie müssen entschuldigen, Herr Messmer. Sie ist neu hier in Baden-Baden. Sie kommt vom Land und kennt sich nicht aus …«

Aber Wilhelm Messmer winkte ab, er wartete auf eine Reaktion der Kaiserin. Deren überraschte Miene unter der Haube wandelte sich zu einem spitzen Lachen, in das der alte Messmer einstimmte. Und plötzlich lachten alle um Klara herum, bis Kaiserin Augusta das Wort ergriff.

»Nun, Wilhelm, wie sieht es aus? Brauchen Sie in Ihrem Hause noch eine helfende Hand? Vielleicht könnte das Mädchen mir das Frühstück aufs Zimmer bringen? Ich hätte nichts einzuwenden gegen ein erfrischendes Lüftchen am Morgen.«

»Und ich brauche Hilfe bei den Hochzeitsvorbereitungen, Papa!«

Hinter den überrumpelten Hausherrn war eine junge Frau getreten, die wohl nur wenig älter war als Klara selbst. Sie trug ein langes Kleid in der Farbe reifer Kirschen und hatte die dunklen Haare zu einem Dutt hochgesteckt. Sie lächelte Klara freundlich an, während sie den Arm ihres Vaters ergriff. »*Mon père*, lass uns das drinnen besprechen, wir wollen Tante Augusta doch nicht aufhalten.« Sie gab dem Kutscher ein Zeichen, und der Wagen mit der Kaiserin ratterte davon.

Während sich die Menschenmenge auflöste und Wilhelm Messmer ein »Na, dann wollen wir doch mal schauen, was sie kann« in seinen Bart brummelte, wurde Klara von der jungen Frau zu der Treppe geschoben, die hinauf zum Hoteleingang führte.

»Ich heiße übrigens Augusta.«

»Wie die Kaiserin?« Klara staunte.

»Ja, sie ist meine Patentante.«

»Und ich heiße Wilhelm. Wie der Kaiser.« Herr Messmer grinste. »Und das ist meine vorlaute Tochter.« Wieder blickte er sie mit seinen blauen Augen so eindringlich an, dass sich Klara des Eindrucks nicht erwehren konnte, einen Mann vor sich zu haben, der wusste, was er wollte.

Die beiden lachten gemeinsam, wie Klara mit ihrem eigenen Vater nie gelacht hatte. Aufgeregt stieg sie hinter ihnen die Stufen zur Eingangstür hoch, die sich an einem Eck des Hauses befand. Von hier aus kam ihr das Hotel riesig vor, es schien sich in jede Richtung auszudehnen. Nach oben hin erblickte Klara Fenster bis unters Dach, und direkt über ihr lud ein großer Balkon dazu ein, das Treiben in der Stadt zu beobachten.

Die Musik aus dem nahe gelegenen Pavillon hatte aufgehört. Auch vor dem Restaurant vis-à-vis saß niemand mehr. Der ganze Platz vor dem Hotel war leer bis auf einen Mann mit rundem Hut. Er hatte ihn abgenommen und winkte ihr damit zu – Ferdinand Vogel, der junge Reporter mit den braunen Locken und dem frechen Lächeln.

Ob Klara jemals erfahren würde, wo in diesem lebendigen Baden-Baden er sie hatte hinbringen wollen? Klara griff in ihre Manteltasche und berührte seine Karte. Bevor sie im Hotel verschwand, hob sie die Hand zum Gruß und warf einen letzten Blick auf den Menschen, der heute ihr Glücksbringer gewesen war.

3

Klara betrat die Eingangshalle durch die hohe Tür, die ein junger Bursche in dunkelgrüner Uniform aufhielt. Während er seine Kappe zur Begrüßung lüpfte, grinste er, als freute er sich über Klaras Anblick. Staunend hielt sie inne. Zwei einfache runde Holztische standen rechts und links in der Halle, umringt von einem bunten Sammelsurium von Ledersesseln und Stühlen, die auf Gäste zu warten schienen. Durch die gegenüberliegenden Fenster fiel die Vormittagssonne zwischen den Vorhängen in den Raum. Klara schaute hinaus, direkt in einen Garten oder einen kleinen Park, und kam sich mit einem Mal vor wie in einer fremden Welt. Lampen wie dort an den Wänden neben den Fenstern gab es bei ihr zu Hause nicht. Und solche großen Pflanzen mit langen, spitzen Blättern, die hier die Ecken schmückten, hatte sie noch nie in ihrem Leben gesehen. Sie zuckte zurück, um nicht auf einen der gemusterten dicken und vermutlich teuren Teppiche zu treten, die die Eingangshalle trotz ihrer Größe wohnlich und gemütlich machten. Zu gern hätte sich Klara auf die gepolsterte Bank unter einem der hohen Fenster gelegt, so müde fühlte sie sich mit einem Mal.

»Jetzt bringen sich die Herrschaften die Gäste schon von der Straße mit!«

Eine ältere Frau mit weißer Schürze über einem schwarzen Kleid war aus einer Tür getreten. Klara blickte hinab auf die kleine, aber doch kräftige Gestalt, die sie neugierig musterte. Auf dem grauen Dutt saß ein weißes Häubchen, was nicht so recht zu ihrem burschikosen Gesicht passte.

»Unsere Crescenzia, *très charmante comme toujours*. Cricri, das ist kein Gast, das wird unser neues Mädchen, wenn sie sich gut anstellt.« Wilhelm Messmer lächelte milde. Die kleine Frau reichte ihm gerade bis an den Gürtel.

Er wandte sich an seine neue Angestellte. »Wir haben dich noch gar nicht gefragt, wie du heißt.«

»Klara Butterfass, aus dem Kinzigtal.«

»Na, bei dem Namen schafft sie wohl am besten in der Küche.« Der Hausdame entfuhr ein gackerndes Lachen.

»Wo auch immer wir Hilfe brauchen. Eigentlich haben wir gerade neu eingestellt, aber wer könnte der Kaiserin einen Wunsch abschlagen?«

Ein Schrei schallte durch die Eingangshalle. Und noch einer.

»Krieg mal keinen Schrecken, das ist nicht der Kaiser, der da schreit. Das ist die neue Freundin vom Chef. Der Chef hat nämlich ’nen Vogel.« Crescenzia schaute Wilhelm Messmer auffordernd an.

»Ja, das Fräulein Lora, das schreit und teilt den ganzen Tag kräftig aus wie ein richtiges Weibsstück. Komm ihr bloß nicht zu nahe!« Wilhelm Messmer klimperte mit seinem Schlüsselbund am Gürtel. »Ich sollte endlich die Weinvorräte im Keller überprüfen. Jetzt, wo wir wieder hohen Besuch haben, wollen wir nur das Beste servieren. Die Damen!« Er empfahl sich.

»Na, dann lass noch was übrig«, murmelte seine Tochter Augusta, während ihr Vater sich entfernte. »Ich muss mich jetzt umziehen, Camille holt mich gleich ab.« Sie strahlte.

»Ah, der Herr Bräutigam. Eine Schande, dass der Erstbeste dich hier wegholt, kaum dass er aus der großen, weiten Welt zurück ist. Einen Prinzen hättst verdient.«

Augusta lächelte und strich sich eine dunkle Strähne hinter das Ohr. »Ach, davon haben wir den lieben langen Tag genug im Haus. Du weißt doch, ich werde nicht weit weg sein. Nur ein Stück die Lichtentaler Allee hinunterspaziert und einmal über die Oos gehüpft. Das wirst du schaffen, Cricri.«

Die kleine Frau schnaubte verächtlich. »Hüpfen werd ich im Leben nicht mehr. Und nenn mich nicht Cricri, das darf nur dein Vater. Nach fast fünfzig Jahren krieg ich das nicht mehr raus aus dem Kerle.«

Augusta lachte auf und betrachtete ihre langjährige Angestellte – liebevoll, so empfand es Klara.

»Wie du siehst, sind wir wie eine große Familie. Und Papa hat schon recht, Crescenzia kennt sich hier aus wie keine andere, sie ist die heimliche Chefin des Hauses. Sie wird dich in alles einweisen und die Formalitäten klären.«

»Formalitäten?« Klara erschrak.

»Na komm, ich geb dir deine Arbeitskledage, dein Dienstbuch kannst später vorzeigen.«

»Dienstbuch?«

»Jetzt klingst wie unsere Lora. Na, irgendwie wirst du dich ja ausweisen können. Wir müssen auf unseren Kaiser aufpassen. Nicht dass dem Wilhelm schon wieder einer ans Leder will, weißt du?«

Die alte Frau führte Klara eine seitliche Marmortreppe hinunter. Ein Geruch nach Fleisch und Eintopf stieg ihr in die Nase und ließ ihren Magen knurren. So ruhig und kühl es in der Eingangshalle gewesen war, so lebhaft ging es hier im Keller zu. Und warm war es. Klara blickte durch die offene Tür auf ein Gewimmel aus Weißgekleideten unter einer Reihe glänzendem Kochgeschirr, das von der Decke baumelte. Dampf stieg aus großen Töpfen und erhitzte die Gesichter der Köche und Gehilfen. Einer stach hervor mit seiner kreisrunden Kochmütze.

»*Non, non, non*, mehr Butter an die Sauce! Nicht sparen, wenn wir für einen Kaiser kochen. Nur ein satter Mann ist ein zufriedener Mann. Das gilt erst recht für einen Kaiser.« Der Singsang des Kochs klang anders als der Dialekt, den Klara aus ihrer Heimat kannte. In der einen Hand hielt der Mann mit der Kochmütze und dem gezwirbelten Schnauzbart einen Löffel, mit der anderen tätschelte er seinen runden Bauch. »Und nicht vergessen: Fett macht glücklich!«

Klara musste lächeln. Das hatte ihre Großmama auch immer gesagt. Noch bis kurz vor ihrem Tod, als Bertha ihr gezeigt hatte, wie der Ziegenbraten zum Osterfest einen besseren Geschmack bekam.

»Wer lacht hier über meine Anweisungen, eh?« Verschmitzt blitzende Augen über einer sehr großen Nase schauten sie fragend an. Die Wangen des Kochs leuchteten rot.

»Unser Küchenchef! Das größte Franzosenmaul, das der

Herrgott finden konnte, um es zu uns nach Baden-Baden zu schicken.« Crescenzia musste ihren Kopf schon sehr in den Nacken legen, um dem umfangreichen Chefkoch des Hauses in die lustigen blauen Augen zu sehen. »Monsieur Imbery. Wir nennen ihn liebevoll Himbeer.« Wieder gab die alte Frau ein gackerndes Lachen von sich. »Und das hier ist unser jüngster Neuzugang.«

»Herr, äh, Him… ich meine Imbery.« Klara reichte dem Koch zögernd die Hand, unsicher, ob sie einen Knicks machen sollte. Aber den hob sie sich lieber für den Kaiser auf, sollte sie ihn jemals zu Gesicht bekommen. »Ich heiße Klara Butterfass, und ich werde hier im Haus arbeiten.«

»Soso, wirst du das. Na, du hättest sicherlich gewusst, dass an jede gute Sauce ordentlich Butter gehört, was?«

Klara nickte eifrig. »Die Kartoffelsuppe mache ich immer mit Mehlschwitze und Zwiebeln. So mag sie der Vater am liebsten.« Sie presste die Lippen aufeinander. Bloß nicht zu viel von zu Hause, von ihrer Familie erzählen. Zu groß war ihre Angst, wieder zurück auf den Hof geschickt zu werden.

»Na, wenn ich beim Kochen nicht weiterkomme, werde ich dich fragen!« Der Koch lachte breit, während Klara beschämt zu Boden blickte. Warum konnte sie nur nie den Mund halten?

»Das Mädle kommt erst mal mit mir, die Kaiserin persönlich hat sie eingestellt. Sie soll sie bedienen.« Crescenzia schob Klara aus der Küche. »Bei den Frauen ist er ein ewiger Charmeur, aber auf ihn kannst dich verlassen«, flüsterte sie ihr zu. »Nicht nur beim Essen. Wenn dir kein Mensch weiterhelfen kann – unser Himbeer hat immer einen Rat parat. Fast so gut wie der liebe Gott.«

Vor der nächsten Tür blieb Crescenzia stehen und zog einen großen Schlüssel aus der Schürzentasche. Nur wenig Licht fiel durch schmale Schächte in die kleine Kammer. Als sich Klaras Augen an das Dämmerlicht gewöhnt hatten, bemerkte sie eine Reihe von Regalen, in denen Kleidung lag, nach Farben und Größen sortiert. »Hausburschen klein« und »Hausburschen groß«, las Klara auf vergilbten Zetteln an den grünen Stapeln.

Erstaunlich flink stieg die alte Hausdame auf einen Hocker, und aus dem obersten Regal zog sie schwarze und weiße Kleidung, die sie Klara in den Arm legte. »So aufgebauscht, wie unsere Majestät immer rumläuft – da müssen auch wir immer aussehen wie aus dem Ei gepellt. So.« Sie stieg vom Hocker und reichte Klara noch ein Paar Schuhe aus dem untersten Fach. »Die sollten passen. Und jetzt zeig ich dir, wo wir Untertanen uns zur Nachtruhe betten.« Crescenzia verschloss die Kammer und führte Klara zu einem versteckten Treppenaufgang, den sie immer weiter hinaufstiegen, bis unters Dach. Dabei ächzte die kleine Frau lauter, als die Stufen knarzten.

»Der Wilhelm als Herr des Hauses hat das Herz schon auf dem rechten Fleck. Der kann keiner Fliege was zuleide tun. Als Kind hat er junge Eichhörnchen und Meisen mit nach Hause gebracht, wart's ab, bis du seinen Tierpark hinterm Haus siehst. Was war das für ein hübscher Junge, wie ein Engel! Jeden Morgen habe ich ihm die langen blonden Locken aufgewickelt!« Crescenzia lachte auf. Sie waren oben angekommen.

»Das ist meine Kemenate.« Sie deutete auf eine kleine Tür am Ende des langen Ganges. »Kriegst du, wenn du so lang im Hause bist wie ich. Und hier«, die alte Frau öffnete eine breite Tür, hinter der Klara zwei Reihen von Betten ausmachte, »schlafen die Dienstmädle. Na ja, viel Zeit wirst hier drin nicht verbringen. Das da vorn müsste frei sein.« Crescenzia zeigte auf das erste Bett in der Reihe. »Gewaschen wird sich drüben im Badekabinett.« Sie deutete auf Klaras Rucksack. »Mehr Gepäck hast nicht?«

Klara ließ den Rucksack von den Schultern rutschen und stellte ihn neben dem Bett ab. Sie schüttelte den Kopf.

»Dann kann dir auch nix gestohlen werden. Jetzt ziehst dich um, dann zeig ich dir, wie das mit dem Bedienen geht. Und was zu essen kriegst auch.«

Klara strich den Rock ihres Kleides glatt und zog noch einmal die Bänder der weißen Haube fest. Ihren dicken, langen Zopf hatte sie hochgewickelt und so ordentlich mit Nadeln festgesteckt, wie sie das sonst am Sonntag zum Kirchgang machte. In diesem Aufzug kam sie sich eher vor wie eine Adlige, die im Hotel abgestiegen war, und nicht wie ein Dienstmädchen. Kleider aus so einem festen Stoff und Schürzen mit gestärkter Spitze trugen die Frauen in ihrem Dorf höchstens an Feiertagen.

Mittags, bei einem Teller Gemüsesuppe im Bedienstetenzimmer neben der Küche, hatte Klara ein paar der anderen Angestellten kennengelernt und erfahren, dass es in diesem Monat in der Maison Messmer nur zwei Gäste gab, dafür sehr wichtige: Kaiserin Augusta und Kaiser Wilhelm. Alle anderen Menschen, die im Hotel umherliefen, waren die Dienerschaft. Von denen sie Gräfin von Brandenburg und Gräfin von Vitzthum zwar würde bedienen müssen, aber letztendlich waren die beiden Hofdamen der Kaiserin und standen damit bei Hofe in Lohn und Brot.

Klara seufzte. Es würde dauern, bis sie jede und jeden aus dem Hofstaat des Kaiserpaares erkannte und wusste, wie der- oder diejenige anzusprechen war.

»Erst die Flädlesuppe und dann Forelle. Riesling für den Kabinettssekretär, und die Hofdamen mögen am Abend am liebsten einen Krug vom Starkbier. Mach's genauso wie Marie vor dir, dann kann nix passieren. Nicht ausrutschen auf den Treppenbeschlägen. Wird schon schiefgehen, Mädle.«

Crescenzia schob Klara in die Küche, wo Koch Imbery bereits die Ausgabe des Abendessens dirigierte.

»Und wann darf ich der Kaiserin ihr Essen bringen?«

»Eins nach dem anderen. Wir haben alle klein angefangen. Wenn du dir das bei mir auch nicht vorstellen kannst.« Crescenzia kicherte. »Brauchst mich gar nicht so anzuschauen.«

Als Klara mit der großen Schöpfkelle in der Hand hinter Marie die Treppe hochstieg, begleitete sie das eigentümlich keckernde Lachen der nicht ganz so geheimen Chefin des Hauses bis in den Speisesaal.

Große Kronleuchter über weiß gedeckten Tischen verliehen dem Raum eine vornehme Erhabenheit. Vor der Tür empfing sie eine zierliche Frau, die ein grünes Taftkleid mit weißem Kragen trug. Auf der Brosche an ihrem Hals erkannte Klara das Porträt der Kaiserin. Ob das auch eine der Hofdamen war?

Marie vor ihr mit der Suppenschüssel im Arm nickte der Frau kurz zu und murmelte: »Guten Abend, Frau Messmer.«

»Tisch drei, vier und fünf werden belegt sein. Die Herrschaften kommen jeden Augenblick. Und du musst Klara sein.« Die Frau sah sie aus schmalen, dunklen Augen neugierig, aber freundlich an. Klara nickte eifrig und verbeugte sich leicht, das Suppenbesteck in den klammen Händen. »Mein Mann hat mir schon erzählt, wie du zu uns gelangt bist.«

Klara erschrak. Die elegante Frau vor ihr war die Dame des Hauses. Vielleicht fühlte sie sich überrumpelt vom Wunsch der Kaiserin, sie einzustellen? Daran war nur ihre vorlaute Art schuld.

Scham stieg in Klara auf. Gestern hatte sie noch auf dem Hof die Schweine gefüttert und im Haus den Holzboden gewischt. Wer, glaubte sie, war sie, dass sie es verdient hatte, hier für die wichtigsten Menschen des Landes in diesem feinen Hotel zu arbeiten?

Aber die Ehefrau von Wilhelm Messmer lächelte sie milde an. »Wir tun alles, damit die Majestäten sich wohlfühlen und sich während ihres Aufenthaltes in unserer Maison nicht langweilen. Sie schätzen einen normalen Umgang, aber natürlich muss der Service erstklassig sein. Und jetzt auf Position, Mädchen, da kommen schon die Hofdamen, zusammen mit dem Grafen von Oeynhausen. Sieh an, wenn der Kammerherr Zeit zum Essen findet, muss der Kaiser beschäftigt sein. Fehlt nur noch der Kabinettssekretär von dem Knesebeck. Sobald die Herrschaften sitzen, fangen wir mit der Suppe an.«

Klara hielt die Teller, in die Marie aus dem großen Topf die dampfende Suppe goss und dabei die Flädlestreifen gerecht verteilte. Zum Servieren standen zwei weitere Dienstmädchen bereit, sodass Klara vor dem Abräumen der Suppenschüssel kurz Zeit blieb, einen Blick durch den länglichen Speisesaal auf die Gäste zu werfen. Die Hofdamen trugen helle, bodenlange Kleider, wenig Schmuck und unterhielten sich angeregt. Der Mann im förmlichen Anzug, der von Frau Messmer als Kammerherr tituliert worden war, hatte sich zu den Damen gesetzt. Gerade steuerte ein weiterer Mann mit Weste unter dem Jackett und einem Monokel an der Kette den freien Tisch daneben an, unter dem Arm eine Zeitung. Ob das der Sekretär war?

»Badeblatt, das neue Badeblatt!«, schallte es in diesem Moment durch den Saal. Ein Junge mit kurzen Hosen und Kappe und einem Stapel Zeitungen auf dem Arm stand im Eingang, er schwenkte eins der Blätter über seinem Kopf. Eine der Hofdamen hob die Hand, und schon spurtete er durch den Raum. Kleingeld und Zeitung wechselten die Besitzer, dann war der Junge wieder verschwunden.

Hatte nicht Ferdinand gesagt, dass er beim Badeblatt arbeitete? War er auch hier? Klara schaute suchend zur Eingangshalle und versuchte, durch die hohen, von schweren Vorhängen umrahmten Fenster etwas zu erkennen. Aber dort draußen war nur die hereinbrechende Dunkelheit.

Nachts, als der Mond schon längst durch das Dachfenster leuchtete, lauschte Klara den ruhigen Atemzügen der anderen Dienstmädchen in den Betten neben ihr. Ihre Gedanken flogen zurück zu ihrem Hof im Kinzigtal, den sie erst heute früh verlassen hatte.

Wann war dem Vater wohl aufgefallen, dass sie nicht mehr da war? Hatte Arcos' Bellen alle geweckt? Und wer würde nun ihre Arbeit machen? Wer hatte heute das Essen bereitet, die Wäsche gemacht, sich um die Hühner und den Gemüsegarten gekümmert? Klara seufzte. Sie war sich sicher, dass alle sie verfluchten, aber sie hoffte, der Ärger würde wieder vergehen. Doch wie hatte der Vater reagiert, als ihm klar geworden war, dass seine Tochter nicht im Stall, nicht im Haus, nicht auf den Weiden und noch nicht einmal bei Fräulein Stern war?

Frauen liefen nicht einfach weg vom Hof, sie machten ihre Arbeit und beklagten sich nicht. Eine jede erfüllte die Rolle, die für sie vorgesehen war. So, wie es der liebe Gott bestimmt hatte. Und der Vater.

Klara presste eine Faust gegen die Lippen. Jetzt bloß nicht weinen. Sonst dachten die anderen Mädchen, dass sie Heimweh hatte und der neuen Aufgabe hier in der Stadt nicht gewachsen war. Doch sie vermisste das Fell der Tiere unter den Händen auf ihrer abendlichen Runde durch den Stall. Arcos' treuen Blick, wenn er Futter erwartete. Friedrichs lautes Lachen über einen ihrer Witze.

Ihren jüngsten Bruder hätte Klara gerne bei sich gehabt, um alles, was sie heute gesehen und erlebt hatte, mit ihm zu besprechen. Aber Friedrich war weit weg. Er würde sie sicherlich verteidigen gegen die schlechten Reden der anderen Brüder und des Vaters. Aber er konnte ihr nicht helfen. Ob der Vater schon jemanden losgeschickt hatte, um sie zu suchen?

Klara wälzte sich auf die andere Seite, der Mond machte sie unruhig und ließ ihre Gedanken herumwirbeln. Sie wusste ja genau, was ein Eheversprechen auf dem Land bedeutete. Es ging um die Ehre, um das Ansehen von Person und Hof und der ganzen Familie, über Generationen hinweg. Damit ging es auch um das Geschäft, den Fortbestand des Familienbesitzes, der Ländereien, ihrer aller Existenz. Das und nicht weniger hatte sie mit ihrer Flucht aufs Spiel gesetzt.

Klara krallte ihre Hände in das Laken, unter dem sie lag. Sie wusste genau, ihre Familie würde nicht einfach akzeptieren, dass sie weggelaufen war, sie würde nach ihr suchen, früher oder später. Klara musste Vorkehrungen treffen, sie brauchte Verbündete in diesem Haus. Aber wem konnte sie vertrauen?

Klaras Hand fuhr unter ihr dünnes Kopfkissen, tastete nach Ferdinands Karte. »Ferdinand Vogel«, stand dort in geschwungenen Buchstaben, »Reporter beim Badeblatt«. Die Begegnung mit ihm – es kam ihr vor, als wären seitdem Tage verstrichen und nicht bloß Stunden, so viel hatte sie heute erlebt. Ob er morgen noch an sie dachte? Könnte er ihr ein Freund in der Fremde sein?

Nein, sie durfte von niemandem Hilfe erwarten, sich auf

niemanden verlassen, schon gar nicht auf Männer. Das hatte ihr nicht zuletzt das Erlebnis heute früh im Zug gezeigt. Aber dieser Ferdinand Vogel war freundlich zu ihr gewesen, dank ihm hatte sie jetzt ein Bett, in dem sie die Nacht verbringen konnte, und ein sehr großes Dach über dem Kopf. Und sie hatte eine Arbeitsstelle. Für den ersten Tag in Freiheit war das schon sehr viel, beruhigte sich Klara.

Sie war doch frei? Würde sie hier genauso viel Geld verdienen wie in der Fabrik, zu der Fräulein Stern sie geschickt hatte und bei der sie nie angekommen war? Und woher bekam sie das geforderte Dienstbuch, von dem Crescenzia gesprochen hatte? Durfte sie überhaupt ohne die Zustimmung ihres Vaters in der Fremde arbeiten? Zu viele Fragen schwirrten durch ihren Kopf.

Aber bevor Klara auch nur einer gründlicher nachgehen konnte, war sie bereits eingeschlafen.

4

»Beeil dich, unser Dienst fängt an. Wir müssen unten sein, bevor die Hoheiten erwachen.« Während die Worte in ihr Ohr drangen, rüttelte jemand an ihrer Schulter. Klara fuhr hoch.

»Auf, auf, zieh dich an.« Marie stand vor ihr, das Dienstmädchen vom Abendessen gestern, bereits fertig angezogen. In der Hand hielt sie Klaras Dienstkleid. »Waschen muss ausfallen, wenn du keinen Ärger mit Crescenzia bekommen willst.«

Klara sah sich um. Die Betten waren alle leer, bis auf ihres. Sie sprang auf, murmelte ein: »Danke, Marie«, und tauschte ihr einfaches weißes Nachthemd gegen das schwarze Kleid mit Schürze und Haube vom Vortag. Sie schlüpfte in die Schuhe und schnürte sie, so schnell sie konnte. Dann wickelte sie ihren langen Zopf hoch, steckte ihn fest und lief hinter Marie her, die schmale Holztreppe hinunter bis zur Küche. Schon von Weitem hörte Klara das Klappern von Töpfen und Pfannen, Tassen und Tellern, und ihre Nase machte gebratene Eier und Kaffee aus. Ihr knurrte der Magen.

»*Mon dieu*, was für ein Schlamassel. Was mache ich denn jetzt?« Das war Himbeer, und er klang aufgebracht. »Ich habe gedacht, wir hätten noch eine Dose von der letzten Lieferung in der Vorratskammer, aber da ist nichts mehr. Die Kaiserin wird wütend sein, ich werde entlassen! Was soll ich nur tun? Ich bin mit meiner Weisheit am Ende.« Koch Himbeer stand in der Küche, eine Teedose in den Händen.

»Na, das bist du doch schon lange.« Crescenzia nahm ihm die Dose aus der Hand. »Schau mal, da ist noch a bissle drin. Na komm, das kannst noch drei Mal aufgießen. Hoheit ist eh viel zu nervös.«

»Ja, aber danach? Jeden Morgen will Madame Augusta zum Frühstück ihren Tee. Trinkt ihn wie die Mutter ihrer Schwiegertochter Vicky, mit fünf Tröpfchen Milch. Was die große

Victoria von England macht, kann nicht falsch sein. Unsere Kaiserin wird nicht verzichten wollen auf ihre Teestunde.«

»Dann kaufen wir eben neuen Tee.« Crescenzia stellte eine Tasse Kaffee und einen Teller mit einer Scheibe Brot vor Klara auf den Tisch, die sich an die lange Bank für Bedienstete gesetzt hatte.

»*Mais oui*, das dachte ich auch. Aber jetzt sagt mir ihre Hofdame, Majestät will nur ihren Hankow-Tee.«

»Den der Zar ihr persönlich aus St. Petersburg schicken lässt, seit Jahren. Ich kenn das Päckle.« Crescenzia nickte wissend.

Klara lauschte dem Gespräch, während sie auf die Schnelle frühstückte. Neugierig probierte sie das hellbraune Getränk. Auf ihrem Hof gab es am Morgen immer nur einen Kaffeebrei, aber der war viel dunkler.

»Der nette Alexander mit der hohen Stirn«, fuhr Crescenzia fort, »der die Verlobte von seinem Bruder hat heiraten müssen. Hat er damals dem Nikolai auf seinem Sterbebett versprochen, viel zu jung ist der von uns gegangen. Was für eine traurige Geschichte. Aber sie ist gut ausgegangen, ist eine glückliche Ehe geworden.« Sie begann, ein silbernes Tablett zu polieren. »So ein Zar hat's auch nicht leicht.«

»Aber er schickt keinen Tee mehr. Oder der Tee kommt einfach nicht an. Seit Monaten nicht.« Der Koch ließ sich ratlos auf die lange Bank sinken, wo Klara noch einen großen Schluck vom Kaffee nahm. Wie gut der schmeckte!

»Aber wir sind doch nicht im Krieg!«

»Ich weiß nicht, woran es liegt. Vielleicht ist er verloren gegangen auf dem langen Weg. Wie dem auch sei, es ist vorbei. Ich brühe jetzt den letzten Rest Hankow-Tee auf, und morgen gebe ich meine Entlassungspapiere ab.«

»Papperlapapp!« Crescenzia baute sich mit verschränkten Armen vor Himbeer auf. Womit sie in etwa genauso groß war wie der vor ihr sitzende Koch. »Wir servieren ab morgen einfach einen anderen Tee, wahrscheinlich fällt es der Kaiserin gar nicht auf.«

»Also gut.« Der Koch seufzte und schaute gequält. »Versuchen wir es mit einem Souchong-Tee, und dann beten wir.«

Klara staunte. Sie verstand gar nicht, warum die Kaiserin auf einem bestimmten Tee bestand. Ihre Großmutter hatte ihr, wenn ihr unwohl war, Kamillentee aus den getrockneten Blüten gemacht. Aber der hatte so furchtbar geschmeckt, dass Klara danach beschlossen hatte, in Zukunft unter gar keinen Umständen krank zu werden, um keinen Tee mehr trinken zu müssen. Was bis heute funktioniert hatte. Wegen so etwas wurde doch niemand wütend oder entlassen.

»Aber jetzt muss ich erst mal das Mittagessen für die Hoheiten vorbereiten, *mon dieu*.«

Ein schrilles Klingeln, das Klara zusammenfahren ließ, beendete das Gespräch.

Der Koch und das älteste Dienstmädchen im Haus schauten auf eine große Holztafel an der Wand, wo eins von vielen Glöckchen gebimmelt hatte. »Das Kammerfräulein!« Crescenzia sprang auf. »Jetzt aber los, die Kaiserin wartet auf ihren Tee. Und der Kaiser auf seinen Kaffee. Mädle, verdirb es jetzt nicht. Und bloß nichts verschütten.« Sie reichte Klara das polierte Tablett mit einer silbernen Kanne darauf.

Monsieur Imbery seufzte und gab zwei Löffel Tee aus der Dose hinein, bevor er mit heißem Wasser auffüllte. »Bis du oben bist, müsste der Tee fertig sein.« Er drehte eine kleine Sanduhr um und stellte sie neben die Teekanne. »Und das Wichtigste nicht vergessen …« Er griff nach einem silbernen Kännchen. »Frische Milch, heute früh gemolken. Meist gießt sie sich selbst davon in den Tee. *Very british.*«

Klara versuchte, sich alles zu merken, und wurde nervös. So viel konnte sie falsch machen in dieser für sie fremden Welt. Sie atmete tief ein und aus. Was hatte Großmama Bertha immer gesagt, wenn eine unangenehme Prüfung, ein unliebsamer Besuch oder eine ungewisse Situation bevorstand? »Egal, was passiert, heut Abend geht die Sonne unter und morgen früh wieder auf.« Ja, das Leben würde irgendwie weitergehen, aber wenn sie nicht aufpasste, waren ihre Tage in diesem Haus schneller vorbei, als die Kaiserin eine Tasse Tee getrunken hatte.

Klara schritt die Treppen hoch, so schnell wie nötig, um den Anschluss an Marie nicht zu verlieren, die Toast, Marmelade, Eier und Wildpastete für das kaiserliche Frühstück vor sich hertrug. Und so langsam wie möglich, um weder Kanne noch Sanduhr auf ihrem Tablett umstürzen zu lassen. Crescenzia hatte auch noch eine schmale silberne Vase mit einer einzelnen duftenden Rose dazugestellt – eine rosafarbene, die den Namen »La France« trug, aus dem Garten der Maison, hatte sie gesagt. Klara roch den Duft und fühlte sich selbst königlich – so eine edle Blume hatten sie zu Hause auf dem Land nicht. Hausherr Wilhelm Messmer hatte sie, wie Crescenzia betonte, heute früh selbst geschnitten, nachdem er die Tiere gefüttert hatte. Klara schämte sich, hatte sie sich doch vorgenommen, sich morgens selbst um die Tiere zu kümmern, um dem Besitzer des Hotels zu gefallen. Aber sie hatte verschlafen. Gleich an ihrem ersten richtigen Arbeitstag.

Sie gingen durch einen langen Flur, ein dunkelroter Läufer dämpfte ihre Schritte. Nach einigen Metern blieb Marie vor der ersten großen Holztür stehen und stellte ihr Tablett auf einem Wägelchen im Flur ab. Sie deutete auf einen Knauf in der Wand. »Sonst reichen wir das Essen durch diese Luke hinein. Damit die Hoheiten ihre Ruhe haben«, flüsterte sie. »Aber dann steht sie normalerweise offen. Wie es aussieht, wollen sie heute von uns persönlich bedient werden.« Sie klopfte an die Tür und nahm ihr Tablett wieder auf.

Innerhalb von Sekunden wurde ihnen von einem Dienstmädchen geöffnet, das Klara noch nicht kannte. Das Mädchen trug Rock und kurze Jacke und kam ihr viel schicker vor als sie selbst in ihrem schweren dunklen Kleid. Das musste eine der persönlichen Zofen der Kaiserin aus Berlin sein.

»Ist das die Neue? Lass sie eintreten!«

Die Tür öffnete sich weit, und Klara betrat hinter Marie einen Salon, den sie sich größer vorgestellt hatte. In der Mitte des Raums hing ein schwerer Kronleuchter über einem runden Tisch. Die Decke darauf war makellos sauber und edel mit einer weißen Spitzenbordüre. Licht drang durch die bodentiefen Fenster, umrahmt von schweren Vorhängen, die von Kordeln zusammengehalten wurden. Von draußen war durch die geschlossenen Fenster Musik zu vernehmen. Überall im Raum standen Stühle und kleine Tischchen; wo Platz an den Wänden war, hingen Porträts von Menschen, die Klara nicht kannte, und Landschaften mit röhrenden Hirschen und Bilder von Engeln, die betende Kinder segneten.

Klaras Füße sanken tief in den gemusterten dicken Teppich, als sie Marie zum Tisch folgte. Dort saß Augusta in einem hochgeschlossenen Kleid in der Farbe der Rose auf dem Tablett. Am liebsten hätte Klara ihre Finger über den Ärmel gleiten lassen, so zart wirkte es. Aber sie musste sich darauf konzentrieren, das Tablett auf den Tisch zu stellen und dann mit einem besonderen Knicks, den ihr Crescenzia gezeigt hatte, die Kaiserin zu begrüßen.

»Guten Morgen, Hoheit!« Klara ging leicht in die Knie und schielte auf die Sanduhr, die gerade ablief. Während Marie Geschirr und das Essen auf den Tisch stellte, begann Klara, den Tee langsam aus der Kanne durch ein Sieb in eine der zarten Porzellantassen zu gießen. Ihre Hände schwitzten. Wie war das mit der Milch? Unsicher stellte sie das Kännchen neben die Tasse. Durfte sie die Kaiserin ansprechen? Vieles hatte Crescenzia ihr eingeschärft, aber Klara konnte sich an nichts davon erinnern.

Sie blickte in Kaiserin Augustas spitzes, hell geschminktes Gesicht. Mit den schwarzen Augen über der langen Nase und den tiefroten Lippen wirkte sie furchteinflößend. Aber ihre Stimme war sanft.

»Nun, mein Kind, wie ist es dir ergangen? Konntest du dich schon nützlich machen in diesem Haus? Du wirst es schnell bemerken – es ist ein ganz besonderes Heim mit ganz besonderen Menschen.«

Klara nickte eifrig. »Ja, Majestät, ich danke Ihnen für diese

Chance, ich wurde sehr gut aufgenommen. Soll ich Ihnen Milch in den Tee geben? Ich müsste nur wissen, wie viele Tropfen. Ich habe so einen dunklen Tee noch nie getrunken …« Sie stockte. Schon wieder ging ihr Mundwerk mit ihr durch, sie musste sich endlich merken: Ihr unbedeutendes kleines Leben interessierte eine Kaiserin mit Sicherheit überhaupt nicht.

»Dann wird es aber höchste Zeit. Ob ich morgen leben werde, weiß ich freilich nicht. Aber dass ich, wenn ich morgen noch lebe, Tee trinken werde, weiß ich gewiss. Das hat einmal ein kluger Mensch gesagt, weißt du, wer?« Augusta goss sich einen Schuss Milch in den Tee und nahm einen Schluck. Ließ sie dabei aber nicht aus den Augen.

Klara wurde rot. Fräulein Stern hatte über die Boston Tea Party gesprochen, aber nie über Tee als Getränk. Auch in keinem ihrer Bücher wurde er erwähnt. Sie schaute hilfesuchend zu Marie, die sich mit ihrem leeren Tablett an die Wand neben der Tür gestellt hatte, während Klara noch immer vor dem Tisch der Kaiserin stand. Aber Marie zuckte nur leicht mit den Schultern.

»Vielleicht waren Sie es selbst, Majestät?« Klara wagte, die Kaiserin anzusehen. Die dunklen Schatten unter ihren Augen und die fahle Haut passten nicht zu den pechschwarzen, aufgetürmten Haaren, durch die sich eine feine Perlenschnur zog, dachte Klara. Wie alt mochte Augusta sein? Aber so etwas fragte man nicht. Die Kaiserin brach in Lachen aus.

»Du traust mir einiges zu. Aber nein, das war der Dichter Lessing. Hast du schon einmal von ihm gehört?«

»Aber ja!« Klara strahlte. Das hatte sie tatsächlich. »Ich habe ›Minna von Barnhelm‹ gelesen und ›Emilia Galotti‹. Meine Lehrerin Fräulein Stern gab mir die Bücher, ich habe sie geliebt.«

»Soso, dann war dein Fräulein Stern wohl eine gute Lehrerin.«

»Die beste!«

»Ich hatte auch einen guten Lehrer, den Dichter Johann Wolfgang von Goethe. Er hat mir vieles beigebracht, als er an unserem Hof in Weimar ein und aus ging.« Augusta nahm sich eine Scheibe Toast und bestrich sie dünn mit Butter.

»Goethe war bei Ihnen zu Hause?«, rief Klara aufgeregt. Die Kaiserin lächelte.

»Er hat auch unser Hoftheater geleitet, als ich ein Kind war. Und in seinem romantischen Gartenhäuschen hat er geschrieben. Er saß am zweiten Band des ›Faust‹, als ich fortgegangen bin und geheiratet habe.« Mit einem sehr kleinen Silberlöffel gab Augusta einen Klecks Zwetschgenmarmelade aus einem kristallenen Glasgefäß auf ihren Toast. »Hast du ihn auch gelesen?«

Klara schüttelte den Kopf. »Leider nicht, Hoheit.« Sie schielte zu Marie, die ungeduldig auf ihren Füßen wippte. Crescenzia und Himbeer würden sich wundern, wo sie so lange blieben.

»Vielleicht können wir das einmal gemeinsam tun.«

»Was wollt ihr gemeinsam tun?« Eine weitere Tür hatte sich geöffnet, und ein großer Mann im einfachen dunklen Anzug stand im Raum. Die Haare, die ihm auf dem Kopf fehlten, bildeten seitlich einen Backenbart, zu dem sich unter einer gewaltigen Nase ein weißer Schnauzbart gesellte. Je näher er kam, desto älter wirkte er. Als er sich an den Tisch setzte, erschrak Klara. Sie kannte diesen Mann aus ihrem Geschichtsbuch. Das war Kaiser Wilhelm, der Ehemann von Kaiserin Augusta. Wenn er auch auf den Bildern eine Uniform mit vielen Abzeichen getragen hatte, so gab es doch keinen Zweifel.

Klara senkte den Blick und knickste schleunigst vor dem Kaiser, der ihr auch wegen seines hohen Alters Respekt einflößte. »Ich … ich lasse die Herrschaften jetzt allein. Sie möchten frühstücken, in Ruhe. Und der Tee, der Tee, der wird kalt.«

Klara ging rückwärts, wobei sie sich ununterbrochen verneigte. Als sie an einen Sessel stieß, änderte sie die Richtung und wollte auf Marie zulaufen. Aber die war längst wieder am Esstisch und goss dem Kaiser Kaffee ein. »Und … und einen wunderschönen guten Morgen, Herr Kaiser, ich meine,

Majestät«, rief Klara noch, bevor sie voreilig die Tür öffnete. Sie vernahm ein tiefes Lachen hinter sich.

»Einen Augenblick, mein Fräulein.«

Klara drehte sich vorsichtig um. Sie befahl ihrem Herzen, jetzt bloß nicht davonzurennen.

»Eine Frage habe ich noch, wenn Sie erlauben.« Der Kaiser lächelte hinter seinem Bart und sah nicht unfreundlich aus. »Wer erfreut uns schon zu so früher Stunde, besser, als Lora es je könnte?« Wilhelm schaute sie erwartungsvoll an. Klara öffnete den Mund und schloss ihn wieder. Sie brachte keinen Ton heraus.

»Wie ist dein Name, mein Kind?«

»Klara«, stieß sie hervor. »Klara Butterfass. Ich komme aus dem Kinzigtal, und ich werde etwas aus meinem Leben machen.« Panisch packte sie die Türklinke, zog die schwere Tür auf und lief auf den dunklen Flur hinaus. In ihrem Kopf herrschte die Gewissheit, ihre große Hoffnung auf ein neues, besseres Leben gerade zunichtegemacht zu haben. Hinter sich hörte sie das gemeinsame Lachen des alten Kaiserpaares.

5

»Sie haben gelacht?« Crescenzia sah Klara mit durchdringendem Blick an. Sie stand auf einem Hocker in einem Vorratsraum, der Klara größer vorkam als die ganze Küche, und war deshalb das erste Mal mit ihr auf Augenhöhe. Klara nickte.

»Aber ja«, bestätigte Marie, »so habe ich die Kaiserin noch nie lachen gehört. Und schon gar nicht beide Hoheiten zusammen. Ich denke, sie haben sie ausgelacht.« Erschrocken sah Klara das Mädchen an, das sie heute früh noch gerade rechtzeitig geweckt und ihr geholfen hatte. Warum machte Marie sie jetzt schlecht?

Crescenzia runzelte die Stirn. »Was hast angestellt?«

»Nichts … gar nichts. Ich … ich habe nur ihre Fragen beantwortet. Und ihr Lachen war ehrlich.« Den letzten Satz hatte sie zu Marie hin gesagt, aber das Mädchen starrte teilnahmslos in die Regale.

»Na gut, wenn mir Klagen zu Ohren kommen, weiß ich ja, wo ich die Schuldige suchen muss. Bis dahin freue ich mich, dass in der oberen Etage endlich einmal Heiterkeit herrscht. Ein ewiges Trauerspiel ist das mit den Majestäten. Das kommt davon, wenn man jemanden heiratet, für den das Herz nicht schlägt.«

Klara nickte. Dieses Gefühl hatte sie kennengelernt, als der Vater ihr den Ehemann bestimmt hatte. Was der Ketterer Karl wohl dazu sagte, dass seine Braut weggelaufen war? Ob er es schon wusste?

Wenn die Kaiserin und sie auch Stand, Jahrzehnte und Welten trennten, darin schienen sie sich zu ähneln – ihnen beiden wurde vorgeschrieben, wen sie zu heiraten hatten, mit wem sie leben und Kinder zur Welt bringen sollten. Klara bekam eine Gänsehaut. Niemals hätte sie den älteren Bauern vom Nachbarhof heiraten können, niemals. Dass auch Adlige unter erzwungenen Verbindungen litten, darüber hatte sie nie nachgedacht.

»Die Kaiserin mag den Kaiser nicht? Aber warum denn? Er sieht doch recht …«

»Gemütlich aus? Ein wahres Wunder bei den vielen Anschlägen auf sein Leben. Der Kaiser ist die Ruhe selbst. Keine Spur von Angst mit seinen stolzen sechsundachtzig Jahren. Dagegen sind die Kaiserin und ich junge Hüpferle.« Crescenzia gackerte los. Und seufzte dann. »Der Wilhelm durfte seine große Liebe nicht heiraten. Das macht unglücklich. Und Augusta konnte sich ins Zeug legen, wie sie wollte, an die polnische Prinzessin kam das arme Ding nie ran.«

Sie ließ sich von den Mädchen vom Hocker helfen. »Und dann wurde die Prinzessin auch noch so früh dahingerafft. An seinem Sommerschlösschen hat Wilhelm weiße und rote Rosen pflanzen lassen. Weiße für die Prinzessin und rote für unsere Augusta, heißt es. Aber jetzt genug geschwätzt. Hier ist auch nichts, wir müssen der Wahrheit ins Antlitz blicken: Der russische Tee ist aus. Muss es unser Himbeer eben mit dem chinesischen versuchen.« Die Mädchen folgten ihr aus der Kammer. »Wir haben anderes zu tun. Marie, du hilfst beim Silberpolieren, und Klara schicken wir ins Städtle.«

»Aber ich könnte doch …«, setzte Marie an. Dem Mädchen war anzusehen, dass sie mit der zugeteilten Arbeit nicht glücklich war. Aber Crescenzia ließ nicht mit sich reden.

»Die Neue muss wissen, wo es was zu besorgen gibt. Wir brauchen neues Bier für unsere durstigen Hofdamen«, wandte sie sich an Klara, »die saufen mehr als jedes Brauereipferd. Das holst beim Haug in der Gernsbacher Straße. Dann kannst auch gleich dein Dienstbuch abzeichnen lassen.«

»Mein …«, stammelte Klara und schnappte nach Luft.

»Na, des Heftle mit deinen Personalien und den Zeugnissen drin. Und wenn du noch keins hast, dann besorgen wir dir eins beim Schreibwaren Arnold. Das ziehen wir aber vom Lohn ab. Ich schick dir den Florian mit, der zeigt dir alles und kann dir tragen helfen. Ehe der noch seinem Namen alle Ehre macht.«

»Florian? Der Blühende?« In ihren wenigen Schuljahren hatte Klara nur ein paar Worte Latein gehört.

»Davon träumt er wohl.« Crescenzia stieß ihr meckerndes Lachen aus. »Hier heißt er nur der faule Teufel!«

Florian hatte breit gegrinst, als er vom Auftrag erfuhr, und gerne seinen angestammten Platz an der Eingangstür verlassen. Dort gingen ohnehin keine neuen Gäste ein und aus, solange das Kaiserpaar die Maison bewohnte. Fröhlich sprang er die Stufen vom Eingang hinunter, Klara hatte Mühe, ihm zu folgen.

»Sag, müssen wir uns so beeilen?«, rief sie hinter ihrem Kollegen her. Sie schaute sich um – die runden Tische der vornehmen Gaststätte auf der anderen Seite des Platzes waren schon weiß eingedeckt. Dort würden am Mittag die ersten Besucher sitzen und bei Salm aus dem Rhein und einem Glas Affentaler den Walzern von Strauss lauschen, die im Musikpavillon gegenüber gespielt wurden. Das hatte sie aus den Gesprächen der anderen Dienstmädchen aufgeschnappt. Die, wie es klang, gerne selbst vor dem nahe gelegenen Konversationshaus flaniert wären, um eine gute Partie zu finden.

Aber das hatte Crescenzia ihr gleich ausgeredet. Dienstmädchen wie sie durften nur auf den unteren Spazierwegen die Kinder und Hunde der Herrschaften ausführen. Weiter oben, im ehrwürdigen Säulengang des weißen Konversationshauses, kostete es Eintritt, wie sie schon von Ferdinand wusste. Vermutlich mehr, als sie an einem Tag verdiente.

Mit einem »So, jetzt kann uns niemand mehr sehen«, verlangsamte Florian plötzlich seine Schritte und spazierte in aller Ruhe wie ein Kurgast über den Platz, auf dem zu dieser Uhrzeit schon einige Menschen flanierten. Es fehlte nur noch, dass Florian sich bei ihr eingehängt hätte, als wären sie ein vornehmes Paar. Aber Klara hatte anderes im Kopf. Sie blickte sich vorsichtig um, sah jedoch niemanden, den sie kannte. Niemanden, der nach ihr suchte. Woher sollte ihre Familie auch wissen, wo sie sich befand?, beruhigte sie sich. Und selbst wenn ihr Vater Fräulein Stern aufsuchen und aushorchen würde – ihre ehemalige Lehrerin konnte nur vermuten, dass sie in einer Karlsruher Fabrik untergekommen war.

»Bist nicht freiwillig hier, was?« Florian hatte ihre Blicke bemerkt. Die Hände hatte er tief in den Taschen seiner Portiersuniform vergraben. Persönliche Gespräche mit jungen Frauen schien er nicht gewohnt zu sein.

Klara nickte vorsichtig, unentschieden, was sie ihrem Kollegen erzählen durfte und was nicht. Sie kannte ihn noch nicht lange genug. Daher schwieg sie und genoss für einen Augenblick die noch kühle Morgenluft, während sie den Musikpavillon hinter sich ließen. Ihr Weg führte weiter entlang des eisernen Gitters, mit dem der gesamte Platz mitsamt dem Kurgarten und auch die Kolonnaden unter den Kastanienbäumen eingezäunt waren. Durch die Gitterstäbe konnte Klara die Hüte, Zigarren, Elfenbeinfiguren und Schmuckstücke betrachten, die in den Läden ausgestellt waren.

Sie kamen an einer stattlichen Villa vorbei, im Besitz der Familie Hamilton, wie Florian erklärte. Bald eröffnete sich ihnen ein großer Platz, wo sie ein Herrscher auf seiner Säule grüßte. »Das ist der Großherzog Leopold«, verkündete Florian und lächelte stolz, als spräche er von seinem Onkel.

Am Hotel Victoria bogen sie in eine weitere Straße ein. Florian blieb stehen. »Ich werde in der Gernsbacher Straße das Bier holen, darum musst du dich nicht kümmern. In der Nähe findest du auch das Kolonialwarengeschäft von Eduard Messmer, das ist der Bruder des Dienstherrn. Dort wirst du häufig einkaufen müssen, also merke es dir. Und da drüben«, er wies auf ein Eckgeschäft, »ist der Laden für Schreibwaren und Papier, wo du dein Dienstbuch bekommst.« Er drückte ihr ein Geldstück in die Hand. »Danach treffen wir uns wieder hier.« Florian zwinkerte ihr zu und verschwand in dem Strom von Dienstmädchen und -jungen, die in diesen Vormittagsstunden ihre Besorgungen machten.

Klara betrat den Schreibwarenladen, und ein stechender Geruch drang ihr in die Nase. In Holzregalen stapelte sich Papier in unterschiedlicher Größe. Pinsel, dicke und dünne, warteten in Gläsern auf Maler, die verstanden, damit umzugehen und Kunstwerke zu erschaffen, wie sie auch in der Maison Messmer hingen. Die dazu nötige Farbe wurde in Metalltuben, Tiegeln und Gläschen in einem großen Wandregal daneben angeboten, von dort schien auch der penetrante Geruch auszugehen.

Klara trat auf den Verkäufer hinter dem Tresen zu. »Ich benötige ein Dienstbuch.«

»Sehr wohl, mein Fräulein.« Der Mann, der einen weißen Kittel über dem Anzug trug, zog ein graues Heft aus dem Regal hinter sich. Mit einem Blick auf ihre fragende Miene schlug er es auf und erklärte: »Hier schreiben Sie Ihren Namen hinein und Ihren Heimatort. Und Ihr Alter.«

»Mein Alter?« Klara überlegte hektisch. Mit siebzehn war sie noch lange nicht volljährig. Außerdem benötigte sie sicherlich eine Bestätigung ihres Vaters, dass er sie zum Arbeiten schickte. Eine Bestätigung, die sie nicht hatte. Wie konnte sie nur so naiv gewesen sein, zu glauben, dass sich dieses Problem schon irgendwie lösen würde?

»Richtig, mein Fräulein. Und dann gehen Sie damit zur Polizei und lassen sich als Dienstmagd registrieren.« Der Verkäufer lächelte sie milde an.

»Zur Polizei?«

»Keine Sorge, das ist nur eine Formalität. Macht fünfzig Pfennige.« Er wickelte das Heft in ein dünnes Papier und reichte es ihr. »Und nicht verlieren! Das passiert schon mal, wenn die Zeugnisse der Herrschaften nicht so ausfallen wie gewünscht. Aber darauf steht eine Strafe oder sogar Gefängnis.«

Mit klammen Fingern schob Klara das Geld über das Holz. In ihr breitete sich ein Gefühl aus, als besiegele sie mit dem Kauf dieses unscheinbaren Büchleins ihr eigenes Schicksal. Dass ihre Flucht an solchen Formalitäten, wie sie der Verkäufer genannt hatte, scheitern könnte, hatte sie verdrängt. Schneller, als sie erwartet hatte, würde sie auffliegen. Eilig griff sie nach dem Päckchen und verließ den Laden.

Von Florian war weit und breit nichts zu sehen. Klara blickte hinein in die Lange Straße, die, gesäumt von weiteren bunten Geschäften, vor ihr lag. Ein Friseur, ein Zigarettenhersteller, sogar eine Korsettmacherin namens Luise Bongert hatten hier ihre Läden. Aber was war das? Vor einem der Häuser stand ein großes Schiff aus Pappe. War das etwa …? Neugierig näherte sich Klara, um herauszufinden, was das Pappschiff ankündigte. »Nach Amerika«, las sie in großen Buchstaben und auf dem Schild darunter: »Agentur für Auswanderung, Hauptvertretung der großen Dampfschifffahrtsgesellschaft in Bremen, Hamburg, Antwerpen, Le Havre und Amsterdam«.

Klaras Herz machte einen Hüpfer. Amerika, das Land der grenzenlosen Freiheit. Seitdem Fräulein Stern in der Schule davon erzählt hatte, trug sie diesen Traum, diese Sehnsucht in sich. Ihre Lehrerin hatte sie in Klaras Augen erkannt, aber sie hatten nie darüber gesprochen, niemand wusste davon. Tief in ihrem Innersten war Klara überzeugt: Eines Tages würde sie frei sein. Frei, ihr Leben so zu gestalten, wie es ihr gefiel. Und wo es ihr gefiel. Sie würde es schaffen, wenn sie fleißig genug war, wenn sie sich gut anstellte und ihren Verdienst sparte. Dann würde auch sie irgendwann die Freiheit spüren, von der sie bisher nur in Büchern gelesen hatte. In einem anderen Land, in dem sie fern der Fesseln ihrer Familie etwas aus ihrem Leben machen konnte. Vielleicht sogar im fernen Amerika. Schon wollte sie nach dem Werbeblatt greifen, das ihr ein Junge entgegenstreckte, da ertönte eine Stimme, die sie kannte.

»Du willst Baden-Baden doch nicht schon wieder verlassen?«

Klara fuhr herum. Ferdinand! Der junge Reporter lüftete seinen runden grauen Hut und lächelte sie an. »Ich wäre vorsichtig, sie versprechen viel bei diesen Agenturen und halten wenig. Am Ende stehst du in Antwerpen, bist deine Ersparnisse los, und dein Schiff gibt es gar nicht.«

»Nein, ich …« Klara fühlte sich ertappt, als habe Ferdinand in ihr Herz geschaut. »Ich bin doch gerade erst hier angekommen.«

»Wie gefällt es dir denn in der Maison? Hast du dich ein wenig eingelebt?«

»Sie sind alle sehr nett zu mir. Danke, dass du mich dorthin geführt hast. Ich hätte sonst wirklich nicht gewusst …«

»Das gehört doch zu meinen liebsten Aufgaben.«

»Fremde Mädchen durch die Stadt zu geleiten?« Klara erwiderte Ferdinands Grinsen. Da war etwas an diesem jungen Mann, das sie mutig machte und zum Widerspruch reizte und sei es nur, um ihn noch einmal lächeln zu sehen. Schnell schob sie hinterher: »Sicherlich hast du zu arbeiten, ich halte dich auf.«

»Ach, eigentlich …«

»Hier steckst du und plauderst! Und ich suche dich im ganzen Städtle, dass das Bier schon schal wird.« Florian war aufgetaucht, in beiden Armen riesengroße Krüge. Er warf Ferdinand einen kurzen Blick zu und wandte sich dann wieder an Klara. »Hast dein Dienstbuch?« Klara nickte eifrig.

»Na, dann komm, bevor das Bier so warm wird wie Himbeers Gemüsebrühe. Noch eine Rüge von Crescenzia kann ich mir nicht leisten.«

»Ich helfe dir tragen!« Klara wollte Florian mit den Bierhumpen bereits folgen, da drehte sie sich noch einmal zu Ferdinand um und erkundigte sich: »Das mit dem Schiff, das es gar nicht gibt, das hast du dir doch ausgedacht, oder?«

Aber der junge Reporter schüttelte den Kopf und rief: »Das erzähle ich dir beim nächsten Mal!«

6

Klara drängte sich durch einen Pulk Schaulustiger, die den abfahrenden Kaiser hochleben ließen, und stieg hinter Florian die Stufen zur Maison hinauf. Drinnen empfing sie eine angenehme Kühle und Stille. Fast andächtig lief sie über die großen Teppiche und stellte sich für einen Moment vor, nicht die Treppe hinunter zur Küche zu nehmen, sondern die nach oben, wo ein eigenes Zimmer mit einem großen Bett und sich bauschenden Vorhängen auf sie wartete.

»Wir Dienstboten nehmen den Dienstboteneingang, drum heißt er so. Wenigstens du solltest das wissen, Florian, ab in den Keller mit dem Bier.«

Crescenzia war aus einem der Aufenthaltsräume gekommen, die Klara noch nicht zu Gesicht bekommen hatte, und scheuchte den Hausburschen die Treppe hinunter. »Und dir zeig ich jetzt, wo dein Eingang ist. Sonst glauben die Leut, dass bei uns schon das Gesinde wohnt.«

»Das mache ich!« Augusta Messmer war aus einer Seitentür getreten, heute in einem dunkelblauen Kleid aus festem Stoff, dessen Oberteil geknöpft war und das am Rock Falten warf. Es war nicht so elegant wie die feine Abendgarderobe der Hofdamen oder Augustas dunkelrotes Kleid vom Vortag, aber Klara musste zugeben, dass es ihr ebenfalls gut stand und ihre dunklen, streng zum Dutt frisierten Haare vorteilhaft zur Geltung brachte. Augusta war kaum älter als sie selbst, aber sie kam ihr so viel selbstbewusster und vornehmer vor. Aber natürlich war Augusta Messmer in einem Hotel aufgewachsen, in dem der Adel der Welt ein und aus ging. Wenn nicht gleich das Kaiserpaar hier logierte.

»Das mache ich!«

Die grelle Stimme kam aus dem großen Vogelkäfig, den Augusta in der Hand hielt. Ein Vogel saß darin, fast so groß wie einer der Adler, die häufig über dem Schwarzwald kreis ten, aber so bunt und farbenfroh wie Blumen im Sommer. Er schaute sie mit zur Seite gelegtem Kopf an.

»Schlawiner!«, rief er jetzt aus seinem großen, krummen Schnabel.

»Lora kennst du ja schon«, sagte Augusta lachend. »Onkel Eduard hat sie uns von einer seiner Einkaufsreisen aus Südamerika mitgebracht.«

»Wenn dieses Tier nicht die Gäste beleidigt, dann hackt es dir die Augen aus. Pass auf deine Fingerle auf.« Crescenzia starrte den bunten Papagei so wütend an, als hätte sie ihn am liebsten von der Stange geworfen. »Aber was soll man machen, wenn die Kaiserin das Vieh abgöttisch liebt.«

»Ich bringe gerade den Käfig zum Reinemachen. Begleite mich, dann siehst du gleich, wie das geht. Ich habe gehört, dass du dich morgens gerne um unsere Tiere kümmern würdest.«

»Holzkopf, Holzkopf.«

»Na, geht schon!« Wohlwollen sprach aus Crescenzias Worten, sie musste ihre Familie sehr lieben, dachte Klara, wenn sie hier auch arbeitete.

Augusta führte Klara durch eine weitere Halle, die sie noch nicht gesehen hatte, vorbei an vielen Stühlen, die um die unterschiedlichsten Tische standen. Unter Rundbögen an der Wand präsentierten sich Pflanzen auf hohen Sockeln, und der glatte Boden glänzte wie frisch gebohnert. Ihr Blick fiel auf ein Klavier.

»Wird hier drin musiziert?«, platzte Klara heraus.

»Das kann vorkommen. Wir haben in diesem Raum schon so manches Fest gefeiert. Du solltest meinen Vater sehen, wenn er spielt und singt – dabei kann er gar keine Noten lesen.« Augusta lächelte ihr zu. »Aber erzähl das nicht weiter. Papa hält große Stücke auf seine Unterhaltungskünste! Am liebsten deklariert er Schillers Balladen.«

Sie verließen die Halle, bogen in einen langen Gang ab und erreichten eine Tür. »Hier ist der Dienstboteneingang. Schau, du kommst an der hinteren Ecke der Maison heraus.« Augusta hatte die Tür geöffnet, und Klara erkannte die kleine Straße wieder, über die eine Kutsche ratterte. »Und hier«, sie folgten dem Gang weiter bis zum Ende, »geht es in den Garten.«

Klara trat aus der Tür und stand in einer anderen Welt. In der Mitte dieser grünen Oase plätscherte ein Springbrunnen, zwischen knospenden Büschen lud eine Bank zum Verweilen ein. Auf der Sitzfläche hatte es sich eine weiße Katze gemütlich gemacht. Ein Gartenhäuschen verschwand fast völlig hinter einer riesigen Tanne. Was hätte sie darum gegeben, wenn sie an heißen Nachmittagen in ihrem Schatten sitzen und ein Buch lesen könnte, dachte Klara voller Sehnsucht. Aber sie war zum Arbeiten hier, sie musste Geld verdienen. Augusta stellte den Vogelkäfig auf die Bank.

»Warum ist da ein Loch in der Tür zum Garten?«

»Das ist der Ein- und Ausgang für unsere Hunde und Katzen.« Die Tochter des Chefs führte ihr vor, wie die Klappe funktionierte. »Hat sich Papa einfallen lassen. Wir sind eine sehr tierliebe Familie. Komm, ich zeig dir, wer alles dazugehört.«

Augusta ging weiter in den Garten hinein. An einem kleinen Teich hockten Enten und Gänse, ein Storch kam auf sie zu. »Der kann nicht mehr fliegen, wir haben ihn auf den Feldern aufgelesen und mitgebracht. Er heißt Bertie, wie der englische Prinz. Wenn der in der Stadt ist, stolziert er auch so herum. Du wirst ihn bestimmt noch sehen.« Augusta kicherte und strich dem Tier über den Flügel, während Klara vor dem langen roten Schnabel zurückschreckte. »Und da drüben, da sind unsere Hühner in ihrem Stall. Dort kannst du morgens frische Eier holen.«

Klara staunte. So viele Tiere – das war ja fast wie bei ihr zu Hause auf dem Hof. »Und die vertragen sich alle?«, fragte sie, als die weiße Katze von der Bank sprang und ihr um die Beine strich.

»Bisher ja. Wer Ärger macht, der wird gegessen, sagt Papa immer, aber das darfst du nicht so ernst nehmen. Dafür liebt er seine tierische Familie viel zu sehr. Wenn du ihn einmal suchen solltest, sitzt er wahrscheinlich hier draußen und redet mit den

Gänsen.« Augusta bückte sich und streichelte die dicke weiße Katze. »So, Franzl, und du verrätst mir jetzt, wo deine Sisi ist? Es müsste doch bald so weit sein.«

»Sisi? Die Kaiserin? Ist sie schon in Baden-Baden?«, rief Klara überrascht aus.

»Aber nein«, lachte Augusta. »Sisi ist die Frau vom Franzl, in unserem Falle die Frau von diesem hübschen Kater.«

»So einen Franzl haben wir auch auf unserem Hof.« Klara bückte sich ebenfalls, um das Tier zu streicheln, das sich an ihre Hand schmiegte. »Wegen der Mäuse.«

»Leider kann ich Sisi nicht mehr finden. Sie ist trächtig und müsste bald ihre Jungen werfen. Ich mache mir Sorgen, dass sie unter die Kutschräder gekommen sein könnte oder ausgebüxt ist, mir würde das Herz brechen. Sie ist völlig schwarz, da sieht man sie in dunklen Ecken nicht so gut. Sisi ist mein kleiner Liebling, der mir abends immer die Füße wärmt! Aber ich muss mich gerade um so viel anderes kümmern als um eine Katze.«

»Die Hochzeit!« Klara hielt sich erschrocken die Hand vor den Mund. Sie wollte nicht neugierig oder vorlaut erscheinen, schließlich war sie nur das Dienstmädchen. Wenn Augusta auch äußerst freundlich zu ihr war.

Ein Fluchen unterbrach ihre Unterhaltung. Ein blond gelockter Bursche war rückwärts aus der Tür getreten und zog einen Blumenkübel mit einer der großen Palmen aus der Eingangshalle hinter sich her. »Da ist er ja! Fritz!« Der Angesprochene drehte sich um und wischte sich den Schweiß von der Stirn. »Wenn du mit den Kübeln fertig bist, machst du bitte Loras Käfig sauber und trägst sie zurück?« Leise, an Klara gewandt, flüsterte Augusta: »Ich glaube, er mag keine Pflanzen. Ich weiß nicht, warum wir ihn als Gärtner angestellt haben.«

»Schlawiner!«

»Da hat Lora mal ausnahmsweise recht. Am besten lässt du dir von Fritz zeigen, wie man den Käfig sauber macht. Ich muss los, meine Schwester Helene suchen, sie wollte mich morgen unbedingt begleiten.« Sie flüsterte ihre letzten Worte: »Zur Anprobe meines Hochzeitskleides. Vielleicht nehmen wir dich ja auch mit, Klara. Falls das Kleid passt, könntest du es für mich nach Hause tragen!«

Klara erhob sich und nickte eifrig. Sie wollte alles tun, was von ihr verlangt wurde. Hauptsache, sie behielt ihre Stelle. Hier in der Maison fühlte sie sich sicher vor ihrer Familie, falls ihre Brüder sie in Baden-Baden tatsächlich aufstöberten.

Nachdem Augusta wieder im Haus verschwunden war, ging Klara zu Fritz. »Was machst du da?«

Der Gärtnersjunge sah sie mit hochrotem Kopf an. »Crescenzia glaubt, es wird heute regnen. Weil sie ihr Hühnerauge spürt. Dann stellen wir immer das Grünzeug raus, damit es frisch bleibt und wir nicht gießen müssen. Aber wie es aussieht«, er blickte nach oben, »ist kein Wölkchen am Himmel. Ich muss sie selbst absprühen, ich armer Wicht.«

»Holzkopf!«, krähte Lora.

Klara lachte. »Wenn du mir zeigst, wo ich frischen Sand herbekomme, mache ich schon mal den Käfig von diesem Klatschmaul da sauber, was hältst du davon?«

Fritz grinste über das ganze Gesicht. »Das ist eine hervorragende Idee, Klara aus dem Schwarzwald. Dahinten im Schuppen ist ein Sack mit Sand, den alten kannst du unter die große Tanne schütten. Natürlicher Dünger, sagt Herr Messmer. Hauptsache, das Vieh fliegt nicht weg, sonst macht uns der Chef einen Kopf kürzer. Wenn sich das auch manch einer wünscht.«

Klara ließ offen, ob Fritz damit den Vogel meinte oder den Kopf, und eilte zum Schuppen hinten im Garten. Die Tür war nur angelehnt, drinnen war es dunkel. Durch das wenige Licht in den Ritzen erkannte sie einige Bretter an der Wand, Harke, Schaufeln und anderes Werkzeug für den Garten, einen Eimer, auf dem »Futter« stand. Beinahe wäre sie über einen dicken Sack gestolpert. Da war er ja, der Sand.

Bevor Klara danach griff, lauschte sie in die Dunkelheit. Ihre Katzen zu Hause im Schwarzwald hätten so ein Versteck geliebt, um ihre Jungen zur Welt zu bringen. Aber im Schuppen blieb es still.

Sie schleppte den Sack zum Papagei, der ihr neugierig dabei zusah, wie sie vorsichtig die Käfighaube samt Vogel auf der Stange anhob und den Boden wegzog, bevor sie den Käfig wieder abstellte. Lora wackelte von einem Bein aufs andere, ließ sich aber ansonsten nicht stören. Mit einem Mal spürte Klara einen Wasserstrahl auf sich niedergehen, mit einem Schrei fuhr sie hoch. Fritz stand hinter ihr und hielt ihr die große Blechgießkanne über den Kopf.

»Jetzt hat's doch noch Regen gegeben«, rief er triumphierend und lachte laut über seinen üblen Scherz.

Lora in ihrem Gefängnis schlug vor Schreck wild mit den Flügeln. Als sich Klara die feuchten Strähnen aus dem Gesicht schob, sah sie gerade noch, dass der Käfig umzustürzen drohte. Instinktiv griff sie nach dem riesengroßen Vogelbauer und presste ihren Bauch gegen die offene Unterseite, damit der Vogel nicht entwischen konnte. Lora schrie und wirbelte noch immer hinter den Stäben herum. Klara spürte ihren Schnabel schmerzhaft am Arm, der die Gitterstäbe umfasst hielt, wollte aber nicht loslassen.

Fritz war still geworden. Mit der Gießkanne in der Hand stand er neben ihr und starrte erschrocken auf den Käfig.

»Jetzt stell endlich die verdammte Gießkanne hin und hilf mir!«, rief Klara. »Wir müssen versuchen, den Käfig wieder aufzurichten. Aber Vorsicht, Lora darf nicht entwischen!«

Fritz tat wie befohlen, Klara bemerkte, dass ihm die Hände zitterten. Er sah sich im Geiste wohl bereits auf Crescenzias Schafott. Als der Käfig wieder stand und verschlossen war, ließ sie sich erleichtert neben Fritz auf den Boden sinken. »Das ist ja gerade noch mal gut gegangen.«

»Es … es tut mir leid«, stotterte Fritz und sah schüchtern auf Klaras Hände, auf denen rote Male verrieten, wo Lora nach ihr gehackt hatte. Aus ihren Haaren tropfte das Wasser. »Ich hätte das nicht machen sollen. Manchmal geht es mit mir durch. Du wirst doch nichts verraten?«

Klara schüttelte den Kopf und rappelte sich auf. »Du hilfst mir jetzt dabei, alles sauber zu machen und neuen Sand aufzufüllen, und dann bringen wir den Vogel wieder rein. Nicht dass er uns vor Schreck noch tot von der Stange fällt.«

»Und … und deine Sachen? Sie sind ganz nass …«

»Sagen wir eben, es hat doch noch einen Schauer gegeben. Crescenzias Hühneraugen werden uns recht geben.« Sie lächelte Fritz an. Was würde es bringen, ihn anzuschwärzen? Sie taten beide gut daran, nicht negativ aufzufallen und stattdessen ihre Arbeit gewissenhaft zu erledigen. Und Scherze wie diesen war sie von ihren drei Brüdern gewohnt.

Sie betastete ihre Frisur. Nur um ihre nassen Haare würde sie sich kümmern müssen, sonst dauerte es ewig, bis sie trocken waren.

»Versprochen?« Er hielt ihr seine dreckige Hand hin. Klara schlug ein.

»Versprochen! Und jetzt Beeilung. Wir reinigen den Käfig, du bringst den Kübel und den Vogel zurück ins Haus, und ich schlüpfe in etwas Trockenes. Sonst heißt es noch, wir sitzen hier draußen nur herum und tratschen.«

Als sie wenig später in ihre Kammer eilte, hatte Klara keinen Blick für das Haus. Denn sonst hätte sie gesehen, wie sich eine Gardine bewegte, oben am Fenster im ersten Stock. Und vielleicht auch den Schatten dahinter.

7

Mit geübten Griffen löste Klara ihren langen Zopf. Ihre Haare waren schwer vor Nässe; sie nach oben zu halten, war so anstrengend, dass ihr die Arme zitterten. Mit jeder Klammer, die sie aus der Flechtfrisur zog, sank ihre Stimmung ein bisschen mehr. Sie konnte schlecht die Hoheiten bedienen, wenn es aus ihren Haaren in die Teetassen tropfte. Auch ihr Dienstkleid war klamm und feucht. Sie zog es aus, ohne Ersatz zu haben. Trotz der ganzen Misere konnte sie Fritz nicht so richtig böse sein, er war noch ein halbes Kind und hatte nur einen Spaß machen wollen. Einen Spaß allerdings, der sie die Stellung kosten könnte.

»Hier steckst du, Crescenzia sucht dich.« Eins der Mädchen stand in der Tür. »Was ist denn mit dir passiert?«

»Nur ein unfreiwilliger Regenschauer, aber ich muss meine Haare trocken bekommen. Warum habe ich sie mir auch so lang wachsen lassen?«

»Moment!« Schon war das Mädchen wieder weg.

Oh Gott. Hatte sie zu viel gesagt? Würde ihre Arbeitskollegin sie bei Crescenzia und den Herrschaften verraten? Klara fröstelte in ihrem Unterkleid. Doch schon war das Mädchen wieder da und reichte ihr zwei Handtücher. »Meins kannst du auch benutzen. Und wegen des Kleides mach dir keine Sorgen, ich habe eine Idee.«

Klara spürte, wie ihr Tränen in die Augen stiegen. Ein wohliges Gefühl von Dankbarkeit und Wärme verdrängte die Anspannung in ihr. »Danke.« Ihre Stimme klang, als hätte sie eine schwere Erkältung hinter sich. Sie sah dem Mädchen in die hellen blauen Augen. Die Haare trug sie ähnlich hochgesteckt wie sie selbst, nur waren sie blond und nicht so lang.

»Ich heiße übrigens Sofie.« Das Mädchen lächelte und half ihr, die Haare mit den Handtüchern zu trocknen.

»Ich bin Klara. Und ich will nicht, dass du wegen mir deine

Arbeit verpasst und Ärger bekommst, Sofie. Es reicht, wenn ich in Ungnade falle.«

Aber Sofie lief zu ihrem Bett und zog einen Koffer darunter hervor. Sie reichte Klara daraus ein neues, trockenes Dienstkleid. »Das müsste dir passen. Gib es mir einfach zurück, wenn du es nicht mehr brauchst. Und wenn du dich hier ein paar Minuten in die Sonne setzt«, sie öffnete das Fenster am Ende der Dienstbotenkammer und stellte einen Holzstuhl darunter, »dann trocknen sie am schnellsten. Was für dickes Haar du hast!«

»Das wird ewig dauern. So kann ich die Majestäten nicht bedienen. Crescenzia wird mich hinauswerfen, und ich kann es ihr nicht verübeln.« Mit einem tiefen Seufzer war Klara in Sofies trockenes Dienstkleid gestiegen und setzte sich mit ihrer Bürste ans offene Fenster in die Sonne.

»Kümmere du dich um deine Haare, ich kümmere mich um Crescenzia.« Mit diesen Worten und einem aufmunternden Lächeln verschwand Sofie.

Klara schickte ihr ein Stoßgebet hinterher, bürstete sich die feuchten Haare und ließ einen Gedanken zu: Warum schnitt sie nicht hier und jetzt ihre Haare ab? Sie liebte ihr langes Haar, das ihr bis auf die Hüfte fiel, nie war es ihr lästig gewesen, es zu waschen und zu frisieren. Es gehörte zu ihr und ihrem Leben, seit sie denken konnte. Aber wie der heutige Tag zeigte, war es vielleicht an der Zeit, einen alten Zopf abzuschneiden, um für neue Aufgaben, für ein neues Leben bereit zu sein. Sie würde eine Schere suchen und sich mit einem Schnitt befreien, beschloss Klara, als sie eine zarte Stimme hörte.

»Bist du ein Engel?« Ein kleines Mädchen, das Klara noch nicht in der Maison gesehen hatte, war ins Schlafzimmer der Dienstmädchen gekommen. In der Hand trug es ein Buch. Staunend streckte das Kind seine Hand nach ihr aus.

»Ich bin Klara, und wer bist du?« Für einen Moment vergaß Klara ihre Sorgen und nahm aus dem Händchen des Kindes das Buch entgegen. Mit ihren Locken und den hellen Augen erinnerte die Kleine sie an den Hotelchef Wilhelm Messmer. Ob sie eine Schwester von Augusta war? Aber hatte die Tochter des Hauses nicht davon gesprochen, sie würde mit ihrer Schwester das Brautkleid abholen? Dafür war das Kind eindeutig noch zu jung. Wie wenig sie über die Familie ihres Arbeitgebers wusste!

»Mädi!«, krähte das Kind und hob die Ärmchen, es wollte von Klara hochgenommen werden. Klara las den Buchtitel: »›Russische Geschichten und Märchen‹, möchtest du, dass ich dir vorlese?«

Das Mädchen nickte eifrig. Klara blickte unschlüssig zum Eingang und zog die Kleine dann auf ihren Schoß. Ein warmes Gefühl und Erinnerungen an die eigene Kindheit durchströmten sie. Wie gerne hätte sie eine jüngere Schwester gehabt! Das Mädchen griff nach ihren Haaren und lachte, als Klara »Aua!« rief und eine Grimasse schnitt. Sie schlug das Buch auf und zeigte dem Kind das erste Bild von einer weiten Landschaft.

»Hier bist du! Du solltest doch im Garten bleiben, Mädi!«

Erschrocken fuhr Klara zusammen. Im Raum stand ein weiteres Mädchen, mehr schon eine junge Frau, die Augusta Messmer ebenfalls ähnlich sah.

»Du musst Helene sein«, begrüßte Klara sie, woraufhin die Angesprochene eifrig nickte.

»Ja, und ich muss ständig auf sie aufpassen.« Sie deutete auf das Kind, das sich auf Klaras Schoß wohlzufühlen schien und sich an ihr festklammerte, als ihre Schwester sie mit einem »Na, komm jetzt« locken wollte.

»Das kann ich gerne übernehmen, solange ich hier herumsitzen muss«, schlug Klara vor und hielt Mädi mit wippenden Beinen bei Stimmung.

»Das würdest du tun? Dann kann ich weiter mit den Tieren spielen.« Sie drehte sich um und lief einer eleganten Dame in die Arme, die in der Tür erschienen war. Luise Messmer, die Dame des Hauses.

»Ihr wisst, dass ihr hier oben nichts zu suchen habt, nicht wahr?« Die Worte der Frau waren streng, aber aus ihrer

Stimme hörte Klara auch Zärtlichkeit. »Nun kommt, ihr beiden, lassen wir das neue Mädchen in Ruhe.«

»Aber *maman*«, quengelte Helene, »sie möchte gerne auf Mädi aufpassen, dann kann ich endlich anderes tun. Bitte, darf ich?«

»Ah, Klara.« Die Dame trat auf sie zu und reichte ihr die Hand. »Wir haben uns schon kurz kennengelernt. Was für wunderschöne Haare du hast!«

Klara erschrak. Wilhelm Messmers Ehefrau persönlich hatte sie beim Müßiggang erwischt, während Stockwerke tiefer längst das Mittagessen serviert werden musste. »Ich, ähm, es tut mir so leid, aber es gab ein Unglück im Garten, und ich kann doch nicht mit nassen Haaren ...« Sie spürte, wie ihr die Stimme versagte. Ein Wort dieser Frau, und sie fand sich draußen auf der Straße wieder. Nur dank des Zuspruchs der Kaiserin hatte sie diese Stelle antreten dürfen, aber noch war keine Woche vergangen, und sie hatte bereits verschlafen, die Majestäten lachten über sie, und jetzt saß sie mit offenen Haaren in der Sonne, ein Buch in der Hand. Was sollte die Hausherrin nur von ihr denken?

»Ich habe es schon gehört. Mit Fritz sind uns keine fünf Minuten Ruhe vergönnt. Dich trifft keine Schuld. Sieh einfach zu, dass du so schnell wie möglich zurück an die Arbeit kommst.« Sie wollte ihre Jüngste greifen, doch das Kind drückte sich an Klara. »Könnte ich unsere Wilhelma wirklich in deiner Obhut lassen? Das würde sehr helfen.«

Klara wäre aufgesprungen, hätte sich das Mädchen nicht an ihr festgeklammert. »Ja, natürlich, sehr gerne. Ich werde ihr etwas vorlesen und mit ihr spielen. Dann flechten wir meine Haare, und ich bringe sie wieder hinunter. Vielen, vielen Dank, Frau Messmer.«

Am liebsten wäre Klara auf die Knie gefallen, aber mit einem stummen Nicken hatte ihre Arbeitgeberin, die Mutter von Augusta, Helene und Wilhelma, die Dachbodenkammer schon wieder verlassen.

8

Nach einem tiefen, traumlosen Schlaf war Klara noch vor Sonnenaufgang aus dem Bett gekrochen und in ihre Dienstkleidung geschlüpft, die längst wieder trocken war. Sie bemühte sich, leise zu sein, aber von den anderen Mädchen rührte sich noch keine. Heute wollte Klara alles gutmachen, was gestern schiefgegangen war. Sie musste es sich immer wieder sagen: Sie wurde nicht fürs Reden bezahlt, sondern für die Arbeit. Und wenn sie schon versprochen hatte, sich um die Tiere zu kümmern, dann sollte sie das auch endlich tun.

Klara schlich die Treppe hinunter, aus der Küche drangen Geklapper und Stimmen. Himbeer und seine Küchenmägde waren schon dabei, das Frühstück für die Majestäten vorzubereiten.

Den Weg in den Garten fand Klara schnell. Der Platz um die Bank unter der großen Tanne, wo sie gestern versucht hatten, die Vogelvoliere zu säubern, lag im sanften Licht der aufgehenden Sonne, was der Szenerie etwas Romantisches verlieh. Tief atmete Klara die noch kühle Luft ein, die sie entfernt an ihre Heimat erinnerte. Sie roch den Duft der frühen Rosen und, als sie ihre Hand über die Reihe der Kräuter an der Häuserwand gleiten ließ, auch einen Hauch von Petersilie und Schnittlauch. Aus dem Hühnerstall war nur ein leises Gurren zu hören.

Klara öffnete die Tür und sah in verwunderte Hühneraugen. Beherzt fuhr sie unter die weichen Federn der Tiere und langte nach den Eiern, die sie in ihrer Schürze sammelte – so, wie sie es viele Jahre lang auf dem Hof gemacht hatte. Als der Hahn auf dem Dach lautstark den Tag begrüßte, zuckte sie kurz zusammen. Jetzt war es vorbei mit der besinnlichen Ruhe.

Klara schloss die Stalltür und eilte weiter zum Schuppen, wo sie gestern einen Futtereimer entdeckt hatte. Die Körner würden den Hühnern und Enten gleichermaßen schmecken. Aber was fraß eigentlich ein Storch? Klara griff nach dem Henkel des Eimers, als sie ein Geräusch vernahm. Sie erstarrte.

Da, schon wieder. Ein leises, aber eindringliches Fiepsen schien aus der hintersten Ecke der Hütte zu kommen. Waren das Mäuse oder gar Ratten? Ihr schauderte. Doch dann kam ihr ein Gedanke ... Aber es half nichts, sie musste warten, bis die Sonne den Garten in helles Licht tauchte – oder mit einer Lampe wiederkommen. Leise schloss Klara die Holztür bis auf einen schmalen Spalt und eilte zurück ins Haus, wo der Koch schon auf frische Eier wartete.

»Die kommen wie gerufen, die Hofdamen der Kaiserin werden gleich frühstücken, und sie haben immer einen Bärenhunger. Wenn man es ihnen auch nicht ansieht.«

Imbery wirbelte durch die Küche, dass seine weiße Kochmütze nur so wackelte.

»Du bist ein früher Vogel, *ma fille*, das freut mein altes Kochherz. Sind die Hühner wohlauf?«

»Vor allem der Hahn. Wo finde ich denn eine Lampe?«

»Wofür in aller Welt brauchst du eine Lampe, Mädle, willst du nach deinen Wasserspielen gestern heute im Dunkeln spazieren gehen? Nicht noch mehr verrückte Einfälle. Die Sonne geht gleich auf, und wir haben genug zu tun. Du kannst von Glück sprechen, dass unsere Luise ein so gutes Herz hat. Und viele Kinder.« Crescenzia war in die Küche gekommen und sah sie streng an.

»Ich ... ich glaube, ich habe etwas gefunden.« Klara konnte ihre Aufregung kaum verbergen. Dass die alte Hausdame über ihr Malheur von gestern Bescheid wusste, verdrängte sie. »Etwas, was Fräulein Augusta sucht.«

»Hat's was verloren, das liebe Mädchen, so kurz vor ihrer Hochzeit? Ich dachte, nur ihr Herz.« Sie lachte laut. »Na komm.« Klara folgte Crescenzia, die aus einem Schrank im Flur eine Lampe holte und entzündete. »Dann zeig mir mal, was du so Wichtiges gefunden hast.«

Klara lief zurück in den Garten, Crescenzia mit dem Licht

hinter ihr her. Sie steuerte auf die Scheune zu und öffnete die Tür. »Da ganz hinten muss es sein.« Klara stieg voraus über die Bretter an der Wand, vorbei an Gartenscheren, Eimern und einer Schubkarre. Stühle und andere Gartenmöbel standen herum und warteten darauf, dass die Frühlingssonne wärmer wurde und Familie und Gäste im Garten sitzen wollten.

Klara drehte sich um und legte den Finger an die Lippen. Sie lauschten. Da war es wieder, lauter als zuvor. Ein mehrstimmiges Fiepsen. »Darf ich?« Sie nahm der ältesten Dienstmagd die Petroleumlampe aus der Hand und leuchtete in den hintersten Winkel der Scheune. Und dort, versteckt neben einer alten Kiste mit leeren, verstaubten Weinflaschen, bewegte sich etwas. Klara hob die Lampe höher.

»Sisi!«, rief Crescenzia, die neben sie getreten war. »Was hast du denn jetzt schon wieder angestellt?«

Die schwarze Katze lag auf einem Häufchen Stroh und sah sie mit blitzenden Augen an, als wollte sie sich verteidigen – sich und ihre Kinder. Denn neben Sisi zählte Klara vier neugeborene Kätzchen, die die Zitzen ihrer Mutter suchten. Eins davon war so schwarz wie Sisi, zwei waren schwarz-weiß gefleckt, und ein Kätzchen war so weiß wie ein Hochzeitskleid. So weiß wie der Vater, der vermutlich gerade durch Baden-Baden stromerte.

»Sie sind so niedlich! Und das Weiße erst! Wie sollen wir sie nur nennen, hoffentlich dürfen wir alle behalten.« Augusta sprach so aufgeregt wie ein junges Mädchen und nicht wie die Braut, die heute ihr Hochzeitskleid anprobieren würde. »Und du hast sie gefunden, Klara? Ich bin dir auf ewig dankbar. Was würde ich nur ohne meine Sisi machen?« Sie nahm das weiße Kätzchen und hielt es sich an die Wange. »Wie flauschig und klein sie sind!«

Nach dem Katzenfund war Crescenzia, die nie etwas lange für sich behalten konnte, sofort zu Augusta gestürmt und hatte sie mit der guten Neuigkeit geweckt. Woraufhin die älteste

Tochter des Hauses Messmer gleich in ihren Morgenmantel geschlüpft und in den Garten gerannt war, um ihre Sisi und die neuen Kätzchen wie schon verloren geglaubte Familienmitglieder zu begrüßen und mit Milch zu versorgen. Mit Klaras Hilfe war die neue Katzenfamilie umgezogen, und zwar in Augustas Schlafzimmer, wo Sisi mit den Jungen jetzt in einem Körbchen thronte wie die Kaiserin von Österreich persönlich. Der Trubel im Hause war natürlich auch Augustas Schwestern Helene und Wilhelma nicht entgangen, die, jedes eins der Kätzchen auf dem Arm, keinen Schritt von der neuen tierischen Attraktion der Maison weichen wollten.

»Am liebsten hätte ich sie mitgenommen, aber ich glaube, Katzen und Hochzeitskleider vertragen sich nicht. Aber wir sind ja nicht weit und nicht lange weg. Ich bin froh, dass du mich begleitest, nachdem meine untreue Schwester lieber mit den Kätzchen spielen wollte.« Augusta hatte sich schleunigst umgezogen, um den Termin der Anprobe nicht zu verpassen.

Klara lächelte, während sie mit Augusta vom Hotel zu den Geschäften der Arkaden unterwegs war. Ihr Herz pochte. Vor Stolz, weil sie Augusta geholfen und die junge Braut glücklich gemacht hatte. Und weil diese sie mitnahm zu so einem wichtigen Termin.

»Hier ist es. Ist nicht schon die Auslage ein Traum?«

Sie waren nicht weit gegangen. Nur wenige Schritte vom Hotel entfernt begannen die Kurhaus-Kolonnaden, eine Allee mit den luxuriösesten Waren, die Baden-Baden zu bieten hatte. Das Kassenhäuschen zum Kurpark hatten sie als Angehörige eines Hotels passieren dürfen, ohne zu zahlen, wie es den Gästen vorgeschrieben war. Nun standen sie vor einem Laden mit prachtvollen Kleidern in der Auslage. »Mode de Paris« – Klara las staunend die großen Buchstaben auf dem Schild über dem Eingang.

»Normalerweise werden neue Kleider zu uns ins Hotel geliefert, dann probiere ich sie zu Hause an. Aber heute muss alles geheim bleiben, das Kleid soll eine Überraschung sein, ich möchte, dass nur wenige es vor der Hochzeit sehen, vor allem nicht Camille. Los, komm!«

Klara folgte der aufgeregten Augusta ins Geschäft. Groß war es nicht, aber es verströmte Eleganz und Reichtum. Auf den schwarz-weißen Fliesen lag ein runder Teppich, der eine Jagdszene zeigte. Ein Tisch aus dunklem Holz mit einer schweren silbernen Kasse darauf wartete auf die Zahlungen der Kundschaft.

Das Schönste aber waren die Kleider. Wohin sich Klara auch drehte und wendete – immer blickte sie auf die schönsten Gewänder, die sie jemals gesehen hatte, sie leuchteten in allen Farben.

In einem goldumrahmten Spiegel sah sich Klara selbst. Im ersten Moment erkannte sie ihr Ebenbild kaum wieder. In ihrem einfachen Mantel über dem schwarzen Arbeitskleid und mit den endlich wieder trockenen und frisch hochgesteckten Haaren hatte sie nur wenig Ähnlichkeit mit dem Bauernmädchen, das sie vor ein paar Tagen noch gewesen war. Trotzdem kam sie sich in diesem feinen Laden wie ein Fremdkörper vor. Etwas beschämt wandte Klara den Blick ab, als eine große, schlanke Frau erschien. Ihre weiße Spitzenbluse über dem dunklen Rock war hochgeschlossen und wirkte vornehm und züchtig zugleich.

»Fräulein Messmer!« Erfreut reichte die Dame Augusta zur Begrüßung beide Hände.

»Fräulein Zink!«

»Für Sie doch Anna. Sie kommen zur Anprobe. Moment, ich hole das gute Stück, es ist gestern erst aus Paris gekommen.« Die Frau verschwand in einem Hinterzimmer, während Augusta ihren Mantel ablegte.

»Papa lässt es sich richtig was kosten«, flüsterte sie ihr zu. »Er ist so erleichtert, dass ich die richtige Wahl getroffen habe, wie er es nennt.«

»Mit Herrn … Camille?«

»Ja, Camille Brenner von der Villa Stéphanie. Camille hat das Hotel erst vor ein paar Wochen von seinem Vater Anton übernommen. Aber unsere beiden Häuser sind seit Jahren verbunden, hast du die Geschichte schon gehört?« Klara schüttelte den Kopf.

»Unsere Maison wurde von meinem Großvater Johann Baptist gegründet. Ich habe ihn leider nicht mehr kennengelernt, aber Vater erzählt gerne, dass er es liebte, frühmorgens vor dem Haus zu flanieren. Stell dir vor, im geblümten Schlafrock und mit Mütze. Das Verrückte liegt also in der Familie. Eines Tages kam ein Wanderbursche vorbei, und er gab ihm eine Silbermünze. Dieser Bursche war Anton Brenner, Camilles Vater, und das Geld wurde der Grundstock für die Villa Stéphanie. Unsere Familien stehen einander also schon lange nahe. Und mir erscheint es ganz natürlich, dass ich von einer Hoteliersfamilie in die nächste wandere.« Augusta lächelte versonnen und drehte sich vor dem Spiegel. »Augusta Brenner, Hotelchefin. Na, wie klingt das? Aber erzähl das bloß nicht Camille.«

Anna Zink kam zurück, über dem Arm einen riesigen weißen Stoffsack. »Dann wollen wir mal.« Sie legte die Hülle über den Kassentisch und zog ein paar Schleifen an der Vorderseite auseinander. »Voilà, hier ist es.« Während Augusta vor Entzücken juchzte und ihre Finger vorsichtig über den weiß glänzenden Stoff gleiten ließ, schob Anna Zink einen Paravent auf. »Bitte sehr, dann probieren wir doch, ob es passt.« Sie streifte sich dünne weiße Handschuhe über die Hände und nahm das Kleid vorsichtig aus der Hülle. Beide Frauen verschwanden hinter der hölzernen Wand.

Klara schaute durchs Schaufenster in die Kastanienallee und auf den dahinterliegenden Platz vor dem Konversationshaus, wo dank des guten Wetters viel Betrieb herrschte. Frauen mit großen Hüten flanierten zu zweit oder in männlicher Begleitung in Richtung der Trinkhalle und wieder zurück, einige saßen auf den zierlichen Stühlen vor dem Pavillon. Gerade hatten die Musiker dort mit dem Nachmittagskonzert begonnen – die Walzerklänge waren auch im »Mode de Paris« zu hören.

Klara studierte Hüte und Kleider der vorbeiflanierenden Besucher. Würde sie erkennen, ob jemand von Rang und Namen unter ihnen war? Ihr Blick blieb an einem einfach gekleideten Mann hängen, der sich mit grimmigem Gesichtsausdruck suchend umsah. Als er die Hände in die Hosentasche steckte, öffnete sich die Jacke, und darunter blitzte etwas auf.

Klaras Herz machte einen Satz. Sie wich vom Schaufenster zurück, geriet ins Straucheln und wäre fast in die ausgestellten Kleider gefallen. Spielte die Furcht ihr einen Streich, oder hatte dieser Mann eine Pistole unter seiner Jacke? Vorsichtig beugte sie sich wieder ins Schaufenster, kniff die Augen zusammen und spähte erneut durch das Glas nach draußen. Aber von dem grimmigen Mann war nichts mehr zu sehen.

Der Paravent öffnete sich wieder, die Verkäuferin trat heraus und stellte einen kleinen Schemel mitten auf den runden Teppich, genau vor den Spiegel. Dann nahm sie Augusta an der Hand und half ihr, auf den Hocker zu steigen.

Klara riss die Augen auf. Die zukünftige Braut war in strahlendes Weiß gewandet. Das eng sitzende, hochgeschlossene Oberteil brachte Augustas Figur gut zur Geltung. Die Ärmel waren lang, genau wie der Rock, der sich von einem Schößchen ausgehend bis zum Boden in sanfte Falten legte. Eine glitzernde Blumenranke wand sich seitlich vom Hals zur Brust, und rund um den Rock verlief eine weitere Ranke, wie ein Spiegelbild der ersten. Die Blumen verliehen Augustas feierlichem Auftreten eine Verspieltheit, die gut zu ihrer Jugendlichkeit passte. Ihre schwarzen Haare, samt der Löckchen auf ihrer Stirn, bildeten einen schönen Kontrast zu dem strahlend weißen Brautkleid. Wie eine Erscheinung starrte Klara Augusta Messmer an.

»Jetzt fehlt nur noch eins.« Anna Zink war ebenfalls auf ein Höckerchen gestiegen und befestigte einen kurzen weißen Schleier in Augustas Haar.

»Was sagst du?« Augusta lächelte ihrem Spiegelbild zu und schaute Klara fragend an, bevor sie sich den zarten Stoff vor die Augen legte. »Kann ich so vor den Altar treten? Wird mich Camille zur Frau nehmen wollen?«

»Sie ... Sie sind so schön«, stammelte Klara. Die Bräute, die sie in ihrem Dorf gesehen hatte, hatten nie so elegante Kleider getragen. Dort waren die Hochzeitskleider meistens Erbstücke, in denen schon die Mutter und manchmal sogar die Großmutter geheiratet hatte. Auf keinen Fall kamen sie aus Paris. Für einen Moment war ihre Angst vergessen. Die Angst vor dem, was sie draußen gesehen hatte.

»Wenn es dir zusagt, wird es meinem Mann wohl auch gefallen.« Augusta hob den Schleier, legte ihn zurück über den Kopf und stieg vom Schemel. Sie lächelte und sah glücklich aus, während die Verkäuferin sich hinkniete und zu ihren Füßen die Falten des Kleides ordnete. »Du schaust drein, als ob du ein Gespenst gesehen hättest«, wandte sich Augusta erneut an Klara. »Ja, jetzt wird es langsam ernst. Aber mach dir keine Sorgen, ich freue mich auf die Hochzeit und auf das gemeinsame Leben mit Camille. Er ist voller Energie und hat so viele Ideen für sein Hotel. Unser Hotel! Mit ihm an der Seite wird es bestimmt nicht langweilig. Und ich bin ja nicht weit weg von der Maison. Was hältst du davon, wenn du mitkommst ins Hotel Stéphanie, wie es bald heißen wird? Ich kann Hilfe gebrauchen, vor der Hochzeit und nachher sowieso. Vater müsste noch seinen Segen dazu geben, aber er hat mir noch nie etwas abgeschlagen. Er vergisst zwar schon mal, wie alt seine Töchter sind und in welche Schulklasse sie gehen, aber er liebt seine Mädchen doch sehr.«

Klara nickte stumm. Sie hätte alles getan, um ihre Anstellung nicht zu verlieren. Nur lag das nicht allein in ihren Händen. So viele Menschen bestimmten mittlerweile über ihre Zukunft – Augusta Messmer, die sie für ihre Hochzeit brauchte, Wilhelm Messmer, der sie angestellt hatte, weil die Kaiserin es so wollte.

Kaiserin Augusta! Wenn Klara es nicht schaffte, ihr jeden Wunsch zu erfüllen, waren ihre Tage in Baden-Baden ohnehin gezählt. Falls Ludwig, ihr ältester Bruder, sie nicht vorher schon zurückholte. Klara fröstelte bei der Vorstellung, er könnte den Mann, den sie vorhin da draußen vor dem Geschäft gesehen hatte, auf Geheiß ihres Vaters geschickt haben, um sie aufzuspüren. Und wenn dieser Mann sie suchte, dann würde er sie finden, dessen war sich Klara sicher. Würde er sie mit vorgehaltener Waffe zwingen, wieder nach Hause zu kommen?

Wut stieg in Klara auf, sie ballte die Fäuste. Nein, sie war nicht bereit, zurück in den Schwarzwald und auf den Bauernhof zu gehen. Sie wollte sich unbedingt ein eigenes Leben aufbauen, mit allem, was ihr zur Verfügung stand. Momentan war das allerdings nicht viel mehr als ihre Entschlossenheit.

»Klara? Wir sind so weit!« Augusta stand bereits wieder umgezogen vor ihr und deutete auf Fräulein Zink, die das Brautkleid einpackte. »Stell dir nur vor, es passt! Wir können es mitnehmen.«

Klara nickte, holte tief Luft und versuchte, die dunklen Gedanken aus ihrem Kopf zu vertreiben. Die Zeit wird es richten, hatte ihre Großmutter immer gesagt. Eins nach dem anderen. Jetzt ging es erst einmal darum, das zauberhafte Brautkleid unfallfrei in die Maison Messmer zu tragen. Und noch vor der Hochzeit stand ein großes Essen mit wichtigen Gästen bevor. Sie durfte keine Zeit vertrödeln mit Grübeleien über Männer mit Waffen da draußen. Nicht jetzt. Nicht heute.

9

Während die Sonne mit jedem Tag kräftiger wurde und in Baden-Baden immer mehr Gäste anreisten, ging Klara ihre Arbeit in der Maison von Tag zu Tag besser von der Hand. Die drei Schwestern Messmer hatten sie in ihr Herz geschlossen, nicht zuletzt, weil sie die Katzenfamilie wieder zusammengebracht hatte. Kater Franzl war ihr vor dem Dienstboteneingang entgegengesprungen, seit seiner Rückkehr bewachte er seine Familie genauestens. Was den Herrn des Hauses, Wilhelm Messmer mit dem großen Herzen für Tiere, sehr glücklich machte.

Crescenzia behielt jeden ihrer Handgriffe weiterhin streng im Blick, aber immer öfter nickte sie wohlwollend und murmelte: »Recht so, Mädle.« Klara spürte einen großen Frieden, der sich über die Maison und alle, die darin wohnten und arbeiteten, gelegt hatte, wenn nur nicht Marie gewesen wäre, die nicht aufhörte, zu sticheln und zu petzen, jedes Mal, wenn sie nach dem Servieren des Frühstücks aus dem Salon der Majestäten kamen. So auch heute, als es Klara zum ersten Mal nicht geschafft hatte, das Kaiserpaar am Morgen zum Lachen zu bringen.

»Es ist alles nur ihre Schuld!«, rief Marie, als sie mit dem Teeservice zurück in die Küche kamen, und deutete unverhohlen auf Klara.

»Der Kaiserin hat der Tee nicht geschmeckt«, berichtete Klara wahrheitsgemäß und sah in die sorgenvollen Augen des Kochs und der ersten Hausdame.

»Dann können wir den Chinesen wohl vergessen«, fasste Crescenzia das Scheitern des Tee-Experiments zusammen.

In den vergangenen Tagen hatte Koch Imbery es noch geschafft, den russischen Hankow-Tee zu strecken. Doch bis auf die letzten Blätter war die Dose heute leer gewesen, und Himbeer hatte zum ersten Mal Souchong-Tee aufgegossen.

Was Augusta sofort gemerkt und woraufhin sie missgestimmt ihr Frühstück beendet hatte.

»Meine Tage in der Maison sind gezählt«, lamentierte der Koch. »Ohne ihren geliebten Tee werden die Majestäten das Haus verlassen und nie wieder zurückkehren. Das ist das Ende.«

Doch Crescenzia hatte bereits einen Plan.

»Wir versuchen es beim Eduard, er ist unsere letzte Rettung. Wenn er nicht helfen kann, kannst immer noch packen.«

»Der hat einfach alles in seinem Geschäft. Und wie das dort duftet! Darf ich hin und den Tee kaufen?« Marie machte sich daran, sich die Schürze auszuziehen.

»Nein, ich brauche dich beim Reinemachen in der Halle. Wir schicken Klara, sie kennt den Laden noch nicht.« Aus Maries Augen blitzte der Zorn.

Crescenzia griff nach einer Tasse und schenkte vom Tee aus der Kanne der Kaiserin ein. Dann hielt sie Klara die Tasse hin. »Aber vorher probierst, damit du weißt, was Majestät nicht wünschen.«

Klara schnupperte an der Tasse und nahm einen Schluck. Der Tee schmeckte so bitter, dass sie husten musste.

»Siehst«, meinte Crescenzia zum Koch, »wenn dem Mädle der neue Tee nicht schmeckt, wie sollte ihn die Kaiserin mögen?« Dann wandte sie sich an Klara: »Ich hole jetzt den letzten Rest vom Schützenfest, und dann läufst zu Eduard Messmers Geschäft in der Gernsbacher Straße. Wenn der keinen passenden Tee für uns beschaffen kann, bin ich mit meinem Latein am Ende.« Crescenzia gackerte schon wieder und schob hinterher: »Wenn ich's auch nie gelernt habe.«

Klara trat aus dem Dienstboteneingang auf die Straße, in der Hand einen Korb mit einem Papiertütchen, das sie wie ihren Augapfel hüten sollte, denn darin waren die letzten Blätter des berühmten Hankow-Tees des Zaren.

Am Hotel Victoria bog sie in die Gernsbacher Straße ein, wie es ihr Florian letztens gezeigt hatte, und hielt auf der rechten Seite Ausschau nach Eduard Messmers Geschäft. Noch ein Mitglied dieser großen Familie, dachte Klara. Und wieder einer, der ein erfolgreicher Geschäftsmann war. Vielleicht lag es an der gesunden Luft hier in Baden-Baden, die den Menschen Kraft gab und die Zuversicht, ihre Träume zu leben? Klara atmete durch, sie spürte es immer mehr. Hier war sie richtig, um auch ihren eigenen Traum Wirklichkeit werden zu lassen.

Sie blickte in das Schaufenster eines Uhrmachers, dem ein Schuhgeschäft, ein Gasthaus, ein Hofbuchbinder und, Klara musste lächeln, ein Konditor mit dem schönen Namen Schababerle folgten. Da, hinter dem Hutmacher und der Blech- und Ofenfabrik, direkt gegenüber einer Metzgerei, da war es.

Sie stand vor der rötlich leuchtenden Holzfront der Nummer 26. »Kolonialwaren und Delikatessen«, las sie auf dem Schild über dem Eingang, darunter befand sich ein Wappen.

Klara stieg die Stufen hinauf, ein Glöckchen kündigte sie an. Sie trat ein und ließ sich von den unterschiedlichsten Düften und Farben umfangen. Erst wusste sie nicht, wohin sie zuerst schauen sollte – neben einer Kiste voll mit geputzten Kartoffeln entdeckte sie glänzende Tomaten, grüne Erbsen in ihrer Hülse und riesengroße Kohlköpfe. Auf der anderen Seite waren Pyramiden von Äpfeln aufgebaut, daneben thronten Früchte, die aussahen, als trügen sie einen grünen Haarschopf auf der fächerartigen gelblichen Schale. Von ihnen schien der süßliche Geruch auszugehen.

»Sie wünschen?« Die Frau hinter der Theke blickte sie fragend an. In den hochgesteckten schwarzen Haaren entdeckte Klara graue Strähnen, aber ihre gestärkte Schürze leuchtete so weiß, als stünde auch sie zum Verkauf. Erwartungsvoll lächelte die Frau sie an.

»Mein Name ist Klara Butterfass, ich komme von der Maison und habe einen Auftrag für Herrn Eduard Messmer.« Klara hielt ihr das Tütchen mit den letzten Teeblättern aus ihrem Korb hin. »Hiervon bräuchten wir noch mehr.«

»Na, dann zeig mal her!« Die Frau griff nach dem Tütchen, doch Klara zog erschrocken ihre Hand zurück.

»Ich darf es nicht aus der Hand geben und nur Eduard Messmer zeigen. Ich bin im Auftrag der Kaiserin hier.«

»Soso, bist du das?« Die Frau hinter der Theke lächelte noch immer freundlich. »Wenn das so ist, werde ich meinem Mann Bescheid geben. Einen Moment bitte.«

Klara legte das Tütchen zurück in den Korb und sah sich weiter um. Hinter der Theke mit der schweren Kasse stapelten sich Blechdosen unterschiedlicher Größe und Farbe im Regal, sie alle trugen die Aufschrift »Kaviar«. In einer Vitrine erkannte sie Zigarrenkisten.

Zigarren, die waren teuer und nur etwas für die feinen Leute, hatte Großmutter ihr erklärt. Und dass der Großvater, den sie nicht mehr kennengelernt hatte, sich nach getaner Arbeit gerne eine Pfeife gestopft hatte.

Im obersten Regal schließlich entdeckte Klara auch Teedosen. Sie atmete auf – hier würde man der Kaiserin sicher helfen können. Ihr Blick fiel auf ein großes Glas mit bunten Zuckerstangen gleich auf der Theke. Sie schluckte. So eine hatte ihr Fräulein Stern einmal aus der Stadt mitgebracht und zu Weihnachten geschenkt. Was für eine herrliche Süßigkeit war das gewesen! Insgeheim musste Klara Marie recht geben, dieser Ort war das reinste Paradies. Hier ging man einfach gerne hin.

Das Geschäft verströmte eine edle Ruhe und rief mit seinem dunklen Holz und den feinen Düften gleichzeitig eine aufregende Sehnsucht wach. Klara roch die Süße des exotischen Obstes und etwas Würziges, das sie an das Buch von Fräulein Stern denken ließ, mit dem sie sich heimlich in die Ferne geträumt hatte: »Reise um die Erde in 80 Tagen«. Aus welchen Ländern all diese Köstlichkeiten wohl kamen?

Das Glöckchen riss Klara aus ihren Träumen. Eine Frau im bodenlangen weißen Kleid betrat den Laden, auf dem Kopf einen Strohhut, verziert mit Blumen und Federn. In diesem Moment kam die Ehefrau von Eduard Messmer zurück. Während sie die Dame begrüßte, trat ein älterer Herr hinter ihr hervor und wandte sich an Klara.

»Wie kann ich dir helfen?« Seine Stimme hatte einen warmen Klang, seine kleinen Augen schauten herzlich. Dieser Mann im schwarzen Anzug musste Eduard Messmer sein, der Besitzer des Ladens. Mit seinem silbrig dunklen Backenbart erinnerte er Klara ein wenig an den Kaiser, so wie er vielleicht in jüngeren Jahren ausgesehen haben mochte. Ähnlichkeit mit seinem Bruder konnte sie keine erkennen.

»Mit Tee. Wir brauchen dringend neuen Tee für die Kaiserin«, murmelte sie leise. Crescenzia hatte ihr eingebläut, nicht laut herauszuposaunen, dass ein Hotel vom Rang der Maison kurz davor war, seine wichtigsten Gäste nicht mehr zufriedenstellen zu können.

Klara hielt ihm das Papiertütchen hin. »So muss er aussehen und schmecken, damit er Hoheit gefällt. Unsere Vorräte sind am Ende, und vom Zaren kommt kein Nachschub. Himbeer weiß nicht mehr weiter.« Klara errötete. »Ich meine natürlich Monsieur Imbery.«

Eduard Messmers Bart bebte. »Der gute alte Himbeer, wie geht es ihm denn? Ist seine Nase immer noch so rot? Normalerweise weiß er doch in jeder Lebenslage Rat. Na, dann lass mal schauen. Wie heißt du, mein Kind? Ich habe dich noch nie in Baden-Baden gesehen.«

»Klara Butterfass. Ich bin noch nicht lange in der Stadt. Und in der Maison. Kaiserin Augusta hat es möglich gemacht.«

»Soso.« Eduard Messmer schmunzelte. »Dann willst du sie natürlich nicht enttäuschen, verstehe. Na, komm einmal mit.« Er öffnete eine kleine Schwingtür neben der Theke und ließ sie eintreten. Vorbei an den Regalen mit den vielen Dosen ging er voran in einen langen, schmalen Gang, an dessen Ende er eine weitere Tür öffnete. Klara spürte Kühle. Sie trat ein und staunte. Während der Laden vorne ihr vorgekommen war wie das Gesicht des Geschäfts, das Antlitz einer schönen Frau, so verkörperte dieser Raum vermutlich das Herz des Handelshauses von Eduard Messmer. Oder besser gesagt: den Bauch. Klara sah Säcke auf dem Boden, auf denen »Brasilia« stand, auf anderen las sie »India«. Sie atmete tief ein und genoss den unvertrauten Duft weit gereister Waren. In Regalen stapelten sich Dosen mit Aufschriften in fremden Sprachen, auf Kartons sah sie aufgedruckte Figuren. Hier in diesem Lagerraum kam die ganze Welt zusammen!

»Dann lass mich doch mal schnuppern.« Eduard nahm Klara das Papiertütchen aus der Hand, trat an den großen Tisch in der Mitte des Raumes und schüttete den Inhalt in die Messschale einer kleinen Waage. Er prüfte das Gewicht, dann nahm er die Schale und hielt seine Nase darüber.

»Was erkennst du?« Er hielt auch ihr die Schale hin.

Klara wollte schon etwas erwidern, aber dann sog sie tief die Luft ein. Als ihr der herbe Geruch der trockenen Blätter und Späne in die Nase stieg, zuckte sie kurz zurück. Das sollte der begehrte, wertvolle Tee sein, den sich nur hohe Herrschaften leisten konnten? Diese trockenen, fast schwarzen Reste einer Pflanze schmeckten aufgebrüht doch sicher genauso bitter wie der verschmähte Souchong-Tee, den sie probiert hatte. Sie konnte nicht glauben, dass Kaiserin Augusta so etwas gerne trank.

»Noch einmal, aber schließ die Augen!«

Wieder nahm Klara den Duft des Tees in sich auf. Und jetzt roch sie dunkle, schwere Erde, sah vor ihrem inneren Auge Reiter galoppieren wie in dem Kinderbuch mit den Bildern, aus dem sie der kleinen Wilhelma vorgelesen hatte. Aber auch etwas Helleres, Blumiges bemerkte sie, ein Aroma wie von den ersten Frühlingsblüten auf den Schwarzwaldwiesen.

»So stelle ich mir Russland im Frühling vor.«

Eduard schmunzelte. »Das hast du gut erkannt. Ich denke auch, wir haben hier eine solide Schwarzteemischung. Aber was diesen Tee für die Kaiserin ausmacht, ist die Erinnerung.«

»Die Erinnerung? An was?«

»Wie du richtig bemerkt hast – an Russland. Von dort schickt der Zar ihr den Tee. Wusstest du, dass Augustas Mutter Russin war? Sie war die Schwester des damaligen Zaren Alexander. Russland ist das Land ihrer Mutter. Auch Augusta war dort als junges Mädchen auf Besuch, es soll ihr überhaupt nicht gefallen haben. Aber das spielt keine Rolle, glaube ich. Denn damals war sie ein freies Mädchen. Und als sie zurückkam, wurde beschlossen, dass sie Wilhelm heiraten wird.«

»Dann erinnert sie der Tee an ihre Jugend?«

Eduard Messmer nickte. »Ich denke, dieser Tee ist für Kaiserin Augusta wie ein Spaziergang zurück zu ihren Wurzeln, zur Familie ihrer Mutter. Auch wenn die Teeblätter eigentlich aus China stammen.« Er lächelte verschmitzt.

»Und Wilhelm?«

»Na, der trinkt Kaffee und träumt wahrscheinlich noch immer von seiner Elisa, die er nicht heiraten durfte.«

»Davon habe ich gehört. Wie traurig. Der arme Kaiser.«

»Und die arme Kaiserin. Weißt du, Klara, es dreht sich im Leben doch immer alles um die Liebe. Auch beim Essen und Trinken. Dann schauen wir mal, ob wir einen Tee haben, der Augusta wieder die Freiheit ihrer Jugend spüren lässt – und sei es nur mit der Zunge und dem Herzen.«

Eduard zog eine besonders große Teedose vom Regal und stellte sie auf den Tisch. Mit seinem Schlüssel öffnete er den Deckel und versenkte seine Nase in dem Gefäß.

»Nein, zu blumig.«

Er nahm eine zweite Dose herunter. »Hier fehlt das Helle. Ich fürchte, wir haben nichts, was der Kaiserin gefällt. Ich werde meinen Sohn Otto fragen, er experimentiert gerne.«

»Experimentieren nennst du das, was ich tue, Vater?«

In der offenen Tür stand ein junger Mann, der gelassen und ein wenig belustigt seinen Blick über Klara wandern ließ.

»Aus manchem Experiment ist eine große Erfindung geworden. Klara, das ist mein Sohn Otto. Otto, das ist Klara Butterlass, sie arbeitet in der Maison Messmer und hat ein dringendes Anliegen.«

»Nun, in dem Fall würde ich vorschlagen, dass wir uns bei einer guten Tasse Tee darüber unterhalten.« Er trat näher, lüftete den Hut und entblößte nach hinten gekämmte dunkelblonde Haare. Die Gesichtsform ähnelte der seines Vaters Eduard, genau wie die Augen, die sie eindringlich und auch ein wenig traurig anblickten, so als hätten sie schon viel gesehen.

Klara schnappte nach Luft, unsicher, ob sie sich verbeugen, einen Knicks machen oder dem Sohn des Geschäftsinhabers die Hand reichen sollte. In ihrer Dorfschule hatte sie vieles gelernt, aber städtische Umgangsformen waren nicht darunter gewesen. Sie nickte leicht und hielt dem Blick von Otto Messmer stand. »Um genau den geht es. Und zwar um den Tee für die Kaiserin.«

»Wilhelm sind in der Maison die Vorräte ausgegangen, und der Nachschub vom Zaren lässt auf sich warten«, erklärte Eduard Messmer seinem Sohn. »Das wird die Kaiserin nicht erfreuen, wenn sie es erfährt. Ich habe schon geschaut, wir haben nichts Vergleichbares hier.« Er deutete auf die großen Dosen auf dem Tisch.

»Dann müssen wir uns wohl etwas einfallen lassen. Darf ich?« Otto Messmer griff nach der Schale mit der Hankow-Probe und führte sie unter seiner Nase vorbei. Dabei ließ er Klara nicht aus den Augen.

»Das typische Raucharoma der Karawanentees. Habt ihr es schon mit Souchong als Ersatz versucht?«

»Das haben wir.« Klara nickte eifrig. »Der kam für Majestät leider nicht in Frage, sagt Himbeer, ich meine, unser Koch Imbery.«

»Dann hat sie einen feinen Geschmack. Souchong und Hankow – das ist ein Unterschied wie zwischen Rotwein und Weißwein. Darf ich diese Probe behalten, Fräulein Butterfass?«

Klara zögerte. Es war der letzte Tee aus Russland, den das Hotel hatte. Aber das Problem musste gelöst werden. Und Otto Messmer schien sich seiner Sache sehr sicher zu sein. Seine ruhige, bestimmte Art machte Klara zuversichtlich. Nur wenn er sie so eindringlich musterte, dann spürte sie, wie ihr Herz schneller schlug. Sie nickte. »Es ist unser letzter Rest. Aber mir scheint, bei Ihnen ist der Tee in den richtigen Händen. Glauben Sie, dass Sie uns helfen können? Die Sache eilt.«

»Mach dir keine Sorgen, Otto wird ein paar Mischungen ausprobieren, dann sehen wir weiter. Bestell Wilhelm einen schönen Gruß von seinem Bruder. Ich begleite dich hinaus, nicht dass du dich hier noch verläufst.« Eduard Messmer ging wieder voraus.

»Für unsere Kunden geben wir immer unser Bestes«, antwortete sein Sohn Otto und reichte ihr zum Abschied die Hand.

Mit dem Bimmeln der Tür im Ohr, der Erinnerung an Ottos warmen, aber kräftigen Händedruck und einem guten Gefühl stieg Klara die Stufen hinunter. Eduard und Otto Messmer würden das Problem lösen, dessen war sie sich sicher: Die Kaiserin würde schon bald wieder einen Tee trinken, der ihr schmeckte, und weiterhin gerne in der Maison logieren. Und damit war hoffentlich auch ihre eigene Arbeitsstelle ein wenig sicherer. Sie betrachtete das Päckchen mit der schwarzen Figur auf dem Papier, das ihr Eduard Messmer noch mitgegeben hatte – feinste Mocca-Pralinen aus dem neuen Sortiment, die gut zu einer Tasse Kaffee passten, wie er betont hatte. Die würden Kaiserin Augusta hoffentlich erst einmal vom Tee fernhalten.

Klara lief denselben Weg zurück, den sie gekommen war, und warf flüchtige Blicke in die Geschäftsauslagen rechts und links von ihr. Einen Bierbrauer, eine französische Konditorei, einen Friseur sah sie, und auf einem Schild an der Hauswand warb Tanzlehrer Karl Pflug für seine Dienste.

Tanzen! Das wäre herrlich, vielleicht auf einem der Bälle im Konversationshaus, von denen die Mädchen gesprochen hatten, in einem Kleid, wie es die Kaiserin trug. So etwas würde für jemanden wie sie wohl immer nur ein Traum bleiben, dachte Klara und blickte um die Ecke in die Lange Straße, als wollte sie sich vergewissern, dass die Auswanderungsagentur noch immer dort war. Ihr Tor zur Freiheit. Sobald sie genug Geld verdient hätte, würde sie dort vorsprechen, beschloss Klara.

»Begleitest du die Kaiserin beim Einkaufen, oder hat der alte Messmer dich rausgeworfen?«

Klara fuhr herum. Ferdinand! Sein schelmisches Grinsen unter dem runden Hut brachte sie zum Lächeln.

»Weder noch.« Klara stemmte ihre Hand in die Hüfte. »Ich habe gerade einen wichtigen Auftrag für die Kaiserin ausgeführt.« Sie schaute den jungen Reporter stolz an. Ferdinand kam näher und sah in ihren Korb.

»Du hast eingekauft. Na, gratuliere. Das wird Deutschland dir danken. Zeig mal her.« Er griff in den Korb und holte das verschnürte Päckchen heraus. »Ah, Sarotti-Schokolade. Dann wollen wir doch probieren, ob die für die Kaiserin auch gut genug ist.«

»Nein!« Klara langte nach der Pralinenpackung, die Ferdinand in die Luft hielt. Leider war er einen Kopf größer als sie. Sie sprang hoch, aber er hielt mit seiner freien Hand ihren Arm fest.

»Nur nicht so stürmisch, kleine Klara.« Seine Augen funkelten grün. Und frech. Und viel zu nah. Sie ließ ihren Korb fallen.

»Von wegen klein. Ohne deinen dummen Hut wärst du doch nur halb so groß.« Sie trat Ferdinand auf den Fuß und wollte sich seine Melone schnappen, die dabei herunterfiel und seine dunklen Locken freigab.

»Werden Sie bedrängt, mein Fräulein?«

Ferdinand ließ sie los und drehte sich um. Ein Mann mit spitzem Schnurrbart in dunkelblauer Uniform stand hinter ihnen. »Oder sollte ich lieber fragen: Werden Sie von meinem Sohn bedrängt?«

»Papa, wie kannst du mich nur so erschrecken!«

»Solltest du nicht über einer neuen Geschichte sitzen, statt junge Damen von der Arbeit abzuhalten? Du weißt ja, wenn das mit deiner Schreiberei nichts wird – wir haben für dich jederzeit einen Platz bei der Polizei.«

»Ja, Vater. Ich habe es mir gemerkt. Ich bin nur, ähm, Fräulein Butterfass behilflich, in Baden-Baden, nun ja, Fuß zu fassen.« Er schielte mit schmerzverzerrtem Gesicht hinab auf seinen eigenen Fuß in dem abgetretenen Lederschuh, auf dem Klara gestanden hatte.

»Soso, sieht das Fräulein Butterfass das denn auch so?« Der Polizist schaute sie an. Dieselben schelmischen grünen Augen wie Ferdinand, dachte Klara, fast hätte sie gelächelt, doch beim Anblick des Polizisten fiel ihr ein, dass ihr Dienstbuch immer noch unvollständig war. Denn dann hätte sie es bei der Polizei vorlegen müssen. Bei Ferdinands Vater, wie sie jetzt wusste. Er würde fragen, wo die Erlaubnis ihres Vaters sei, die sie nicht hatte. Eins würde zum anderen führen, und am Ende sah sie sich auf dem Heimweg in den Schwarzwald. Wo sie nicht hinwollte. Heute weniger als je zuvor. Während sie insgeheim hoffte, dass der Wachtmeister sie nicht auf ihr Dienstbuch ansprach, antwortete sie ihm.

»Ihr Sohn hat mir gestern sehr geholfen, Herr Vogel. Jetzt muss ich ihn allerdings um die Herausgabe der Pralinen bitten. Sonst wird Kaiserin Augusta ungehalten, und ich verliere meine Stellung.«

»Hast du gehört, Ferdl?« Sein Vater gab ihm einen Klaps. Ferdinand verdrehte die Augen und legte das Pralinenpäckchen zurück in Klaras Korb. »Und heb deinen Hut auf, bevor er schmutzig wird. So kommst du nicht an neue Geschichten für dein Blatt.«

»Ja, Papa.« Ferdinand staubte seinen Hut ab und setzte ihn wieder auf.

»Sie müssen meinen Sohn entschuldigen, Fräulein Butterfass. So war er schon als Kind. Immer vorneweg, wenn es ums Essen geht. Weißt du noch, als du in den Waldsee geplumpst bist, weil du einer Ente das trockene Brot stibitzen wolltest?«

»Papa!«

Klara kicherte.

»Ich muss mich jetzt empfehlen.« Polizist Vogel strich über seinen Schnurrbart und tippte mit dem Finger gegen die Mütze. »Der Kaiser hat einen Termin in Karlsruhe, sicherlich wird ihn auf dem Weg zum Bahnhof wieder eine ganze Menge

Menschen sehen wollen. Da muss ich für Ordnung sorgen. Es hat mich gefreut, Fräulein Butterfass.«

Während Ferdinands Vater sich entfernte, packte Klara hastig ihren Korb. »Ich müsste schon längst zurück in der Maison sein. Es wird Crescenzia nicht gefallen, dass ich so lange weg bin. Hoffentlich bekommt das Herr Messmer nicht mit.«

»Warte.« Ferdinand stellte sich ihr in den Weg. »Gib her.« Er langte nach ihrem Korb. »Ich begleite dich zum Hotel. Keine Sorge, ich nehme dir schon nichts weg. Mir ist doch an deinem Wohlergehen gelegen, schließlich war ich es, der dir die Stelle besorgt hat, schon vergessen?« Spitzbübisch schaute er zu ihr herüber. »Gibt es schon etwas über das Kaiserpaar zu berichten?«

»Unter uns: Wir brauchen neuen Tee für Kaiserin Augusta, aber das darf niemand wissen, vor allem sie selbst nicht«, flüsterte Klara. »Nicht dass sie abreist, weil wir ihr keinen geschmackvollen Tee mehr servieren können. Darüber darfst du aber nicht schreiben.« Sie gingen weiter. »Dein Vater ist also Polizist. Dann müsste er doch am besten wissen, wo die wichtigen Leute gerade sind.«

»Ach, der erzählt mir immer erst hinterher davon. Die Polizei will schließlich nicht möglichen Attentätern den Weg weisen, sagt er stets.«

Klara nickte. »Verstehe. Also musst du deine Quellen in den Hotels anzapfen. Ganz schön geschickt von dir, mich dort unterzubringen.« Sie schaute ihn skeptisch an, während sie die Promenadenbuden erreichten.

»Du glaubst, ich hätte das nur aus diesem Zweck getan?« Ferdinand wurde ernst. »Na ja, dabei habe ich ja eigentlich gar nichts gemacht. Du selbst hast dir diese Stelle besorgt, mit sehr viel Mut und Ehrlichkeit. Das hat die Kaiserin beeindruckt. Und mich auch.« Sie blieben stehen.

»Bist du dir sicher?« Klara sah dem jungen Reporter in die grünen Augen.

»Und mit deinem frechen Mundwerk natürlich«, zog Ferdinand sie auf und kassierte dafür einen spielerischen Fausthieb auf den Arm. »Falls du übrigens noch immer vorhast, nach Amerika auszuwandern – tu das bitte nicht.« Er schaute sie mit ungewohnter Ernsthaftigkeit an, als lese er schon wieder in Klaras Gedanken.

»Weil du dann niemanden mehr zum Piesacken hast?«

»Darum geht es nicht. Es ist viel zu gefährlich.«

»Viel gefährlicher, als mit dem Zug aus dem Schwarzwald nach Baden-Baden zu fahren, kann es auch nicht sein.« Klara ging mit großen Schritten an den Kolonnaden vorbei, Ferdinand folgte ihr.

»Da täuschst du dich. Erst kürzlich gab es ein Unglück, vor der Insel Borkum. Die ›Cimbria‹ ist im Nebel mit einem anderen Schiff kollidiert und untergegangen. Über vierhundert Menschen sind dabei ertrunken, die meisten davon Auswanderer. Meine Zeitung hat darüber berichtet. Aus Biberach waren die Schwäbischen Singvögel unter den Opfern, drei Geschwister, die gemeinsam den Tod gefunden haben.«

»Wie furchtbar. Aber warum erzählst du mir das? Gönnst du mir meine Träume nicht? Du wirst sehen, ich werde meinen Plan umsetzen, ich gehe nach Amerika!« Klara sah Ferdinand entschlossen ins Gesicht. Die Farbe seiner Augen ließ sie heute an den Boden des Schweinepferchs nach einem langen Regen denken.

Ferdinand lachte auf. »Du willst es wirklich wissen. Aber sei nicht dumm, Klara, so ein Unglück kann leicht passieren …«

»Dann hättest du ja ordentlich was zu berichten«, entgegnete Klara schnippischer, als sie eigentlich wollte. Sie spürte Tränen aufsteigen. Tränen der Enttäuschung und der Wut. Dieser junge Reporter würde ihr nicht weiterhelfen. Niemand würde ihr helfen.

Sie wandte sich um und schaute über den Platz vor dem Konversationshaus. Wenn ihre Brüder hier auftauchten und sie mit nach Hause nahmen, war es ohnehin vorbei. Das musste sie verhindern. Klara holte tief Luft.

»Ferdinand, du bist bestimmt ein guter Journalist. Und ich danke dir für die Warnung, aber –«

»Ich wette, du kannst noch nicht einmal schwimmen.«

Klara sah ihn ernst an. »Du traust mir gar nichts zu, oder?«

»Doch, sehr viel sogar. Deshalb möchte ich dich von deinem Vorhaben auch abhalten.«

»Was bietest du mir, wenn ich es nicht mache?«, antwortete Klara trotzig, während ihr Blick wanderte und am Theater hängen blieb. »Dort möchte ich hin. Oder ins Konversationshaus dort drüben.« Sie zeigte an den Promenadenbauten und am Musikpavillon vorbei auf das längliche weiße Gebäude mit den hohen Säulen vor dem Eingang. »Zum Tanzen und Flanieren. Wenn du das organisieren kannst, dann bleibe ich hier.« Klara schaute ihn auffordernd an, hielt aber ihre Finger hinter dem Rücken gekreuzt. Sollte er doch beweisen, wie wichtig sie ihm war. Von ihrem großen Vorhaben ließ sie sich ganz bestimmt nicht abbringen.

»Versprochen?« Ferdinand Vogel hielt Klara seine Hand hin.

Sie zögerte einen Moment, bevor sie einschlug. »Eher geht die Kaiserin in der Oos baden, als dass ich im Konversationshaus tanze.«

»Beides eine hübsche Vorstellung, von der ich heute Nacht träumen werde.«

»Von der Kaiserin oder von mir?« Klara nahm Ferdinand den Korb mit den Pralinen aus der Hand. »Ferdl?« Sie blitzte ihn schelmisch an. Immer wieder kam es ihr vor, als würde sie diesen Burschen schon ewig kennen.

»Das erzähle ich dir morgen!« Ferdinand Vogel lüftete seinen Hut und verbeugte sich theatralisch. »Mir scheint, es geht los. Dein Kaiser steigt in die Kutsche. Dann sollte ich schnellstens zum Bahnhof, dort wendet er sich gerne noch einmal an sein Volk.« Und mit einem »Küss die Hand« drehte er sich um und verschwand.

10

»Gib mir die Schokolade und hilf den Mädchen beim Reinemachen.« Crescenzia nahm Klara den Korb ab. »Bevor das Vieh sie noch auffrisst. Oder ich. Denn was für Kaisers gut ist, ist für mich gewiss nicht schlecht.« Sie lachte gackernd und ging schwerfällig die Treppe zur Küche hinunter. Vorher drehte sie sich noch einmal um. »Die Kaiserin ist die nächsten Stunden mit ihren Hofdamen bei ihrem Töchterle im Schloss. Deshalb können wir ihre Kemenaten sauber machen. Sofie zeigt dir alles. Und vergiss nicht, dein Dienstbuch auszufüllen!«

Klara nickte eifrig. Das graue Heft lag in der Kammer obenauf in ihrem Rucksack, gestern Abend noch hatte sie alles Nötige eingetragen. Was immer noch fehlte, war die Unterschrift ihres Vaters, aus der hervorging, dass er sie zum Arbeiten in die Stadt geschickt hatte. Denn das hatte er nicht getan. Er wusste nicht einmal, wo seine Tochter war. Zumindest hoffte Klara das von ganzem Herzen. Irgendwann musste sie ihr Dienstbuch bei der Polizei registrieren lassen. Sie konnte nur beten, dass alle davon ausgingen, dass sie mit dem Einverständnis ihrer Familie hier war und arbeitete. So wie es bei den meisten Mädchen der Fall war. Vorerst aber schob sie das Problem mit dem Dienstbuch so weit weg, wie sie konnte.

Klara stieg in den ersten Stock hinauf, zum Salon des Kaiserpaares. Die schwere Holztür stand offen, als sie näher kam, hörte sie Sofie leise singen. Diese junge Frau war einfach ein Sonnenschein. Klara war ihr noch immer dankbar für die Hilfe mit ihren Haaren, jetzt konnte sie sich ein wenig revanchieren und mit anpacken.

Ohne das Kaiserpaar darin wirkte der Saal gleich weniger majestätisch. Das Sammelsurium von Teppichen und Möbeln machte ihn wohnlich, aber nach den ersten Tagen in der Maison sah Klara darin auch die viele Arbeit.

»Du kommst wie gerufen!«, begrüßte Sofie sie. »Hilf mir,

wir rollen die Teppiche zusammen und tragen sie zum Ausklopfen in den Garten.«

Sie schwitzten, als die Teppiche wieder an Ort und Stelle lagen. Klara richtete ihr Häubchen und lächelte ihre neue Freundin an. »Wo kommst du eigentlich her, Sofie?«

»Aus Gaggenau.« Sie wies aus dem Fenster. »Siehst du das Alte Schloss? Dahinter kommt die Burg Alt-Eberstein, und dahinter liegt Gaggenau.«

»Und wie bist du hierhergekommen? Wissen deine Eltern, dass du hier bist?«

»Ja, natürlich. Meine Eltern führen ein Hotel. Aber es ist klein, und mein Bruder wird es übernehmen. Deshalb haben mich die Eltern in die Stadt geschickt. Wir sind eine richtige Hoteliersfamilie. Es gefällt uns einfach, wenn die Gäste sich wohlfühlen. Wer zufrieden ist, kommt wieder, sagt mein Vater immer.«

Klara nickte. Diesen Wunsch spürte sie auch in sich. Sie wollte ein wenig dazu beitragen, Menschen glücklich zu machen. »Das Kaiserpaar reist schon seit vielen Jahren nach Baden-Baden, sie müssen sehr zufrieden sein.«

»Aber nur, wenn die Kaiserin heute Nacht in frischer Wäsche schläft. Komm, es ist unsere Aufgabe, das Bett zu beziehen und in ihrem Schlafgemach Staub zu wischen.«

Sofie führte Klara hinaus aus dem Salon und weiter den langen Flur entlang zu einer der nächsten Türen.

Das Zimmer, in dem die Kaiserin ihre Nächte verbrachte, war nicht groß, bemerkte Klara überrascht. Neben einem einfachen Bett war gerade noch Platz für ein Pult mit einem Kreuz darüber. Ein dickes Buch lag aufgeschlagen darauf.

»Das Betpult Ihrer Majestät. Jeden Morgen und jeden Abend liest Augusta in der Bibel«, erklärte Sofie. »Sie ist sehr gläubig. Halt mal fest.« Das Mädchen hielt ihr die Zipfel des weißen Überzugs entgegen, dessen Stoff sich zwischen den Fingern fest und schwer anfühlte. Mit einem Ruck zog Sofie daraus eine wollene Decke. »Und jetzt den neuen Bezug, Crescenzia hat ihn schon bereitgelegt.« Sie wies zum Stuhl neben dem Eingang. »Da schaust, was? Ich hatte auch teure Daunen erwartet, aber wie es aussieht, ruht unsere Kaiserin lieber bescheiden wie in einem Kloster.«

Klara staunte. Dass Augusta eine barmherzige Frau war, das hatte sie gezeigt, als sie den Hausherrn gebeten hatte, sie als neues Dienstmädchen aufzunehmen. Aber warum lebte sie auch sonst das Leben einer Nonne?

»Als Kaiserin könnte sie sich Luxus gönnen. Sie könnte jeden Tag Pralinen essen und sich in den Kolonnaden etwas Hübsches kaufen.«

Sofie lachte. »Sie hat doch alles, was sie sich wünscht. Sogar schöne Kleider und Juwelen. Bald gibt es ein wichtiges Essen für das Hochzeitspaar. Und bestimmt trägt Augusta dann eine Krone.« Die Mädchen kicherten, während sie das frische Bettzeug glatt strichen.

»Ihr sollt euch beeilen, Crescenzia braucht euch.« Marie stand im Türrahmen und starrte sie finster an. »Vor dem großen Festessen müssen die Böden gebohnert werden.«

»Wir sind schon fertig«, verkündete Sofie strahlend. Ihr sonniges Gemüt war durch nichts und niemanden zu erschüttern, auch nicht von der Aussicht, die nächsten Tage sämtliche Böden in der Maison auf Hochglanz zu bringen. »Die Kronjuwelen polieren wir beim nächsten Mal.« Sie stupste ihre Freundin in die Seite, und gemeinsam eilten sie hinunter in die Küche der Maison.

Hätte sich Klara umgedreht, hätte sie die neugierigen Blicke von Marie gesehen, mit denen sie das Schlafgemach der Kaiserin betrachtete, bevor sie leise die Tür zuzog.

11

»Noch vor dem Frühstück?« Klara ließ das Häubchen sinken, das sie gerade auf ihrem Kopf befestigen wollte. Nachdem die vergangenen Tage gefüllt mit einfachen Arbeiten vorübergeflogen waren und das Kaiserpaar meist außer Haus gewesen war, hatte sich in Klara ein Gefühl von Gewohnheit und Sicherheit eingestellt. Sie hätte nicht gedacht, dass die Kaiserin weitere Dienste von ihr in Anspruch nehmen wollte.

»Erst wird's Wasser gesoffen, dann gelaufen, und am Ende kriegst was zu essen.« Crescenzia brachte die Aufgaben des Morgens auf den Punkt. »Nicht hier, sondern ihr geht zur Trinkhalle, wo es das Heilwässerle gibt. Das macht Augusta zwei bis drei Mal die Woche. Heut darfst du sie begleiten.«

Panisch sah sich Klara in der Küche um, wo Himbeer bereits wirbelte und die Zimmermädchen beim Frühstück saßen. Es war früh am Morgen, Klara hatte gehofft, sich selbst noch stärken zu können, bevor sie der Kaiserin zu Diensten war. Maries finsteren Blick versuchte sie zu ignorieren.

»In der Öffentlichkeit will Augusta nicht im Rollstuhl sitzen, du wirst sie stützen müssen. Ein Hoffräulein wird auch dabei sein. Und den Weg kennst du ja.« Crescenzia schob Klara die Treppe hoch, damit sie in der Eingangshalle auf die Kaiserin und ihr Gefolge warten konnte. »Und nichts davon trinken, sonst gibt's ein Malheur. Das musst du gewohnt sein, das Heilwasser«, rief sie ihr nach.

Heute war es so frühlingshaft warm, dass Klara auf ihren Mantel verzichten und sich an dem hellen Kleid mit blauen Streifen erfreuen konnte, das ihr Crescenzia rausgelegt hatte. Aber nichts wollte sie gerade weniger, als das Hotel zu verlassen, sollte da draußen wirklich ihre Familie nach ihr suchen. Unruhig spähte Klara durch die geöffnete Eingangstür. Sie hatte den Anblick des Mannes nicht vergessen, den sie aus dem Modegeschäft heraus gesehen hatte.

Hausbursche Florian hatte sich dort aufgestellt in der Hoffnung, eine Münze von der Kaiserin zu bekommen. Er zwinkerte Klara zu. Vielleicht war es an der Zeit, ihn einzuweihen, damit er sie warnen konnte, wenn einer ihrer Brüder auftauchte? Aber wie? Sie hatte noch nicht einmal ein Foto. Einfache Burschen mit Schwielen an den Händen und entschlossenem Gesicht gab es viele auf der Straße, auch in Baden-Baden. Und konnte sie Florian überhaupt trauen, sie kannte ihn doch noch gar nicht?

»He, du, hilf uns, aber ein bisschen plötzlich.« Hinter ihr stieg die Hofdame, die Klara vom Essen kannte, langsam die Treppenstufen hinunter, an ihrem Arm die Kaiserin ganz in Schwarz samt Schleier. Die Hofdame fuchtelte mit ihrem freien Arm, als könnte sie ihrer Forderung dadurch mehr Nachdruck verleihen.

»Bitte, Gräfin«, beschwichtigte Augusta sie, »das Mädchen steht doch schon bereit.«

Am Treppenende reichte Klara der Kaiserin ihren Arm, während die Hofdame ihr einen Stock in die Hand gab. »Nach dem Heilwasser wird's besser gehen. Wir haben es ja nicht weit.«

Als hätten die Musiker darauf gewartet, setzte das morgendliche Konzert im gleichen Moment ein, als die Kaiserin vor die Tür trat. Militärische Klänge begleiteten die drei Frauen, als sie durch das eigens für sie geöffnete Tor am Kassenhäuschen und am Konversationshaus vorbei auf die Trinkhalle zugingen. Als sie den Musikpavillon passierten, gab es einen kleinen Tusch, woraufhin Augusta kurz den Arm hob und winkte. Die Geste wirkte auf Klara so routiniert, als pflegten Musiker und Kaiserin dieses Ritual schon seit Jahren, und wahrscheinlich war es auch so. Die Menschen, die um diese frühe Uhrzeit bereits auf der Straße waren, blieben stehen und schauten ihnen nach, Männer nahmen zum Gruß den Hut vom Kopf. Alle schienen Augusta gewogen zu sein, doch was, wenn es nicht so wäre? Wie und wo hatten diese Anschläge auf Kaiser Wilhelm stattgefunden? Klara würde nach ihrer Rückkehr Crescenzia fragen. Ob sie auch selbst in Gefahr war, wenn sie Majestät begleitete?

Sie erreichten die Trinkhalle, wo sie die Stufen zum Wandelgang hochstiegen. Den Kopf im Nacken staunte Klara über die hohen Säulen, die sie auf ihrem Weg vom Bahnhof zusammen mit Ferdinand bereits aus der Ferne gesehen hatte.

»Das hier ist meine Lieblingssage!« Kaiserin Augusta war vor dem Bild eines Engels stehen geblieben, einem von vielen, die auf die Wand gemalt waren. Die Kaiserin betrachtete es wohlwollend, während sie die ersten davor keines Blickes gewürdigt hatte, was an den dargestellten barbusigen Frauen liegen mochte. »Wissen Sie noch, Gräfin, was das Bild erzählt?«

Gräfin von Brandenburg nickte eifrig. »Einer Sage nach haben hier ganz in der Nähe Engel und Teufel gepredigt, aber nur dem Engel hörte das Volk zu. In der Wolfsschlucht war das.«

»Und was geschah dann?«

»Dann stampfte der Teufel vor Wut auf dem Felsen auf, seitdem ist dort der Abdruck eines Pferdefußes zu sehen.«

»Wenn du also einmal dort hinkommen solltest«, wandte sich Augusta an Klara, »dann achte auf den Pferdefuß im Stein.«

Die Hofdame kicherte, während sie langsam weitergingen, doch die Kaiserin blieb ernst. Überhaupt kam sie Klara vor, als trage sie schwer an ihren Kleidern und den goldenen Ketten. An ihrer Aufgabe. Ihrem Alter.

Sie betraten durch eine geöffnete, von Holz umrahmte Glastür eine Halle. In der Mitte, um eine glänzende Säule herum, warteten einige Fräulein mit weißen Schürzen hinter einer niedrigen Theke. Auf ihren Tabletts standen Gläser mit Wasser, die sie an die Wartenden ausgaben.

Trotz der frühen Uhrzeit herrschte in der Trinkhalle ein Betrieb wie am Bahnhof. Klara erblickte dickbäuchige Herren mit grauem Backenbart und Zylinder und vornehme Damen mit Cape um die Schultern und Hütchen, von denen rechts und links feines Tuch herabfiel, um unter dem Kinn zusammengebunden zu werden. Einige warfen der Kaiserin neugierige Blicke zu, andere senkten den Kopf zur Begrüßung. Ein fröhliches Gemurmel hing in der Luft, die sich feucht und warm wie ein Leintuch nach der großen Wäsche über den Raum legte.

»Glotz nicht so dumm, hol uns zwei Becher«, zischte ihr die Hofdame ins Ohr.

Klara drängte sich durch bis zur Theke und wollte nach den Gläsern greifen. Aber das Wasserfräulein schlug ihre Hand weg. »Erst bezahlen, dummes Gör.« Klara wich zurück.

»Das Wasser ist für die Kaiserin.« Eine junge Frau war herangetreten. »So ist es doch, nicht wahr?« Sie sah sie freundlich an. Klara nickte stumm, während sie die blonde Dame im gelben Kleid anstarrte wie eine Erscheinung. Sie hatte noch nie eine so schöne junge Frau gesehen. »Ich nehme an, Augusta bevorzugt ihr Wasser zu dieser Tageszeit mit Milch und nicht mit Wein. Vorsicht, es ist sehr warm.« Sie gab Klara zwei Becher vom Tablett der abschätzig dreinblickenden Bedienung und flüsterte ihr zu: »Die Kaiserin muss nicht bezahlen und braucht auch kein Rezept. Jetzt lauf, sonst bekommst du noch Ärger.«

Klara schob sich durch die vielen Menschen zurück zu ihren Begleiterinnen, wo die Hofdame ihr mit einem »Wo bleibst du denn?« die Becher abnahm und einen der Kaiserin reichte.

Diese führte ihn mit ihren Handschuhen, die nur aus Spitze zu bestehen schienen, unter ihren Schleier und trank mit gierigen Schlucken. »Bei dem Geschmack kann es nur gesund sein«, bemerkte sie.

Auch die Hofdame hatte ihren Becher in einem Zug geleert und einem der Fräulein zurückgegeben, mit angewidertem Gesichtsausdruck. »Und jetzt müssen wir uns bewegen.«

»Aber langsam, Gräfin, Sie wissen doch, seit der Operation bin ich nicht mehr dieselbe. Hätte ich die nicht überstanden, wäre ich heute schon tot.«

»Gewiss, Majestät. Und wir sind glücklich, dass Sie nach Ihrem Sturz wieder auf den Beinen sind. Sie werden uns noch alle überleben.«

»So Gott will.«

Sie gingen hinaus in den Wandelgang und schritten ihn gemächlich ab. Klara warf einen verstohlenen Blick auf die Bilder an der Wand. »Was für ein schönes Pferd!«, rief sie begeistert, woraufhin sie die Hofdame strafend ansah.

»Nun, das ist der Beweis, wie die Quellen in Baden-Baden wirken.« Augusta war stehen geblieben. »Der Pfalzgraf auf dem Gemälde konnte dank des Heilwassers wieder reiten. Mir würde ein erholsamer Spaziergang schon genügen.«

»Mir fällt es auch schwer, den ganzen Tag in Schuhen zu laufen.«

»Willst du Unserer Majestät raten, barfuß zu laufen? Was für ein unsinniger Gedanke.«

Kam es Klara nur so vor, oder kicherte die Kaiserin leise? Sie waren am Ende des Ganges angekommen, und Augusta deutete mit ihrem Stock auf das letzte Bild. »Das Kloster in Lichtental. Ein friedlicher Ort, wo Gott zu Hause ist. Dort möchte ich wieder einmal hin.«

»So unternehmungslustig, Majestät?« Die Hofdame schaute skeptisch. »Denken Sie an Ihre Knochen.«

»Das tue ich, liebe Gräfin. Und deshalb brauchen wir ...«

Laute Stimmen durchbrachen das friedliche Gemurmel der morgendlichen Stunde vor der Trinkhalle. Die drei Frauen blickten sich erschrocken um.

»Nein, nein und nochmals nein!« Eine aufgelöste junge Frau stritt mit einem älteren, beleibten Herrn, der auf sie einredete. Sie klang weinerlich.

»Du kannst mich doch nicht einfach –«

»Beruhige dich. Es ist nur zu deinem Wohle. Dir soll es einmal besser gehen«, zischte er und sah sich entschuldigend um.

»Besser? Was weißt denn du darüber, wie es mir geht?« Ihre Stimme brach.

»Aurelia, was ist denn in dich gefahren? Das ist beschlossene Sache. Und jetzt ist Schluss!« Mit geballten Fäusten stand der kräftige Mann vor der schönen Frau, die ihn um einen Kopf überragte.

»Ein für alle Mal: Nein!« Sie raffte die Röcke, drehte sich um und lief den Wandelgang entlang, während die Menschen zur Seite sprangen und ihr neugierig hinterherschauten.

»Hysterie lässt sich auch mit dem besten Wasser nicht heilen.« Die Gräfin von Brandenburg seufzte theatralisch. »Der arme Mann. Mit so einem Weib ist er für sein Leben geschlagen.« Langsam gingen sie denselben Weg zurück, den die junge Frau gerade davongelaufen war.

Klara schwieg und dachte nach. Die aufgebrachte Person im gelben Kleid war dieselbe, die ihr bei der Wasserausgabe geholfen hatte – noch vor wenigen Minuten war sie überhaupt nicht hysterisch gewesen, sondern sehr freundlich, ruhig und hilfsbereit. Und unglaublich hübsch. Ein richtiges Strahlen ging von ihr aus, was nicht nur an dem Kleid lag. Ob sie eine Adlige war? Oder eine Schauspielerin? In Baden-Baden machten wohl einige bekannte Menschen gerne Station.

Ferdinand würde Bescheid wissen. Wenn sie da nicht schon die erste Geschichte für ihn hatte!

Als sie das Konversationshaus passiert hatten und zurück vor der Maison waren, schaute Klara die Kaiserin fragend an. Gerade hatte sie noch davon gesprochen, sie wolle zum Kloster. Doch schon fuhr die Hofdame sie an.

»Nun halt keine Maulaffen feil, sondern hilf uns die Treppe hinauf. Majestät braucht jetzt Ruhe.«

Gemeinsam bugsierten sie die Kaiserin die Stufen zum Eingang nach oben, wo Crescenzia sie begrüßte und schon auf Klara zu warten schien.

»Wenn du dich still verhältst, darfst dem Wilhelm bei seinen berühmten Pasteten zuschauen«, flüsterte sie ihr zu. »Er hat die gesamte Küche in Beschlag genommen. Hier kocht der Chef persönlich.« Sie kicherte. »Aber rühr nix an und stör ihn nicht. Sonst pfeffert mein Trotzkopf alles gegen die Wand und die Majestäten bekommen morgen Abend nichts zu essen.«

12

Vor Aufregung hatte Klara kaum geschlafen. Es war zwar nur das Vorbereitungsessen zur Hochzeit, damit sich die Familien besser kennenlernen konnten und um alles zu besprechen, wie ihr Sofie verraten hatte, aber für sie fühlte es sich an, als stünde das große Hochzeitsbankett bevor.

Und auch Crescenzia schien nervöser als sonst zu sein. Sie hatte Klara von Aufgabe zu Aufgabe gescheucht, als hätte sie selbst nichts zu tun. Gerade fragte sie zum dritten Mal, ob die Tische im großen Speisesaal schon gedeckt seien.

Ehe Klara antworten konnte, kam ein Mann mit weißem Spitzbart die Treppe herunter, im Arm eine Ledertasche, die viel zu groß war für seine Statur. Möglicherweise ging er deshalb so vorgebeugt. Als er an den beiden Frauen vorbeikam, lüftete er zur Begrüßung seinen runden Hut. Klara schrie auf, denn auf dem braunen Haar des Mannes saß ein Tierchen mit braunem Fell, was es fast unsichtbar machte, aber seine Knopfaugen funkelten sie sehr lebendig an. Das Köpfchen mit den riesigen Augen erinnerte Klara an eine Eule, nur viel kleiner, aber da war noch ein Schwanz, der gleich einem dicken Bindfaden herunterhing und den Mann am Ohr kitzelte. Es sah auch nicht aus wie die Mäuse, die Klara auf dem Hof oft genug aus der Küche gejagt hatte. Sie riss die Augen auf. Streckte das Tier ihr aus seiner winzigen Schnauze wirklich die Zunge heraus? Crescenzia neben ihr lachte.

»Monsieur Lemaître und sein kleiner Filou! Haben wir die Kaiserin für den Abend hergerichtet?«

»Oui, Madame. Heute haben wir die Brennschere benutzt.« Er klopfte auf seine abgewetzte Tasche. »Jetzt kann Majestät nicht nur heute Abend strahlen, sondern morgen mit neuen Locken in der Trinkhalle flanieren gehen.«

»Zum Wassersaufen eine neue Frisur. Das tät mir auch gefallen. Nächste Woche sind wir aber wieder pünktlich, Monsieur. Die Hoheiten kommen schließlich aus Berlin, da heißt es strammgestanden und nicht so ein Laisser-faire wie bei uns.«

Monsieur Lemaître hatte seinen Hut wieder aufgesetzt und verließ mit einem Gruß das Hotel.

»Da kriegst 'nen Affen, wenn er nicht schon einen hätt. Schau nicht so entsetzt, Mädle, der Friseur gehört zu Baden-Baden wie ich in die Maison. Und jetzt auf die Plätze, wenn bei Majestät die Frisur fertig ist, kann es bald losgehen.«

Klara fühlte sich wie im Paradies modischer Eleganz. Augusta Messmer sah in ihrem roséfarbenen Kleid mit der Spitze am Hals, einer Turnüre am Rock und den Volants bis zum Boden schon fast aus wie die Braut, die sie bald sein würde. Ihre Mutter Luise Messmer erschien farblich auf sie abgestimmt in Lila, das ihre Haare heller leuchten ließ, und Augustas Schwester Helene hatte mit ihren dreizehn Jahren ein Kleid in einem hellen Grünton gewählt. Augustas jüngste Schwester Wilhelma lag hoffentlich schon im Bett.

Klara kam sich vor wie bei Hofe, als Luise Messmer gemeinsam mit ihrem Mann Wilhelm die Gäste begrüßte: Vorneweg schritt Anton Brenner, Camilles Vater, ein resoluter Mann mit weißem Haarkranz passend zum Schnauzbart.

»Er war Hofschneider und Kleiderfabrikant. So was mögt ihr Frauen doch!« Florian hatte neben ihr Aufstellung genommen, um die Mäntel der Gäste entgegenzunehmen. Er machte vor Anton Brenner einen Diener und ebenso vor der stämmigen Frau, die vermutlich einmal blond gewesen war.

»Seine Frau Franziska, sie kommt aus dem Elsass«, tuschelte Florian, die Garderobe der Herrschaften im Arm. »Ihr Vater war Bierbrauer. So eine würd ich auch nehmen, dann hast immer Bier im Haus.«

Franziska und Anton Brenner hatten zehn Jahre lang die Villa Stéphanie geleitet, erfuhr Klara, bis Camille seinem Vater das Hotel Anfang des Jahres abgekauft hatte. »Für fünfhunderttausend Goldmark«, flüsterte Florian Klara zu, während sie ihren Rock glatt strich. Sie trug ein schwarzes Servierkleid und stand am Rande der Empfangshalle zwischen Säulen und Palmen mit den anderen Dienstmädchen in einer Reihe. »Und da ist der Mann des Abends: Camille Brenner, der Bräutigam«, fuhr Florian fort. »Hat sich mächtig in Schale geworfen.«

Camille sah seinem Vater ähnlich, dachte Klara. Dieselbe Statur, dasselbe runde Gesicht mit Schnauzbart über dem förmlichen Anzug. Nur seine Augen waren viel fröhlicher, sie lachten freundlich. Sanft und entschlossen zugleich wirkte Camille Brenner auf Klara. Wie würde er erst schauen, wenn er seine Braut Augusta in ihrem Hochzeitskleid sah! Sie waren ein schönes Paar, dachte Klara, doch während sie die hübsche junge Braut bei der Anprobe des Brautkleides erneut vor sich sah, musste sie auch an das denken, was sie vor dem Geschäft beobachtet hatte.

Wilhelm Messmer nahm einen leeren Champagnerkelch von einem Tablett, das eines der Mädchen vorbeitrug, und schlug mit einem kleinen Löffel ans Glas, den Marie zuletzt noch poliert hatte.

»Sehr verehrte Gäste, herzlich willkommen in unserer bescheidenen Maison. Begrüßen Sie mit meiner Frau und mir unsere Ehrengäste – Kaiser Wilhelm und Kaiserin Augusta!«

Die Hoheiten traten ein, förmlicher gekleidet als beim Frühstück. Der Kaiser trug einen schwarzen Anzug und schien hinter dem steifen Hemdkragen, der seinen Backenbart kitzelte, fast zu versinken. Augusta neben ihm war im dunkelblauen Kleid mit weißem Spitzenbesatz und großem Rock erschienen. Das Beeindruckendste an ihr war allerdings der Schmuck, wertvolle Ohrringe, mit grünen Steinen besetzt, und auf dem Kopf ein funkelndes Diadem. Es war nicht schwer zu erkennen: Die Kaiserin war die ranghöchste Frau im Raum.

Nach der Begrüßung durch die Gastgeber geleitete Wilhelm Messmer seine Gäste durch die Halle in den Speisesaal, der heute allein der Abendgesellschaft rund um das Brautpaar gehörte. Zwei Diener hielten mit weißen Handschuhen die Tür auf, paarweise trat die Gesellschaft ein. Unter dem Kronleuchter in der Mitte des Raums war der größte Tisch festlich gedeckt: Auf dem gestärkten weißen Tischtuch glänzten die schweren Kerzenleuchter aus echtem Silber vor den Porzellantellern mit Goldrand. Ein Diener rückte die Stühle mit der hohen Lehne zurecht, damit die Kaiserin und anschließend der Kaiser sich setzen konnten. Erst dann nahmen die anderen Gäste Platz. Kleider raschelten, Stühle wurden gerückt, ein leises Gemurmel lag in der Luft. Aus einer Magnumflasche mit goldenem Etikett goss der Sommelier jedem Gast Champagner in Kristallgläser.

»Ich erhebe mein Glas!« Wilhelm Messmer war aufgestanden. Seine Wangen leuchteten noch mehr als sonst, ob von der Aufregung oder diversen Probierschlucken konnte Klara nicht erkennen. »Während draußen im Pavillon die Kapelle den Mendelssohn'schen Hochzeitsmarsch spielt, haben wir hier drinnen ein echtes Hochzeitspaar. Ein Hoch auf meine liebe Tochter Augusta und ihren Bräutigam Camille. Und natürlich auf unsere hochgeschätzten Gäste: Kaiserin Augusta, heute ganz privat als Patentante der Braut zu Gast, und Kaiser Wilhelm, den ersten Mann Deutschlands … es ist uns eine Ehre!« Während die Gesellschaft auf das Brautpaar trank, gab Marie ihnen ein Zeichen – Klara sollte zusammen mit den anderen Mädchen hinunter in die Küche eilen, um die Vorspeise zu holen.

»Ich hoffe, du hast die Majestäten nicht wieder in ein Gespräch verwickelt. Das ist heute nicht angebracht«, empfing sie Crescenzia mit ungebrochener Nervosität. Auch sie war in ihrem schweren schwarzen Dienstkleid heute adretter als gewöhnlich. Sie scheuchte die Mädchen zum Koch, der die Vorspeise bereits auf Teller verteilt hatte und verkündete: »Tarte de mariage! Unsere Hochzeitspastete!«

»Wenn euch jemand fragt, das ist die Wildpastete vom Chef«, erklärte Crescenzia, »die hat er gestern eigenhändig gemacht. Zuerst kriegt die Kaiserin ihr Tellerle, dann der Kaiser, die Damen von alt bis jung und dann die Männer, am Schluss der Chef.«

Klara griff nach einem Teller, aber Marie vor ihr schnappte sich zwei und erklärte: »Ich bediene das Kaiserpaar.«

»Nein«, schritt Crescenzia ein, »damit du die Pastete fallen lässt, kommt gar nicht in Frage. Du gehst vor und bedienst Augusta, Klara übernimmt den Wilhelm. Dem Herrgott sei's gedankt, dass der einmal ohne seine Pickelhaube unterwegs ist.« Marie warf Klara einen eisigen Blick zu, stellte aber einen Teller zurück. In einer langen Reihe liefen die Dienstmädchen die Treppen hoch zum Speisesaal, wo das Gespräch in Gang gekommen war.

»Zweihundert Gäste bekommen wir selbstverständlich unter, es wird uns eine Ehre und Freude sein«, sagte Anton Brenner gerade.

»Wobei auch wir, wie Sie sehen, verehrtester Brenner, einen ordentlichen Rahmen bieten könnten. Und ich als Vater der Braut würde mich freuen, meine hausgemachte Pastete –«

»Aber Wilhelm«, seine Frau Luise legte ihm die Hand auf den Arm, »wir werden doch schon im November unseren Hochzeitstag groß feiern. Außerdem wollen unsere Hoheiten bestimmt auch einmal etwas anderes sehen als unser bescheidenes Haus.«

Wie aufs Stichwort hatten alle Dienstmädchen hinter den Gästen Aufstellung genommen und servierten nach einem kurzen Blickkontakt gleichzeitig die Vorspeise, die auf einem Bett aus grünen Kräutern angerichtet war.

»Ah, die berühmte Wildpastete«, brummte Kaiser Wilhelm zufrieden und zwinkerte Klara freundlich zu. »Wo wird unsere kleine Augusta denn nun heiraten?«, rief er etwas zu laut über den Tisch und legte sich danach die Hand hinters Ohr, um die Antwort zu verstehen.

»Wie Herr Brenner gerade schon sagte, in ihrer Villa Stéphanie«, erklärte Frau Messmer.

»Also nicht hier in der Maison?«

»Die Umbauten sind fast beendet«, rief Anton Brenner von gegenüber, »das Hochzeitsfest wird gleichzeitig die feierliche Neueröffnung unseres Hauses.«

»Alles vom Feinsten und ganz modern«, ergänzte seine Frau Franziska. »Dafür hat mein Sohn gesorgt. Er ist jetzt der erste Mann im Haus.« Mit Stolz in den Augen sah sie zu ihrem Sohn hinüber.

Als sie sich mit den anderen an der rückwärtigen Wand aufstellte, bemerkte Klara, dass sich Camille Brenner und seine Braut Augusta noch gar nicht in die Diskussion eingemischt hatten. Die Verlobten saßen still nebeneinander, nur ihre Augen schienen miteinander zu sprechen. Klara konnte sehen, dass Augusta und Camille einander unter dem Tisch an den Händen hielten. Sie würden eine gute Ehe führen, davon war sie überzeugt. War nicht Liebe das beste Fundament? Auch, um gemeinsam ein großes, modernes Hotel zu führen.

»Aber den Segen gibt es in unserer Stadtkirche«, sagte Augusta laut, mehr zu ihrem Bräutigam als zur Gesellschaft. »Pfarrer Ludwig wird gewiss die passenden Worte finden.«

»Gut, dass wir rechtzeitig das Geld für die Türme zusammenbekommen haben, dann können wir auch die Glocken für das Hochzeitspaar läuten«, lachte Kaiser Wilhelm. »Es ist nicht weit, und wir haben in der Kirche unseren Stammplatz. Sehr wichtig in unserem Alter.«

»Dann werdet ihr also kommen!«, rief Augusta begeistert und strahlte ihren Bräutigam an.

»Wenn die Lage nicht zu gefährlich ist. Immer wenn ich auf die prächtigen Fenster und die beiden Türme der Kirche schaue, muss ich daran denken, was beinahe passiert wäre. Und bei jedem Spaziergang in der Lichtentaler Allee.« Die Kaiserin sah unglücklich aus, sie nippte an ihrem Neuweier Schlosswein, den der Sommelier ihnen aus dem Bocksbeutel für die Vorspeise eingeschenkt hatte.

»Eine schlimme Geschichte«, stimmte Luise Messmer zu.

»Na, na, ich lebe ja noch«, beschwichtigte der Kaiser. »Der dumme Streich eines Studenten, ich habe damals kaum einen Kratzer abbekommen. Aber ein Gutes hatte es: Nach dem missglückten Attentat stiegen die Spendengelder für den Kirchenbau enorm.«

»Aber auch die Zahl der Attentate auf dich, Wilhelm.« Kaiserin Augusta wirkte bedrückt. »Beim jüngsten dachte ich wirklich, dein letztes Stündlein hätte geschlagen. Hättest du in Berlin nicht deine Pickelhaube und den schweren Mantel getragen …«

»Eigentlich sollte ich dem Nobiling dankbar sein, dass er mich zur Ader gelassen hat, ich fühle mich trotz meines hohen Alters quicklebendig.«

Marie gab den Mädchen ein Zeichen, dass es Zeit war, die Teller abzuräumen. Kurz bevor Klara den Ausgang erreicht hatte, stieß sie mit dem Fuß gegen etwas Hartes und strauchelte. Den Teller fest umklammert, konnte sie gerade noch verhindern, lang hinzuschlagen. Das Silberbesteck, das auf dem Teller lag, rutschte herunter und fiel mit lautem Geklirr zu Boden. Klara erstarrte. Aber die Gespräche am Tisch gingen munter weiter. Sie sah sich um. War da eine Welle im Teppich gewesen, oder hatte ihr Marie, die diesmal hinter ihr ging, ein Bein gestellt? Sie zog nun an ihr vorüber, ohne Klara eines Blickes zu würdigen oder ihr aufzuhelfen, während ein anderes Mädchen ihr das verlorene Besteck reichte, das Klara mit zittrigen Händen entgegennahm.

»Bist ganz blass, Mädle«, meinte Crescenzia, als Klara wieder die Küche betrat.

»Hat ja auch alles fallen gelassen«, kam es von Marie.

»Um Gottes willen, hoffentlich nicht die gute Pastete der Augusta aufs Kleid.«

»Nein, nein, nur das Besteck, aber nach dem Essen, und es hat auch niemand gemerkt.« Sofie lächelte ihr zu. »Na komm, das ist jeder schon passiert.«

»Was ich bestätigen kann. Nicht lamentieren, wenn da oben ein Dutzend hungriger Mäuler wartet. Auf den Kalbsbraten vom Himbeer, er hat sich wieder selbst übertroffen.«

»Und deshalb, *mes filles*, wir nehmen die großen Hauben, damit nichts kalt wird.« Koch Imbery holte den Kalbsbraten aus dem Ofen und fing an, zarte Scheiben abzuschneiden, die er auf den Tellern verteilte, auf denen schon Möhren, Erbsen und Kartoffeln angerichtet waren. Der würzige Duft stieg Klara in die Nase und erinnerte sie daran, dass sie selbst heute noch nicht viel gegessen hatte. Hoffentlich wurde ihr nach dem Missgeschick nicht das Abendessen gestrichen. Ihr durfte kein Fehler mehr unterlaufen, sonst waren ihre Tage im Hotel gezählt.

Der Koch gab über jedes Fleisch noch einen Löffel hellbraune Sauce, und mit einem *»Et voilà!«* krönte er sein Werk mit einem Zweig Petersilie.

»Gib dem Herrn Bräutigam zwei Zweigle, dann können s' die Hochzeitsnacht gleich vorverlegen«, kicherte Crescenzia.

»Oder wir zwei«, meinte Himbeer und reichte der ältesten Mitarbeiterin des Hauses ein Sträußchen des grünen Aphrodisiakums.

»Was für ein Tollhaus!«, murmelte Marie und ging mit dem ersten Teller samt Haube voraus.

»Ich gehe als Zweite, dann kann sie dich nicht piesacken«, wisperte Sofie und bedeutete Klara, ihr zu folgen.

Oben im Speisesaal hatte sich das Gespräch am Tisch in der Zwischenzeit politischen Themen zugewandt.

»Kommt Bismarck nicht bald nach Baden-Baden?«, fragte Wilhelm Messmer gerade den Kaiser, als er den Rotwein zum Hauptgang probierte. Das Rot seiner Wangen war noch eine Spur dunkler geworden, stellte Klara fest, während sie servierte. »Ich hörte so etwas von unseren Kollegen vom ›Angleterre‹ gegenüber.«

»Dass dieser Mensch immer dort sein muss, wo du bist, Wilhelm«, ereiferte sich die Kaiserin. »Die armen Hoteliers! Es heißt, er vertilge jeden Morgen bis zu sechzehn Eier, dazu Koteletts, Wurst und Räucherfisch. Was für ein teurer Gast. Dagegen esse ich wie ein Spatz.« Ihre Augen glänzten, als die Haube auf ihrem Teller entfernt wurde und ihr der Duft der Mahlzeit in die Nase stieg.

»Es gibt eben viel zu besprechen, mein Feuerkopf, noch im Sommer will er die Krankenversicherung fürs Volk auf den Weg bringen.«

»Aber das ist doch ein feiner Zug von ihm«, bemerkte Franziska Brenner, die keinerlei Scheu zeigte, neben dem Kaiserpaar zu speisen und ihre politischen Ansichten offen zu äußern. »Wenn unsere Dienstmädchen krank werden, kann ihnen bislang nur Gott helfen, dass sie bald wieder gesund werden, und viele landen am Ende auf der Straße.«

»Stimmt es, dass die Arbeiter nur noch acht Stunden am Tag arbeiten dürfen, wenn Bismarck seine Ideen durchbringt?«, meldete sich Luise Messmer. »Wie soll das funktionieren? Wir haben von früh bis spät Arbeit, die getan werden muss.«

»Immer langsam mit den jungen Pferden«, brummelte Wilhelm und widmete sich seinem Kalbsbraten. »Er muss dem Volk etwas bieten, wenn er sie nicht an die Sozialisten verlieren will, den Reichsfeind Nummer eins, wie er sie nennt. Die würden sonst auf die Barrikaden gehen.«

Der Hotelier wandte ein: »Sich um die Ärmsten und Schwächsten zu kümmern – da hat er doch etwas mit dir gemeinsam, Augusta. Auch du hast jahrelang den Kranken und Verwundeten geholfen, mit deinem Frauenverein.«

»Irgendjemand musste doch die Verletzten pflegen, die er mit seinen Kriegen verursacht hat!«

»Danke, mein Kind!« Klara hatte die Serviette aufgehoben, die dem Kaiser bei der Diskussion aus der Hand gefallen war.

»Sehen Sie sich dieses Mädchen an«, fuhr er fort, »dank des großen Herzens meiner Frau und Kaiserin hat sie hier eine Anstellung gefunden. Sie ist der Beweis – wer Pflichtgefühl hat und eine gute Arbeitsmoral, der wird es zu etwas bringen.«

Klara spürte Hitze aufsteigen und entfernte sich mit gebeugtem Kopf. Sie wagte niemanden anzusehen. Jetzt wusste ein jeder, dass sie nur hier war, weil die Kaiserin ein gutes Wort für sie eingelegt hatte. Dass sie protegiert war.

Und sie ahnte: Das würde nicht allen gefallen.

13

So viele Menschen wie am Abend des großen Essens waren nicht immer in der Maison. Die nächsten Tage residierte wieder einzig das Kaiserpaar bei den Messmers. Während der Kaiser arbeitete, hin und wieder einen Spaziergang unternahm oder für eine Tagesreise unterwegs war, empfing die Kaiserin Gäste und ging ihrer Kur in der Baden-Badener Trinkhalle nach. Auch heute in der Früh war sie schon dort gewesen und wollte nun einen längeren Spaziergang machen.

»Gräfin, wenn ich's Ihnen doch sage, wir kommen allein zurecht. Kümmern Sie sich derweil um ein neues Buch.«

Kaiserin Augusta stand vor der Maison und schlug ihren Stock energisch in den Boden. Klara lächelte. Das Heilwasser schien zu wirken, so bestimmt und entschlossen hatte sie die Kaiserin noch nicht erlebt. »Und ich wünsche, dass mir zum Nachmittagstee vorgelesen wird«, fuhr sie fort, »es muss auch nicht auf Französisch sein. Und gegen eines der leckeren Törtchen vom Schababerle hätte ich auch nichts einzuwenden.«

Klara erschrak. Nicht, weil die Kaiserin, wie es aussah, mit ihr allein bis zum Kloster in Lichtental laufen und danach Kuchen essen wollte, sondern weil sie von Tee sprach. Tee, den es in der Maison gerade nicht gab. Wie sollte sie bei Eduard Messmer nachfragen, wie weit sein Sohn mit einer neuen Mischung gekommen war, wenn sie die ganze Zeit mit Ihrer Majestät verbrachte? Sicherlich war er noch nicht fertig, sonst hätte er bei seinem Bruder Wilhelm vorgesprochen und die Dosen im Vorratsraum wären gefüllt.

»Aber dann nehmen Majestät in Gottes Namen doch wenigstens den Rollstuhl!«, bat die Hofdame und gab sich geschlagen. Und so ließ Augusta sich auf der geflochtenen Sitzfläche zwischen den großen schwarzen Rädern des Rollstuhls nieder, den Florian mit Fritz' Hilfe aus dem Hotel auf die Straße getragen hatte.

»Viel zu gefährlich«, murmelte die Gräfin zum Abschied. »Wie viele Attentate soll es denn noch geben? Es reicht wohl nicht, dass der Kaiser fast gestorben wäre, hier in Baden-Baden, dort hinten in dieser Allee, so etwas ist doch …«

»Ich bin nicht lebensmüde, wenn Sie das meinen«, wandte die Kaiserin ein. »Jedenfalls heute nicht. Der Tag ist so schön. Komm, Mädchen, lass dir das Päckchen für die Äbtissin geben, wir wollen los.«

Klara nahm von der Gräfin von Brandenburg ein in braunes Papier eingeschlagenes Geschenk entgegen, nickte ihr zum Abschied zu und schob die Kaiserin im Rollstuhl in die Lichtentaler Allee. Kastanien säumten den einfachen Weg aus Kies, sie spendeten im Sommer sicherlich einen herrlichen Schatten, dachte Klara, als sie eine Quelle passierten, die neben einer Trauerbuche aus einem großen Stein sprudelte. Nur wenige Dienstmädchen waren zu dieser frühen Stunde unterwegs, die meisten mit Kinderwagen. Niemand schien von ihnen Notiz zu nehmen.

Stieleichen lösten die Kastanien als Alleebäume ab, und Klara hätte den Spaziergang genossen, wenn nur die Anstrengung nicht gewesen wäre. Sie mühte sich mit dem Rollstuhl ab, der sich nur unter Aufbringung ihrer gesamten Kräfte schieben ließ. So beschäftigt war sie, dass ihr erst spät auffiel, dass die Kaiserin keinen Ton von sich gab. War sie eingeschlafen? Aber Augusta saß aufrecht in ihrem Rollstuhl, das Ruckeln auf dem unebenen Weg schien ihr nichts auszumachen. Ob sie sie ansprechen durfte?

In diesem Moment wurde es laut in der beschaulichen Allee, Rattern und Hufschläge waren zu hören. Die wenigen Menschen, die unterwegs waren, stoben auseinander und schrien. Und dann sah Klara die Kutsche. Drei weiße Pferde galoppierten ihnen entgegen, es war, als kämen sie aus einem Abenteuerroman oder einem schlechten Traum. Panisch schob sie den Rollstuhl mit der Kaiserin zur Seite, da war das Gefährt auch schon auf ihrer Höhe. Klara hörte die Schimmel schnaufen, der Boden erbebte unter dem Getrampel ihrer Hufe. Für den

Bruchteil einer Sekunde erkannte sie eine dunkle Gestalt in der Kutsche, bevor sie reagierte und sich schützend über Augusta warf, die einen spitzen Ton von sich gab.

Mit lautem Getöse bretterte das Gespann knapp an ihnen vorbei und hinterließ eine Staubwolke. Klara richtete sich wieder auf und stammelte: »Es … es tut mir wirklich leid, Majestät. Ich wollte nicht … ich hoffe, Sie haben sich nicht … aber da kam …«

Kaiserin Augusta hustete, schob sich die Haube zurecht und strich ihren Mantel glatt. Dann nahm sie den Schleier vom Gesicht. War sie in der Maison auch schon so blass gewesen?

»Du hast mir das Leben gerettet!« Die Stimme der Kaiserin klang zittrig.

»W… war das ein Anschlag?«

»Nein.« Augusta schüttelte den Kopf. »Das war Wladimir Menschikow. Normalerweise ist er nicht so früh in der Allee unterwegs.«

»Ist er Gast in Baden-Baden?«

»Ein russischer Adliger. Er hat eine prachtvolle Villa hier in der Stadt und viele Pferde. Er ist Mitglied im Internationalen Club, der die Rennbahn draußen in Iffezheim unterstützt.« Sie wies auf ein Gebäude hinter der Allee. »Nicht mein liebster Zeitvertreib, aber sein Engagement muss man ihm schon anrechnen. Mittlerweile glaubt er allerdings, ihm gehöre ganz Baden-Baden.«

»Sollen wir die Polizei rufen?« Klara dachte an Ferdinands Vater.

Aber die Kaiserin winkte ab. »Die hat er bestochen. Wenn sie ihn anhalten, zahlt er im Voraus für seine Vergehen. Wenn er mir das nächste Mal seine Aufwartung macht, werde ich ihn zurechtweisen. Dieser unmögliche Mensch! Wir werden für seine Sünden beten.« Augusta bedeutete ihr mit einem Handzeichen, den Weg fortzusetzen.

»Sind alle Russen so … so ungestüm?«

»Nicht alle, aber viele, die ich kenne.« Klara hörte die Kaiserin seufzen.

»Ihre Mutter stammt doch auch aus Russland.« Solange Klara den Rollstuhl schob und Augusta nicht in die Augen sah, kamen ihr die Worte schneller aus dem Mund, als ihr lieb war. Sie hielt erschrocken inne, aber sie bekam eine Antwort.

»Das weißt du? Hast du das auch in der Schule gelernt, mein Kind?«

»Ja!«, rief Klara schnell, wollte sie doch auf keinen Fall verraten, dass sie ihr Wissen von Eduard Messmer hatte. Sonst hätte die Kaiserin am Ende noch erfahren, dass der Maison ihr geliebter Hankow-Tee ausgegangen war.

»Meine Mutter«, fuhr Augusta fort, »Maria Pawlowna, war eine Russin mit einer großen Familie und einem noch größeren Herzen. Ihre Großmutter war Katharina die Große, die ihren Mann, den Zaren, vom Thron gejagt und sich selbst draufgesetzt hat. Auch ihr Privatleben war, nun ja, nicht gerade vorbildlich. Sicher hast du davon gehört. Meine Mutter hingegen hat nicht nur die Künste an unserem Hof in Weimar gefördert, sie war auch ein Engel der Kranken, Armen und Waisen. Das habe ich von ihr gelernt und werde es fortführen. Genau wie meine Tochter Wiwi. Du wirst sie kennenlernen, sie ist ebenfalls ein Engel.«

»Wiwi?«, keuchte Klara, während sie die Kaiserin im Rollstuhl schob.

»Meine Luise, wir nennen sie seit Kindertagen Wiwi. Sie hat mir drei wunderbare Enkel geschenkt. Die Mittlere, Sophie, hat mich sogar zur Urgroßmutter gemacht. Der kleine Gustav ist erst ein Jahr alt, und das nächste ist schon unterwegs. Was sagt man dazu? Da vorne machen wir halt.«

Augusta wies mit ihren schwarz behandschuhten Fingern auf ein kleines Häuschen am Wegesrand.

»Was ist das?« Klara blieb stehen.

»Das Hirtenhäuschen. Früher hat dort der Schweinehirte gewohnt, jetzt verrichtet die Kaiserin ihre Notdurft darin. Mein Mädchen, hilf mir heraus.« Augusta streckte Klara ihre Hand hin. »Das viele Wasser findet seinen Weg.«

Klara griff Augustas Hand, die sich unter dem Handschuh

zart und zerbrechlich anfühlte, und half ihr aus dem Rollstuhl. Auf den Stock und Klaras Arm gestützt erreichte die Kaiserin die Hütte. Dort zog sie unter ihren Kleidern einen großen Schlüssel hervor, mit einem Funken des Triumphes in den Augen, und steckte ihn ins Schloss. Die alte Holztür quietschte, als sie sie aufstießen.

Drinnen empfing sie ein muffiger, feuchter Geruch. Das spärliche Licht, das durch die zwei kleinen, dreckigen Fensterscheiben fiel, offenbarte, dass es in dieser Schweinehirtenhütte nichts gab außer einem Tisch und einem Stuhl – und sehr viel Staub und Dreck. Klara musste niesen, aber Augusta hielt der Schmutz nicht davon ab, eine weitere Tür anzusteuern. »Ich komme zurecht, du kannst draußen warten.«

Diesem Befehl folgte Klara gerne. Sie lehnte sich vor der Hütte gegen einen der Bäume und blickte über die Felder, wo Menschen in der Sonne arbeiteten. Vermutlich brachten sie Kartoffeln in die Erde, so wie sie es in diesen Tagen auch getan hätte, zu Hause auf ihrem Hof im Schwarzwald. Ob ihre Brüder schon die Felder gepflügt hatten?

Ein Gefühl der Scham überkam sie. Sie hatte ihre Familie im Stich gelassen. Hier machte sie mit der Kaiserin eine Spazierfahrt, während zu Hause ihre Arbeitskraft fehlte. Klara schaute in die Ferne, wo hinter einem Streifen von gelbem Raps ein großes Gebäude zu erkennen war. Das musste das Kloster sein, ihr heutiges Ziel.

»Das sieht nach der berühmten Pause der Kaiserin aus. Ist die Luft dort drinnen zu stickig, Fräulein Klara?«

Klara fuhr herum. Vor ihr stand Otto Messmer mit einem Päckchen unter dem Arm, er zog zur Begrüßung seinen Hut. In seinem glänzenden grauen Anzug hätte er besser ins Konversationshaus gepasst als in diese staubige Allee. Er schaute sie belustigt an.

»Was machen Sie denn hier?«, entfuhr es Klara.

»Ich bringe den Nonnen im Kloster ihren Abendtee und Gebäck. Ich vermute, wir haben dasselbe Ziel, wenn Majestät ihre Gewohnheiten nicht geändert hat.«

»Ja, das stimmt.« Klara schaute sich um, ob Augusta bereits zurückkam, und trat näher an Otto heran. »Was macht der Tee für die Kaiserin? Es eilt. Sie sprach davon, dass sie heute eine Teestunde wünscht. Was machen wir denn nur?«

»Er ist in Arbeit. Ich denke, spätestens im Herbst, wenn Unsere Majestät wieder nach Baden-Baden kommt, werden wir –«

»Im Herbst?«, rief Klara lauter, als ihr lieb war, und senkte die Stimme. »Das ist zu spät. Wir brauchen sofort Nachschub. Bitte!« Eindringlich schaute sie in die blauen Augen Otto Messmers, die ihrem Blick standhielten. Einen Moment lang sagte keiner von beiden etwas, bis Geräusche aus der Hütte zu hören waren.

»Schnell, Sie müssen weiter. Nicht dass Augusta Sie sieht und ihre Schlüsse zieht.«

»Nur wenn Sie versprechen, mir beim Mischen des Tees zu helfen. Dann lade ich Sie auch am Sonntag in ein Wirtshaus auf dem Fremersberg ein und erzähle Ihnen endlich von meinen Besuchen auf den Plantagen.«

»Was? Ja, ja, was Sie wollen. Hauptsache, Sie gehen jetzt weiter. Bitte!«

Otto nahm ihre Hand und hauchte einen Kuss darauf, lüpfte noch einmal den Hut, und ohne ein weiteres Wort setzte er seinen Weg fort. Gerade noch rechtzeitig.

»Wir können weiter.« Kaiserin Augusta stand im Türrahmen und reichte Klara den großen Schlüssel, damit sie abschließen konnte. »In Stunden wie diesen bekomme ich eine Ahnung, wie es sich anfühlen muss, das einfache Leben. So ohne Druck und ohne Zwänge. Vermisst du nicht dein Kinzigtal, Mädchen?«

Klara schaute unsicher den Weg entlang, doch Otto hatte sich unter die anderen Spaziergänger gemischt und war nicht mehr auszumachen. Sicherlich war er längst wieder fort, bis sie am Kloster angekommen waren. Klara half der Kaiserin in den Rollstuhl und schüttelte den Kopf. »Nein, Majestät. Ich freue mich, dass ich in der Stadt bin.« Ihre Gedanken, dass gerade das einfache Leben viel Druck und Zwängen ausgeliefert war, behielt Klara für sich. Sie verstand die Sehnsucht der Kaiserin und wollte sie nicht belehren. Dann schob sie den Rollstuhl auf den Weg.

»Der Kaiser und ich, wir lieben das Land. Deshalb kommen wir immer gerne in die Maison, auch wenn es nicht das luxuriöseste Haus am Platz ist. Und nicht immer ist Baden-Baden der friedlichste Ort auf Erden. Hinter dieser Hütte hätte Wilhelm fast sein Leben gelassen.«

»Das Attentat, von dem die Gräfin sprach?« Klara bremste den Rollstuhl so plötzlich ab, dass die Kaiserin sich festhalten musste.

»Ja, das erste. Ein Student hat auf Wilhelm geschossen, als dieser seinen vormittäglichen Spaziergang machte. Der erste Schuss ging in diesen Baum.« Augusta wies auf den vordersten der Ahornbäume, die jetzt die Allee bildeten. »Der zweite hat den Kaiser nur gestreift. Es ist über zwanzig Jahre her, aber es sollte nicht das letzte Attentat bleiben. Schlimmer war das in Berlin. Eine ganze Ladung Schrot hat der Dummkopf auf meinen Mann geschossen.«

»Um Gottes willen! Aber er hat es überlebt.«

»Der Held, der war des Kaisers Helm, hat Fontane hinterher gedichtet. Ein Hoch auf die Pickelhaube. Ja, er hat es überlebt, wie du siehst, anders als dieser verrückte studierte Landwirt mit dem Schrotgewehr.« Klara schob den Rollstuhl weiter.

»Kann denn so etwas wieder passieren?«

»Jederzeit. Es sind keine einfachen Zeiten für einen Kaiser.«

»Sind wir hier in Gefahr?« Klara blickte sich hektisch um. Aber außer den Bauern auf dem Feld waren nur Menschen unterwegs, die freundlich grüßten.

»Auch Baden-Baden ist kein heiliges Pflaster. Trotzdem werde ich im Herbst wieder zurückkehren, dann feiern wir meinen Geburtstag zwischen den Rebstöcken vor den Toren Baden-Badens.«

»Majestät wollen uns schon bald verlassen?«

»Nein, nein, mein Kind, noch ist die Trinkkur nicht beendet. Sie haucht mir ein wenig Leben und Zuversicht ein. Du siehst es ja, mit meiner Gesundheit steht es nicht zum Besten. Nervenschmerzen, immer diese Krämpfe in der Hand. Ich kann keine Briefe mehr schreiben, muss jede Zeile diktieren. Von den Beinen will ich gar nicht erst sprechen. Ich habe als Kind nicht genug zu essen bekommen, darauf führe ich vieles zurück. Wir bekamen immerfort Schwarzwurzeln. Das kann nicht gesund sein.«

»Die mag ich auch nicht sonderlich. Lieber Kartoffeln.«

Sie hatten die Pforte zum Kloster erreicht. »Hier müssen wir haltmachen. Unser Gefährt wird es nicht schaffen auf dem Pflaster.« Sie hielten an, und Klara half Augusta, aus dem Rollstuhl zu steigen. Die Kaiserin stützte sich auf Klaras Arm und nahm mit der anderen Hand ihren Stock. »Und vergiss unser Geschenk nicht. Wilhelm Messmer hat uns diesmal Kaffee, Schokolade und einen Zuckerhut eingepackt, da wird man sich im Kloster freuen.« Vorsichtig gingen sie über das Kopfsteinpflaster durch das steinerne Tor. Ein plätschernder Brunnen begrüßte sie in der Mitte des Platzes.

»Schauen wir mal, ob die Äbtissin Zeit für uns hat. Aber erst auf ein Gebet in die Kapelle.« Augusta wies mit ihrem Stock auf die andere Seite des Innenhofes. »Auch wenn ich bei den Katholiken eigentlich falsch bin. Wie hältst du es mit der Religion, um mit meinem Lehrmeister aus Kindheitstagen zu sprechen? Wenn du aus dem Schwarzwald kommst, bist du sicherlich katholisch, und prunkvolle Kirchen sind dir nicht fremd.«

Klara schüttelte den Kopf. »Nein, Majestät. Das Dorf, aus dem ich stamme, ist evangelisch. Von uns gibt es dort nicht viele.«

»Na, dann gehören wir zwar einem unterschiedlichen Stand an, haben aber denselben Glauben. Religion sollte die Menschen niemals entzweien, ist meine Meinung. Eine jede von ihnen hat einen guten Kern. Und die katholische hat die schönsten Gotteshäuser, weshalb ich sie gerne besuche.«

Sie betraten die Klosterkirche, in der es golden glänzte. Augusta ließ sich zu einer Bank in der ersten Reihe führen und bedeutete Klara, sich neben sie zu setzen. Gleich drei Altäre gab es hier.

»Das ist die heilige Ursula, und da links ist Maria Magdalena. Die heilige Ursula soll sieben Mal am Tag gebetet haben. Davon bin ich weit entfernt.«

»So viele Frauen in dieser kleinen Kapelle!« Klara staunte. »Und die Madonna darf auch nicht fehlen.« Sie zeigte auf eine hölzerne Figur.

Augusta nickte. »Siehst du, was an ihrem Finger baumelt? Es heißt, sie habe das Kloster im Dreißigjährigen Krieg vor Plünderung bewahrt. Die Nonnen hatten sich versteckt und den Schlüssel für das Kloster der Maria an den Finger gehängt. Es wurde verschont. Was für starke Frauen diese Nonnen doch immer schon waren. Sie sollen sogar das Flüsschen umgeleitet haben, damit sie zum Bistum Speyer gehörten und das Kloster gründen durften. Der Bischof von Straßburg hatte ihnen das nämlich untersagt, er wollte kein Frauenkloster in seinem Bistum. Auch heute noch wissen sich die Nonnen zu behaupten. Ich bete jedes Mal für sie.«

Im stillen Gebet verharrten sie einige Minuten, bis eine der Nonnen zu ihnen trat.

»Äbtissin Schell, da sind Sie ja.«

»Majestät, ich habe Sie schon erwartet!«

Eine gute halbe Stunde hatte die Kaiserin mit der Äbtissin gesprochen, worüber, das würde Klara nicht erfahren. Sie war in der Zwischenzeit an den Stallungen vorbeigelaufen, hatte ihre Hände im Brunnenwasser gekühlt und dem Gesang der Nonnen gelauscht, der aus dem Klostergebäude drang. Einen großen Frieden spürte sie hier im Hof des alten Gemäuers, aber auch eine große Betriebsamkeit.

Mit einem Körbchen voller Backwerk kam die Kaiserin am Arm der Äbtissin zurück.

»Und für dich ein Gebet für die Abendstunden, möge es

dich beschützen!« Augusta reichte Klara ein Bildchen der Muttergottes mit dem Ave-Maria auf der Rückseite. Dankend ließ es Klara in ihre Schürzentasche gleiten, bevor sie sich mit der Kaiserin im Rollstuhl schweigsam auf den Rückweg machte.

Als sie das Hotel fast wieder erreicht hatten, fielen ihnen die Menschen auf, die um sie herum aufgeregt zum Konversationshaus zeigten und hinliefen.

»Was mag da los sein? Wir sollten schleunigst ins Haus. So ein Menschenauflauf bedeutet sicherlich nichts Gutes«, mahnte Klara.

»Nur ein Blick. Wenn etwas passiert ist, rennen die Menschen normalerweise fort und nicht hin zum Geschehen.«

»Vielleicht ist die Kaiserin von Österreich angekommen? Die Mädchen erzählen, sie wird ebenfalls in Baden-Baden erwartet.«

»Dann hätte sie schon längst ihren Antrittsbesuch bei mir gemacht. Nein, sieh dir das an.«

An einem der Tische vor dem Konversationshaus saß ein Mann vor einer großen Platte mit Wurst, Käse und Brot und einer Flasche Champagner im Eiskübel. Er hatte die Jacke ausgezogen, die Ärmel seines Hemdes hochgekrempelt und seinen Hut beiseitegelegt. Während er aß und trank, bestaunten die Menschen seinen fahrbaren Untersatz, den er neben sich abgestellt hatte.

»Was ist denn das für ein Gefährt?« Klara betrachtete das Gerät, das vor allem aus großen Rädern zu bestehen schien.

»Das ist ein Dreirad, wertes Fräulein.«

Ferdi! Ihr Reporterfreund stand mit Block und Bleistift in der Hand bereit, um den Fahrer zu befragen. »Und das ist der Schriftsteller Gerhart Hauptmann.«

Ferdinand schenkte Klara ein Lächeln und verneigte sich mit einem leisen »Majestät« vor der Kaiserin, die sich wieder hinter ihrem schwarzen Schleier versteckt hatte. Dann sprach er den speisenden Mann an.

»Auf ein Wort, Herr Hauptmann. Woher kommen Sie mit ihrem Rad?«

»Aus Zürich«, gab der Schriftsteller bereitwillig Auskunft. »Vom Haus meines Bruders.«

»Und wo wollen Sie hin?«

»Nach Frankfurt.«

»Und warum machen Sie ausgerechnet in Baden-Baden halt?«

Der Angesprochene schaute Ferdinand belustigt an. »Nun, zum einen höre ich mir immer gerne Mozart und Beethoven an, wenn Könnemann dirigiert.« Er zeigte zum Musikpavillon hinüber, wo ein schwarz gekleideter Mann den Taktstock schwenkte. »Und zum anderen habe ich gehört, hier in Baden-Baden soll es die schönsten Mädchen geben. Und den besten Champagner. Letzteres kann ich bislang bestätigen.« Die Menge kicherte.

Die Kaiserin gab Klara ein Zeichen, weiterzufahren. »Solch ein Gerede müssen wir uns nicht anhören.« Gleich darauf standen sie vor der Maison Messmer, wo Florian ihnen mit dem Rollstuhl half. Eine aufgeregte Hofdame empfing sie in der Halle.

»Da bist du ja endlich! Hattest du vor, die Kaiserin zu entführen?«, giftete sie.

Klara schaute sie ratlos an, als Marie dazutrat und ergänzte. »Oder wolltest du dich aus dem Staub machen?«

»Was ist hier los, Gräfin, warum die Aufregung?«

»Etwas Furchtbares ist passiert, als Sie fort waren, Majestät. Ihr ganzer Schmuck, die Ohrringe, Ihre Perlen, das Diadem, das Sie gestern Abend getragen haben, er ist … ich bin untröstlich, aber er ist fort!«

»Fort? Aber er liegt doch in meinem Ankleidezimmer in der Schatulle.«

»Nicht mehr. Der ganze Schmuck ist verschwunden. Gestohlen!«, rief die Gräfin aufgebracht aus.

»Das Garderobenmädchen wird ihn verlegt haben oder gereinigt. Bitte, ich möchte mich jetzt hinlegen. Es war doch ein anstrengender, wenn auch belebender Vormittag. Der Schmuck wird sich schon finden. Hier ist doch noch nie etwas weggekommen.«

»Ich weiß, wer ihn genommen hat.« Maries Stimme ließ alle zusammenzucken. Sie zeigte auf Klara. »Die Neue. Sie hat ihn gestohlen!«

14

Klara spürte, wie ihr die Röte ins Gesicht stieg. Sie schnappte nach Luft, während alle sie anstarrten. Durch das Geschrei waren andere Dienstmädchen herbeigeeilt, und Florian unter seiner Pagenkappe schaute sie verwundert an. Nur die Kaiserin war bereits von einer ihrer Hofdamen in ihre Gemächer in den ersten Stock begleitet worden.

»Herr Messmer wird gleich hier sein«, meldete sich Marie mit einem triumphierenden Blitzen in den Augen. »Dann werden wir ja sehen, wo der Schmuck geblieben ist.«

»Ich …«, hob Klara an, schloss den Mund aber wieder. Es gab nichts zu sagen, ihr Kopf war leer. Sie sah, wie sich Gärtnersjunge Fritz davonstahl. Sofie schaute ratlos. Wie geohrfeigt stand Klara mitten in der Eingangshalle und wusste nicht, wohin mit sich. Fast war es eine Erleichterung, als der Hotelchef endlich erschien, hinter ihm seine Tochter Augusta.

»Was ist hier los? Wer stört meine Mittagsruhe?« Er sah grimmig aus, seine Haare wirkten ungekämmt. Marie schilderte ihm den Vorfall, stolz, dass sie etwas so Wichtiges berichten konnte. Die anderen Mädchen schauten betreten auf ihre Füße.

»Hm.« Wilhelm Messmer strich sich über seinen Bart und wandte sich an Klara. »Mädchen, hast du den Schmuck der Kaiserin an dich genommen?« Er schaute sie prüfend an. »Und sei es aus guten Gründen? Dann sprich jetzt.« Klara schüttelte den Kopf.

»Nein, Herr Messmer, ich habe mit dem Verschwinden nichts zu tun. Ich weiß gar nicht, wo der Schmuck aufbewahrt wird.«

»Hm, hm. So lange bist du auch noch nicht im Hause. Mädchen …« Er wandte sich an Marie.

»Ja, Herr Messmer?« Sie trat einen Schritt nach vorne, siegessicher, dachte Klara.

»Wie kommst du darauf, dass unsere Neue den Schmuck, nun ja, an sich genommen haben könnte?«

»Hier ist noch nie etwas abhandengekommen. Erst seitdem sie da ist. Sie richtet nur Schaden an, beinahe hätte sie Lora wegfliegen lassen.« Marie wies mit dem Kinn auf Klara.

»Na, soweit meine Ohren ihren Dienst tun, ist der Papagei noch da.« Wilhelm Messmer wurde ungeduldig. »Habt ihr denn schon in eurer Kammer nach dem Schmuck gesucht?« Die Dienstmädchen schwiegen. »Wo ist denn Crescenzia? Sie weiß doch immer über alles Bescheid, was sich im Hause tut.«

»Cricri ist zu ihrer kranken Schwester gefahren«, meldete sich seine Tochter Augusta, »sie wird morgen früh wieder da sein.«

»Dann sei so gut und sieh du dich in der Mädchenkammer um. Lass dir ihre Schubladen zeigen, und dann soll es gut sein. Der Kammerdiener des Kaisers wird dasselbe bei den Burschen machen. Und wenn Cricri … ich meine, wenn Crescenzia wieder da ist, fragen wir sie. Bisher hatte sie noch immer auf alles eine Antwort. Es würde mich wundern, wenn es diesmal anders wäre.«

»Wir sollten die Polizei rufen!« Klara konnte nicht ausmachen, ob die Stimme Marie oder einem der anderen Dienstmädchen gehörte.

»Nun mal schön eins nach dem anderen. Unsere Majestäten können keine Aufregung gebrauchen. Jetzt gehen erst einmal alle wieder an die Arbeit, die heute vermutlich meine liebe Frau Luise verteilt. Auf mich wartet mein Sessel im Oberstock.«

»Na komm, geh mit den anderen Mädchen Suppe essen, es wird sich schon alles aufklären«, sagte Augusta. Aber Klara schüttelte den Kopf.

»Ich habe nichts zu verbergen, ich zeige Ihnen alle meine Sachen, ich habe nur einen Rucksack.« Ihr Herz fühlte sich so schwer an wie zuletzt, als der Vater ihr erklärt hatte, sie müsse heiraten. »Und das mit dem Papagei … Es war ein Unfall, der Käfig ist beim Reinigen umgefallen, aber wir haben –«

»Wie mein Vater schon sagte«, unterbrach sie Augusta, »Lora ist ja noch da. Jetzt suchen wir erst einmal den Schmuck.«

Während Klara hinter Augusta die Dienstbotentreppe bis ganz unters Dach hochstieg, kam ihr ein erschreckender Gedanke. Was, wenn man ihr den Schmuck der Kaiserin untergejubelt hatte? Wenn sie ihn gleich versteckt unter ihren Sachen finden würden? Dann half keine Beteuerung, dass sie ihn nicht genommen habe. Dann war sie des Diebstahls überführt und würde ihre Arbeit in diesem Hause verlieren. Und in dieser Stadt auch keine andere mehr finden. Dann war es vorbei mit ihrem Traum von Freiheit und Selbstbestimmung, denn dann käme sie ins Gefängnis. Marie traute sie so etwas zu, sie hatte ihre Augen überall und merkte sich jede Verfehlung, um sie anzuschwärzen.

Sie schluckte und betrat hinter Augusta Messmer den Schlafsaal der Dienstmädchen. Die Betten waren ordentlich gemacht, hinter einem zog Klara ihren Rucksack hervor, der im Laufe der Jahre dunkel und fleckig geworden war. Mit zitternden Fingern öffnete sie die Schnürung und schaute hinein. Nur wenige private Habseligkeiten befanden sich darin: ihre Mütze, die sie jetzt im Frühling nicht mehr brauchte, ein paar Haarklammern, ihre Bürste, das Kleid, das sie getragen hatte, als sie nach Baden-Baden gekommen war. Erleichtert hielt sie ihn Augusta hin, die ebenfalls einen kurzen Blick hineinwarf. »In Ordnung. Habe ich mir gedacht.« Aber dann entdeckte sie doch etwas und griff in den Rucksack. »›L'Adultera‹ von Fontane. Du liest?«

Klara nickte unsicher. »Sehr gerne. Meine Lehrerin hat mir immer Bücher gegeben.«

»Du könntest der Kaiserin vorlesen. Sie hat ohnehin nach deiner Gesellschaft gefragt.«

»Aber … aber der Schmuck?«

»Der wird sich schon wieder einfinden. Wie Marie richtig sagte: Bei uns ist noch nie etwas abhandengekommen, was Gästen gehört. Hattest du Streit mit ihr?«

Klara schüttelte erneut den Kopf. »Nein, zuerst war sie sehr hilfsbereit. Aber plötzlich … Ich glaube, es gefällt ihr nicht, dass ich so viel Zeit mit Majestät verbringe.« Klara schaute zu Boden, als fände sie in der Maserung des Holzes eine Antwort auf Maries plötzliche Feindseligkeit. »Was ich natürlich verstehen kann, ich bin neu hier und sie …«

»Unsinn. Wenn Tante Augusta möchte, dass du ihr vorliest, dann liest du ihr vor. Nur würde ich ein anderes Buch empfehlen.« Sie steckte den Fontane zurück in Klaras Rucksack. »Wenn ich mich recht erinnere, geht es darin um Ehebruch und Scheidung und eine sehr moderne Frau.«

»Ja, diese Frau wagt es, ihren Mann zu verlassen und eine neue Heirat einzugehen.« Klara strahlte ihre Mentorin an. »Ich … ich dachte nur, weil Majestät erst kürzlich Fontane erwähnte …«

»Unsere Kaiserin ist eine kluge Frau. Aber, ich sage es mal so, ihre Einstellung ist traditionell, sie gehört einer anderen Generation an. Und sie ist sehr religiös. Hast du schon das Betpult in ihrem Schlafgemach anschauen können?« Klara nickte. »Dann hast du das Kreuz an der Wand gesehen. Augusta ist äußerst gottverbunden und glaubt an die Heiligkeit der Ehe. Lass uns schauen, was wir außer ihrem geliebten Goethe noch finden. Komm bei mir vorbei, bevor du zu ihr gehst, dann gebe ich dir ein passendes Buch.«

»Und die Juwelen …?«

»Die werden sich hoffentlich wiederfinden. Bevor unsere gute Seele nicht zurück ist, machen wir uns keine unnötigen Gedanken, einverstanden? Erst wenn Cricri auch nicht weiß, wo der Schmuck ist, rufen wir die Polizei.«

Das Wort »Polizei« ließ Klara erschrocken zusammenfahren. Wenn die Polizei den Fall untersuchen würde, käme heraus, dass sie ihr Dienstbuch noch immer nicht registriert hatte. Und wem glaubte man dann wohl eher – einem lang gedienten Dienstmädchen oder der Neuen, die etwas zu verbergen hatte?

Klara entwich ein tiefer Seufzer. Sie nickte. Ja, sie wollte der Kaiserin vorlesen. Sie würde alles tun, um Majestät zufriedenzustellen. Denn nur eine Kaiserin, die ihr wohlgesonnen war, garantierte Klara eine Zukunft – in diesem Haus und in dieser Stadt.

»Du bist ein feiner Vogel. Fast so klug wie mein Ara, aber der ist schon lange, lange tot.« Kaiserin Augusta fütterte Lora mit einem Stück Apfel. Sie wandte sich an Klara, die in der Tür stand. »Komm her, mein Kind, und sieh dir dieses prächtige Tier an. Es gibt keinen Vogel, der so gescheit und vornehm ist wie ein Papagei. Fürst Pückler schenkte mir einst eine solche Kreatur, eine blaue Schönheit! Leider vertrug er die Kälte im Schloss Babelsberg nicht. Ein Jammer. Die acht Exemplare meines Schwiegervaters dagegen erfreuten sich bester Gesundheit. Setzen wir uns doch.« Sie wies Klara zu einem Tisch am Fenster in dem Salon, in dem Klara ihr zusammen mit Marie das Frühstück serviert hatte. Die Teekanne erinnerte Klara daran, wie dringend es war, dass die Messmers mit der neuen Mischung ihres Kaisertees fertig wurden.

»Nun, was hast du mir mitgebracht?« Augusta streckte die Hand aus – die Hand einer Einundsiebzigjährigen, auf der die Adern sich wanden wie die Kinzig auf der Landkarte im Klassenraum von Klaras Lehrerin Fräulein Stern. Der Tee, der in Augustas Tasse dampfte, war, wie Klara mit ihrer feinen Nase feststellte, ihr ungeliebter Kamillentee. Jetzt war sie froh, dass die Kaiserin heute Kräutertee bevorzugte. Augusta wirkte blasser als am Vormittag, ihre Nase stach noch spitzer hervor als sonst, aber aus ihren Augen sprach erwachtes Interesse.

Klara reichte ihr das Buch, das die junge Augusta ihr mitgegeben hatte. »Joseph von Eichendorff, Gedichte«, las die Kaiserin. »Du willst mich in die Romantik entführen. Nun denn.« Sie wies auf den Stuhl mit hoher Lehne neben sich, auf dem Klara sich sehr klein, aber zugleich so erhaben fühlte, als säße sie auf einem Thron. Sie schlug das Buch dort auf, wo Augusta Messmer ein ledernes Bändchen hineingelegt hatte, und holte tief Luft.

»Es schienen so golden die Sterne, am Fenster ich einsam stand …«

Mit »Sehnsucht« war das Gedicht überschrieben, das von der Ferne erzählte und Klara aus dem Herzen sprach. Auch sie hatte diese Sehnsucht gespürt, schon bevor sie von ihrem Hof geflohen war. Und sie spürte sie noch immer. Auch wenn sie jetzt in einer völlig neuen Welt gelandet war – etwas in ihr war noch nicht angekommen, drängte weiter.

»Klara, Mädchen!«

Sie schaute erschrocken auf. »Entschuldigung, Majestät, ich war nur gerade ...«

Die Kaiserin lächelte sie sanft an. »Hat Eichendorffs Gedicht deine Gedanken entführt? Nun, dann tut es ja, was es soll. Willst du mir verraten, wohin du dich geträumt hast?«

»Nirgendwohin, es ... es tut mir leid.« Klara schüttelte heftig den Kopf und senkte den Blick wieder auf das Buch. Augusta griff nach einem kleinen Rahmen auf dem Tisch.

»Das ist mein Sohn Fritz.«

»Frrrrritz, Frrrrritz!«, schrie es durch den Raum. Lora in ihrem Käfig trat von einem Bein aufs andere.

Klara ließ sich nicht beirren und betrachtete den jungen Mann mit Schnauzbart auf dem Foto. »Er sieht sehr nett aus.«

»Sein Bart ist inzwischen länger. Er ist gerade unterwegs, er hat mir einen Brief aus Spanien geschrieben. Dort war er zu Gast im Königshaus. Mit dem Schiff wird er dann weiter nach Italien fahren, denn Fritz bekommt eine Audienz bei Papst Leo XIII.« Sie strahlte.

»Das ist sehr aufregend!«

»Vor allem für ein Mutterherz. Für den Adel ist es unabdingbar, durch die Welt zu reisen, um Bande zu knüpfen, das Herrschaftshaus zu stärken. Ich selbst habe es dagegen immer vorgezogen, beständig an einem Ort zu bleiben. Vor allem, wenn er so schön ist wie Baden-Baden.«

»Das verstehe ich.«

»Würdest du gerne in der Welt herumkommen?« Die Kaiserin sah sie an. Klara schwieg. Diese Frage hatte ihr noch nie jemand gestellt. Wenn es auch das war, wovon sie träumte. Was sollte sie antworten? Sie spürte ein Kribbeln im Bauch, wenn sie an all das Fremde, Unbekannte dachte, das fern ihres Horizonts lag.

»Für mich ist jetzt Baden-Baden die Welt. Es gibt hier noch so viel für mich zu entdecken. Und viel weiter werde ich wohl zunächst nicht kommen.«

»Reisen bildet. Das hat schon mein Lehrer Goethe immer gesagt. Aber um auf Reisen zu gehen, bedarf es einer guten Organisation, empfohlener Adressen und eines gewissen Reisebudgets. Das alles musst du dir noch erarbeiten, nicht wahr?«

Täuschte sie sich, oder sah die Kaiserin sie mit einem Mal strenger an? Klara nickte, als plötzlich draußen, vor dem Hotel, laute Musik einsetzte.

»Ah, das Nachmittagskonzert im Musikpavillon. Würdest du hinausschauen und mir sagen, wie voll der Platz vor dem Konversationshaus ist?«

Klara sprang auf. Sie schob die transparente weiße Gardine ein Stück zur Seite und blickte zum Kurpark hinüber. Sie sah den Pavillon, in dem ein Dutzend befrackter Männer musizierten. Auf den Stühlen drum herum saßen Frauen in langen Kleidern und mit großen Hüten und ein paar Männer. Wer keinen Sitzplatz gefunden hatte, stand hinter den Stuhlreihen oder flanierte zum Konversationshaus, zur Trinkhalle oder in Richtung der Arkaden.

»Es ist sehr belebt. Das Konzert hat viele angelockt.«

»Kannst du den Kaiser sehen? Für gewöhnlich macht er um diese Uhrzeit seinen Spaziergang.«

Klara kniff die Augen zusammen. Kaiser Wilhelm war doch hoffentlich nicht allein zwischen all den Menschen unterwegs? Das wäre viel zu gefährlich, nach allem, was sie über die Anschläge auf sein Leben gehört hatte.

»Ich kann ihn jedenfalls nicht entdecken«, berichtete sie Augusta. Klara ließ ihren Blick weiterschweifen, bis er an einem Mann hängen blieb, der ihr bekannt vorkam. Er zündete sich eine Zigarette an, nahm den Hut ab. Klara hatte den Eindruck, dass er nicht dazugehörte zu dieser feinen Gesellschaft. Wie er an der Laterne lehnte, wirkte er wie ein stiller Beobachter der

Szenerie. Als er den Kopf wandte, schreckte Klara zurück. Sie erkannte den Mann. Es war derselbe, den sie vor dem Kleidergeschäft in den Arkaden gesehen hatte, als Augusta Messmer ihr Hochzeitskleid anprobierte. Und es waren dieselben grimmigen Augen, die zu ihr hochzustarren schienen. Klara zog hastig die Gardine vor und ließ sich auf ihren Stuhl sinken. Mit zitternden Fingern langte sie nach dem Buch. Dabei stieß sie an die Teetasse der Kaiserin. Die gelbliche Flüssigkeit ergoss sich über das Spitzendeckchen.

»Um Gottes willen!« Augusta hob das Buch an, als sich Klara endlich aus ihrer Erstarrung löste und die Serviette der Kaiserin auf den auslaufenden Tee warf, der vom Tisch auf den Boden tropfte.

»Es … es tut mir so leid, Majestät.« Sie spürte Tränen aufsteigen. Übelkeit breitete sich in ihr aus, während sie sich bemühte, ihr Malheur wiedergutzumachen.

»Schon gut, mein Kind.« Die Kaiserin seufzte. »Diese Teppiche haben schon anderes erlebt.«

»Aber das Bild von Ihrem Sohn, es ist ganz nass geworden.« Sie wollte danach greifen, aber Augusta kam ihr zuvor.

Sie fuhr mit ihrer Hand darüber und murmelte: »Dann wird er es nicht anders verdient haben. Lass gut sein, Mädchen. Wir beenden unsere Lesestunde wohl besser.«

»Sehr wohl.« Klara sprang auf.

»Und das hier«, die Kaiserin reichte ihr das Buch, »bring doch bitte meiner lieben Patentochter zurück. Und richte ihr aus, beim nächsten Mal darf es durchaus ein wenig mehr Abenteuer sein.«

15

Klara fand keine Ruhe, sie wälzte sich in ihrem Bett hin und her. Endlos kreisten ihre Gedanken um das, was heute alles geschehen war. Da war Marie, die ihr den Diebstahl anhängen wollte. Auch wenn in Klaras Sachen nichts gefunden worden war – würde sie jetzt Ruhe geben mit ihren Anschuldigungen? Wie lange würde es wohl dauern, bis Augusta Messmer davon überzeugt war, dass Klara für diese Arbeit doch nicht geeignet war? Das hing wesentlich von der Kaiserin ab. Und die hatte sie heute mit Tee bespritzt und keineswegs so bedient, wie es Ihre Majestät gewohnt war.

Klara auf ihrem Kopfkissen wurde erneut rot vor Scham, wenn sie an ihr Missgeschick dachte. So etwas sprach sich herum, die Stimmen jener würden lauter werden, die von ihren zahlreichen Fehlern gehört hatten und fragten, warum sie noch hier war. Durch eine glückliche Fügung war sie in dieses Hotel gekommen. Und schneller, als Lora in einen Finger hacken konnte, würde man sie auch wieder hinausbefördern. So viel war passiert. Ihre Fürsprecherin, Kaiserin Augusta, hatte die Vorlesestunde heute frühzeitig beendet. Auch das Buch hatte ihr nicht zugesagt. Wie sie es auch drehte und wendete – ihre Tage in der Maison Messmer waren wohl gezählt. Und die Juwelen waren noch immer verschwunden.

Klara ließ die aufsteigenden Tränen ins Kissen laufen, sah sich schon mit ihrem Rucksack auf der Straße stehen, ohne Ziel und Aussicht. Sie musste zurück auf den Bauernhof, musste das Leben so annehmen, wie es ihr Vater für sie bestimmt hatte. Und ganz offensichtlich ließ er schon nach ihr suchen. Aber abgeführt werden, ob von der Polizei oder einem ihrer Brüder, wollte sie nicht. Da konnte sie sich auch gleich selbst dem väterlichen Strafgericht und der Ehe mit einem viel älteren Mann stellen.

Klara ballte die Fäuste. Sie war auf einem guten Weg gewesen, ihr eigenes Leben zu führen, aber offenbar sollte es nicht sein. Sie wischte sich die Tränen ab. Es half nichts. Besser, sie verschwand gleich, als dass sie erneut als Diebin beschimpft wurde oder die Kaiserin persönlich Herrn Messmer um ihre Entlassung bat. Dann wäre ihr Ruf vollends beschädigt.

Leise schlüpfte sie aus dem Bett, tauschte ihr Nachthemd gegen die Straßenkleidung, in der sie in Baden-Baden angekommen war, und schulterte ihren Rucksack. Während sie im Dunkeln durchs Haus und zum Dienstboteneingang hinausschlich, schob sie ihre düsteren Gedanken weit weg. Sie musste jetzt handeln, musste fort von hier, bevor es noch schlimmer wurde. Bevor man sie ins Gefängnis warf für etwas, was sie nicht getan hatte.

Dunkel lag rechts von ihr die Allee, zwischen den Kastanienbäumen waren nur schwache Lichtpunkte auszumachen, den Geruch der Öllampen nahm sie kaum wahr. Auch das Theater wirkte verlassen, längst war die letzte Vorstellung des Tages zu Ende. Bis auf das Geklapper einer Pferdekutsche in der Ferne hörte sie nichts. Klara wandte sich nach links und ging in Richtung des Konversationshauses, wo es heller war. Dieser Weg würde sie zum Bahnhof führen. Sie wusste nicht, wann ein Zug in den Schwarzwald fuhr, und auch nicht, wie sie die Fahrkarte dorthin bezahlen sollte, denn Geld hatte sie keines.

Durch die jetzt offene Tür am Kontrollhäuschen huschte Klara auf den großen Platz. Vor den Arkaden, dem Musikpavillon und dem Konversationshaus waren zu dieser Uhrzeit nur wenige Menschen unterwegs. Im Schein der Gaslaternen gingen sie mit hochgestelltem Kragen und Händen in den Taschen zügig stadteinwärts. Kurz blitzte etwas unter dem Vordach des Konversationshauses auf und verriet Klara, dass zwischen den Säulen noch letzte Zigaretten oder Zigarren geraucht wurden, auch wenn es die Parkordnung verbot. Aber die Nacht in Baden-Baden hatte, wie es schien, ihre eigenen Gesetze.

Die Trinkhalle dagegen lag völlig im Dunkeln. Nur gegenüber, im Hotel de l'Europe, brannte in einigen wenigen Fenstern noch Licht. Ob Kaiserin Elisabeth mittlerweile angekommen war? Klara drückte ihre Nase in den Mantel, um dem Geruch der Oos zu entgehen. Es schien, als verbreitete das Flüsschen nachts einen noch bestialischeren Gestank als am Tage.

Kurze Zeit später erreichte sie ein weiteres großes Hotel, das ihr bei ihrer Ankunft gar nicht aufgefallen war. Klara las die großen goldenen Buchstaben: »Hotel et Bains de la cour de Bade«. Als sie um die Ecke ging, hörte sie aus der geöffneten Eingangstür Klaviermusik und Lachen. Eine Gestalt schälte sich aus dem Inneren heraus und trat ins Freie.

»Klara?«

»Ferdinand!«

»Was tust du hier, um diese Uhrzeit?« Der junge Reporter kam auf sie zu. Hinter der Müdigkeit, die ihm im Gesicht stand, blitzte in seinen Augen der Schalk hervor.

»Und was machst du noch so spät in einem Hotel?« Klara reckte das Kinn und hielt Ferdinands neugierigem Blick stand.

»Arbeiten. Endlich konnte ich in Ruhe mit Gerhart Hauptmann sprechen, ausführlicher als vor dem Konversationshaus.«

»Hat er wieder Interessantes über die Frauen von Baden-Baden berichtet?« Klaras Stimme klang herausfordernd.

»In diesem Punkt gebe ich ihm recht.« Ferdinand lächelte und strich sich eine Locke aus dem Gesicht. »Die schönsten Frauen gibt es hier bei uns. Ob er erfolgreich war bei ihnen, kannst du bald im Badeblatt nachlesen.«

Klara nickte stumm und zog den heruntergerutschten Riemen ihres Rucksacks hoch.

»Aber sag, was willst du mitten in der Nacht mit Gepäck in der Stadt, Klara? Du willst doch nicht …« Er griff nach ihrem Handgelenk. »Weglaufen willst du!«

»Lass mich!« Klara riss sich los, aber Ferdinand stellte sich ihr in den Weg.

»Ich lasse dich nicht eher gehen, als bis du mir erzählt hast, warum du eine gute Arbeitsstelle wie die in der Maison sausen lässt. Hast du kalte Füße bekommen?«

»Unsinn.« Klara wandte den Blick ab. Ihr Mund war trocken, sie wusste nichts zu sagen. Sie spürte Ferdinands Finger unter ihrem Kinn, er hob es an, damit sie ihm in die Augen sehen musste. Als er sie losließ, blinzelte sie die Tränen fort.

»Weißt du was? Du begleitest mich jetzt zurück in den Badischen Hof, ich lade dich auf ein Bier ein, und du erzählst mir, was so schlimm ist, dass du diese wunderschöne Stadt mit so fabelhaften Menschen wie mir verlassen willst.« Klara entwich ein Lächeln. »Schon besser. So leicht entkommst du Baden-Baden nämlich nicht. Und mir schon gleich gar nicht.«

Nachdem eine Garderobiere ihre Mäntel und den Rucksack entgegengenommen hatte, betraten sie die große Halle. Klara schaute hinauf in die gläserne Kuppel und staunte. Verstohlen strich sie ihr Kleid glatt. Nicht als Dienstmädchen, sondern als Gast in so einem Haus zu verkehren, fühlte sich falsch an. Oder zumindest ungewohnt. Dieses Hotel wirkte viel größer und heller als die Maison Messmer. Zwei lange, mit Teppichen bezogene Treppen führten in den ersten Stock.

Ferdinand lotste sie zu einem der Tische neben einer Grünpflanze, die in einer hohen Amphore wuchs. Kaum hatten sie sich auf den Korbstühlen niedergelassen, erschien ein Kellner und nahm die Bestellung auf. Klara beobachtete, wie Ferdinand ihm eine Münze zusteckte.

»Ich wäre mit dir auch in eins der hiesigen Bierlokale gegangen, aber um diese Uhrzeit können wir froh sein, wenn wenigstens noch eine Hotelbar geöffnet ist. Nur die reichen Gäste feiern gerne lang, die rechtschaffenen Badener schlafen um diese Uhrzeit schon. Was du im Übrigen eigentlich auch tun solltest.« Er schaute sie an, aber Klara hielt den Blick auf die Hände im Schoß gerichtet. Nach der kurzen Zeit in dieser Stadt sahen sie schon viel weniger nach Bauernhänden aus. Was sie aber noch lange nicht zu einer Dame der Gesellschaft machte.

»So ein vornehmes Haus.« Sie blickte sich um. Wenn der Rest des Hotels so großzügig war wie die Eingangshalle, dann musste es zu den führenden Häusern der Stadt gehören.

»Es war früher ein Kapuzinerkloster. Jetzt kann man hier tanzen und Billard spielen und in den steinernen Wannen im Garten sogar baden, in Thermalwasser!«

Mit einem »Wohl bekomm's« stellte der Kellner zwei Humpen Bier auf den Tisch. Ferdinand stieß mit ihr an. »Auf deinen guten Anfang in der fröhlichen Stadt mit dem doppelten Namen.« Klara hatte schon früher Bier probiert, aber niemals eine solche Menge. Es schmeckte ihr.

»So, und jetzt raus mit der Sprache. Was ist passiert, warum wolltest du weglaufen?«

Klara nahm noch einen Schluck. »Ich muss weg, sonst komme ich ins Gefängnis.« Sie erzählte Ferdinand von den Vorwürfen im Hotel und dem verschwundenen Schmuck der Kaiserin. Ihr Freund kniff die Augen zusammen und sah sie eindringlich an.

»Du sollst eine Diebin sein? Das glaube ich nicht.«

»Das bin ich auch nicht«, seufzte Klara. »Aber wenn mir jemand so etwas anhängen will, dann nützt keine Beteuerung. Die Menschen glauben das, was sie glauben wollen. Und wenn ein anderes Dienstmädchen, das schon länger dort arbeitet, mir Böses will, dann wird ihr das gelingen. Niemand glaubt der Neuen.«

»Du sagst, Augusta Messmer hat dir geglaubt.«

Klara zuckte mit den Schultern. »Aber wie lange noch? Nein, es ist sinnvoller, ich gehe gleich. Ohne mich sind alle besser dran.«

»Ohne dich ist niemand besser dran«, entgegnete Ferdinand und griff ihre Hand. »Klara Butterfass, du bist das patenteste und fleißigste und klügste Dienstmädchen, das mir jemals untergekommen ist. Und das hübscheste noch obendrein.«

Klara konnte ein Lächeln nicht verbergen. »Ob ich fleißig bin, weißt du doch gar nicht.«

»Sonst hätte dich der alte Messmer schon längst vor die Tür

gesetzt, so viel ist sicher. Die beiden Augustas mögen dich. Und das ist viel mehr wert als das falsche Wort eines Dienstmädchens. Glaube mir.«

Klara sah Ferdi in die Augen, die in dieser Nacht fast schwarz wirkten. Sie spürte seine Wärme, die ihr von den Fingern durch die Arme direkt ins Herz schoss. Ihre Wangen glühten, das Bier machte sie mutig. »Danke. Du bist ein echter Freund.«

»Dann darf ich dich zurück zur Maison bringen?«

»Und wenn mir jemand den Schmuck unterjubelt und sie mich hinauswerfen?«

»Dann fange ich dich auf, Klara Butterfass. Keine Sorge, die Sache wird ein gutes Ende finden. Also, zurück ins Heim für Gekrönte und andere exotische Tiere?«

Klara zögerte einen Augenblick, dann nickte sie.

»Formidable!«, rief Ferdinand und griff nach seinem Bierglas. »Lass uns anstoßen auf deine erfolgreiche Laufbahn im Hotelgeschäft.« Klara hätte ihre Hand gern unter seinen warmen, weichen Fingern liegen lassen, stattdessen griff auch sie ihr Glas, stieß es gegen seins und leerte das Bier in einem Zug.

»Da trinkt sich aber jemand Mut an.« Ferdinand lachte. »Wenn ich dich jetzt nicht ins Bett bringe, bekommen wir beide nicht mehr genug Schlaf. Ich meine natürlich, dass ich dich bis zum Dienstboteneingang bringe.« Er schaute sie an, zärtlich, verwegen und sehr, sehr müde. Klara stand auf.

»In Ordnung. Ich suche weiterhin mein Glück bei Kaisers, einem Dieb und einem boshaften Papagei.«

Als sie wenig später durch die Nacht zurück zum Hotel Messmer liefen, knüpfte Ferdinand an ihr Gespräch an.

»Aber sonst gefällt es dir doch in der Maison, oder?«

»Ja, sehr. Es ist so aufregend mit Familie Messmer. Und die Kaiserin ganz persönlich zu erleben, und auch den Kaiser! Und Cricri, ich meine Crescenzia, die ist zum Schießen, sie kommt morgen zurück. Hoffentlich weiß sie Rat wegen des Schmucks.«

»Na, siehst du. Und du weißt ja, wenn du eine hübsche Begebenheit beobachtest, beim Kaiser oder der Kaiserin, dann habe ich immer ein offenes Ohr für dich.«

Bei diesen Worten spürte Klara eine so heftige Enttäuschung, als wäre sie gerade die Treppe in der Maison hinuntergefallen. Es hatte so gutgetan, mit Ferdinand über alles zu sprechen. Aber war er wirklich ein guter Freund? Oder doch nur ein Reporter auf der Suche nach einer packenden Geschichte? Mit ihr als seiner Spionin.

Sie blieb stehen.

»Macht dich das eigentlich glücklich?«

»Mit dir durch die Nacht zu spazieren, Klara Butterfass? Und wie!«

»Unsinn. Ich meine, den Adligen und Reichen ständig auf den Fersen zu sein. Bis spät in die Nacht. Als hättest du kein Zuhause.«

»Das habe ich auch nicht.« Ferdinand schaute sie ernst an. »Ich wohne noch immer bei Mutter und Vater, obwohl ich schon längst auf eigenen Füßen stehen sollte.« Die Hände in den Jackentaschen vergraben, klebten seine Augen am Boden, als wollte er die Pflastersteine zählen.

»Was hindert dich daran?«

»Vielleicht fehlt mir ein Stück deiner Courage. Und Geld natürlich. Baden-Baden ist ein teures Pflaster, ich kann mir hier keine eigene Bleibe leisten. Noch nicht.«

»Wo ein Wille ist, da ist auch ein Weg.« Zum ersten Mal fühlte Klara so etwas wie Stolz auf ihre ersten eigenen Schritte in der Fremde. Und waren sie auch noch so unsicher.

»Du weißt ja gar nicht, wie das ist«, fuhr Ferdinand sie plötzlich an. »Immer von den reichsten Menschen umgeben zu sein, ihnen bei ihrem Leben in Saus und Braus zuzuschauen und zu betteln, dass sie mit einem sprechen. Dass sie mir etwas erzählen, worüber ich berichten kann. Immer nur Bittsteller zu sein. Immer abhängig.« Er kickte einen Stein weg, seine Miene hatte sich verdunkelt.

»Doch, das kann ich mir sehr gut vorstellen.«

Ferdinand lächelte. »Du kommst aus einem Stall voller

Schweine und Kühe. Für dich muss es der Himmel sein, eine echte Kaiserin zu bedienen. Ich verkehre täglich mit all den hohen Herrschaften auf ihren prachtvollen Festen. Und doch gehöre ich nicht dazu.«

»Weil es deine Arbeit ist, über sie zu schreiben. Willst du denn dazugehören?« Klara blickte ihren Freund eindringlich an. Ferdi zuckte mit den Schultern.

»Das ist egal, weil es nie der Fall sein wird.«

»Die Kaiserin kommt mir nicht sehr glücklich vor. Dem Adelsstand anzugehören, scheint mir noch lange keine Gewissheit für ein sorgenfreies Leben zu sein.«

»Und das weißt du bereits nach ein paar Tagen in dieser Stadt?« Ferdinand grinste, als er Klaras ernstes Gesicht sah. »Verzeih meine Stimmung, aber es ist spät. Oder früh, je nachdem, von welcher Seite man den Tag betrachtet. Vermutlich hast du recht, Klara Butterfass. Ich sollte mich einfach zufriedengeben mit dem, was ich bin und was ich habe.«

»Ganz bestimmt habe ich recht.« Klara freute sich, Ferdinand wieder lachen zu sehen. Aber die Nähe zu ihm, die sie eben noch gespürt hatte, war verschwunden. Mit Trauer im Herzen sagte sie ihm Gute Nacht.

»Schlaf gut, Klara Butterfass.« Ferdinand zückte seinen Hut, machte eine Verbeugung und nahm ihre Hand für einen gehauchten Handkuss. »Ich werde warten, bis ich dich oben an deinem Fenster sehe. Ich hoffe, du vergisst mich nicht hier in der Kälte.«

»Wie könnte ich.« Klara wandte sich ab und schlüpfte zum Dienstboteneingang hinein. Vergessen würde sie Ferdi nicht, dachte sie betrübt. Aber nicht so oft an ihn denken sollte sie. Denn die Vorstellung, die sie von ihm gehabt hatte, von einem selbstlosen Helfer in der Not, war vermutlich nur ein Trugbild ihrer Phantasie gewesen.

16

»Du schaust aus, als hättst vom Eisernen Kanzler persönlich geträumt. Hopp, hopp, der Koloss ist im Lande und wird sicherlich bald vor der Türe stehen.«

Crescenzia klatschte in die Hände, dass das Häubchen auf ihrem Kopf nur so wackelte. Klein und umtriebig wie immer scheuchte die älteste Angestellte in der Maison die Dienstmädchen in der Küche, als wäre nichts geschehen. Ihr Gesicht glänzte in der Hitze. »Na, schau nicht so, als hättst 'nen Tritt vom Pferd bekommen, vom Bismarck red ich, der wird heute dem Kaiser seine wertvolle Zeit stehlen. Aber zuerst bringen wir den Hofdamen ihr Frühstück. Mehr Eier als der Kanzler werden s' hoffentlich nicht essen.« Sie lachte glucksend.

»Er soll ein Dutzend Eier auf einmal verspeisen! *Mon dieu*, dann brauchen unsere Hühner aber Verstärkung.«

Hinter Crescenzia sah Klara die weiße Kochmütze von Himbeer, der mit seinem Küchenpersonal werkelte. Sie roch frisch gebrühten Kaffee und Eier in der Pfanne.

»Und die Kaiserin?« Klara hatte ihre Stimme wiedergefunden.

»Es geht ihr heute nicht so gut. Sie hat ihre dunklen Tage, da will sie ihre Ruhe.«

Klara schluckte. Ob Augusta noch verstimmt war wegen des verschütteten Tees? Ganz sicher aber wegen ihres verschwundenen Schmucks.

»Cricri soll zum Chef, und ich bekomme eine Vesper!« Hausbursche Florian war die Treppe heruntergesprungen.

»Für dein freches Mundwerk ist selbst das Knäusle noch zu schade.« Crescenzia schlug mit dem Geschirrtuch nach dem Burschen, der gehofft hatte, in der Küche wenigstens einen Brotkanten stibitzen zu können. »Und was will der Wilhelm von mir?«

Florian hielt die Hand auf, während er erklärte: »Sie sollen bei der Aufklärung eines Verbrechens helfen. Bevor wir die Polizei rufen, soll ich erst Sie holen.«

»Was ist hier los?« Crescenzia stemmte die Arme in die Hüften.

»Als Sie weg waren, ist etwas passiert. Mehr verrate ich nicht, wenn es sonst noch niemand gemacht hat.« Lachend schlüpfte Florian an ihr vorbei die Treppe hinauf, in der Hand eine frische Semmel.

»Da ist man einmal nicht da. Was habt ihr angestellt?« Crescenzia schaute verwundert in die Runde, aber alle Dienstmädchen gingen ihrer Arbeit nach oder saßen mit gesenktem Kopf beim Frühstück. »Hier ist doch noch nie etwas vorgekommen.«

»Eben.« Die Stimme kam von Marie, die ihren Blick auf Klara geheftet hatte.

»Abgesehen vom Geschirrspüler, der sich damals hinter dem Heizkessel eine Messerstecherei geliefert hat«, murmelte Himbeer und fischte die fertig gekochten Eier aus dem Wasser.

»Na, wenn's so dringend ist, werde ich den Chef lieber nicht warten lassen. Mir kennet ihn ja. Und du, Mädle, bringst den Hofdamen ihr Frühstück.« Crescenzia wackelte die Treppe hoch und ließ Klara mit klopfendem Herzen zurück. Sie griff sich das Tablett, auf das der Koch Eier, Semmeln und frische Konfitüre gestellt hatte, und stieg ebenfalls die Stufen hinauf, noch immer kritisch beäugt von Marie, die in der Küche zurückblieb.

Als Klara an der Bürotür von Wilhelm Messmer vorbeikam, hörte sie Stimmen.

»Du hast was?«, polterte er gerade.

»Na, aufbewahrt hab ich die Juwelen. Nicht mehr und nicht minder. Da brauchst du dich gar nicht zu gebärden wie ein Fünfjähriger. Ich dachte, deine Wutausbrüche hätte ich dir ausgetrieben.«

»Cricri«, Wilhelm klang jetzt eine Spur sanfter, »du kannst doch nicht eigenhändig den Schmuck der Kaiserin in deiner

Kammer verstecken. Wir haben ihn gesucht. Ich wollte gerade die Polizei rufen.«

»Es lag alles herum, als ich Majestät nach dem großen Essen ihre heiße Milch zum Einschlafen brachte. Also habe ich aufgeräumt, dafür sind sich die feinen Hofdamen aus Berlin ja zu schade. Unter meinem Bett sind die Juwelen besser aufgehoben. Und siehe da – niemand hat den Schmuck gefunden.«

Fast hätte Klara vor Verblüffung das Tablett fallen gelassen. In ihrem Kopf sprangen die Gedanken umher wie junge Lämmer im Frühling.

»Da ist ja das Frühstück, die Gräfinnen warten schon!« Die Dame des Hauses, Luise Messmer, war aufgetaucht und wies Klara an, in den Speisesaal zu eilen, wo die Hofdamen von Brandenburg und von Vitzthum aufgeregt miteinander sprachen.

»Das wird eins von diesen Bauernmädchen gewesen sein. Unser eigenes Personal würde es nicht wagen, die Finger lang zu machen.«

»Solange sie nicht uns auf dem Kieker hat, ist mir alles recht. Hauptsache, sie finden den Schuldigen, damit sich die Stimmung der Kaiserin bessert. Jetzt geht es wieder los, tagelang im dunklen Zimmer, es ist nicht zum Aushalten. Und ich hatte gehofft, in Baden-Baden wird es besser.« Die Damen in den langen, hellen Kleidern blickten argwöhnisch auf und senkten ihre Stimmen, als Klara Eier, Toast und eine Teekanne auf den Tisch stellte. »Guten Appetit, die Damen.« Sie verneigte sich und wandte sich ab.

»Das Vorlesestündchen wirst du erst einmal vergessen können«, rief die Gräfin, die ihr schon beim Ausflug mit der Kaiserin nicht wohlgesonnen gewesen war. »Unsere Hoheit bekommt in den nächsten Tagen nur einer zu Gesicht, und das ist der Doktor.« Und Gräfin Vitzthum fügte hinzu: »Ein Trauerspiel ist das. Als ob die körperlichen Gebrechen nicht schon genug wären, in ihrem Alter.«

»Dann sollten wir zusehen, dass wir nicht genauso enden. Zeit, das heutige Unterhaltungsprogramm zu studieren. Mädchen, bring uns das Badeblatt!«

Klara lief aus dem Speisesaal und wäre fast mit Crescenzia zusammengestoßen, die energischen Schrittes erneut in Wilhelm Messmers Büro eilte, in den Händen eine gelbe Blechdose mit dem Bild einer Mühle darauf. Für Klara hatte sie keinen Blick. Es schepperte, und dann polterte Wilhelms laute Stimme durch die Tür.

»Ja bist denn von allen guten Geistern verlassen? Kaisers Juwelen in der rostigen Büchs? Willst mich ruinieren, Cricri?«

Klara ging schnell weiter in den roten Salon, in dem der Hausbursche jeden Morgen die Zeitungen auslegte. Sie griff sich das Badeblatt und überflog die Anzeigen. Ein Atelier für künstliche Zähne warb für seine Arbeit. »Hühneraugen werden schmerzlos beseitigt«, las Klara daneben. Der Literarische Verein traf sich im Hotel Müller. Und der Zirkus Moritz Blumenfeld wollte bald kommen. Heute Nachmittag stand zunächst eine Polka von Johann Strauss auf dem Programm, entnahm sie der Konzertübersicht, gefolgt vom Lied des Toreros aus der Oper »Carmen«. Musikstücke, die Klara nicht kannte. Aber sie klangen nach großer, weiter Welt. Eine Welt, die sie vielleicht nie kennenlernen würde.

Sie seufzte, als sie auf den Namen ihres Freundes stieß. Ferdinand Vogel hatte in wenigen Sätzen die baldige Ankunft der Kaiserin von Österreich samt Gefolge angekündigt. Das würde die Gräfinnen vielleicht ablenken, hoffte Klara und brachte ihnen die Zeitung. Als sie wieder in die Hotelhalle kam, öffnete Florian gerade einem adretten Herrn im dunklen Anzug die Tür. Über dem Schnauzbart trug er eine Nickelbrille auf der Nase, und er hatte ein Köfferchen in der Hand. Er nickte ihr zu, und mit einem »Danke, ich kenne den Weg« schritt der Mann bedächtig die Stufen hinauf.

»Der Leibarzt der Kaiserin«, zischte Florian. »Dr. Schliep hat eine eigene Villa, gar nicht weit von hier. Kein Wunder, allein an der Kaiserin verdient er sich dumm und dämlich, so oft, wie der kommt.«

»Hier bischd und hältst Maulaffen feil!« Bevor Klara Florian fragen konnte, was Kaiserin Augusta denn eigentlich plagte, baute sich Crescenzia vor ihnen auf und stemmte die Arme in die Hüften. Mit den Worten: »Auf deinen Platz, du fauler Teufel«, scheuchte sie Florian zurück an die Tür. »Und du«, wandte sie sich an Klara, »bringst der Hoheit und dem Herrn Doktor einen Tee. Den trinken sie gerne bei ihren Besprechungen.« Der kleinen Frau in der dunklen Arbeitskleidung der ersten Hausdame merkte man nicht an, dass ihr selbst der Hotelchef persönlich eine Standpauke gehalten hatte, so energisch, wie sie ihre Anweisungen gab. »Und am Nachmittag gehst zum Messmer in den Laden, nachfragen, was der Kaisertee macht. Sobald es Majestät besser geht und sie nach ihrem Schwarztee verlangt, haben wir nichts mehr zum Servieren.«

Klara senkte den Kopf, eilte in die Küche und ließ sich von Himbeer ein Teegedeck reichen, das sie in den ersten Stock trug. Eines von Augustas Zimmermädchen öffnete ihr die Tür. Vorsichtig betrat Klara den Raum mit dem großen, runden Tisch in der Mitte, den sie schon kannte. Die schweren Vorhänge aus dunkelrotem Samt waren heute zugezogen, die Sonne, die vom prächtigen Frühlingstag draußen erzählen wollte, drängte sich durch die wenigen Schlitze.

Als Klaras Augen sich an das Dämmerlicht gewöhnt hatten, entdeckte sie die Kaiserin weiter hinten, ausgestreckt auf einer Chaiselongue. Auf einem Stuhl daneben hatte Dr. Schliep Platz genommen. Er hielt Augustas Arm und schien ihren Puls zu messen, während die Kaiserin leise mit ihm sprach.

»Schriftlich habe ich Ihnen mein Beileid bereits ausgesprochen, aber lassen Sie es mich noch einmal persönlich tun. Hier liege ich und lamentiere, während Sie einen so großen Verlust zu beklagen haben. Gott sei Ihrer Doris selig.«

»Es ist ein furchtbares Drama, die Kinder brauchen doch ihre Mutter. Und ich mache mir Vorwürfe, weil ich ihr als Arzt nicht habe helfen können.« Der Doktor klang gefasst.

»Unser Leben liegt am Ende doch in Gottes Hand. Haben Sie Vertrauen, er wird es richten. Und wenn Sie Hilfe benötigen …«

»Danke, ich komme zurecht. Jetzt, da das Haus endlich fertig ist.«

»Wie geht es meinem Patensohn August?«

»Er vermisst seine Mutter.« Dr. Schliep seufzte. »Bringen Sie mich lieber auf andere Gedanken, Majestät.«

»Was machen die Pläne für das Frauenbad?« Die Stimme der Kaiserin klang brüchig. »Geht es denn voran?«

»Sie kennen doch die Bürokratie, Hoheit, es braucht Zeit, bis aus einer Idee Wirklichkeit geworden ist. Aber wir ziehen Experten hinzu. Ich werde demnächst nach Budapest reisen, wo man sich, wie Sie wissen, mit Bädern auskennt. Aber eines ist sicher: Wir werden das neue Frauenbad nach Ihnen benennen, Kaiserin. Was halten Sie von dem Namen ›Augustabad‹?«

Ein Lächeln huschte über das blasse Gesicht der Kaiserin, das von einer schwarzen Haube umrahmt wurde. Klara kam es vor, als steche ihre Nase spitzer heraus als sonst, als blickten ihre Augen heute besonders müde. »Nun, dann beeilen Sie sich, sonst werde ich die Eröffnung nicht mehr erleben.«

»Die warmen Quellen würden Ihnen auch guttun, ähnlich wie die Trinkkur, nur eben äußerlich.« Dr. Schliep tätschelte die Hand der Kaiserin.

Klara erinnerte sich an ihre Aufgabe. »Wo darf ich den Tee servieren?« Sie hätte dem Gespräch noch stundenlang lauschen mögen und sich am liebsten beteiligt, so viele Fragen lagen ihr auf der Zunge.

»Ah, das neue Mädchen, das so gerne Bücher liest«, sagte Augusta mit leiser Stimme. »Stell alles auf den Tisch, Klara, und reiche jedem von uns eine Tasse.«

»Nun erzählen Sie mir von sich, Majestät. Seit wann besteht denn die melancholische Stimmung?« Dr. Schliep wandte sich an seine Patientin.

Klara hätte fast den Tee verschüttet, als sie den Herrschaften ihre Tassen reichte. Die Kaiserin war verstimmt, und das war ihre Schuld, fuhr es ihr durch den Kopf.

Aber Augusta murmelte nur: »Sie wissen doch, Doktor, das

ist die Geißel meines Lebens. Auf jede Hochphase folgt wieder ein Tief. Ich wage schon gar nicht mehr, fröhlich zu sein, aus Angst, dass es bestraft wird. Gegen diesen Weltschmerz ist nun mal kein Kraut gewachsen.«

»Nun, die Medizin ist im Fluss und wird sicherlich auch dagegen noch ein Kraut finden. Solange sollten Sie diese Stimmungen als Charakteristikum der Sensiblen, der Künstler betrachten. Denken Sie an Caspar David Friedrich und seine Werke.«

»Sie empfehlen mir die Malerei, Doktor?« Die Hoffnungslosigkeit stand der Kaiserin ins Gesicht geschrieben.

»Wenn es hilft, nur zu. Oder komponieren Sie wieder. Ich lade Sie herzlich ein, zu meinen Hauskonzerten zu kommen, sobald ich sie wieder aufnehme. Wenn mein Geigenspiel auch nicht immer zur Entspannung gereicht. Meine pneumatische Anstalt steht Ihnen natürlich auch jederzeit offen. Aber ich denke, das wäre derzeit zu viel für Sie. Beginnen Sie mit kleinen Schritten. Schauen Sie hinaus in die Natur, gehen Sie in die Sonne. Vielleicht kann Ihr Mädchen …« Dr. Schliep schaute Klara fragend an.

»Klara Butterfass aus dem Kinzigtal, mein Herr.« Mit rotem Kopf machte Klara einen unbeholfenen Knicks.

»Vielleicht kann Klara aus dem Kinzigtal Sie begleiten und auf andere Gedanken bringen. Ich selbst würde es gerne tun, wenn meine zahlreichen Patienten es zuließen. Was ich Ihnen über den russischen Kanzler erzählen könnte, der vor Kurzem im Hause einer gewissen Dame das Zeitliche gesegnet hat, würde allein Stunden füllen. Aber leider verbieten mir mein Anstand und auch die ärztliche Schweigepflicht solche Vertrauensbrüche. Und ich möchte Majestät doch nicht den Aufenthalt in dieser wunderschönen Stadt verderben.«

»Derlei unsittliche Geschichten möchte ich auch nicht hören, Dr. Schliep.« Die Stimme der Kaiserin klang schon ein wenig kräftiger. »Allein die Aussicht, dass Wilhelm heute wieder eine Zusammenkunft mit diesem unerträglichen Koloss hat, der sich deutscher Kanzler nennt, drückt meine Stimmung.«

Augusta seufzte und nahm einen Schluck Tee. »Ihm sollten Sie eine Visite abstatten, Doktor, dieser Mensch ist von Herz- und Schlafproblemen gepeinigt, kein Wunder bei seiner Lebensweise. Erst kürzlich behauptete er, einen Schlaganfall erlitten zu haben. Nach dem Genuss von sechs hart gekochten Eiern mit Butter und Waldmeister-Gefrorenem, und das war nur die Hauptspeise, können Sie sich das vorstellen?«

»Vergessen Sie Bismarck und richten Sie Ihren Blick auf etwas Schönes! Haben nicht Ihre Enkelinnen demnächst Geburtstag?« Der Doktor sah sie fragend an.

»Das ist wahr. Das Nesthäkchen Margarethe wird elf Jahre alt, ein wohlgeratenes Mädchen. Und unsere Victoria feiert ihren siebzehnten Geburtstag. Sie scheint ein Auge auf den Fürsten von Bulgarien geworfen zu haben. Erinnern Sie mich nicht daran, denn der Kaiser ist dagegen – die Politik, immer diese Politik. Aber Victoria hat ihren eigenen Kopf. Der wird uns noch einiges an Nerven kosten.«

»Wie viele Enkel sind es jetzt?«

»Wir stehen bei neun, nachdem es Sigismund und Waldemar nicht vergönnt war, länger auf dieser Welt zu sein. Und vergessen wir nicht mein Urenkelchen Gustav Adolf, so ein Engel, genau wie seine Mutter und seine Großmutter. Ist es zu glauben, dass meine geliebte Tochter Luise schon Großmama ist?«

»Sie wird doch sicherlich auch zu Besuch kommen? Die Saison hat ja gerade erst begonnen, und wie ich dem Badeblatt entnahm, hat sich die Kaiserin von Österreich angekündigt.«

Augusta nickte. »Das arme, reiche Dummchen. Während mich die Schwermut in die Kissen drückt, steigt sie aufs Pferd und macht alle verrückt. Obwohl sie doch ihre Ruhe so sehr liebt, wie sie immer wieder betont. Wenn sie überhaupt etwas sagt. Das werden turbulente Wochen.« Das muntere Gespräch schien Augusta gutzutun. Sie setzte sich auf und leerte die Teetasse, während der Doktor weitersprach.

»Sicherlich nicht zuletzt dank des großen Festes, das demnächst ansteht. Seit Wochen wird in der Stadt über nichts anderes getuschelt als die Verheiratung zweier Hotels, wenn ich das so sagen darf. Freuen Sie sich für Ihr Patenkind Augusta Messmer? Sie hat doch jetzt bestimmt einiges zu tun!«

»Oh ja, wir haben schon das Brautkleid abgeholt!«, rief Klara und hielt sich vor Schreck den Mund zu. Wie konnte sie es wagen, so vorlaut zu sein und sich in das Gespräch einzumischen! Aber Dr. Schliep brach in Lachen aus.

»Nun denn …« Der Doktor erhob sich. »Dann sind wir uns ja einig. Wie ich sehe, kann ich Sie beruhigt der Gesellschaft von Klara überlassen. Das Bodenständige ist doch immer noch das Beste. So erfrischend! Genau das, was Ihre Majestät jetzt braucht.«

»Sie sagen es, Doktor, wobei unsere Klara belesen ist wie in diesem Haus nur noch meine Patentochter.« Augusta lächelte ihr zu. »Nicht wahr, mein Kind? Magst du mich mit einer Lektüre zerstreuen? Vielleicht draußen im Garten.«

»Dann erlauben Sie mir, Ihnen meine Begleitung anzubieten, Majestät.« Dr. Schliep half Augusta von der Chaiselongue und reichte ihr den Arm und ihren Stock. »Ich lasse Ihnen wieder die üblichen Rezepte für die Hofapotheke zukommen. Etwas Beruhigendes und Abführendes kann nicht schaden.«

»So sei es. Wo ist eigentlich dieser wundervoll ungezogene prächtige Vogel abgeblieben?« Die Kaiserin ging langsam und mühevoll über die dicken Teppiche. Klara knickste, während sie antwortete: »Lora erwartet Sie in der Eingangshalle. Ihre Hofdamen dachten, Ihre Majestät bräuchte Ruhe, und da –«

»Papperlapapp. Was wissen sie schon, was mir guttut.«

»Das Tier vermisst Sie auf jeden Fall schon ganz arg.« Klara bemerkte, wie der Doktor lächelte. Mutig fuhr sie fort: »Ich habe versucht, ihr ›Königliche Hoheit‹ beizubringen, aber sie hält an diesem ›Dummkopf‹ fest. Zu ärgerlich.«

»Nicht immer ist da ein Unterschied.« Jetzt huschte auch über das Gesicht der Kaiserin ein Lächeln. »Nun denn, lasst uns Wilhelm Messmers Privatzoo im Garten besuchen, ich habe von den jungen Katzen gehört.«

»Mit dem Zoologischen Garten in Berlin kann er aber nicht

mithalten.« Dr. Schliep führte Augusta langsam in den Flur und die Treppe hinab.

»Ach, Berlin …«, hörte Klara noch, bevor sie sich umdrehte und schnell das Teegeschirr abräumte, ehe sie den Herrschaften folgte.

Die Stimmung der Kaiserin war fragil, aber Augustas Unmut schien sich nicht gegen sie zu richten. Erleichtert atmete Klara auf. Diese Klippe wäre umschifft. Und gut, dass Majestät heute nur Kräutertee gewünscht hatte. Doch die nächsten Aufgaben warteten bereits. Sie schienen auch niemals auszugehen, in einem Haus wie der Maison.

17

Nach dem Mittagstisch, als Kaiserin Augusta ruhte und ihre Hofdamen bedient worden waren, zog Klara sich den Mantel über, der fast schon zu warm war, und eilte aus dem Dienstbotenausgang und um die Maison herum. Erschrocken wich sie zurück, als ein Hund auf sie zusprang, groß und schwarz. Ein Pfiff ertönte, und das Tier blieb stehen und wandte sich um zu seinem Besitzer, einem Hünen von Mann mit mächtigem Schnauzbart und Militärkappe. Er bedachte Klara mit einem kurzen Blick, der ihr traurig und müde vorkam, bevor er die Stufen zur Maison hinaufstieg.

»Wohin des Weges, liebste Klara?« Ferdinand Vogel war aufgetaucht aus dem zu dieser Uhrzeit regen Treiben rund um das Konversationshaus und baute sich vor ihr auf. »Was für ein Kaiserwetter! Aber ich fürchte, das wird unseren Wilhelm auch nicht aufheitern, wenn der Kanzler im Anmarsch ist.« Er zeigte auf den großen Mann mit Hund, der soeben durch die Eingangstür verschwand.

»Das ist …« Klara staunte.

»Otto von Bismarck, sehr richtig. Und er hat keine Zeit für ein paar Worte zu einem armen, aber doch fleißigen Reporter. Eigentlich kein Wunder, denn es heißt, er erhebe sich erst gegen Mittag, verschlinge ein Frühstück für eine ganze Kompanie und trinke eine Flasche Portwein dazu, weil er nachts vor lauter Sorgen ständig wach liege. Dabei kommt er mir gar nicht so vor, als müsste er sich Mut antrinken vor seinem Besuch beim Kaiser. Er ist schon eine Erscheinung, nicht wahr? Wenigstens trägt er heute nicht seine Pickelhaube.«

»Ja, ist denn in Baden gerade die ganze Welt zu Gast?« Klara bekam langsam den Eindruck, als spielte sich Deutschlands Politik hier in dem Städtchen am Rande des Schwarzwaldes ab und nicht in der Hauptstadt Berlin. Darum hatte Kaiserin Augusta auch vom Kanzler gesprochen.

»Ja, er residiert immer dort drüben im ›Angleterre‹«, Ferdinand zeigte auf ein großes Hotel jenseits der Oos, »und trifft sich regelmäßig mit Wilhelm, um die große Politik zu besprechen. Mich wundert, dass er das in seinem Zustand überhaupt noch kann. Hast du gesehen, wie rot sein Gesicht ist?«

»Ich habe nur seinen großen Hund gesehen, der mich zu Tode erschreckt hat. Hier scheint jeder tierlieb zu sein.«

Ferdinand lachte. »Ohne seine Doggen geht Bismarck nicht mal in die Reichskanzlei, heißt es. Aber Vorsicht! Vor ein paar Jahren auf dem Berliner Kongress hat sein Hund den russischen Außenminister ins Hinterteil gebissen. Das hätte fast zu diplomatischen Verwicklungen geführt. Wo willst du hin?«

Klara war weitergegangen, sie bahnte sich ihren Weg durch eine Menschenmenge aus Mädchen mit Hauben auf dem Kopf und Körben in der Hand und elegant gekleideten Männern und Frauen, die nach dem Mittagsmahl durch die Stadt flanierten. Wenn Klara auch noch nie am eigenen Leib erfahren hatte, was Müßiggang bedeutete – hier konnte sie sich ein Bild davon machen.

»Ich ahne es, du willst zu Messmers Laden. Nun warte doch, ich begleite dich, ich habe eh noch eine wichtige Frage.«

»Ob es Neuigkeiten von den Majestäten gibt? Da muss ich dich enttäuschen, die Kaiserin verlässt das Haus zurzeit nicht und ist auch gar nicht guter Dinge. Es hat keinen Zweck, mich auszuhorchen.«

»Plagt sie wieder die Schwermut?«

»Du weißt davon?« Klara schaute ihren Freund verwundert an.

»Das weiß jeder«, erwiderte Ferdinand. »Auch, dass der Anblick von Bismarck nicht zu ihrer Genesung beitragen wird. Die beiden haben einander lange Zeit verabscheut, regelrecht gehasst. Ich könnte dir da Geschichten erzählen … nein, ich muss niemanden aushorchen. Weißt du denn schon das Neueste? Bald kommt die Kaiserin von Österreich. Dann wird es wieder lebendig im Blatt und in Baden.«

»Ich weiß, ich habe deine Zeilen gelesen. Noch eine Kaiserin in der Stadt!« Klara staunte. Auch wenn Augusta schon von der Kaiserin von Österreich gesprochen hatte, Klara konnte es sich kaum vorstellen, von noch mehr gekrönten Häuptern umgeben zu sein. Sie fühlte sich in Baden-Baden wie in einem riesengroßen Palast. Überall konnte man einem König oder einer Kaiserin über den Weg laufen. Sie ließ den Blick über die Menschen schweifen, die umherflanierten oder zu Besorgungen eilten.

Dann blieb sie unvermittelt stehen. »Sieh mal dort, das Paar!« Klara wies unauffällig hinüber zum Sophienboulevard, auf dem ihnen unter den Kastanienbäumen eine junge Frau im leuchtend gelben Kleid entgegenkam. Nicht nur das wunderschöne bodenlange Gewand, sondern auch ihr zartes, freundliches Gesicht hatte sie schon einmal gesehen, nur dass es ihr vor einigen Tagen sehr viel fröhlicher vorgekommen war. Heute schaute die junge Frau ernst, fast versteinert unter ihrem Hut hervor.

Klara betrachtete den Begleiter der hübschen blonden Frau, an dem nichts auffallend war. Seine Figur, seine Größe, seine Garderobe – alles war durchschnittlich. Als sie nur noch wenige Meter entfernt waren, fasste Klara erschrocken nach Ferdinands Arm. Das Paar ging vorüber, und Klara sah, dass die Frau sie ebenfalls wiedererkannte und leicht mit dem Kopf in ihre Richtung nickte, während der Mann sie überhaupt nicht zu bemerken schien.

Klara hielt die Luft an, bis die beiden in der Menge verschwunden waren. »Heiliger Bimbam!«

»Was hast du? Wer ist das? Ich kenne sie nicht. Und damit gehören sie auch nicht zur besseren Gesellschaft.«

»Du irrst, ich habe die Frau schon einmal gesehen, in der Trinkhalle, wo sich morgens der Adel trifft. Sie hat mir geholfen und war sehr nett. Aber er …«

»Nie gesehen.«

»Ich aber. Vielleicht täusche ich mich, aber als ich diesen Mann das letzte Mal sah, trug er eine Waffe unter der Jacke und lungerte auf dem Platz vor den Kolonnaden herum. Heute sieht er eleganter aus, aber den grimmigen Gesichtsausdruck hat er noch immer. Mir läuft es kalt den Rücken hinunter, wenn ich ihn sehe. Wenn ich nur wüsste, was er mit der netten Dame zu schaffen hat.«

»Vielleicht ist er ihr feuriger Liebhaber, der dafür sorgt, dass niemand seiner Braut zu nahe kommt.« Ferdinand zwinkerte Klara zu. »So ein Duell … also, ich würde deine Ehre auch bis aufs Blut verteidigen.«

»Unsinn!« Klara wandte sich ab und ging weiter in die Gernsbacher Straße hinein.

»Sag das nicht. Duelle gibt es immer wieder, von nicht allen erfährt die Öffentlichkeit. Da heißt es hinterher, der Freiherr oder Prinz Soundso sei an einer Lungenentzündung gestorben. Dabei wurde er dahingerafft, weil er einer jungen Frau die Unschuld raubte, die zufällig einen streitsüchtigen Bruder hatte, dem die Ehre der Familie wichtig war und der auch besser mit der Waffe umgehen konnte. Und auch hinter dem Casino hat sich schon so mancher erschossen, dem das Glück nicht hold war. Aber das Casino ist geschlossen, seitdem ich elf Jahre alt bin. Nach dem Krieg verschwand das Glücksspiel zusammen mit den Franzosen. Du hast recht – Baden-Baden ist heutzutage eine friedliche, ehrenwerte Stadt, in der selten etwas Größeres passiert. Mein Vater sagt immer: Wer hier mit Pistolen herumfuchtelt, ist entweder vom Militär oder lebensmüde.«

»Oder hat etwas Rechtswidriges vor. Ich mache mir Sorgen um die junge Dame.«

»Und ich mache mir Sorgen um dich, liebe Klara. Es wird Zeit, dass du deine neue Heimat besser kennenlernst. Weißt du was? Wenn du bald einen freien Tag hast, biete ich mich an, dich zu begleiten und dir alles zu zeigen. Was sagst du dazu? Ja oder ja?«

Klara musste lächeln. Ferdinand war ein charmanter Hund, das konnte sie nicht bestreiten. Aber was er gesagt hatte, ließ sie nachdenklich werden. Ihre Heimat war der Bauernhof im Kinzigtal, war der Schwarzwald. Die Felder und Wiesen, die Tiere und Bäume dort. Der blaue Himmel, in den sie so gerne geschaut hatte, während sie die Kleider wusch und das Gemüse erntete. Konnte sie diese Heimat so schnell gegen eine neue eintauschen? Gegen eine Stadt, in der die Reichen zu Hause waren und sie nur dafür lebte und arbeitete, diesen sorglosen Menschen die Tage vergnüglich und angenehm zu gestalten?

Klara lauschte in sich hinein und wartete auf ein unangenehmes Gefühl, aber da war nichts. Sie konnte es nicht leugnen – sie war gerne hier in Baden, und auch ihre Arbeit bereitete ihr Freude, so anstrengend und lang die Tage auch waren. Sie liebte die Leichtigkeit und Fröhlichkeit dieser Stadt, in der die Gäste nichts anderes vorzuhaben schienen, als jeden Tag zum besten ihres Lebens zu machen. Sie hatten den Lebensgenuss zur Kunst erhoben. Vielleicht sollte sie sich von dieser Leichtigkeit ein Stückchen abschauen, auch wenn sie sich nicht viel davon leisten konnte.

»Einverstanden.« Sie sah in Ferdis Augen, die jetzt im Sonnenlicht hellgrün leuchteten. »Hol mich am Sonntag an der Stadtkirche ab. Ich habe der Kaiserin versprochen, die heilige Messe zu besuchen. Sie hat sich dafür eingesetzt, dass ich einen freien Tag bekomme, weil ich sie von ihren dunklen Gedanken ablenken konnte, da will ich ihr diesen Wunsch nicht abschlagen.«

»Ich werde dort sein!« Ferdinand lüftete seinen grauen Hut und gab für einen Moment seine Locken frei, die ihn jünger erscheinen ließen.

Sie waren vor dem Kolonialwarenladen von Eduard Messmer angekommen. »Und mach mir bis dahin keinen Unsinn, schöne Klara. Nicht wieder weglaufen oder der Kaiserin den Schmuck stibitzen.« Lachend sprang Ferdi die Straße entlang und winkte zum Abschied.

Klara schüttelte lächelnd den Kopf und betrat mit dem vertrauten Glöckchen im Ohr den Laden. Wieder empfing sie die einzigartige Duftmischung von würzig bis fruchtig-süß, die schwer zwischen den dunklen Holzregalen in der Luft hing und Klara in ein anderes Land, eine fremde Welt versetzte. Es hätte sie nicht gewundert, wenn in diesem Moment ein Äffchen wie das, welches Augustas Friseur unter seinem Hut getragen hatte, vom obersten Regal gesprungen wäre, in den Krallen eine der unbekannten gelben Früchte, und dabei die Teedosen hinuntergeworfen hätte.

»Ja bitte?« Eduard Messmers Frau, die Klara schon vom vergangenen Besuch kannte, sah sie erst freundlich-erwartungsvoll an, dann flog ein Lächeln über ihr Gesicht. »Ach, du bist es, sicherlich möchtest du zu meinem Mann. Ich muss dich enttäuschen, er ist auf Reisen.«

Klara wusste nicht, was sie sagen sollte. Damit hatte sie nicht gerechnet. Panik stieg in ihr auf. Ohne Eduard Messmer kein Tee. Und ohne Tee keine Kaiserin. Zumindest keine zufriedene. »Es … es muss aber sein«, stotterte sie, »die Maison braucht neuen Tee. Und wir brauchen ihn sofort.«

Die Geschäftsfrau runzelte kurz die Stirn, bedachte Klara mit einem ruhigen Nicken und öffnete dann die Tür zu den Hinterräumen. »Otto, kommst du mal bitte?«, rief sie in die Dunkelheit hinein.

Es dauerte nicht lange, und der junge Mann mit den dunkelblauen Augen trat in den Verkaufsraum. »Was gibt es denn, *maman*?«

Sein Hemd stand fast bis zur Brust offen, die Ärmel waren hochgekrempelt, schmale Hosenträger hielten seine Hose. Langsam fuhr er sich durch die blonden Haare, die heute nicht so ordentlich zurückgekämmt waren wie beim letzten Mal, sondern ihm vom Seitenscheitel bis fast über die Augen hingen. Dann entdeckte er Klara, und sein Blick hellte sich auf. »Wichtiger Besuch.«

Otto trat näher und reichte Klara die Hand. »Hätte ich das gewusst, hätte ich mir etwas übergezogen.« Fast war sie versucht zu knicksen, aber dann besann sie sich. »Sie sind hier wegen des Kaisertees, kommen Sie mit.« Otto Messmer ging voraus durch den schmalen Gang bis zu dem Raum mit den Vorräten in den Regalen und dem großen Tisch in der Mitte.

Aus den geöffneten Dosen stieg Klara ein exotischer Duft in die Nase.

»Haben Sie schon die richtige Mischung gefunden?« Sie sah vom bronzenen Gestell mit den zwei kleinen Waagschalen zu Otto Messmer. Ungeduld ließ ihr Herz hüpfen.

»Setzen Sie sich.« Er zog einen Stuhl für sie heran und ließ sich selbst mit einem Oberschenkel auf dem Tisch nieder.

»Wollen Sie nicht lieber …?« Klara wollte schon wieder aufspringen, aber Otto winkte ab.

»Ich saß schon als kleiner Junge vorne im Laden auf der Theke und habe mit den Teeschaufeln gespielt. Mehr brauche ich nicht zum Glücklichsein. Nun ja, fast.« Er sah sie an, seine Mundwinkel zuckten.

»Sie konnten wohl nicht anders, als Kaufmann zu werden wie Ihr Herr Vater.«

»Sagen wir so: Ich habe es erst gar nicht versucht. Nachdem ich meine Passion gefunden hatte …«

»Den Tee!«

Otto Messmer nickte. »Ja, nach meinen Lehrjahren bei Brauereien in Rotterdam und Nürnberg bot sich mir die Gelegenheit, den Balkan kennenzulernen, und dort stieß ich auf die Teekunst.«

Klara spürte Bewunderung und auch ein wenig Neid. Für sein Alter war Otto Messmer schon weit in der Welt herumgekommen, was ihm eine Reife und Selbstsicherheit verlieh, wie sie sonst nur bei älteren Herrschaften zu erleben waren. Dagegen kam sie sich furchtbar unerfahren vor. Beschämt dachte Klara daran, dass sie noch nie weiter als bis Baden gekommen war. »Ich fürchte, für mich sieht jeder Tee gleich aus. Ich bin schon froh, wenn ich ihn in die Tasse der Kaiserin bekomme, ohne ihn zu verschütten.«

»Aber nicht doch!« Otto Messmer langte über den Tisch und öffnete eine der Dosen. Klara spürte seine Körperwärme, als er sich zu ihr beugte und ihr den Tee unter die Nase hielt. »Als Basis habe ich diesen hier genommen. Ein chinesischer, im Frühjahr geerntet. Was sagen Sie?«

Klara nahm einen so tiefen Atemzug, dass sie husten musste. »Sehr kräftig. Aber auch sehr würzig.«

Otto nickte. »Für mich kommt er mit seinem Raucharoma dem Karawanentee noch am nächsten. Aber es ist wie im Leben und in der Liebe – nur Kraft und Durchsetzungsvermögen allein genügen nicht. Was noch fehlt, ist etwas Liebliches, Blumiges, Zartes, das den Geschmack abrundet.« Er griff nach zwei anderen Dosen, die er ihr ebenfalls entgegenhielt. Klara versenkte ihre Nase in einer davon. Ein ganzes Blumenbukett nahm sie in sich auf, das ihr Bilder von Blüten, von Frühling vor ihr inneres Auge zauberte.

Otto beobachtete sie genau. »Erinnern Sie sich daran, was mein Vater bei Ihrem letzten Besuch über die Kaiserin und die Aufenthalte als Kind in Russland sagte, der Heimat ihrer Mutter? Oder über ihr Leben in jungen Jahren in ihrem Elternhaus in Weimar? Da waren Kunst und Musik und angenehme Ablenkung, aber auch Grün, die Natur und damit verbunden: Freiheit. Davon wird sie träumen. Nach den unbeschwerten Tagen der Kindheit sehnen sich doch viele zurück, so auch die Kaiserin. Wenn wir das alles in einen Tee packen können, haben wir es geschafft.«

»Und – haben Sie es geschafft?« Klara wurde aufgeregt. Zu viel Zeit war schon verstrichen, sie konnte heute nicht ohne ein Ergebnis, ohne eine neue Teeprobe aus diesem Laden gehen, das musste Otto Messmer doch verstehen.

Er lächelte, stand auf und holte eine kleine Dose aus dem Regal. »Was halten Sie hiervon?«

Klara sprang auf. Sollte es Otto Messmer geschafft haben? Was, wenn dieser Tee der Kaiserin nicht gefiel?

Erwartungsvoll sah sie zu, wie Otto die Dose öffnete. Er schüttelte sie ein wenig und fächelte ihr dann mit der Hand den Duft zu.

»Jaaa …«, begann Klara unsicher. »Er riecht angenehm, aber …«

»Sie fragen sich, wie er schmeckt. Sie haben recht. Kommen Sie mit!« Otto fasste Klaras Hand und zog sie mit sich, hinaus

aus dem Vorratsraum, hinein in den dunklen Gang, an dessen Ende Klara eine schmale Treppe entdeckte. »Hier entlang!« Otto stieg hinauf und bedeutete ihr, ihm zu folgen, bis sie, ein Stockwerk höher, in eine Wohnung kamen. Er wies ihr den Weg in die Küche, wo er einen Topf in Form einer Teekanne auf das Feuer stellte. »Pfeifkessel kennen Sie, oder? Mein Vater brachte diesen hier schon früh von seinen Reisen mit. Ein Behältnis zum Erwärmen von Wasser, das sich meldet, wenn das Wasser kocht. Wir möchten ihn nicht mehr missen.«

Klara schaute interessiert zu. Auf ihrem Hof hatte sie Wasser immer nur in Töpfen heiß gemacht. Otto nahm eine Teekanne aus dem Regal, die so klein war, dass Klara sie für ein Puppenspielzeug hielt. Mit einem Löffel fischte er einige Blätter der Teemischung heraus und gab sie in das Kännchen.

Klara zuckte zusammen, als aus dem Kessel auf dem Feuer ein schriller Pfiff entwich. Wasserdampf stieg aus der kleinen Öffnung.

»Perfekt.« Otto Messmer griff den Pfeifkessel und goss ein wenig heißes Wasser auf den Tee in der Kanne. »Mit je weniger Wasser man beim Auslaugen der Teeblätter auszukommen vermag, umso feiner wird der Tee.«

»Aber«, bemerkte Klara, die hinzutrat, »das ist zu wenig für eine Tasse Tee.«

»Warten Sie es nur ab.« Otto Messmer nahm zwei Tassen mit Untersetzern aus einer Vitrine, die denen, die sie in der Maison der Kaiserin servierten, in nichts nachstanden. Exotische bunte Vögel erkannte Klara auf dem feinen Porzellan. Otto schaute auf seine Taschenuhr, murmelte: »Nun denn«, und goss einen kleinen Schluck tiefschwarzer Flüssigkeit aus dem Teekännchen in die bereitstehenden Tassen. Danach griff er erneut den Kessel und goss heißes Wasser nach. »Nehmen Sie Platz. Sie sind die Erste, die meine Mischung probieren wird. Erst wenn Sie zufrieden sind, wird ihn die Kaiserin trinken.«

Otto Messmer reichte ihr eine Tasse und setzte sich zu ihr. Gleichzeitig führten sie die Tassen an die Lippen, pusteten ein wenig und schauten sich über den dampfenden Tee hinweg in die Augen. Klara nahm einen Schluck – den bitteren Geschmack kannte sie schon. Aber da war mehr, er schmeckte heiß und stark und dabei doch lieblich und verspielt. Sie schloss die Augen und nahm einen weiteren Schluck in den Mund, während sie tief einatmete, um den Duft in sich aufzunehmen. Sie roch Pfirsiche und sah eine hochstehende Wiese im Sommer.

»Das wird der Sommertee der Kaiserin«, meinte Otto Messmer, als hätte er ihre Eindrücke erraten. »Wenn Sie nichts dagegen haben.«

Klara lehnte sich mit erhitztem Gesicht zurück. »Er ist wunderbar. Ich hoffe, Sie haben reichlich davon gemischt. Augusta wird nicht genug davon bekommen können, da bin ich mir sicher.«

Otto strahlte und wirkte, als sei eine Last von ihm abgefallen. »Ich wusste, dass aus diesen Teeblättern noch etwas ganz Besonderes wird, als ich sie auf der Plantage entdeckt habe.«

»Sie haben den Tee selbst ausgesucht?« Klara staunte. Dass Geschäftsleute wie Otto Messmer in der Welt herumkamen, um Waren einzukaufen, das war ihr bekannt. Aber dass sie die Waren dort aussuchten, wo sie wuchsen, das hörte sie zum ersten Mal. Langsam formte sich das Bild, das sie von Otto Messmers Leben hatte. Es musste aufregend sein.

»Oh ja, das ist das Schönste an unserer Tätigkeit. Wahre Qualität in der ganzen Welt entdecken, um hier nur das Beste feilzubieten. Ich habe auch ein paar Fotografien von meinen Reisen. Die werde ich Ihnen zeigen.« Er wollte aufspringen, doch Klara hielt ihn zurück.

»Es tut mir leid, aber ich muss dringend zurück in die Maison.«

Otto wirkte enttäuscht. »Dann beim nächsten Mal. Ich habe noch eine andere neue Mischung, sie ist günstiger als der Kaisertee, aber das Volk wird sie lieben. Alle sollen unseren Tee trinken können. Es wäre mir eine Ehre, wenn Sie wiederkämen, um ihn zu probieren.«

Klara erhob sich. »Sehr gerne. Und mir wäre es eine Freude, von Ihren Reisen zu hören. Ich möchte gerne alles aus fernen Ländern erfahren. Vielleicht waren Sie schon einmal in Amerika? Dort zieht es mich hin.«

»Sie wollen auswandern?« Otto Messmer sah sie erschrocken an.

»Ähm, nein, nein, also nicht sofort, auf keinen Fall …« Klara stockte. Sie hatte schon zu viel gesagt. Wie kam sie dazu, einem im Grunde fremden Mann von ihren Träumen zu erzählen? Otto Messmer war der Neffe von Wilhelm Messmer, der die Maison leitete. Wenn er ihm zutrug, dass sein Hausmädchen nur auf die nötige Summe sparte, um die Überfahrt zu bezahlen, war sie ihre Anstellung schneller los, als sie Piep sagen konnte. »Bitte erzählen Sie niemandem von dieser Idee. Es ist auch nur ein dummer Gedanke.«

Otto sah sie lange an, dann nickte er. »Ich bewahre Ihren Traum. Wenn ich auch hoffe, dass Sie ihn nicht verwirklichen. Ich würde Sie doch sehr vermissen.« Er ergriff ihre Hände und führte sie an seine Lippen, ohne die Augen von ihr zu lassen. Dann nahm er die Teedose und reichte sie ihr. »Berichten Sie mir, wie der Tee der Kaiserin geschmeckt hat. Auf bald.«

Klara nickte hektisch, drehte sich um und suchte die schmale Stiege, die sie wieder hinunter in den dunklen Gang und ins Geschäft brachte und hinaus in das bunte Treiben der Stadt. Jetzt bloß nicht stürzen! Klara lief zurück, so schnell sie konnte, im Arm die Dose Tee, die sie festhielt, als trage sie die Krone der Kaiserin. In ihrem Herzen ein Gefühl wie sprudelndes Teewasser.

18

»Der Herrgott hat uns erhört. Und die Messmers. Jetzt muss nur noch Kaiserin Augusta ihren Segen geben.« Crescenzia griff nach der Dose und wollte sie dem Koch übergeben, damit er eine Kanne für den Nachmittagstee aufsetzte. Aber Klara hielt sie zurück.

»Ich muss Himbeer erklären, wie er den Tee zubereiten muss. Otto Messmer hat es mir gezeigt, es ist ganz anders, als wir es bisher machen.«

»Soso, der schöne Otto.« Cricri stemmte die Arme in die Hüften und sah zu Klara auf. »Hat er dich um seinen Finger gewickelt mit seinen glänzenden Anzügen und seinen Reisen um die Welt? Was machen bloß alle für ein Bohei um heißes Wasser und ein paar vertrocknete Blätter?« Die älteste Hausangestellte schüttelte den Kopf und überließ die Teezubereitung Klara und dem Koch, der sich gerne anhörte, was die Badener Tee-Experten empfahlen.

»Warum nicht, *mon dieu*, probieren geht über studieren, *n'est-ce pas*? Lass mich eine Nase nehmen von dem neuen Tee.« Er öffnete die Dose, schnüffelte und strahlte mit verklärtem Blick. »Isch bin jetzt schon verliebt.«

Während Himbeer Wasser zum Kochen brachte, zog Klara ihren Mantel aus, steckte den langen, üppigen Zopf hoch und legte sich die Schürze um. Gerade als sie das Tablett mit einem Kännchen voll heißem Wasser und dem Teesud in einem zweiten die Treppe hinauftrug, kam ihr Augusta Messmer entgegen. Müde sah sie aus, aber auch glücklich.

»Da bist du ja! Ich brauche dich, dringend. Drüben in der Villa Stéphanie. Es ist noch so viel zu organisieren für den großen Tag. Und er rückt stetig näher.«

»Jetzt gleich?« Klara deutete mit ihrem Kinn auf das Teegeschirr, das sie in Händen hielt. »Der neue Tee. Die Kaiserin erwartet mich.«

»Dann lauf! Danach wird es Zeit, dass du die Villa Stéphanie kennenlernst. Mein neues Zuhause.«

Klara stieg zügig, aber bedächtig, um nichts zu verschütten, die Stufen hinauf. Neben der Erleichterung, dass es Majestät besser zu gehen schien, wuchs die Aufregung, was sie über den Tee sagen würde. Ob er ihr schmeckte? Und was, wenn nicht?

Beim Eintreten erschrak sie, denn die Kaiserin war nicht allein. Kaiser Wilhelm saß neben seiner Frau am kleinen Tisch und las das Badeblatt. Er schaute auf, als sich Klara mit dem Tee näherte. »Ah, unser Schwarzwälder Frollein, haben wir uns eingelebt in unserem Sommerfrische-Städtchen?«

Klara stellte das Tablett ab, knickste tief und antwortete: »Jawohl, Herr Kaiser. Ich fühle mich sehr wohl an diesem Ort und zuvörderst in diesem Hause. Darf ich einschenken?«

»Gleich zwei Kännchen?« Kaiserin Augusta staunte. »Bringst du jedem seinen eigenen Tee?«

»Nein, nein, es ist eine ganz besondere, neue Zubereitungsart.« Klara gab den starken, konzentrierten Tee in beide Tassen und füllte mit dem heißen Wasser aus der zweiten Kanne auf. Dabei achtete sie darauf, das Getränk für den Kaiser stärker zu machen als das der Kaiserin.

»Soso, interessant. Nun, ich bin ja nicht als Teetrinker bekannt«, murmelte der Kaiser in seinen weißen Backenbart. »Das fachliche Urteil überlasse ich meiner Frau.« Er nahm einen Schluck, nickte anerkennend, nahm einen zweiten. »Recht ordentlich! Wenn ich nicht schon meinen Kaffee hätte, könnte ich mich daran gewöhnen.« Zusammen mit Klara schaute er der Kaiserin zu, die ihre Tasse entgegengenommen hatte. Vorsichtig roch sie an der bernsteinfarbenen Flüssigkeit und schloss dabei die Augen. Sie nippte an Otto Messmers neu kreiertem Kaisertee. Nach einer Weile öffnete sie die Augen und stellte die Tasse ab mit den Worten: »Das ist aber nicht unser Tee aus Russland.« Klara schaute erschrocken auf, schluckte und suchte nach einer Erklärung. Doch Wilhelm kam ihr zuvor.

»Wo auch immer du ihn herhast, Klara Butterfass aus dem Kinzigtal, der ist besser als der russische. Behauptet der Kaiser. Aber der hat ja zu Hause nichts zu sagen.« Wilhelm lachte.

Noch immer hatte sich Augusta nicht geäußert. Sie pustete und nahm einen weiteren Schluck. Endlich huschte ein Lächeln über ihr Gesicht, mit ihren Gedanken schien sie weit weg zu sein. »Wie eine frische Sommerbrise«, sagte sie schließlich. »Sanft und süß. Wo hast du diesen Tee her, mein Kind?«

»Das ist der neue Kaisertee aus dem Hause Messmer, Eduard Messmer. Zu Ihren Ehren gemischt von Vater und Sohn Messmer.«

Augusta nickte. »Wo Messmer draufsteht, kann nur etwas Gutes drin sein. Den möchte ich von nun an des Morgens trinken.«

Klara verbeugte sich, während ihr Herz vor Freude einen Hüpfer machte.

»Haben wir Herrn Messmer schon zum Hoflieferanten gemacht?« Kaiser Wilhelm schlug das Badeblatt zu und stand auf. »Sonst sollten wir das bei nächster Gelegenheit tun. Falls du weiterhin zufrieden bist. Nun denn, die Pflicht ruft.«

»Hat der Kanzler dir wieder Arbeit mitgebracht?« Augustas eben noch so entspannte Gesichtszüge hatten einen sorgenvollen Ausdruck angenommen. »Vor diesem Mann ist man auch nie sicher. Gut, dass unsere Luise ihn nicht mehr antrifft, wenn sie heute kommt.«

»Dass ihr Weibsleute aber auch immer alles besser wissen müsst. Nicht mal in Ruhe regieren kann man.«

»Regieren nennt ihr euer Tête-à-Tête? Für mich scheint es, als ob ihr die Zeit totschlagt, bis Kammerdiener Engel euch wieder in abgetragenen Hosen ins Konversationshaus laufen lässt, damit ihr beim Zauberer oder dem kleinen Rechenkünstler einschlaft.«

»Hauptsache, ich begegne diesem englischen Lebemann nicht.«

»Wenn du Edward von Wales meinst, dann sind wir uns endlich einmal einig.«

Klara nahm ihr Tablett und entfernte sich schleunigst. Wenn Kaiserin und Kaiser miteinander diskutierten, hatte sie dort nichts mehr verloren. Außerdem hatte der Kaiser recht, die Pflicht rief, und die hieß für sie heute Augusta Messmer, zukünftige Brenner.

Klara traf Augusta in der Halle, wo sie Marie und Sofie anwies, den Bollerwagen zu beladen, mit dem Hausbursche Florian vor der Maison wartete. »Meine Aussteuer«, erklärte die junge Augusta und zeigte auf die mit Seidenpapier umhüllten Päckchen. Die junge Braut sah in ihrem heutigen Kleid so frisch aus wie ein reifer Pfirsich, fand Klara.

»So viel Tischwäsche und Handtücher, wer braucht denn die in einem Hoteliershaushalt?«, fuhr Augusta fort. »Oder Bettwäsche? Aber Mama wollte nichts davon hören, doch lieber alles für meine Schwestern zu sparen.«

»Sie bringen das in Ihr neues Heim? Schon vor der Hochzeit?« Ehe sich Klara für ihre vorlaute Frage schämen konnte, waren die Worte bereits ausgesprochen. Aber Augusta lächelte sie an.

»Genau das tun wir. Je näher die Hochzeit rückt, desto weniger Zeit habe ich, meine Sachen zu packen. Eine Sorge weniger, und Helene wird sich freuen, wenn sie schon bald mein Zimmer beziehen kann. Drüben in der Stéphanie herrscht eh ein großes Durcheinander, das wird durch meine Sachen auch nicht größer. Ach, und das hier«, sie reichte Klara eins der Päckchen, »wenn es dir gefällt, kannst du es haben. Es ist für den Sommer. Ich habe es seit Jahren nicht mehr getragen, aber es ist noch gut. Und ich glaube, wir haben dieselbe Größe. Fertig?«

Klara nickte eifrig und lief los, ihren Mantel holen. Im Laufen löste sie die Schleife ihrer Schürze und warf einen Blick in das verpackte Bündel. Es schien ein Kleid aus hellem Stoff zu sein. Wenn Augusta es auch ausgemustert hatte, weil es nicht mehr der aktuellen Mode entsprach – Klara hatte noch nie so etwas Schönes besessen. Das würde sie an ihrem freien Tag tragen. Sie verspürte eine Aufregung, als wäre sie diejenige, die in ein neues Leben, in ein neues Hotel aufbrach. Andererseits – obwohl sie nun schon eine Weile in Baden war, hatte sie die Villa Stéphanie tatsächlich noch nicht zu Gesicht bekommen.

»Du wirst sehen«, erzählte Augusta, als sie wenig später hinter Florian und dem Bollerwagen ein Stück durch die Allee gingen und über eine Brücke das stinkende Flüsschen querten. »In Camilles Villa ist es ganz anders als in unserer Maison. Er hat das Hotel erst im vergangenen Jahr von seinem Vater übernommen, aber schon angebaut, alles vergrößert. Jetzt können sehr viele Gäste kommen, da wartet eine Menge Arbeit auf uns. Es ist sehr modern, nicht so altmodisch wie unsere liebe, alte Maison. Und Camille ist noch lange nicht fertig. Wie viele Pläne dieser Mann in seinem Kopf hat!« Augusta klang stolz und aufgeregt zugleich.

Sie passierten die große Kirche mit den zwei Türmen, die so stachlig aussahen wie die Stiele einer dornigen Rose.

»Unsere Stadtkirche, hier wirst du am Sonntag zum Gottesdienst gehen.«

Klara nickte und schaute ehrfürchtig an der Fassade hoch, deren heller Sandstein im Sonnenlicht leuchtete.

Nach wenigen Schritten standen sie vor dem lang gestreckten Gebäude, auf dem die Worte »Hotel« und »Restaurant« prangten. Ein Angestellter in Livree wartete an der Eingangstür, anders als bei den Messmers war es hier ein älterer Herr.

»Herzlich willkommen, Fräulein Messmer!« Der Mann machte eine leichte Verbeugung, öffnete die große Tür und gab einem Laufburschen ein Zeichen, sich des Gepäcks anzunehmen.

»Danke, Jakob. Was machen die Enkel? Es waren doch jetzt drei?«

»Sehr wohl, Fräulein Messmer, sie wachsen und gedeihen, danke der Nachfrage. Dass Sie das noch wissen! Soll ich Sie bei Herrn Brenner melden?«

»Das ist äußerst zuvorkommend, Jakob, aber ich möchte meinen Mann überraschen. Ich meine natürlich, meinen

Verlobten.« Augusta kicherte und sah sich zu Klara um, die staunte, wie gut die zukünftige Hotelchefin über das Leben ihrer Angestellten Bescheid wusste. Auch wenn hier alles größer und imposanter erschien, hatte sie das Gefühl, das Haus einer großen Familie zu betreten. »Ach, da ist er ja!«

Der junge blonde Mann mit dem Schnauzbart und den lachenden Augen, den Klara zum ersten Mal beim Essen mit dem Kaiserpaar in der Maison gesehen hatte, stand in der Eingangshalle und dirigierte zwei Arbeiter, die dabei waren, einen großen Teppich in einem langen Gang auszurollen. Der Läufer mit Mustern in Rot und Braun sah nach fernen Ländern aus, nach dem Orient, von dem ihr Fräulein Stern erzählt hatte.

Klara vermisste das Lernen, das Gefühl, wie ihre Welt mit jeder Unterrichtsstunde ein Stückchen größer geworden war. Sie sah sich um. Und erblickte sich selbst in einem goldgerahmten Spiegel, der vis-à-vis zum Eingang über einem hölzernen Tischchen mit geschwungenen Beinen hing, auf dem wiederum eine Uhr in einem braun polierten Kästchen tickte. Klara staunte. In keinem Palast dieser Welt, so vermutete sie, hätte sie sich herrschaftlicher fühlen können als in diesem Hotel. In dem Moment querte ein Paar in Hut und Mantel die Eingangshalle und entschwand durch die von Portier Jakob geöffnete Tür, nicht ohne von Camille Brenner einen Gruß mit auf den Weg bekommen zu haben. Jetzt erst sah der Bräutigam seine Verlobte, und auf seinem Gesicht formte sich ein breites Lächeln. Er begrüßte Augusta mit einem Handkuss und bedachte Klara mit einem Kopfnicken.

»So ein schöner Läufer«, rief Augusta begeistert. »Was für eine Verrücktheit planst du als Nächstes?«

»Nun, meine Aufmerksamkeit gehört gerade der Einrichtung unserer neuen Zimmer und Appartements. Groß müssen sie sein und edel ausgestattet, damit sich Könige und Kaiser bei uns wie zu Hause fühlen. Alles erstklassig! Und hast du vom elektrischen Strom gelesen, den sie jetzt in New York einführen? Den möchte ich so schnell wie möglich auch bei uns haben. Vielleicht können wir ihn ja auch selbst erzeugen? Ich muss mich informieren.«

»Aber bitte nach unserer Hochzeit, Camille, wir brauchen dich für die Planung.«

»Es ist doch schon alles organisiert, mein Herz.« Camille nahm Augustas Hand. »Du heiratest nicht umsonst einen Hotelier.«

»Dabei hatte ich mir geschworen, das niemals zu tun. Aber die Wege Gottes sind unergründlich, um mit Tante Augusta zu sprechen.« Sie wandte sich um. »Du erinnerst dich an Klara? Sie wird sich um meine Sachen und unsere Räume kümmern. Und setze sie ruhig auch beim Zimmer- und Küchenpersonal ein, damit sie alles kennenlernt. Ich möchte, dass sie über kurz oder lang hier für mich arbeitet.«

»Die Chefin hat gesprochen.« Camille lächelte seine Braut an, und Klara gewann den Eindruck, dass sich hier zwei gefunden hatten, die nicht besser zueinander passen könnten. Beide wussten, was sie wollten. Während Camille für sein Hotel große Visionen zu haben schien, war es Augusta, die mit ihrer freundlichen Führung des Personals den Aufenthalt in diesem Palast für alle so angenehm wie möglich gestalten würde. Doch passte sie selbst wirklich in dieses vornehme Haus mit so vielen Neuheiten? Auch wenn sie nun schon eine Weile in Baden-Baden war, kam sich Klara doch einmal mehr vor wie das dumme Mädchen vom Bauernhof, das zwar wusste, wie man eine Kuh melkt oder eine Suppe kocht, aber von so vielen Dingen noch nie etwas gehört hatte.

»Direkt nach der Hochzeit ändern wir den Namen«, erklärte gerade Camille. »Ich lasse schon die Briefbögen erneuern. Dann heißen wir Hotel Stéphanie. Mit den neuen Zimmern sind wir wahrlich keine Villa mehr. Vor allem dann, wenn das letzte Stockwerk drauf ist! An der Fassade steht es schon.«

Klara beobachtete, wie Augusta andächtig nickte. Sie kam aus einer Maison, was im Französischen nicht mehr als Haus bedeutete, und würde in nur wenigen Tagen ein großes, modernes Hotel leiten, das vermutlich mit den bedeutendsten Unterkünften auf der ganzen Welt mithalten konnte. Bisher hatte Klara selbst es zwar nicht in die Ferne geschafft, aber wie es aussah, konnte sie die wichtigsten Neuheiten und das Leben der feinen Gesellschaft auch hier in Baden-Baden kennenlernen.

»Und nun komm, Klara, halten wir meinen Verlobten nicht weiter von der Arbeit ab. Schließlich soll zur Hochzeit alles glänzen. Ich zeige dir das Haus, dann hilfst du mir, und nach der Feier wirst du bis auf Weiteres hier eingesetzt werden.«

Klara knickste, als Camille sich verabschiedete, und folgte Augusta an die Rezeption, wo ein hoch aufgeschossener Mann mit gezwirbeltem Schnauzbart seiner neuen Chefin die Hand reichte. »Das ist Franz, der Mann, der alles weiß und jeden kennt. Wenn du vergessen hast, ob die Frau Ministerialdirektorin ihren Kaffee mit oder ohne Milch trinkt oder ob Herr Graf von und zu mit drei oder sechs Bediensteten anreist – Franz kann Auskunft geben. Und wenn nicht er selbst, dann seine zahlreichen Gästekarten.«

»Wir geben uns alle erdenkliche Mühe, unseren Gästen die Wünsche von den Augen abzulesen, bevor sie selbst von ihnen wissen.« Er zwinkerte Klara zu.

»Ob das funktioniert, werden wir bei der Hochzeit sehen, wenn Franz mit Wünschen und Gästekarten jongliert. Ich glaube fest daran, dass es ihm gelingen wird. Er ist das Herzstück des Hotels.«

»Wie bei uns Cricri? Ich meine, Crescenzia?«, brach es aus Klara heraus.

»Mit ihr könnte ich niemals konkurrieren«, widersprach Franz. »Die gute Seele, meinen aufrichtigen Gruß!«

»Ja, ich werde sie vermissen. Oder sagen wir: Sie macht mich einen Kopf kürzer, wenn ich sie in Zukunft nicht regelmäßig besuchen komme.« Augusta schob Klara den langen Gang entlang über den neuen Teppich, bis sie vor einer hohen Tür stehen blieben, die Augusta öffnete. Dahinter erstreckte sich ein Raum, doppelt so groß wie der Speisesaal in der Maison. Unter einem mächtigen Kronleuchter saßen die ersten Gäste bereits beim Mittagessen. Klara hörte Sprachen, die sie noch nie zuvor vernommen hatte. Trotz Gemurmel und Geschirrklappern herrschte eine vornehme, ja fast schon gedämpfte Atmosphäre im Saal. »Hier wird unser Hochzeitsessen stattfinden!« Augusta sah sie erwartungsvoll an, während Klara ihren Blick aus den Fenstern bis in den weitläufigen Park schweifen ließ, wo die Bäume bereits in vollem Grün standen.

»Und die Hotelgäste?«

»Werden an diesem Tag ihr Abendessen nicht hier einnehmen können, geschlossene Gesellschaft! Einmal dürfen auch wir feiern.« Augusta schloss leise und behutsam die Tür.

Zurück in der Eingangshalle wies sie auf eine weitere Tür. »Und sollte das Wetter nicht mitspielen, werden wir nach der Kirche dort drinnen unseren Empfang haben, und du wirst Champagner reichen.« Sie öffnete und spähte hinein. Eine laute Stimme drang an Klaras Ohr.

»Jetzt ist aber Schluss! Ich tue das alles nur für dich. Es ist an der Zeit, sonst …«

Klara riskierte ebenfalls einen Blick und sah einen untersetzten Mann, der in dem ansonsten leeren Raum auf und ab lief. Er hatte seinen Hut abgenommen und wischte sich mit einem Taschentuch über den fast blanken Schädel, sein Gesicht war rot und glänzte von Schweiß. Der Hauch einer Erinnerung wehte Klara an. Sie hatte diesen Menschen schon einmal gesehen, und auch da war er wütend gewesen.

»Sonst was?« Die Frauenstimme klang jung, aber bestimmt und ruhig. »Vater, es ist mein Leben, und ich lasse mich nicht wie eine Ware an den Nächstbesten verscherbeln. Was weißt du über diesen Menschen? Er ist mir nicht geheuer.«

»Vertraue mir, er hat nur die besten Zeugnisse, und wohlhabend ist er auch. Ich bin dein Vater, und ich sorge für dich. Und wenn du dich weiterhin dagegen wehrst, ist Schluss mit den Annehmlichkeiten.«

Augusta zog Klara aus dem Türspalt und flüsterte dabei:

»Diskretion. Das oberste Gebot in jedem Hotel. Wir sollten die Herrschaften nicht stören.«

Aber Klara hatte genug gesehen und gehört. Sie kannte die junge Frau von einigen Begegnungen in der Stadt, auch wenn sie heute nicht ihr gelbes Kleid trug, das Klara so bewundert hatte. So langsam konnte sie sich zusammenreimen, was diese Frau umtrieb. Und das war gar nicht so weit von ihrem eigenen Leben entfernt.

19

»Du bist heute so stumm!« Sofie schielte zu Klara herüber, während sie beide mit gleichmäßigen, ruhigen Bewegungen aus dem Haufen weißer Handtücher einen ordentlich gefalteten Stapel machten, den sie in die Regale sortierten. Klara tauchte aus ihren Gedanken auf und sah ihre Freundin an.

»Es ist nur ... Ich werde sie vermissen, die Maison. Das Hotel Stéphanie ist sehr beeindruckend, aber hier ... hier fühle ich mich zu Hause.«

»Da ergeht es dir wie dem Kaiserpaar. Ich finde es auch schade, dass du gehst, aber du bist doch nicht aus der Welt. Nur ein paar Straßen weiter.«

Klara nickte und bemühte sich um ein Lächeln. Der kurze Besuch mit Augusta im Hotel der Brenners hätte nicht eindrücklicher sein können, beängstigte sie aber auch ein wenig. Dort war alles so viel größer und fortschrittlicher als hier. Aber wo auch immer sie schließlich arbeiten würde – Klara betete jeden Tag, dass es überhaupt irgendwo in Baden-Baden war. Denn noch immer wurde sie die Angst nicht los, ihre Familie könnte sie finden und auf den Bauernhof zurückholen.

»So, fertig.« Sofie schob ein letztes Handtuch ins Regal. »Wir haben uns eine Pause verdient. Ob Himbeer schon das Teegebäck für Kaisers fertig hat? Vielleicht können wir uns etwas stibitzen, bevor Crescenzia alles wegnascht.« Sie kicherte.

»Was habts ihr Mädle denn zu lache?« Wie aufs Wort erschien die gute Seele des Hauses in der Tür der Waschküche. »Na, da komme ich ja gerade recht. Klara-Kind, es gibt Arbeit, Prinzessin Luise ist eingetroffen und hockt bei ihrer Mama. Die werden schon a Hüngerle haben, mit leerem Magen tratscht es sich nicht gut. Da geht's Kaisers nicht anders als unsereins.«

»Die Prinzessin von Preußen und Großherzogin von Baden«, ergänzte Sofie. »Die ist nett, die mag ich.«

»Sag ich doch, das Töchterle von unserer alten Augusta. Und jetzt marsch, marsch!«

Die Mädchen folgten Crescenzia in die Küche, wo der Koch aus einem großen Topf Suppe in Teller goss und mit einem Petersilienzweig versah. »Majestät wünschen sich immer Kartoffelsupp, könnte sie jeden Tag essen, *mon dieu*! Isch kann gar nicht zeigen mein wahres Können.«

Klara ergriff das Tablett und eilte damit eine Etage höher. Die Hofdame, Gräfin von Vitzthum, erwartete sie schon mit hochgezogener Augenbraue und scheuchte sie in den Salon, wo ein reges Gespräch im Gange war.

»Es ist so ein Segen, all die dankbaren Frauen zu sehen, denen wir in der Kranken- und Säuglingspflege helfen. Aber das Wichtigste an unserem Verein ist doch die Stärkung der Stellung der Frau im Allgemeinen.«

Das musste Luise sein, die da neben Kaiserin Augusta am Tisch saß und mit ruhiger Stimme sprach, dachte Klara. Die Prinzessin hatte die gleiche eindrucksvolle Nase und auch das dunkle Haar ihrer Mutter, einzig ihr Gesicht war runder und jünger. Majestät nickte und betrachtete liebevoll ihre Tochter, die weitersprach, während Klara die Suppe servierte.

»Aber es ist längst nicht genug. Ich denke an Unterricht im Kochen für junge Mädchen, eine Art Kochschule. Die könnten wir auf Reisen schicken, um auch die Ärmsten auf dem Land zu erreichen.«

»Du hast so viel Gutes in dir, mein Kind!« Augusta lächelte. »Manchmal male ich mir aus, wie die Welt aussehen könnte, wenn du die Nächste auf dem Thron wärst und nicht dein Bruder.«

Kaiserin Augusta schien heute nur Augen für ihre Tochter zu haben, sie beachtete Klara kaum.

»Sind Muttis sechs denn wohlauf? Und seine Vicky?« Luise pustete auf die Suppe auf ihrem Löffel, bevor sie probierte.

»Nun, wie ich hörte, ist Vicky ebenfalls wohltätig. Was soll sie auch sonst tun, die Kinder, die ihr geblieben sind, werden erwachsen. Im Moment sind Fritz und sie auf Reisen, statten den Königshäusern in Italien und Spanien einen Besuch ab. Und wie ich seinem letzten Brief entnahm, erwartet auch Papst Leo das Paar zu einer Audienz.«

»Hoffen wir, dass sein Segen unserem Fritz das Rauchen austreibt. Mein lieber Bruder hustete doch sehr stark, als ich ihn das jüngste Mal traf.« Luise sah auf und bedachte Klara mit einem Lächeln.

»Da enden die Befugnisse einer besorgten Mutter«, antwortete Augusta. Sie wirkte heute etwas kräftiger, der Besuch ihrer Tochter schien ihr gutzutun. »Wie schaut es aus bei deinen Lieben? Die große Hochzeitsfeier ist nun auch schon zwei Jahre her.«

»Ja, Victoria hat mir mit dem kleinen Gustav den göttlichsten Enkel geschenkt, den man sich vorstellen kann. Unser Friedrich scheint auf Freiersfüßen zu wandeln, nur Ludwig macht mir Sorgen mit seiner Wildheit. Das wird noch böse enden, überall fängt er Streit an.« Luise seufzte und ließ den Löffel in den leeren Teller sinken. »Bekommen wir heute wieder das formidable Eis vom Kurhaus?«

»Vanille und Himbeer, oh ja. Das ist eigentlich erst für den Abend gedacht, aber schauen wir, ob wir die gute Crescenzia schicken können. Sie glaubt, ich merke es nicht, aber jedes Mal fehlt die Spitze des Eisturms im Becher.«

»Sie ist eben ein Schleckermäulchen.« Die Frauen kicherten.

Klara räumte die Teller ab, als die Tür aufging und einer der kaiserlichen Lakaien der Hofdame etwas zuflüsterte. Die Gräfin trat an den Tisch.

»Bitte verzeihen Sie die missliche Störung, Majestät, aber wie ich gerade höre, hat sich die Kaiserin von Österreich zum Antrittsbesuch angemeldet.«

»Sisi? Sie ist schon da?« Klara presste vor Schreck über ihre eigene Ungehörigkeit die Lippen aufeinander und beeilte sich, mit dem Tablett die kaiserlichen Räume zu verlassen. Zurück blieb eine schmunzelnde Kaiserin.

»Besser hätte ich es nicht ausdrücken können. Dann bringen

wir es hinter uns, lange wird sie eh nicht bleiben, wie ich die Gute kenne.«

Am Ende der Treppe hielt Klara inne, weil ihr eine schwarz gekleidete Gestalt entgegengestürmt kam. Es war nicht die schmale Figur im dunklen, bodenlangen Gewand, die Klara erstaunte, und auch nicht die schwarze Kappe auf ihrem Kopf, an der eine weiße Feder im Takt der Schritte wippte, sondern die kleine Menschenmenge, von der die Kaiserin von Österreich umgeben war. Ein Lakai in Samthosen mit weißen Strümpfen und Schnallenschuhen schritt vorneweg, ihm folgte, die Kaiserin umrahmend, das Ehepaar Messmer. Während Wilhelm Messmer aufgeregt auf Elisabeth einredete, blieb seine Frau auf der anderen Seite still. Dann kamen noch eine weitere Hofdame und zwei Mädchen mit Geschenken in den Händen.

Klara schluckte. Wenn das auch nur einen kleinen Teil der Gesandtschaft darstellte, mit der Sisi in Baden-Baden unterwegs war, dann wollte sie sich nicht Zeremoniell und Etikette vorstellen, die am Hofe in Wien herrschen mussten. Immer von so vielen Menschen umgeben zu sein, musste anstrengend sein. Sie konnte die Kaiserin gut verstehen, wenn sie nur allzu gern aus alldem floh und die Stadt mit dem guten Wasser und der grünen Allee besuchte – nicht zum ersten Mal, wie Ferdinand ihr verraten hatte. Als Sisi an ihr vorüberrauschte, nahm Klara einen leichten Duft nach Rosen wahr, der ihrem kunstvoll geflochtenen Haar zu entströmen schien. Es reichte ihr bis auf die Hüfte. Für den Bruchteil einer Sekunde trafen sich ihre Blicke, bevor Klara demütig den Kopf senkte und einen Knicks andeutete.

Sie konnte es sich nicht erklären, aber diese Frau brachte sie gehörig durcheinander. Mit zitternden Beinen trug Klara das Geschirr zurück in die Küche, wo Himbeer sie empfing. »Entweder du hast gesehen einen Geist – oder unsere Sisi. Vielleicht es gibt keinen Unterschied. Sie soll so gut wie nichts essen, nur Eier und Fleischbrühe, das kann nicht gut sein, *n'est-ce pas*? Es heißt …«, er beugte sich verschwörerisch zu Klara hinunter, »sie hat ihre eigene Kuh dabei, für frische Milch. Als gäbe es hier in Baden keine Kühe!« Er lacht laut auf, während er ganz nebenbei einige Eclairs mit Vanillecreme füllte. »Die wird sie mir um die Ohren schlagen, du wirst sehen. Umso mehr bleiben für Augusta und für Luise, die ist eine gute Esserin.«

Er reichte Klara einen Kristallteller mit den feinen Gebäckstücken und schickte sie hinauf zu den Kaiserinnen. Doch gerade als Klara die Eingangshalle betrat, kündigte lautes Geklapper die Rückkehr der österreichischen Besucherin an. Während Sisis Hofdame interessiert auf die Köstlichkeiten in Klaras Hand spähte, hielt ihre Herrin den Blick stur geradeaus gerichtet. Ohne ein Wort stürmte die Kaiserin von Österreich auf die Straße, wo sie in einer wartenden Kutsche verschwand.

Klara begab sich mit den Eclairs in den Salon der Kaiserin, wo eine ermattete Augusta saß und leise mit ihrer Tochter sprach. »Das war kurz und schmerzlos, Gott sei es gedankt. Wenn sie nur nicht immer so eine Aufregung verbreiten würde. Mit ihrer Extravaganz schadet sie nur der Monarchie.«

»Aus der Rolle der schönsten, aber auch schwierigsten Monarchin unter Gottes blauem Himmel kommt sie nicht mehr heraus, Mama. Oh, welch feines Gebäck.« Beherzt griff Luise nach einem Eclair.

»Ja, stärke dich nur, wir geben ihr noch eine halbe Stunde, bevor wir unseren Gegenbesuch antreten. Dann haben wir es hinter uns. Es soll niemand sagen, wir Preußinnen wüssten nicht, was sich gehört. Das Eis muss wohl warten.«

»Die ewige Etikette hält uns alle vom wahren Leben ab. Das denkt Sisi vermutlich auch. Wie ich gehört habe, läuft sie am liebsten zu Fuß durch die Wälder oder reitet ganz allein bis in die Berge. Sie sehnt sich offenbar nach einem einfachen Leben.«

»Tun wir das nicht alle«, seufzte Augusta. »Wiwi, hilf mir auf! Die Pflicht ruft. Wie schade, dass du mich nicht begleiten kannst. Aber Klara soll mitkommen! Dann kannst du dir gleich ein Bild von diesem Wahnsinn mit Krone machen, Mädchen.«

Nachdem sie Luise von Baden verabschiedet hatte, ließ sich Augusta von Wilhelm Messmer und ihrer Hofdame in die Kutsche helfen, während Klara vorne neben dem Kutscher Platz nahm. Was für einen großartigen Blick man von hier oben hatte, dachte Klara – auf die Menschen, die zum Konversationshaus strömten, um die heutige Zeitung zu lesen, und auf die, die in den Arkaden ihre Einkäufe tätigten. Luise Messmer reichte der Hofdame noch ein Päckchen in den Wagen, in dem Klara weitere Köstlichkeiten aus der Hand des begnadeten Kochs und Bäckers der Maison vermutete – und vielleicht auch Wilhelm Messmers berühmte Pasteten.

»Richte meinem Bruder einen Gruß aus«, trug die Dame der Maison Klara auf. »Und natürlich auch der Kaiserin. Wenn sie auch gerade erst da gewesen ist. Was für eine merkwürdige Sitte!«

Begleitet vom Orchester, das bereits zum zweiten Mal an diesem Tag im Pavillon vor dem Kurhaus Märsche spielte, trabten die Pferde gemächlich am Theater vorbei, das heute ein französisches Gastspiel im Programm hatte, wie Plakate verkündeten. Klara genoss die Sicht auf Hüte und Sonnenschirme, als sie plötzlich eine bekannte Melone und darunter ein noch bekannteres Gesicht erblickte: Ferdinand! Er sprach mit einem kräftigen, großen Mann im hellen Anzug und mit glänzenden Schuhen, dessen Bart sorgfältig gestutzt war. Gerade lachte er laut auf. Hatte ihr Freund zu arbeiten, führte er ein Gespräch für sein Blatt, oder war das ein Bekannter? Klara hob die Hand zum Gruß, bis Ferdinand sie entdeckte und in ihre Richtung zeigte. Woraufhin beide Männer ihre Hüte lüfteten und zu der vorbeirollenden Kutsche hin eine leichte Verbeugung machten. Klara spürte die Augen des anderen Mannes auf sich, während der Kutscher brummelte: »Schließts die Mädle oi, der Prinz ist wieder da!«, und die Pferde schneller laufen ließ. Als Klara ihn fragend ansah, erklärte er: »Der Engländer hat in jedem Dorf ein Weib. War schon vor Gericht deswegen, das stand sogar in der Zeitung. Prinz hin oder her, nehmen S' sich in Acht.«

Sie bogen um die Ecke und passierten das Palais Hamilton auf der einen Seite und auf der anderen die Trinkhalle, mit der Büste des Kaisers davor. Dann bog der Kutscher auf eine Brücke ab, überquerte den Fluss und blieb schließlich vor einem langen, hohen Gebäude stehen, das ihr Ferdinand bei ihrer Ankunft in Baden-Baden als das Hotel der österreichischen Kaiserin gezeigt hatte. »Hotel de l'Europe«, las Klara an der Fassade, bevor sie abstieg und der Hofdame dabei half, Augusta aus der Kutsche zu geleiten.

Die Hofdame sagte gerade empört: »… und zu Hause warten seine Frau und die fünf Kinder, die ihm noch geblieben sind. Ich frage Sie, Majestät, ist das die Haltung, die wir uns vom nächsten König von England wünschen? Und warum hat er seinen Antrittsbesuch bei Ihnen noch nicht gemacht?«

»Vielleicht war er ja gerade auf dem Weg. Hätte er gewusst, dass die Österreicherin da ist, wäre er schneller gelaufen. Und nun lassen Sie uns nicht mehr über diesen unmoralischen Menschen sprechen. Ich fürchte, wir werden ihn auf der Hochzeit meiner Patentochter sehen. Für heute haben wir genug zu tun.« Kaiserin Augusta, stellte Klara fest, sah unter ihrer schwarzen Spitzenhaube blasser aus, als sie es noch in der Maison gewesen war. Die Aufgaben des Tages und die vielen Besuche strengten sie sichtlich an.

Am Arm ihrer Hofdame und in der Hand ihren Stock, ging Augusta langsam vorbei an den Säulen und durch die gläserne hohe Eingangstür, die zwei livrierte Diener aufhielten. Drinnen folgte Klara Ihrer Majestät die wenigen Marmorstufen hinauf, wo der dunkelrote Teppich ihre Schritte schluckte. Wie anders dieses Hotel mit seinen goldenen Geländern und Knäufen auf sie wirkte – viel erhabener als die Maison. Und doch recht freundlich und hell und nicht so vornehm und modern wie das Hotel der Brenners.

In den langen Gängen, die von der Eingangshalle abgingen, sah Klara viele weiße Türen mit goldenen Nummern. Wie sie von Ferdinand wusste, wohnten dort momentan keine anderen Gäste, sondern nur das Personal der Kaiserin von Österreich.

Klara vermutete, dass es für die Majestäten gefährlich werden könnte, wenn Unbekannte im Zimmer nebenan nächtigten.

Ein schlanker Mann mit blondem Haar trat auf die Kaiserin zu, das Gesicht von einem Backenbart eingerahmt, wie ihn Kaiser Wilhelm trug. Neugierige und zugleich freundliche dunkle Augen musterten sie. Das musste Luise Messmers Bruder Otto Kah sein, der Direktor des Hotels.

»Willkommen in meinem bescheidenen Hause, Majestät!« Der Mann verbeugte sich vor Augusta und fügte dann mit einem Blick auf die Hofdame und Klara ein »Die Damen!« an. »Ich weise Ihnen den Weg. Die Kaiserin von Österreich erwartet Sie bereits.«

Er schritt voraus in die Beletage und blieb vor einer der größten Türen stehen. »Das Mädchen kann hier warten.« Otto Kah deutete auf einen Stuhl im Flur, bevor er anklopfte und Kaiserin Augusta bei Sisis Hofdame anmeldete.

Vorsichtig nahm Klara auf dem hohen Stuhl Platz. So hatte sie sich immer einen Thron vorgestellt. Unsicher schaute sie den Gang entlang, aus den Räumen der österreichischen Kaiserin war nichts zu hören.

Plötzlich öffnete sich die Tür gegenüber, und ein zartes, rundes Kindergesicht schaute heraus. Das halbwüchsige Mädchen hatte einen langen, geflochtenen Zopf, und die kleinen Augen unter dem kurzen Pony blickten Klara offen und neugierig an. »Bist du die neue Zofe?«

Klara erschrak. Wer war dieses Mädchen? Und durfte sie mit ihm sprechen? Sie schüttelte stumm den Kopf.

»Schade, ich hätte so gerne jemanden zum Reden. Mama lässt uns immer nur vorlesen. Und mit Rustimo kann ich mich nicht so gut unterhalten.«

»Wer ist Rustimo?«, entfuhr es Klara. Sie vermutete, dass das Mädchen nur wenige Jahre jünger war als sie selbst.

»Komm, ich zeige ihn dir. Aber wir müssen ihn jetzt Rudolph nennen, sagt Mama.« Das Mädchen winkte Klara zu sich und schob die Tür auf.

Erschrocken fuhr Klara zurück. An einem Tischchen saß

ein Junge, dessen Haut so dunkel war, wie sie es noch nie bei jemandem gesehen hatte, nur auf einem Foto in ihrem Geschichtsbuch. Fräulein Stern hatte ihnen damals von Sklavenhändlern erzählt, die dunkelhäutige Menschen aus den Kolonien raubten, damit sie in anderen Ländern für Reiche arbeiteten. Ob das ein Sklave war? Wie sie bei Fräulein Stern gelernt hatte, gab es keine Sklaverei mehr. Aber vielleicht galt das nicht für eine Kaiserin.

»Du musst dich nicht erschrecken, er tut dir nichts. Er ist ein Geschenk aus Ägypten. Mama hat ihn mir überlassen, damit ich mich nicht langweile. Aber ich habe ihn über.« Rustimo oder Rudolph schaute nicht auf, er schien mit Spielsteinen beschäftigt zu sein. Das Mädchen setzte eine schmollende Miene auf.

Klara dämmerte nun, wen sie vor sich hatte. Allein die gleichen langen, bis zur Hüfte reichenden Haare hätten ihr bereits einen Hinweis geben können. Dieses Mädchen musste die Tochter der Kaiserin von Österreich sein.

»Wie heißt du?«, wagte Klara zu fragen, der partout nicht einfiel, wie viele Kinder Sisi hatte und wie alt sie wohl sein konnten.

»Marie Valerie, und du?«

»Klara. Klara Butterfass.«

Das Mädchen lachte laut auf. »Das ist ein lustiger Name. Kannst du nicht meine Spielgefährtin sein?«

»Brauchst du denn noch eine? Mir scheint, du bist schon fast zu alt, um zu spielen.« Klara lächelte Marie Valerie an. Sie selbst hatte nie eine Schwester gehabt und nur ältere Brüder, daher kannte sie trotz ihrer großen Familie das Gefühl, allein zu sein. Am liebsten hätte sie das Mädchen in den Arm genommen. »Wie alt bist du?«

»Ich habe gerade meinen fünfzehnten Geburtstag gefeiert, hoch oben im Schwarzwald. Wir sind auf Eseln hinaufgeritten, und als wir nach dem Mahl wieder hinunterwollten, hat es geschneit! Und das alles ohne meinen Papa, kannst du dir das vorstellen? Ich möchte wieder zu ihm nach Hause, aber Mama will immerzu verreisen, und ich muss dabei sein.«

Klara spürte einen Stich im Herzen. Dieses Mädchen hatte Eltern, die ihre Tochter liebten. Aber ihre Vorstellung vom Leben war eine andere als die des Mädchens. Wie es aussah, war das in allen Gesellschaftsschichten gleich.

Die Tür zu den Räumen der Kaiserin öffnete sich, und ihre Hofdame trat heraus.

»Festi!«, rief Marie Valerie. »Kommst du mit mir? Ich möchte neue Aufnahmen machen für Papa, beim Fotografen!« Bittend sah sie die vornehm gekleidete Frau mit den rot leuchtenden Wangen und dem dunklen Häubchen auf den streng frisierten hellen Haaren an, aber die gab ihr lediglich das Zeichen, einen Knicks zu machen. In diesem Augenblick traten Kaiserin Augusta und Gräfin von Vitzthum auf den Flur und nickten dem Mädchen zu. Klara knickste ebenfalls, dann winkte sie heimlich Marie Valerie und eilte hinter den beiden Damen her, die Treppe hinunter und zurück zur Kutsche, die vor der Tür wartete.

Bevor sie auf den Kutschbock stieg, vernahm sie hinter sich die Stimme Ihrer Majestät, die seufzte: »Das arme Kind. Den ganzen Tag mit dieser exzentrischen Frau. Was kann es Schlimmeres geben?«

20

Die Glocken läuteten bereits, und Klara beeilte sich, es Sofie gleichzutun und aus dem Bett zu steigen. Nur allzu gerne wäre sie noch liegen geblieben und hätte weitergeschlafen. Doch auch wenn heute ihr freier Tag war, wollte sie die beiden Augustas – ihre Arbeitgeberin und die Kaiserin – nicht enttäuschen. Denn Ihre Majestät würde heute ebenfalls an der heiligen Messe teilnehmen.

Klara schlüpfte in das helle Kleid, das ihr Augusta Messmer überlassen hatte. Es passte perfekt. Oben saß es eng und schloss mit einem kleinen Spitzenkragen ab, nach unten hin fiel es leicht und war kaum zu spüren. Noch nie hatte sie sich so hübsch gefühlt. Klara wusch und frisierte sich in Windeseile, und ihre Laune hob sich weiter, als ihr einfiel, dass Ferdinand sie von der Kirche abholen wollte, um ihr mehr von diesem Ort zu zeigen als die Hotels und den Weg zu den Läden. Er hatte recht – es wurde Zeit, dass sie hier Fuß fasste und heimisch wurde. Ob sie wirklich bleiben durfte?

Mit einem Weck in der Hand, den der Koch ihr zugesteckt hatte, lief Klara den kurzen Weg zur Kirche hinter Sofie her – vorbei am prachtvollen Theater, entlang des Flüsschens und über eine weiße Brücke, wo sie eine palastähnliche Villa hinter sich ließen und zum Vorplatz der Stadtkirche kamen.

Klara holte tief Luft. Bevor sie die Stufen hinaufstieg, blickte sie noch einmal von den drei Spitzbögen hinauf bis zu den zwei Türmen, hinter denen ihr der blaue Himmel entgegenstrahlte. Die Frühlingssonne begleitete sie bis ins Innere der Kirche, wo sie durch die bunten Glasfenster schien.

»Der Kaiser hat das Geld für die schönen Fenster gespendet«, wisperte Sofie, während sie sich auf einer der hinteren Bänke niederließ. »Aus Dankbarkeit, weil er das Attentat in der Allee überlebt hat. So hat's mir meine Mutter erzählt.«

Klara schauderte, und das nicht nur, weil es trotz des regen

Andrangs kühl war in der morgendlichen Kirche. Wenn die Einheimischen und Gäste auch Tag und Nacht in diesem Städtchen flanierten und feierten, so erinnerten sie Sofies Worte doch daran, dass das Böse selbst in dieser fröhlichen Stadt und an einem heiligen Ort wie diesem allgegenwärtig war.

»Schau, da sind sie!« Ihre Freundin wies auf eine leicht erhöhte Loge weiter vorne in der Kirche, in der Kaiserin Augusta und Kaiser Wilhelm zu sehen waren. Viele der Gläubigen starrten das Kaiserpaar an, und Klara sah sich instinktiv um, sie hatte das Gefühl, die Majestäten beschützen zu müssen. Erst als Pfarrer Wilhelm Ludwig seine kraftvolle und abwechslungsreiche Predigt begann, wurde sie ruhiger. Sie betrachtete seinen Rauschebart, die kleine, runde Brille und seine geschwungenen Augenbrauen und ließ ihre Gedanken schweifen. Diese Kirche war so viel großstädtischer als die Dorfkirche, die sie mit ihrer Familie meist nur zu hohen Feiertagen besucht hatte. Oft hatte die Arbeit den weiten Kirchgang nicht zugelassen, denn auch am Sonntag mussten die Kühe gemolken und das Essen gekocht werden.

So trat Klara nach dem Gottesdienst mit einem feierlichen Gefühl von Besinnung und innerer Einkehr vor die Kirchentür. Schon am Treppenabsatz sah sie Ferdinand Vogel am Rande des Vorplatzes stehen, den Hut in der Hand. Er trug einen Anzug, in dem er aussah, als wäre er gerade noch im Büro gewesen, und Klara schien es, als wäre sein lockiges Haar mit Pomade gebändigt und zurückgekämmt. Ungewohnt erwachsen wirkte ihr Freund heute, aber das schelmische Grinsen, mit dem er sie empfing, kam ihr schon vertraut vor. Klara winkte ihrer Arbeitskollegin zum Abschied zu und sprang fröhlich die Stufen hinunter.

»So verklärt, wie du schaust, wird es Zeit, dass wir neue Sünden begehen«, bemerkte Ferdinand und deutete einen vollendeten Handkuss an. Klara verkniff es sich, laut loszulachen.

»Was hast du mit mir vor?«

»Ich zeige dir die interessantesten und schönsten Fleckchen dieser Badestadt. Komm mit!« Er fasste ihre Hand und zog sie aus dem Pulk der Gläubigen, die jetzt aus der Kirche strömten.

»Guter Mann übrigens.« Ferdi deutete auf den Pfarrer, der jetzt am Ausgang seiner Kirche Stellung bezogen hatte und sich von jedem Einzelnen verabschiedete. »Nicht so verstaubt wie manch anderer hier. Das macht Augusta Messmer schon richtig, von dem würde ich mich auch trauen lassen.«

Ferdinands Stimme hatte einen warmen Klang angenommen. Klara spürte seine Augen auf ihr ruhen. Augen, die sie an den Waldsee in ihrer Heimat im Schwarzwald erinnerten – sanft und ruhig und mit einem grünlichen Schimmer.

Sie folgte Ferdinand zu einem herrschaftlichen Haus, das sie schon auf dem Hinweg gesehen hatte. »Dort wohnt Isabella Gagarin mit ihrer Familie«, erklärte ihr Freund. »Sie ist die Erste in der Stadt mit einer Toilette, die mit Wasser gespült wird. Vielleicht hat sie deshalb so bekannte Gäste, der Dichter Turgenjew und die Sängerin und Komponistin Pauline Viardot waren häufig bei ihr.«

Sie gingen weiter, querten den Platz mit der Statue von Großherzog Leopold und bogen in die Gernsbacher Straße ein, in der Klara schon häufiger gewesen war. Als sie am Laden der Messmers vorbeikamen, rief Ferdinand: »Sieh dir den Andrang an! Zuerst haben sich alle geärgert, dass er sein Geschäft am Sonntagnachmittag geschlossen hält, jetzt haben sich die Kunden daran gewöhnt, einfach früher einzukaufen. Und Messmers Angestellte freut's, sie haben endlich auch einen freien Nachmittag!«

Am Ende der Straße wies Ferdinand nach rechts. Dort, an einem kleinen Platz, thronte ein kastenartiges Gebäude aus hellem Stein. »Die Polizeiwache. Falls du meinen Vater einmal besuchen willst.« Er zwinkerte ihr zu und zog sie weiter. Schon bald hatten sie einen imposanten Bau mit hohen Fenstern und Kuppel erreicht. So stellte sich Klara eine Universität vor, aber Ferdinand klärte sie darüber auf, dass sie vor dem berühmten Friedrichsbad standen.

»Es ist der ganze Stolz dieser Stadt. Die Gäste lieben es, dort ein Dampfbad zu nehmen oder zu inhalieren. Es hat allerdings seinen Preis, günstig ist nur die Kaltwasserkur, aber damit kannst du mich jagen. Auch Kaiser Wilhelm soll dort schon durch die Gänge gewandelt sein. Ob so, wie der liebe Gott ihn geschaffen hat, kann ich leider nicht sagen. Aber so ist es jedenfalls üblich.« Klara kicherte, während Ferdinand fortfuhr: »Und wir warten täglich auf einige neue Apparaturen für etwas ganz Neuartiges, das sie Heilgymnastik nennen. Es sollen Geräte geliefert werden, mit denen dein Körper per Dampfkraft bewegt wird, und andere, für die du deine Muskelkraft einsetzen musst. Kommen aus Schweden, ich werde im Blatt hoffentlich darüber berichten.«

Klara staunte. Geräte, um sich zu bewegen, und das sollte gesund sein? Sie war doch ohnehin den ganzen Tag auf den Beinen. Alles, wonach sie sich am Abend sehnte, war, sich nicht mehr rühren zu müssen.

»Ich sehe dir an, du bist nicht begeistert. Aber Baden-Baden hat dieser Badetempel zu neuem Wohlstand verholfen, vor allem, nachdem das Casino geschlossen wurde. Hier wirst du auf sinnvollere Art dein Geld los. Und dahinten«, er wies am Gebäude entlang, »ist unsere Fettquelle, aber pass auf, das Wasser ist sehr heiß! Na komm, wir sind noch nicht am Ende.« Ferdinand führte sie weiter, bis Klara anfing zu keuchen. Dass dieses Städtchen recht bergig war, hatte sie von der Maison aus schon erahnen können.

Der schmale Weg wand sich einen Berg hinauf, den Ferdinand Florentinerberg nannte. Im Vorbeigehen bemerkte Klara eine Gastwirtschaft mit einem Glöckchen an der Eingangstür – wie hübsch und niedlich hier alles war! Nur das Gehen auf den Katzenkopfsteinen war mühsam. Klara raffte die Röcke ihres neuen Kleides und spürte, wie ihr der Schweiß ausbrach.

Endlich erreichten sie einen ebenen Platz. »Unser Marktplatz«, erklärte Ferdinand, »mit der katholischen Stiftskirche. Sie soll noch älter sein als das Kloster, zu dem deine Kaiserin sich so gerne fahren lässt. Augusta liebt übrigens alle Kirchen und besucht sie, sooft sie kann, sogar die neue russische Kirche unten im Ort mit dem goldenen Türmchen.«

Klara nickte, das hatte ihr die Kaiserin schon erzählt. Aber ihr blieb nicht viel Zeit zum Ausruhen und Staunen, denn Ferdinand schob sie sanft weiter. »Sieh nur dort, unser altes Dampfbad. Und dann sind wir schon bald bei Großherzogs zu Hause.«

Die nächsten Minuten stiegen sie ohne ein weiteres Wort den restlichen Berg hinauf. Klara rang nach Luft, als sie oben angekommen waren.

»Und nun sage mir, ist diese Aussicht nicht die Anstrengung wert?« Ferdinand war stehen geblieben und deutete ins Tal. »Baden-Baden liegt dir zu Füßen. Genau wie ich!« Er nahm den Hut ab und fächelte ihnen beiden Luft zu. Klara blickte auf die Stiftskirche, die über Baden-Baden zu thronen schien, darüber nur noch der blaue Himmel mit einigen Wölkchen. »Und schau mal dort«, Ferdinand drehte sich um, »das Neue Schloss, in dem sich der Großherzog von Baden mit seiner Gemahlin wie immer zur Sommerfrische aufhält.«

Sie näherten sich dem Schlosskomplex, der Klara vorkam wie einem Märchen entsprungen. Durch den Torbogen erblickte sie ein Halbrund aus herrschaftlichen Gebäuden, von Wein umrankt. Sicherlich sah es hier im Herbst hübsch bunt aus.

»Komm, ich zeige dir die Vorfahrt um die Ecke herum. Vielleicht steigt das Großherzogspaar gerade in eine Kutsche.«

»Wenn es auch nicht so aussieht – Augustas Tochter Luise müsste da sein«, überlegte Klara, die den verwaisten Eingang mit der steinernen Treppe betrachtete. »Sie hat ihre Mutter schon besucht, eine nette Frau, scheint mir.«

»Sie hilft jedem, dem sie begegnet. Nein, sie ist wahrlich eine sehr barmherzige Frau. Das hat sie vermutlich von ihrer Mutter gelernt.«

»Die Kaiserin hat auch dafür gesorgt, dass mich Wilhelm Messmer eingestellt hat.«

»Wofür wir den beiden auf ewig dankbar sein werden.«

Ferdinand nahm Klaras Hände. »Aber lass uns nicht von anderen sprechen. Wie hast du dich eingelebt, in der Maison und in Baden? Bist du endlich glücklich, nachdem das Rätsel um den verschwundenen Schmuck der Kaiserin gelöst werden konnte?«

Klara dachte kurz nach und nickte dann. »Ich bin sehr froh, hier zu sein. Alle sind nett zu mir. Fast alle …« Sie stockte, als ihr Marie in den Sinn kam, die vermutlich erleichtert wäre, wenn Klara die Rückreise in den Schwarzwald antreten müsste.

»Mach dir keine Gedanken um dieses andere Mädchen«, sagte Ferdinand. Er schien ihre Sorgen erraten zu haben.

»Ich weiß nie, was sie als Nächstes vorhat«, brach es aus Klara hervor, »und schon gar nicht weiß ich, was ich ihr eigentlich getan habe.«

»Ich tippe darauf, dass sie neidisch auf dein gutes Verhältnis zu den Augustas ist. Vielleicht wird sie bald weggeheiratet, dann hat sich das Problem von allein gelöst.«

»Weggeheiratet?« Klara löste sich von Ferdinand. »Das scheint in den Augen der Männer der einzige Lebensweg für uns Frauen zu sein. Zu heiraten, Kinder zu bekommen und ihrer Familie zu dienen.«

»So meine ich das doch nicht.« Der junge Reporter sah sie gleichzeitig flehend und zerknirscht an. »Ich möchte nur, dass es dir gut geht, dass du gerne hier bist. Entschuldige.«

Klara seufzte. »Und was ist mit dir, Ferdinand Vogel, bist du denn glücklich?« Sie suchte seinen Blick, doch ihr Freund schaute an ihr vorbei in die Ferne.

»Wer ist schon ganz und gar glücklich? Sagen wir, ich bin zufrieden. Ich stehe auf eigenen Beinen, nun ja, noch nicht ganz. Aber ich bin mir nicht sicher, ob ich mein Leben lang den Hoheiten und anderen wichtigen Menschen hinterherlaufen will, die mich nur abschätzig anschauen und am liebsten nichts von sich preisgeben möchten. Es ist so …« Er machte eine Pause und verbesserte sich: »Es kann so demütigend sein. Aber ich muss abliefern bei meinem Blatt. Manchmal träume ich davon, mein eigener Herr zu sein, ganz und gar. Verstehst du das?«

»Und ob. Diesen Traum teilen wir.«

»Endlich!«, rief Ferdinand und hatte mit einem Mal seine Unbeschwertheit wiedergefunden. »Wir haben etwas gemeinsam. Wusste ich es doch.« Er schwenkte seinen Hut und rief: »Ich bin der glücklichste Mann auf der Welt! Sie versteht mich!« Einige Paare, die vorbeiflanierten, schauten überrascht.

»Pssst.« Klara lachte und versuchte, seinen Arm festzuhalten.

»Komm, ich zeige dir meinen Lieblingsort hier oben.« Wie selbstverständlich nahm Ferdinand wieder ihre Hand. Nach wenigen Minuten hatten sie eine große Wiese erreicht. »Hier entlang.« Ferdinand ging ein paar Schritte voraus in das dichte Gras bis zu einem blühenden Baum, dort zog er seine Jacke aus und breitete sie auf dem Boden aus. »Setz dich. Halt, Moment!« Aus seiner Jackentasche zog er, ehe sie sich niederlassen konnte, noch ein Holzkästchen. »Ich habe dir etwas mitgebracht, mach auf!«

»Na, für einen Verlobungsring ist die Schatulle aber zu groß.« Klara lächelte ihn an. Sie löste die rote Schleife und öffnete den Deckel. »Ein Maikäfer!«

»Aus Schokolade. Aber nicht alles auf einmal essen.«

»Den esse ich überhaupt nicht, der ist viel zu schön. Danke!« Klara sah Ferdinand zärtlich an, während sie das Kästchen wieder schloss. »Und hier bist du so gerne, weil dich niemand findet, wenn du dich im hohen Gras versteckst, verstehe.« Sie hatte sich auf die Jacke gesetzt und sah ihren Freund herausfordernd an.

»Deiner Meinung nach habe ich also einen Grund, mich zu verstecken?« Er lehnte sich zurück und stützte sich mit den Armen auf dem Boden ab.

»Na, so wie ich dich kenne, heckst du immer wieder mal etwas aus. Soll ich deinen Vater, den Polizisten, fragen?«

»Untersteh dich!« Ferdinand langte nach Klara und kitzelte seine Freundin, bis sie juchzte. »Da, ein Maikäfer krabbelt auf dir herum – und hier ist noch einer!«

»Aufhören!« Sie schnappte nach Luft, während sie rücklings ins Gras sank. Doch Ferdinand fand immer mehr Stellen, an denen sie kitzelig war. »Aufhören!«, japste Klara erneut.

»Unter einer Bedingung.« Er hielt inne, während er sich über Klara beugte, die seine Arme festhielt. Ihr hochgestecktes Haar hatte sich gelöst und umrahmte ihr Gesicht wie ein dunkler Heiligenschein. Sie waren sich so nahe, dass Klara die Ader an seinem Hals pulsieren sah und seinen Geruch wahrnahm. Sie atmete schwer. Ferdinand blickte ihr in die Augen und sprach nicht weiter. Seine Lippen bebten. Klara ließ ihn los und räusperte sich.

»Ich … ich glaube, ich sollte zurück. Es ist schon spät.« Sie setzte sich auf und richtete sich die Haare.

Ferdinand nickte. Er wirkte geknickt, als er aufstand, seine Jacke aufhob und wieder anzog.

»Na komm«, Klara klopfte ihm das Gras von der Jacke, »ich muss doch meinen Maikäfer in Sicherheit bringen. Und deine Nase ist auch schon ganz rot von der Sonne.«

»Eigentlich wollte ich dich noch ins ›Krokodil‹ zum Essen einladen.«

»Hier gibt's Krokodile, wie interessant. Das kannst du beim nächsten Mal machen. Lass uns das Geld heute sparen.«

»Dann nimm das.« Er hielt ihr ein blaues Blümchen hin.

»Ein Vergissmeinnicht, wie lieb von dir.« Sie nahm vorsichtig die Blüte entgegen. »Das lege ich zum Maikäfer in das Kästchen.«

Sie liefen auf dem holprigen Weg wieder den Berg hinunter, hinein in das sonntägliche Getümmel.

»Dann sehen wir uns wieder?« Ferdinand blickte unsicher zu ihr herüber. »Du bist mir nicht böse?«

Klara schüttelte den Kopf. »Unsinn. Ich möchte es mir nur nicht mit den Messmers verscherzen, nachdem sie bisher so großzügig waren. Ich darf meine Arbeit nicht verlieren.«

»Du weißt, was du willst, Klara Butterfass.«

»Ist das etwas Schlechtes? Für eine Frau?« Sie hob die Augenbraue und studierte seine Reaktion. Ferdinand blieb ungewohnt ernst.

»Ganz im Gegenteil. Ich hoffe nur …« Er holte tief Luft. »Ich hoffe, dass auch für mich noch ein Platz in deinem Leben ist.«

»Sonst wäre ich doch nicht hier.« Klara boxte ihn freundschaftlich gegen den Arm und nahm seine Hand. »Ich danke dir für den schönen Tag.« Ferdinand drückte ihre Hand fest mit der seinen, während er ihnen den Weg durch die Sonntagsspaziergänger bahnte, bis sie am Platz mit dem Denkmal angekommen waren.

»Wer war eigentlich der Mann, mit dem du gestern gesprochen hast?«

Ferdinand sah sie an. »Das war der Prinz von Wales, er wird Königin Victoria auf dem Thron beerben.«

»Kaiserin Augusta sprach nicht gut von ihm.«

Ferdinand grinste. »Das kann ich mir vorstellen. Sagen wir so – sie hat andere Moralvorstellungen als der Prinz. Ich kann nichts Schlechtes über ihn sagen, er ist ein äußerst unterhaltsamer Gesprächspartner, der sich häufig und gerne in Baden-Baden vergnügt. Er hat mir erzählt, dass er wegen des Pferderennens hier ist – und für das große Tennisturnier. Und wenn er schon mal in der Stadt ist, ist er natürlich auch zur Hochzeit von Augusta Messmer und Camille Brenner geladen, schließlich logiert er in ihrem Hotel.«

Klara nickte ehrfürchtig. Noch so ein hoher Gast, den sie bedienen würde. Sie wollte Ferdinand gerade von ihrem Besuch bei Sisi erzählen, als ihr eine Gestalt ins Auge fiel, die sie schon einmal gesehen hatte.

»Warte mal!« Sie blieb stehen. »Dort!« Klara deutete auf einen dunkel gekleideten Mann, der die Sophienstraße entlangeilte.

»Der Begleiter von deinem angehimmelten Fräulein. Der immer so grimmig schaut und eine Waffe trägt, wie du sagst. Heute allerdings ohne das Fräulein.«

Klara nickte und zog Ferdinand hinter dem Fremden her. »Im Hotel von Camille Brenner habe ich gehört, wie die junge Frau sich mit ihrem Vater gestritten hat. Ich verwette meinen ersten Monatslohn, dass er der Grund dafür war. Zuerst hatte ich ja vermutet, er sei von meinen Brüdern ausgeschickt worden, um mich nach Hause zu bringen. Aber so wichtig bin ich wohl nicht.«

»Umso besser, dann kannst du tun und treiben, was dir beliebt. Wo will er hin?«

An der nächsten Ecke bog der Mann in die Stephanienstraße ein.

»Ach, die Meile der roten Laternen. Das heiße Pflaster von Baden-Baden.«

»Wie meinst du das?«, fragte Klara erschrocken.

»Na ja, in dieser Straße ist es gewissen Frauen erlaubt, den Männern ein Zettelchen mit ihrer Adresse in die Tasche zu stecken. Weiter vorne am Konversationshaus dürfen sie sich nicht blicken lassen.«

»Du meinst, Männer am Konversationshaus suchen eine Frau zum Heiraten, und Männer, die hier unterwegs sind, suchen eine Frau für ein kurzes Vergnügen?«

»Ich könnte es nicht besser ausdrücken. Auch das ist Baden-Baden. Wo Licht ist, ist auch Schatten. Darin sind sich alle Städte vermutlich ähnlich.« Ferdinand blieb stehen und ließ den Fremden vorausgehen. »Wir sollten nicht hier sein.«

»Unsinn, komm weiter. Ich muss wissen, was dieser Mensch im Schilde führt. Dann kann ich das Fräulein warnen. Warum tut er ihr das nur an? Wenn er es klug anstellen würde, hätte er Aussichten auf die schönste Braut. Stattdessen sucht er hier Zerstreuung. Er hintergeht sie schon vor der Eheschließung!«

»Du solltest dich nicht einmischen, Klara.« Ferdinand sah sie an. »Es ist nicht ungewöhnlich, dass ein Vater seine Tochter mit einem von ihm ausgewählten Mann verheiratet. Das wirst du nicht verhindern können.«

»Keine Frau sollte einen Mann heiraten müssen, den sie nicht liebt«, erklärte Klara entschlossen.

»Ich gebe dir recht, aber die Wirklichkeit sieht leider oft anders aus. Selbst an einem himmlischen Fleckchen Erde wie Baden-Baden.«

»Er verschwindet in einem Hinterhof. Wir müssen herausfinden, wo er hinwill.« Klara lief dem Fremden nach, während Ferdinand ihr widerwillig folgte. Als sie vorsichtig um die Ecke spähte, sah sie den Mann gerade noch in einem unscheinbaren Hauseingang verschwinden.

»Er ist fort. Vielleicht wohnt er dort? Wir sollten gehen«, flüsterte Ferdinand.

Aber Klara legte einen Finger auf die Lippen, schlich auf Zehenspitzen zum Haus und blickte durch eine ungeputzte Scheibe. Was sie sah, hatte sie so nicht erwartet. Statt der vermuteten Frau befanden sich in dem Raum eine Handvoll Männer. Finster wirkende Männer, die miteinander zu diskutieren schienen. Auf einem Tisch in der Mitte bemerkte sie etwas, das sie die Luft anhalten ließ: Waffen! Gewehre, Revolver, auch lange Messer waren darunter.

Panisch wich Klara zurück und stolperte dabei in die Arme von Ferdinand, der hinter ihr stand. Sie bedeutete ihm mit einem Zeichen, dass sie sich zurückziehen sollten.

Vielleicht kannte der Mann, den sie verfolgt hatten, ihr Gesicht? Dann wäre es nicht gut, wenn er sie hier entdeckte. Gar nicht gut. So schnell es ging, schlichen sie zurück zum Hofeingang und bogen eilig um die Ecke. Doch in dem Moment, als Klara sich erleichtert zu Ferdinand umdrehte, prallte sie gegen einen harten Männerkörper.

Ihrem Mund entwich ein Schrei. Diesen entschlossenen Blick kannte sie, auch das wettergegerbte Gesicht und die Hände, die von harter Arbeit sprachen. Vor ihr stand Paul, ihr Bruder. Und er sah sehr, sehr wütend aus.

21

Einen Moment lang sagte keiner ein Wort. Paul wirkte genauso überrascht wie Klara, nur Ferdinand verstand nicht und drängte zum Weitergehen. Aber Klara blieb stehen und sagte tonlos: »Das ist mein Bruder Paul.« Der daraufhin seine Stimme wiederfand.

»Hier steckst du, ich habe es geahnt. Und in Männerbegleitung bist du auch. Schämst dich nicht? Ich habe Vater gleich gesagt, es lohnt nicht, nach dir zu suchen. Aber er wollte ja nicht davon ablassen.« Grob griff er nach ihrem Arm. »Wenn ich dich schon mal gefunden habe, nehme ich dich auch gleich mit. Und du da, du rennst, wenn dir dein Leben lieb ist.« Er spuckte beim Sprechen in Ferdinands Richtung.

Der sah Paul mit großen Augen an, bevor er sich besann und rief: »Lass sie los, du Grobian! Sonst bekommst du es mit mir zu tun.« Dabei zerrte er an Klaras anderem Arm.

»Lasst mich los, alle beide!« Klaras Stimme klang streng, sie sah ihrem Bruder in die Augen. »Ich laufe euch ja nicht weg«, fügte sie leiser hinzu, und tatsächlich ließen beide Männer von ihr ab.

»Klara, du musst nichts tun, was du nicht willst.« Ferdinand rückte ein Stück näher an sie heran und wollte den Arm um sie legen, doch Klara wehrte ihn ab. »Lass. Es … es ist vorbei.« Sie sah ihn traurig an. »Sie haben mich gefunden, sie sind stärker als ich, die Familie …«

»Du bist jetzt hier zu Hause, keiner kann über dich bestimmen!«, rief ihr Freund, aber der Bruder unterbrach ihn.

»Und ob ich das kann. Meine Schwester ist minderjährig, sie hat zu tun, was ihr Vater will. Und er will, dass sie zurückkommt und das Versprechen einlöst, das unsere Familie gegeben hat.«

Ferdinand holte Luft, aber Klara hielt ihn zurück. »Er hat leider recht. Es ist sinnlos. Wir Frauen haben keine Macht, ich darf nicht über mein Leben entscheiden. Ich kann mich nur fügen, dann wendet auch niemand Gewalt an. Es … es tut mir leid, Ferdinand. Mein Traum ist hier zu Ende.«

»Ein schöner Traum ist das, anschaffen zu gehen.« Paul blitzte Ferdinand an. »Wenn das der Vater erfährt, schaut er dich nie mehr an.«

»Das tut er doch sowieso nicht.« Klara wurde rot. »Und nur damit du es weißt, Ferdinand ist nicht mein … Ich verdiene mein Geld nicht hier, falls du das glaubst. Ich arbeite im Hotel, unten in der Stadt. Ich bediene die Kaiserin.« Sie klang stolzer, als ihr lieb war.

»Natürlich, und morgen heiratest du einen Prinzen! Schluss mit den Märchen, komm jetzt, dein Platz ist auf dem Hof.« Paul wollte erneut nach ihr greifen, aber Klara hob die Hand. Frauen, die vorbeikamen, blieben stehen und schauten neugierig zu ihr herüber. Nach einem Blick von Paul rafften sie eilig die Röcke und wandten sich ab.

»Paul, ich kann dich nach dem Gesetz nicht davon abhalten, mich wieder mit nach Hause zu nehmen. Ich kann dich nur bitten, es nicht zu tun. Aber ich kenne dich zu gut, als dass ich nicht wüsste, dass du niemals aufhören wirst, mich zu bedrängen, bis du deinen Willen hast. Deshalb hör mich an.«

»Warum sollte ich? Du hast dich lange genug widersetzt und hast es dir hier gut gehen lassen.«

Klara holte tief Luft. Sie verkniff sich die Bemerkung, dass sie es sich noch niemals hatte gut gehen lassen. Die schönste Zeit ihres bisherigen Lebens war gewesen, als sie auf Drängen ihrer Großmutter zur Schule gehen durfte. Und sich für einige Stunden am Tag mit etwas anderem beschäftigen konnte als mit der Arbeit auf dem Hof. Sie durfte ihren Verstand benutzen und nicht nur ihre Hände, sie lernte, dass die Welt größer war als ihr Schwarzwalddorf. Und was diese Welt alles bereithielt!

Doch damit war nach Großmutters Tod schnell Schluss gewesen, sie hatte begreifen müssen, dass solche Träume den Männern vorbehalten waren. Erst hier in Baden-Baden hatte sie trotz ihrer anstrengenden Arbeit wieder gewagt, eigenständig zu denken und zu fühlen. Ihr eigenes Leben zu leben und sich nicht von ihren Brüdern, ihrem Vater alles vorschreiben zu lassen.

»Sag, wie geht es Friedrich, ist er wohlauf?« Der Jüngste der Familie, ihr einziger Verbündeter auf dem Hof.

»Warum sollte er nicht wohlauf sein?« Paul ließ sich nicht beirren. »Wenn wir jetzt aufbrechen, schaffen wir es noch vor Sonnenuntergang.«

»Das lasse ich nicht zu!«, mischte sich Ferdinand wieder ein. »Klara, soll ich meinem Vater Bescheid sagen? Vielleicht kann er helfen.«

Aber Klara schüttelte den Kopf und fasste Ferdinands Hand als stilles Zeichen ihrer Verbundenheit. »Paul.« Ihre Stimme war heiser. »Ich werde mit dir mitkommen, das verspreche ich bei allem, was mir heilig ist.« Sie sah ihrem Bruder in die Augen und fand darin keinerlei Verständnis. »Unter einer Bedingung.«

»Du bist nicht in der Position, Bedingungen zu stellen. Der Vater hat eine Abmachung …«

»Was für eine Abmachung?« Ferdinand wirkte blass neben ihr. Aber jetzt war nicht die Zeit für Erklärungen.

Ohne ihn anzusehen, sagte Klara zu Paul: »Das weiß ich sehr wohl. Aber auch ich habe eine Abmachung, einen mündlichen Vertrag, genau wie Vater ihn geschlossen hat. Ich habe in dieser Stadt eine Arbeit gefunden, eine große Hochzeit steht an, man zählt auf meine Hilfe. Wenn ich jetzt weglaufe, ist mein ganzer Monatslohn verloren. Geld, das auf unserem Hof dringend vonnöten wäre.«

»Ohne Vaters Zustimmung darfst du gar nicht arbeiten.« Paul spuckte die Worte aus wie ein Stück schimmeliges Brot.

Aber Klara redete unbeirrt weiter. »Ganz zu schweigen von der Ehre unseres Namens. Ich bin eine Butterfass, und ich werde mein Wort nicht brechen. Ich kann dich nur bitten und an deinen Verstand appellieren: Gib mir Zeit bis nach dieser großen Hochzeit. Danach werde ich dich begleiten, freiwillig und ohne Aufhebens.«

Klara spürte, dass Ferdinands Hand in ihrer feucht geworden war. Er griff fester zu, doch sie entzog sich ihm. »Es wird nicht zu deinem Nachteil sein. Vater wird denken, du hättest mich erst in ein paar Tagen gefunden. Ich werde darüber schweigen. Wir werden darüber schweigen. Dann hast du deinen Auftrag erfüllt.«

Sie streckte ihrem Bruder die Hand hin. »Haben wir eine Vereinbarung?« Und als er zögerte, fügte sie hinzu: »Niemand wird einen Schaden davontragen. Ganz im Gegenteil, es wird für alle von Vorteil sein. Denk nur an das Geld!«

»Woher weiß ich, dass du nicht noch einmal wegläufst?«, brummte Paul.

»Wohin sollte ich denn? Dieser Ort ist klein, und wenn du mir folgst, weißt du, wo ich arbeite. Du kannst mich im Auge behalten, und in einer Woche haben wir eine Verabredung.« Sie schaute ihren Bruder flehend an. »Tu es im Namen unserer Mutter und der Großmutter, Gott hab sie selig. Ich bin deine Schwester, Paul. Bitte hab Vertrauen, und alles wird sich zum Guten wenden. So ist der Familie am besten gedient.« Mit festem Blick sah sie ihren Bruder an und ertrug die endlosen Sekunden der Stille. Paul sah von Ferdinand zu seiner Schwester.

»Das ist mir zu wenig. Ich brauche ein Pfand.«

Klara wurde nervös. Paul hatte immer bekommen, was er wollte. Er war hartnäckig und ehrgeizig. Vielleicht, weil er der Zweitgeborene war. Er hatte gelernt, sich gegen seinen großen Bruder Ludwig durchzusetzen, den Erstgeborenen, der ein Jahr älter war als er. Klara hielt Paul auch zugute, dass er nur deshalb so handelte, weil er wusste, dass sein jüngster Bruder Friedrich es war, der einmal Hof und Ländereien erben würde. So war es Sitte, die natürliche Rangordnung auf einem Badener Hof, damit kein Streit um den Besitz entstand. Denn bis der jüngste Sohn erwachsen war, war der Bauer entweder alt oder tot. Für eine Tochter gab es nur dann etwas zu erben, wenn sie keine Brüder hatte. Sonst war sie eine billige Arbeitskraft, bis sie heiratete.

Klara wagte nicht, an das Versprechen zu denken, das der Vater dem verwitweten Bauern gegeben hatte. Schon beim Gedanken daran schüttelte es sie, aber zunächst musste sie hier und jetzt ein dringenderes Problem lösen. Sie griff sich an den Hals und löste den Verschluss ihrer Kette.

»Das Kreuz, das mir Großmama geschenkt hat. Du weißt, dass es das Wertvollste ist, was ich besitze.« Sie reichte ihm die schmale goldene Kette. »Du gibst sie mir wieder, wenn ich zurück auf dem Hof bin. Das, zusammen mit meinem Versprechen, ist alles, was ich geben kann.«

Paul nahm das Schmuckstück, nickte und sagte noch einen Satz, den Klara schon einmal gehört hatte.

»Und wage es nicht …«

Ihr Schicksal war besiegelt. Sie durfte an diesem schönen Ort nicht bleiben, sie musste zurück. Klara schluckte und versuchte, die Tränen zurückzuhalten. Sie würde keine Schwäche zeigen. Nicht heute und nicht in Zukunft. Wenn sie wieder im Schwarzwald leben musste, dann als eine andere Frau. Sie war nicht mehr dieselbe wie noch vor einigen Wochen. Aber noch war sie hier.

Klara ballte die Faust. Und weiß Gott, sie würde die Zeit nutzen.

»Komm!«, sagte Klara und zog Ferdinand weiter die Straße hinunter, ohne ihren Bruder eines weiteren Blickes zu würdigen. Die Sache war abgemacht, mehr gab es nicht zu sagen.

»Klara!« Ferdinands Stimme klang aufgeregt. Er drehte sich immer wieder um, es schien, als ob ihnen Paul den Hügel hinab folgte. »Was hat das alles zu bedeuten? Du kannst doch nicht wieder zurück in den Schwarzwald, ich bitte dich. Uns muss etwas einfallen!« Er senkte die Stimme. »Du könntest fliehen oder dich verstecken. Meine Familie würde dich aufnehmen, bis dein Bruder verschwunden ist. Mein Vater ist bestimmt einverstanden.« Aber Klara schüttelte den Kopf.

»Ferdinand.« Sie nahm seine Hand. Dass ihr Bruder sie noch sehen konnte, störte sie nicht. »Wenn ich mich verstecke, gebe ich meine Freiheit auf. Und zum Fliehen fehlt mir das

Geld. Außerdem, ich möchte nicht in der ständigen Angst leben, mein Bruder könnte mich finden. Ich habe ihm mein Wort gegeben – es ist vorbei.« Mit mehr Entschlossenheit, als sie selbst fühlte, schaute sie Ferdinand an. Forschen Schrittes ging sie weiter.

Ihr Freund widersprach: »Aber … an eine Möglichkeit hast du nicht gedacht.« In seinen Augen blitzte etwas auf, und er schaute so spitzbübisch, wie Klara ihn kennengelernt hatte. Trotzdem nestelte er nervös an seiner Anzugjacke herum, als er hervorstieß: »Wir … wir könnten doch …«

»Was könnten wir?«

Er blieb stehen, schaute sich um und flüsterte dann: »Wir könnten heiraten. Nächsten Monat werde ich volljährig, dann bin ich mein eigener Herr und kann tun und lassen, was mir beliebt. Und als meine Frau …«

»Nein!« Klara hob die Hände, während sie energisch den Kopf schüttelte. Dann besann sie sich und schaute Ferdinand zärtlich an. »Ich weiß das wirklich sehr zu schätzen. Du bist ein Freund, wie man ihn sich besser nicht wünschen kann. Danke, Ferdinand. Aber ich möchte nicht der einen Heirat ausweichen, indem ich vorschnell eine andere eingehe. Damit machen wir es nicht besser. Das verstehst du doch, oder?« Sie suchte seine Augen. »Es fühlt sich einfach nicht richtig an. Und du … du solltest nicht aus einer Not heraus heiraten. Du hast etwas Besseres verdient.«

»Ich wüsste keine Bessere als dich.« Ferdinands Stimme klang belegt, als er Klara ins Gesicht sah. Traurig lächelte sie ihn an und legte ihm kurz eine Hand an die Wange. Sie genoss den Moment der Innigkeit, während um sie herum Menschen liefen. Dann riss sie sich los und ging weiter.

»Das Gute ist – wir haben ein wenig Zeit herausgeschlagen. Die werden wir nutzen.«

»Was gibt es denn jetzt noch zu tun? Du … du willst dich ja tatenlos in dein Schicksal ergeben.«

»Ich ergebe mich nicht, Ferdinand, ich versuche, meinen Frieden damit zu machen, das ist ein Unterschied. Und jetzt lass uns nicht lamentieren. Es gibt noch viel zu tun. Was mir droht, darf anderen nicht passieren, wenn wir es verhindern können. Diese schöne junge Frau soll nicht einen Mann heiraten müssen, den sie nicht will.«

»Du meinst aber nicht Augusta Messmers Hochzeit?«, fragte Ferdinand erschrocken.

»Unsinn.« Klara musste lächeln. »Augusta Messmer liebt ihren Zukünftigen und möchte ihn unbedingt heiraten, ganz freiwillig. Davon konnte ich mich persönlich überzeugen.«

»Ja, aber von wem sprichst du dann?«

»Na, von dem hübschen Fräulein in dem gelben Kleid und diesem Mann mit einer Waffe, den wir heute verfolgt haben. Da ich bis zu Augustas Hochzeit im Hotel Stéphanie arbeite, werde ich versuchen, Kontakt zu ihr aufzunehmen, um sie zu warnen. Wir müssen den Kerl, von dem wir nicht wissen, was er in dieser zwielichtigen Gegend von Baden-Baden treibt, im Auge behalten. Wenn wir beweisen könnten, dass er nichts Gutes im Sinn hat, verhindern wir vielleicht, dass eine junge Frau ein unglückliches Leben führen muss.« Wenn ich schon nicht über mein eigenes Leben bestimmen kann, ergänzte Klara bei sich, während sie zielsicher den Weg zur Maison Messmer einschlug. Schon bald würde sie ihre Sachen packen, wie es Augusta gewünscht hatte, und in ihr neues Heim ziehen – das Hotel Stéphanie. Leider nicht für lange Zeit.

22

Zuletzt war alles ganz schnell gegangen. Wenige Tage hatte Klara noch in der Maison gearbeitet und das Kaiserpaar bedient, um dann eines Morgens ihre Sachen in den alten grauen Rucksack zu packen und sich von allen zu verabschieden: Crescenzia, die sie unerwartet fest an ihren mächtigen Busen gedrückt hatte, während sie »Mädle, Mädle, pass auf dich auf« murmelte. Himbeer, der es nicht hatte lassen können, ihr zum Abschied ein Stück Butterkuchen zuzustecken. Sofie, der sie versprechen musste, in Verbindung zu bleiben. Sogar von Papagei Lora hatte sich Klara noch ein letztes »Guten Tag, Dummkopf!« abgeholt. Sie winkte Florian an der großen Eingangstür zu, bevor sie aus dem Dienstbotenausgang huschte. Mit einem wehmütigen Blick in den Garten, wo Fritz dabei war, die Tiere zu füttern, während ihm die jungen Kätzchen um die Beine sprangen, trat Klara auf die Straße.

Ihr war das Herz so schwer, dass die Traurigkeit sie für einen Moment zu überwältigen drohte. Aber sie war ja nicht aus der Welt, redete sie sich gut zu, wenigstens vorerst noch nicht, und doch war dies ein Abschied. Noch nicht von Baden-Baden, noch nicht endgültig, aber genauso fühlte es sich an. Denn Klara liebte ihre Arbeit, und sie liebte die Menschen in diesem Haus!

Ihre Augen wanderten ein letztes Mal die Fassade der Maison hinauf, wo sie hinter einem der Fenster einen Schatten ausmachte. Es war nicht die Kaiserin, der Klara hatte versprechen müssen, sie regelmäßig zu besuchen. Ihre Frage, ob sie zu Augustas Geburtstag im September wieder für sie da sein würde, hatte sie unbeantwortet gelassen. Nein, Klara wusste, wer sie dort oben argwöhnisch beobachtete – Marie. Die Einzige, die ihr nicht Glück gewünscht oder sie freundschaftlich gedrückt hatte. Was musste sie froh sein, Klara los zu sein, denn jetzt durfte sie Kaiserin Augusta wieder selbst bedienen. Eine Aufgabe, um die Klara nie gekämpft, die sie aber lieb gewonnen hatte. Ob Marie der Kaiserin auch vorlesen durfte?

Klara ging das kurze Stück zum Hotel Stéphanie, ohne sich umzudrehen. Tief atmete sie die Luft ein, die so früh morgens noch frisch war. Die Früchte an den Kastanien in der Allee waren schon zu erahnen. Mit ihrem Grün boten sie einen hübschen Kontrast zum kräftigen Rosa der großen Magnolienblüten, die Klara auf ihrem Weg ständig grüßten.

»Guten Morgen, Fräulein Butterfass. Dort hinten geht es für Sie hinein.« Portier Jakob stand vor dem Haupteingang und wies am Gebäude entlang zu einer kleineren Tür. Anders als Florian in der Maison wirkte er in seiner schwarzen Livree, als würde er in diesem Hotel wohnen und nicht nur arbeiten.

»Klara, komm hier entlang!« Augusta Messmer hatte den Kopf durch die Eingangstür gesteckt und dirigierte sie zu sich, was Jakob mit einem zurückhaltenden Nicken quittierte, während er ihr die Tür aufhielt. »So früh sind noch keine Gäste unterwegs«, fuhr Augusta Messmer fort, »komm, ich zeige dir, was heute ansteht. Ich kann kaum schlafen vor Aufregung.« Die sonst so ruhige junge Frau wirkte nervös und fahrig, aber dennoch glücklich. In ihrem roséfarbenen, hochgeschlossenen Kleid mit der großen Schleife auf der Rückseite strahlte die Hotelierstochter so breit, wie vermutlich nur eine Braut es konnte. »Heute kommen bereits die ersten Gäste, die ich begrüßen muss, und es gibt noch so viel zu tun. Dich schickt wirklich der Himmel.«

Klara folgte ihrer neuen Chefin durch die langen Gänge. »Hier!« Augusta öffnete die Tür zum großen Speisesaal, in den Klara schon einmal einen Blick geworfen hatten. Heute war er menschenleer. »Die wenigen Gäste, die noch im Haus sind, werden ihre Mahlzeiten während der nächsten Tage im kleineren Saal einnehmen, damit wir hier alles für das große Ereignis vorbereiten können. Ich möchte, dass du das Eindecken der Tische überwachst, ich lasse dir gleich einen Plan mit der Sitzordnung bringen. Es soll alles perfekt sein.« Augusta schob sich eine Haarsträhne aus dem Gesicht, die sich aus ihrem strengen Dutt gelöst hatte. »Ich muss mein Kleid richten lassen, und die Schuhe wurden auch noch nicht geliefert. Und später am Tag kommt Monsieur Lemaître, um meine Brautfrisur zu besprechen.«

»Bringt er wieder seinen Affen mit?« Exotische Tiere wie in der Maison konnte sich Klara in diesem Haus nicht vorstellen.

»Ich fürchte, die beiden sind unzertrennlich.« Augusta lachte und wandte sich bereits zum Gehen. »Ich schicke dir Minna, sie weiß alles über Tischwäsche und Besteck, aber die Tischkärtchen musst du verteilen. Das Kaiserpaar sitzt auf jeden Fall am Ehrentisch, genau wie der Prinz von Wales und unsere beiden Elternpaare.«

Und schon war sie verschwunden, und Klara stand allein im großen Saal. Sie ließ ihren Blick zur mit Stuck verzierten Decke wandern und durch die hohen Fenster hinaus in das satte Grün. Hinter den Bäumen erahnte sie die Lichtentaler Allee. Klara drehte sich im Kreis und stellte sich vor, wie es wäre, hier im prachtvollen Kleid auf der großen Hochzeit zu tanzen und die edelsten Gerichte zu kosten. Und vor allem – einen Menschen zu heiraten, den man von ganzem Herzen liebte.

»Du musst das neue Mädchen sein!« Eine resolute Stimme holte Klara aus ihren Träumen. »Ich bin Minna, und wir decken jetzt die Tische ein.« Die beleibte Frau schob einen Wagen voller Porzellan in den Saal. Dann reichte sie Klara ein Paar weiße Handschuhe und zog sich selbst welche über. »Ohne die fassen wir das teure Meißner nicht an.« Klara staunte, während sie es der Frau gleichtat und vorsichtig nach Tellern und Gläsern griff, um sie auf den Tischen zu verteilen. So vornehm war es in der Maison nicht zugegangen.

Nachdem sie gefühlt stundenlang Teller auf Teller gestellt, Weingläser aufgereiht und Silberbesteck neben Silberbesteck gelegt hatten, dessen Glanz von tagelanger Politur zeugte, schwirrte Klara der Kopf. Das alles war so viel größer und aufwendiger, als sie es bislang kannte. Würde sie es schaffen, nicht den Überblick zu verlieren und all diese Herrschaften richtig zu bedienen?

Minna drückte Klara die Sitzordnung in die Hand und reichte ihr dazu einen Stapel Tischkärtchen, auf denen in schwungvoller Schrift lange Namen und Titel standen. »Wenn du fertig bist, meldest du dich in der Küche, wir können bei den vielen Hochzeitsgästen jede helfende Hand gebrauchen.«

Klara beeilte sich, die Namen auf den Kärtchen zu entziffern und so den jeweiligen Tischen zuzuordnen, wie es in Augustas Notizen stand. Mit den Stapeln von Tischkärtchen lief sie dann von Tisch zu Tisch und stellte die Faltkarten wie vorgesehen vor den Tellern auf. Am größten Tisch sollten neben dem Brautpaar und dessen Eltern und Schwiegereltern auch Kaiser Wilhelm und Kaiserin Augusta sitzen – der prachtvolle Mittelpunkt der Hochzeitsgesellschaft, dem, nach Rang und Namen geordnet, alle anderen folgten. Gemeinsam mit dem englischen Prinzen, den Klara letztens mit Ferdinand auf der Straße gesehen hatte, saßen Pfarrer Wilhelm Ludwig und Oberbürgermeister Albert Gönner neben dem Großherzogpaar Friedrich und Luise von Baden, Kaiserin Augustas Tochter. Auf der anderen Seite befand sich der Messmer-Tisch mit Augustas Schwestern Helene und Wilhelma und Eduard Messmer mit seiner Frau Emilia. Auch Otto Messmers Namen las Klara auf einer Karte, was ihr Herz für einen Moment schneller schlagen ließ. Mindestens eine gemeinsame Tasse Tee war sie ihm noch schuldig, aber spätestens beim Hochzeitsessen, wenn sie ihn bediente, würde er einsehen, dass eine Freundschaft mit ihr nicht standesgemäß war.

Als sie die Runde beendet hatte, betrachtete Klara ihr Werk. Die höchsten Herrschaften der Stadt, versammelt in einem Raum. Nur die Kaiserin von Österreich fand sie auf keiner Karte. Dass sie nicht eingeladen war, konnte sie sich eigentlich nicht vorstellen. Eher, dass sie solche gesellschaftlichen Anlässe wie diesen nicht besuchte, wenn es nicht zwingend erforderlich war.

Der Saal sah schon jetzt prachtvoll und einladend aus. Wie

es erst sein würde, wenn ihn die Gäste mit Leben füllten! Klara verspürte eine Vorfreude, als wäre sie selbst die Braut. Mit einem Lächeln im Gesicht verließ sie den Speisesaal und ging zurück in die Eingangshalle, um Franz an der Rezeption nach dem Weg zur Küche zu fragen. Sie hoffte, keinem frühen Gast in die Arme zu laufen, denn noch hatte ihr niemand Servierkleidung gegeben, und mit ihrem schäbigen alten Wintermantel und dem grauen Rucksack fühlte Klara sich wie ein Fremdkörper, ein Eindringling in dieser feinen Welt.

»Ach, Franz …« Nachdem ihr der Portier den Weg in den Küchenbereich erklärt hatte, kam ihr ein Gedanke. »Darf ich Ihnen noch eine Frage stellen?«

»Jede, Fräulein Butterfass.«

»Sagen Sie bitte Klara zu mir.« Sie verkniff sich ein Lächeln, dieser Franz verhielt sich so höflich und korrekt, dass er selbst eine junge Angestellte wie sie siezte. Er repräsentierte ein Hotel dieses Ranges mehr als würdig. »Mir ist eine junge Frau aufgefallen, die mit ihrem Vater hier logiert. Sehr hübsch, also die Tochter. Kennen Sie ihren Namen? Ich würde sie gerne richtig begrüßen, sollte ich sie bedienen oder ihr im Flur begegnen.«

Franz nickte und beugte sich zu ihr. »Sie meinen sicherlich Joseph von Strempel mit seiner Tochter Aurelia. Eine reizende junge Frau. Häufig anzutreffen in Gesellschaft von einem Baron von Thalheim.«

»Er ist ein Baron?«, entfuhr es Klara.

»So seine Angaben bei der Anmeldung.« Franz hatte seine Stimme gesenkt und schaute sie mit hochgezogener Augenbraue an. »Und nun rasch an die Arbeit. Die von Strempels geruhen, ihre erste Tasse Kaffee des Tages auf ihren Zimmern einzunehmen.« Er zwinkerte ihr zu, während Klara in die Küche lief, wo sie zunächst ihre Dienstkleidung in zurückhaltendem Schwarz ausgehändigt bekam. Kaum hatte sie sich das weiße Häubchen aufgesetzt, wurde sie tatsächlich gleich angewiesen, ein Kännchen Kaffee ins Appartement 111 zu bringen.

Den Fahrstuhl zu benutzen war den Gästen vorbehalten, was Klara erleichterte, hatte sie so ein Gefährt doch noch nie gesehen oder gar betreten. Langsam stieg sie die seitliche Treppe hinauf, wo der Teppich den Schall ihrer Schritte schluckte. Gerade als sie ihr Tablett abstellen und anklopfen wollte, ging die Tür auf, und mit dem Ruf: »Das ist mein letztes Wort, Fräuleinchen!«, stürmte Joseph von Strempel aus dem Zimmer und an Klara vorbei, ohne sie eines Blickes zu würdigen. Schnell stellte sie ihren Fuß in die Tür und lugte vorsichtig ins Zimmer. Auf einem Sessel erkannte sie Aurelia, die heute fast so dunkel gekleidet war wie sie selbst, was zu ihren streng frisierten hellblonden Haaren einen scharfen Kontrast bildete. Sie saß vornübergebeugt, den Kopf in ihre Hände gestützt.

»Ich bringe Ihnen den Kaffee«, rief Klara und machte sich darauf gefasst, abgewiesen zu werden. Aber Aurelia sah auf, und ihre Miene erhellte sich ein wenig.

»Kaffee, den kann ich jetzt gut gebrauchen«, murmelte sie, während sie Klara beim Servieren und Einschenken beobachtete. »Wir sind uns schon einmal begegnet«, stellte die junge, hübsche Frau nach einigen Sekunden fest. »Du warst in der Trinkhalle, als Begleitung der Kaiserin. Hast du das Hotel gewechselt oder Ihre Majestät?«

»Madame«, Klara knickste unsicher, »ich bin zur Unterstützung wegen der Hochzeit hier, danach muss ich …« Erschrocken hielt sie inne. Ihr Schicksal interessierte niemanden, das Fräulein hatte schließlich eigene Sorgen.

»Oh, das ist sicherlich sehr aufregend. Wie ist dein Name?«

»Klara, Klara Butterfass. Ich komme aus dem Kinzigtal.«

Ein Lächeln huschte über Aurelia von Strempels Gesicht. »Ein Name, den man nicht vergisst, Klara Butterfass. Aber ich habe dich unterbrochen, was musst du?«

Klara sah der schönen Frau unsicher ins Gesicht. Es wurde in diesem vornehmen Haus vermutlich nicht gerne gesehen, wenn die Dienerschaft allzu vertraulich mit den Gästen plauderte. Aber unhöflich wollte Klara auch nicht sein.

»Ich muss nach der Hochzeit zurück auf den Hof, von dem ich stamme.«

»Warum das?« Aurelia nahm einen Schluck Kaffee.

Klara seufzte. »Ich werde einen Bauern heiraten, der seine Frau verloren hat. Mein Vater hat es schon zugesagt.« Sie flüsterte fast und erntete einen entsetzten Blick. »Es tut mir leid«, schob sie hinterher, »ich wollte nicht, ich sollte nicht …«

»Aber nein.« Aurelia stellte die Tasse ab, sprang auf und lief wütend im Zimmer umher. »Diese gottverdammten Väter!« Sie ballte die Fäuste, dann drehte sie sich zu Klara um. »Kann ich dir helfen? Willst du vielleicht weglaufen? Das habe ich mir auch schon überlegt …«

Klara schüttelte den Kopf. »Eigentlich«, begann sie vorsichtig, »eigentlich möchte ich Ihnen helfen.«

»Wie das?« Aurelia schaute sie verwundert an und bedeutete Klara, sich zu setzen.

»Keine Sorge, mein Vater hat Termine«, fuhr sie fort, als sie bemerkte, dass Klara immer wieder unsicher zur Tür spähte, »der kommt so schnell nicht wieder. Und wenn, dann hoffentlich allein.« Sie stockte kurz. »Wir sind uns noch ein weiteres Mal begegnet, in der Stadt, jetzt fällt es mir ein. Na, dann hast du ihn ja schon gesehen.«

Klara nickte und fasste sich ein Herz. »Auch wenn es mir eigentlich nicht zusteht – ich dachte, ich muss es Ihnen einfach sagen, sonst habe ich keine ruhige Minute mehr.« Aurelia unterbrach sie nicht, sondern schaute sie nur interessiert an, während Klara sich in dem Sessel auf der anderen Seite des Tischchens niederließ. »Ihre Begleitung …«

»Baron von Thalheim heißt er, das behauptet er jedenfalls. Ein unmöglicher Mensch.«

»Ich habe ihn noch einmal gesehen, am Sonntag in der Stadt und …« Klara zögerte. »Nein, ich muss von vorne beginnen. Als Augusta Messmer vor einigen Tagen ihr Brautkleid anprobiert hat, in den Kolonnaden, da sah ich den Baron durchs Fenster, und er hatte eine Waffe unter seiner Jacke«, brach es aus ihr hervor. »Zuerst dachte ich, mein Vater hätte ihn geschickt, damit er mich nach Hause bringt, aber als ich ihn dann zusammen mit Ihnen gesehen habe und noch einmal allein in der Stadt, da konnte ich nicht anders.«

»Eine Waffe?« Aurelia wirkte überrascht. »Davon weiß ich nichts, aber viele Männer tragen Waffen. Leider. Sie halten sich damit wahrscheinlich für unbesiegbar.«

»Es ist nicht nur das«, fuhr Klara fort, »bei der letzten Begegnung am Sonntag bin ich ihm gefolgt, mit meinem Freund Ferdinand. Wir landeten in keiner guten Gegend, und der Baron ging dort in einen Hof und weiter in ein Haus. Durch das Fenster entdeckte ich ihn dann, in einer Wohnung mit anderen Männern, und auf dem Tisch lagen noch mehr Waffen. Da habe ich Angst bekommen. Um Sie!« Klara wurde unruhig. Bestimmt war sie schon viel zu lange hier, sie dürfte überhaupt nicht hier sitzen und mit den Herrschaften reden. Sie sprang auf.

»Er trifft sich mit anderen Männern, und sie sind bewaffnet, sagst du? Eine Verschwörung? Und so einen Menschen soll ich heiraten? Klara, würdest du das bitte meinem Vater erzählen?«

»Er würde mir nicht glauben, ich bin nur ein Mädchen vom Lande. Ich wollte dem Herrn nicht hinterherspionieren, aber es hat mich nicht losgelassen. Mein Freund Ferdinand, er schreibt für das Badeblatt, wird ihn weiter beschatten, und wenn diese Männer etwas Unrechtmäßiges planen, dann werden wir es herausfinden.«

»Dann gibt es also Hoffnung für mich?« Aurelia sprach mehr zu sich selbst.

»Sie … Sie sind viel zu schön und viel zu freundlich, als dass Sie keine Hoffnung haben dürften.«

Aurelia lächelte. »Ich habe es immer gespürt, dass mit diesem Menschen etwas nicht stimmt. Klara, du bist meine Rettung. Ich hoffe nur, wir sind nicht zu spät dran.« Und als sie Klaras fragenden Blick sah, ergänzte sie: »Am Sonntag, gleich nach der großen Hochzeit hier im Haus, plant Vater ein festliches Essen im kleinen Saal. Und hofft, dass dann der Baron von Thalheim oder wer dieser Mensch in Wirklichkeit ist, um meine Hand anhält. Um das zu besprechen, ist er gerade zu ihm gegangen.«

»Ihr Vater weiß, wo der Mann wohnt?«

»Ja, natürlich.« Aurelia stand auf. »Er wohnt wie wir hier in der Villa Stéphanie. Hier haben wir ihn kennengelernt.«

23

»Du siehst wunderschön aus!« Helene kniete vor ihrer Schwester Augusta, der eine Kammerzofe gerade den Schleier im dunklen Haar befestigte. Die mittlere der Messmer-Schwestern hielt den weißen Hochzeitsschuh der Braut in der Hand, in den sie eine Münze legte. Dabei zitierte sie: »›*Something old, something new, something borrowed, something blue. And a sixpence in your shoe.*‹ Von mir bekommst du den Glückspfennig. Jetzt kannst du den Schuh wieder anziehen. Aber nicht verlieren!«

»Wie gut, dass deine Patentante Augusta mit Königin Victoria von England verwandt ist, seit der Hochzeit ihres Sohnes Friedrich mit seiner Vicky, sonst wüssten wir nichts von so einem schönen Brauch. Von ihr soll ich dir diesen alten Schmuck übergeben – *something old.*« Augustas Mutter Luise in ihrem glänzenden fliederfarbenen Kleid strahlte mit der Braut um die Wette, als sie ihrer Tochter ein Paar goldener Ohrringe mit dunkelroten Steinen reichte.

»Beim Heiland, die sind doch viel zu wertvoll. Bist du dir sicher, *maman*, dass sie für eine Braut passend sind?« Augusta hielt sich die Schmuckstücke an die Ohren und betrachtete sich im Spiegel. Sie saß in ihrem alten Zimmer in der Maison vor dem Frisiertisch. Monsieur Lemaître, der seine Arbeit beendet hatte, verabschiedete sich, indem er seinen Hut lüftete und den Anwesenden einen Blick auf sein Äffchen Filou gewährte, das zufrieden an einer Nuss knabberte.

»*Mesdames et Monsieur*, ich wünsche eine zauberhafte Hochzeit. Und Mademoiselle Augusta«, der Friseur verbeugte sich, zwirbelte noch einmal an seinem Spitzbart und deutete einen Handkuss an, »alles Glück dieser Erde für Ihren Ehebund.«

»Danke, Monsieur Lemaître, und keine Sorge, ich werde Ihnen auch als Frau Brenner erhalten bleiben.«

»Etwas Neues hast du von mir, schließlich habe ich das Kleid bezahlt«, führte Augustas Vater die Unterhaltung fort, als der Friseur das Zimmer verlassen hatte. »Von der Feier gar nicht erst zu reden.«

»Wilhelm!« Luise Messmer stieß ihren Mann in die Seite. »Jetzt ist nicht der richtige Zeitpunkt, um über Geld zu sprechen.«

»Ich freue mich schon auf meinen Auftritt nach dem Essen.« Wilhelm klopfte sich mit der Hand auf die Tasche seiner Smokingjacke. »Hier drin wartet meine Rede! Und ein Klavier haben sie dort wohl hoffentlich auch.«

»Papa, wir feiern nicht in der Maison, und in der Stéphanie seid ihr Gäste.«

»Am liebsten würde Papa noch unsere Tiere mitbringen. Und Cricri!« Helene lachte und zog ihre kleine Schwester Wilhelma auf den Schoß. »Die an allem schleckt, bevor es serviert wird. Hier, die Handschuhe leihe ich dir.« Sie reichte der Braut ein Paar aus feinem weißen Stoff, die sich Augusta sofort überzog.

»Fehlt noch etwas Blaues«, meinte Luise Messmer und sah ratlos in die Runde ihrer Familie.

»Darum kümmert sich der Brautvater. Wenn es genug zu trinken gibt, wovon ich ausgehe.« Wilhelm Messmer schien in seinem Element zu sein. Er reichte seiner Tochter die Hand und half ihr aufzustehen. »Du siehst *formidable* aus, mein Schatz. Ich gebe dich nicht leichten Herzens her. Sollte der Herr Bräutigam dir jemals Ärger machen …«

»Dann hat sie es ja nicht weit.« Mutter Luise zupfte ihrer Tochter den Schleier zurecht.

»Wo bekomme ich denn noch etwas Blaues her?«

»Ich hätte da etwas!« Klara hatte nach dem Ankleiden still in der Ecke gesessen und der Unterhaltung gelauscht. Dass dieses herzliche Miteinander in einer so großen und viel beschäftigten Familie möglich war, berührte ihr Herz, während sie an ihre eigene ruppige Familie zu Hause auf dem Bauernhof dachte. Oder das, was von ihr noch übrig war, nachdem ihre Mutter und die Großmutter gestorben und mit ihnen die Liebe und Herzlichkeit vom Hof verschwunden waren.

Mehrere Augenpaare sahen sie erwartungsvoll an. Klara zog ihren Fontane aus der Schürzentasche, in dem sie in jeder Pause las, und klappte das Buch auf. Vorsichtig ergriff sie die getrocknete blaue Blume, die zwischen den Seiten lag. Sie verschwieg, dass sie das Blümchen von Ferdinand bekommen hatte, an ihrem freien Tag. Sie gab es guten Gewissens her. Sollte die kleine Blume doch einer anderen Frau Glück in der Liebe bringen.

»Ein Vergissmeinnicht, wie schön, danke dir, ich nehme es gerne. Jetzt bin ich bereit.« Augusta lächelte über das Blümchen in ihrer Hand.

»Leg es hierhinein!« Ihre Mutter reichte ihr das Gesangsbuch für die Kirche. »Passender könnte es für eine Hochzeit nicht sein.«

Helene schaute aus dem Fenster. »Die Kutschen sind da!«, rief sie, woraufhin alle aus dem Zimmer eilten. Nur Augusta blieb zurück.

»Nun ist es so weit, ich werde heiraten.« Klara sah Freude, Aufregung und ein klein wenig Unsicherheit im Blick der Braut, der sie sich schon längst wie einer guten Freundin verbunden fühlte. »Ich bin so froh, dass du mich danach in die Villa Stéphanie begleiten wirst. Auch wenn dort alle äußerst reizend zu mir sind, so werden mir meine Familie und die Maison doch fehlen. Mit wem sollte ich sonst sprechen, wenn ich Streit mit meinem Ehemann habe? Du siehst, ich sage immer noch Villa, dabei hat mein Mann die Stéphanie schon längst zu einem großen Hotel gemacht.« Sie nahm Klaras Hand.

»Ich kann mir nicht vorstellen, dass Sie mit Herrn Brenner streiten werden. Sie passen so gut zusammen. Es wartet eine wundervolle Zukunft auf Sie, ich bin mir sicher.« Klara drückte Augustas Hand.

Sie musste ihr sagen, dass sie nicht mehr lange für sie arbeiten konnte, auch wenn Klara selbst nichts lieber gewollt hätte.

Doch so kurz vor der Hochzeit war für eine solche Eröffnung nicht der richtige Zeitpunkt.

Klara sah den blumengeschmückten offenen Kutschen hinterher, in denen Familie Messmer mit der Braut zur Kirche fuhr. Sie hörte die »Hoch, hoch«-Rufe der Schaulustigen, die am Straßenrand einen Blick auf Braut und Hochzeitsgesellschaft zu erhaschen hofften. Für die Stadt und ihre Bewohner war das Fest *das* Ereignis in Baden-Baden in diesem Sommer. So bescheiden die junge Frau auch war – sie heiratete eine der besten Partien des Ortes und würde fortan eines der führenden Hotels leiten. Was einer Augusta Brenner, geborene Messmer, nicht schwerfallen würde, dachte Klara. Sofern diese Hochzeit wie geplant vonstattenging und niemand störte.

Sie schaute sich um. Mit Ferdinand hatte sie verabredet, dass er durch einen Boten regelmäßig Berichte schickte, falls sich der Baron, der nicht nur aussah wie ein Betrüger und Herumtreiber, sondern sich auch so benahm, aus dem Hotel entfernte.

»Da bekommt man gleich selbst Lust zu heiraten, nicht wahr?« Die warme Stimme hinter ihr fuhr Klara in den Magen und ließ sie lächeln.

»Du solltest doch vor dem Hotel der Brenners Posten beziehen!«

»Nun …« Ferdinand nahm seinen Hut ab. »Zunächst einmal muss ich für unser Badeblatt die heute anwesende Prominenz im Auge behalten, erst dann kann ich mich auf die Lauer legen.«

»Bitte sei vorsichtig«, mahnte Klara, »und gib mir Bescheid, sobald dir etwas auffällt. Wir dürfen nicht zulassen, dass eine Bande von bewaffneten Männern die wichtigste Hochzeit des Jahres stört. Vielleicht haben sie es sogar auf die Gäste abgesehen, auf die Majestäten – ich darf gar nicht daran denken.«

»Ich werde versuchen, dich nicht zu enttäuschen, Klara Butterfass.« Ferdinand wirkte ernst. »Ich schicke dir einen Boten mit einer Nachricht, also informiere den Portier der

Villa Stéphanie. Es wird schon gut gehen.« Er drückte kurz ihre Hand und verschwand dann in Richtung der Kirche, wo die Glocken zur Hochzeit riefen. Es wurde Zeit!

Über dem Eingang der Stéphanie empfing Klara eine Blumengirlande, zwei Diener brachten gerade ein Schild darunter an. »Glückwunsch dem Hochzeitspaar«, las sie. Das mussten sich Camilles Eltern ausgedacht haben, dachte sie gerührt, als sie durch den Dienstboteneingang ins Hotel schlüpfte. Nachdem Klara ihr schwarzes Arbeitskleid angezogen hatte, warf sie einen neugierigen Blick in den Speisesaal, der zwar bereits eingedeckt, aber völlig leer war. Überhaupt wirkte der gesamte Eingangsbereich des Hotels wie ausgestorben, abgesehen von den herumeilenden Hausmädchen. Alle Gäste, die von nah und fern zur Hochzeit angereist waren, saßen in der Kirche.

Portier Jakob stand am Eingang und begutachtete die Arbeit der Diener, die das Schild festbanden. »Die Ruhe vor dem Sturm, nicht wahr?«, begrüßte er sie. »In ein, zwei Stunden werden wir uns vor lauter Arbeit nicht retten können.«

Klara nickte. »Dürfte ich Sie um etwas bitten?« Sie erzählte dem alten Mann von den Mitteilungen, die sie erwartete. Der nickte. »Weil Sie es sind. Hoffentlich nur gute Nachrichten. Ich bin zur Stelle.«

»Danke!« Klara eilte zum großen Speisesaal, dessen hohe Flügeltüren weit geöffnet waren. Durch den festlich gedeckten Raum sah sie, dass auch die Türen zur überdachten Terrasse bei diesem schönen Wetter offen standen – der perfekte Ort für den Empfang. Minna entdeckte sie und gab ihr die letzten Anweisungen für die nächsten Stunden.

Und so stand Klara wenig später in der Frühlingssonne auf der Terrasse. Das Plätschern des Flüsschens in der Ferne wurde von dem Streichertrio übertönt, das am Rande des Saals für die musikalische Untermalung sorgen sollte.

Auf ihrem Tablett reihten sich die Canapés aneinander: Lachsrouladen neben etwas Gräulichem auf Toast, das Klara völlig unbekannt gewesen war, bevor es Minna als *Foie gras* bezeichnet hatte, Gänseleber. In den Sektschalen auf dem Tablett neben ihr perlte der Champagner.

Nach und nach betraten die ersten Gäste fröhlich plaudernd den Saal und griffen nach den Köstlichkeiten, hungrig und beschwingt nach einer schönen Hochzeitsmesse, wie Klara den Gesprächen entnahm. Und da war auch schon die Braut: Augusta Brenner, geborene Messmer. Klara würde sich an den neuen Namen gewöhnen müssen. Sie strahlte in ihrem weißen Kleid mit den Stoffblüten an Rock und Oberteil. War die Braut in ihrem Hochzeitskleid schon im Laden in den Kolonnaden eine Schönheit gewesen – hier inmitten der festlichen Gesellschaft im ehrwürdigen Saal entfaltete das Kleid erst seine ganze Pracht.

Augusta hatte den Schleier zurückgeschlagen und sich bei ihrem Ehemann eingehängt – Camille, der in seinem schwarzen Frack und dem hochgeschlossenen weißen Hemd samt Fliege heute sehr ernst wirkte. Aber er betrachtete seine junge Frau so zärtlich, dass Klara über dem Anblick des verliebten Pärchens fast ihre Aufgabe vergessen hätte.

»Ich verhungere!« Die frisch verheiratete Augusta zwinkerte ihr zu, streifte sich den zarten weißen Stoff der geliehenen Handschuhe von den Händen und griff sich ein Canapé, während ihr Mann weitere Gäste begrüßte.

Zwischen langen Roben in bunten Farben entdeckte Klara das Kaiserpaar, dem der Weg zum Ehrentisch gebahnt wurde. Die Kaiserin wirkte müde, als sie sich dankbar auf den zurechtgerückten Stuhl sinken ließ. Auch der Kaiser, der heute seine Militäruniform gegen einen Frack getauscht hatte, sah aus, als würde er seinen Mittagsschlaf vermissen. Während Klara lächelnd weiter bediente, beobachtete sie die Menschenmenge, die sich auf der Terrasse und im Saal verteilte. Gerade war Edward, der Prinz von Wales, eingetroffen, lautstark unterhielt er eine Gruppe von Damen. Klara atmete auf, als sie niemanden sah, der nicht hierhergehörte.

Ein Wink von Minna, und sie musste sich den anderen Mädchen anschließen, die zurück in die Küche eilten, um die

Vorspeise zu holen, während sich im Saal die Gäste ihre Plätze suchten. Von Jakob, dem Portier, war nichts zu sehen. Klara erschrak, weil er die Tür nicht bewachte – damit hatte sie nicht gerechnet. Was, wenn Ferdinand Hilfe brauchte?

Der Rinderbrühe mit Ei folgten gefüllte Austern, über die sich vor allem die französischen Gäste freuten. Während sie die Speisen auftrug, konnte Klara der Rede des Brautvaters nur mit halbem Ohr lauschen, denn ihre Gedanken wanderten zu Ferdinand, der vermutlich bereits auf gefährlicher Mission unterwegs war.

»So schnell sieht man sich wieder!«

Klara blickte überrascht auf. Und sah in die blauen Augen von Otto Messmer, der sie interessiert musterte. Sie spürte, wie ihre Wangen heiß wurden, und beeilte sich, seinen Teller mit den leeren Austernschalen abzuräumen. Neben ihm saß sein Vater Eduard, der ins Gespräch mit seiner Frau vertieft war, die Tischdame links von Otto kannte Klara nicht. Stumm nickte sie ihm zu. Es war ihnen nicht ausdrücklich verboten worden, mit den Gästen zu sprechen, aber sicher schickte es sich bei so einem privaten Fest nicht.

Eilig trug sie das Geschirr zurück in die Küche und warf einen verstohlenen Blick zum Eingang.

»Fräulein Klara!«

Da war er, Jakob, endlich! Kurz scherte Klara aus der Reihe der abtragenden Mädchen aus und ließ sich einen zusammengefalteten Zettel in die Schürzentasche stecken. Bevor der nächste Gang fertig war, blieben ihr wenige Augenblicke, ihn zu lesen. »Baron hat Hotel verlassen, Oos überquert und folgt dem ansteigenden Weg in Richtung Friedhof.«

Ratlos ließ Klara den Zettel sinken. In ihrem Kopf wirbelten die Gedanken durcheinander. Warum begab sich dieser Mann auf einen Friedhof, wenn er am nächsten Tag um die Hand von Aurelia anhalten wollte? Bevor Klara darauf eine Antwort fand, warteten schon die Köche mit Seezungenfilets mit Zitronensauce, die zu den Gästen gebracht werden sollten. Nach dem badischen Riesling zum Fisch reichten die Sommeliers zum Bœuf Wellington, das mit Pilzen und Gemüse serviert wurde, einen dunkelroten Bordeaux. Mit der Stimmung stieg die Lautstärke auf der Hochzeitsfeier, und auch Klara spürte, dass sie mittlerweile einen mindestens so roten Kopf haben musste wie die meisten der Gäste, die sich laut über die Tische hinweg unterhielten und über die Witze von Brautvater Wilhelm Messmer lachten.

Pfarrer Ludwig war so erheitert, dass seine buschigen Augenbrauen bebten und ihm Tränen über die Wangen liefen. Edward von Wales schien sich nicht zwischen zwei Frauen entscheiden zu können, die ihm rechts und links an den Armen hingen und seinen Erzählungen lauschten. Klara half, Wasser und Wein nachzuschenken, während sie spürte, wie Otto Messmers Augen ihr folgten.

Nach einer Zeit, die ihr endlos vorkam, lief sie mit einem Stapel Teller in den Händen wieder zurück in die Küche. Ein Blick zum Eingang – Jakob schien erneut auf sie zu warten. In den Fingern hielt er ein weiteres Zettelchen, mit dem er verhalten winkte.

Klara blieb stehen, damit er ihr das Papier wieder in die Schürzentasche stecken konnte.

Nachdem sie das Geschirr in der Küche abgestellt hatte, wo fleißige Hände danach griffen, um es umgehend abzuspülen, zog sich Klara für einen Moment zurück, um die zweite Nachricht zu lesen. »Viele Männer am Friedhof«, schrieb Ferdinand jetzt. »Sehen alle finster aus.«

Klara spürte, wie ihr der Schweiß ausbrach. Wenn sich ein Haufen Männer bei Dämmerung auf einen Friedhof begaben, mussten sie etwas aushecken, bei dem sie keine Zuschauer gebrauchen konnten. Sie wollte sich nicht ausmalen, was sie mit Ferdinand anstellen würden, wenn sie ihren Verfolger entdeckten. Was hatten diese Männer vor? Musste sie Augusta, musste sie die Majestäten warnen?

Aber wovor?, überlegte Klara. War es rechtens, ihnen Angst einzujagen und eine Hochzeit zu stören, wenn sie nicht beweisen konnte, dass überhaupt eine Gefahr drohte? Andererseits hatte es bereits mehr als einmal einen Anschlag auf den Kaiser gegeben.

Klara war hin- und hergerissen. Sicher wusste sie nur eins: Es war kein gutes Gefühl, ihren Freund dort in der Nähe einer Horde übler Kerle zu wissen. Sie musste Ferdinand sagen, dass er die Jagd abbrechen solle, aber der Botenjunge, der das Zettelchen gebracht hatte, war schon wieder auf und davon.

In Gedanken versunken nahm Klara eine der Käseplatten entgegen, die ihr das Küchenpersonal reichte. Während ihr der würzige Duft in die Nase stieg, überlegte sie verzweifelt, was nun zu tun sei. Sie spürte den Drang, Ferdinand zu Hilfe zu eilen, aber sie konnte nicht fort.

Klara bemerkte, wie sie fahrig beim Bedienen wurde. Es fehlte nicht viel, und sie hätte dem Kaiser Rotwein über den Frack gegossen. Was dieser bemerkte.

»Lieber Weißwein verschütten«, meinte Wilhelm trocken, »beim Rotwein sieht man die Flecken!«

Die Stimmung im Saal war ausgelassen geworden. Je tiefer die Sonne sank, umso gelöster kamen ihr die Herrschaften vor. Aus Amts- und Würdenträgern wurden Menschen, die einander in die Arme fielen, sich auf die Schultern schlugen, laut lachten und redeten. Nur das Kaiserpaar wirkte ruhiger, vielleicht wegen ihres Alters.

Sicherlich würden Augusta und Wilhelm unmittelbar nach dem Dessert zurück in die Maison fahren. Was Klara ein wenig beruhigte. Schließlich wohnte der angebliche Baron hier in diesem Hotel und würde irgendwann wieder zurückkehren – mit oder ohne Waffen und weitere Männer.

War jetzt der Zeitpunkt, um Aurelia von Strempel zu warnen? Aber wieder drängte sich Klara die Frage auf – wovor? Dass sich eine Gruppe Männer nachts auf einem Friedhof traf, war vielleicht ungewöhnlich, aber war es verboten? Fast hätte sie aufgelacht bei dem Gedanken, der sich in ihren Kopf gemogelt hatte: Vielleicht war das nur eine Gruppe von Geisterbeschwörern, die die Geister der Verstorbenen herbeiriefen?

Klara reihte sich hinter den Bediensteten ein, die die riesengroße Eisbombe hereintrugen. In den Händen hielt sie zwei Kännchen Erdbeermark, im Geiste war sie bei Ferdinand. Ob er Angst hatte in diesem Moment, so wie sie? Draußen tauchte die untergehende Sonne Himmel und Allee in ein rosafarbenes Licht, drinnen entzündeten Diener die Wunderkerzen auf der Eisbombe. Worauf die Hochzeitsgesellschaft ein gemeinsames »Aaaah« ausstieß und applaudierte. Während die Kristallgläser mit dem süßen Sauternes, gelb wie Honig, in die Höhe gereckt wurden, um einen Toast auf das Brautpaar auszusprechen, und Lieder gesungen wurden, nutzte Klara die Gelegenheit, um aus dem Saal zu huschen. Sie wollte unbedingt wissen, ob es eine neue Botschaft von Ferdinand gab. Oder ob er endlich wieder zurück war.

Aber als sie die Eingangstür erreichte, war von ihrem väterlichen Kollegen nichts zu sehen, und die Tür stand offen. Davor sah sie jetzt den Portier, der mit jemandem zu ringen schien, einem Jungen, vielleicht zehn Jahre alt. In diesem Moment riss sich der magere Kerl von dem alten Mann los und stürmte in die Halle, geradewegs in Klaras Arme. Jakob eilte ihm mit einem »Stehen bleiben, Bürschchen!« hinterher, doch der Junge wehrte sich und rief: »Ich muss zu Klara Butterfass, ich muss zu Klara Butterfass, ich habe eine Nachricht!« Woraufhin ihn Klara überrascht losließ und sagte: »Ich bin Klara Butterfass, du hast mich gefunden.«

Keuchend schaute der Bursche sie an. Die Kappe war ihm vom Kopf gefallen, sein Gesicht sah schmutzig aus, aber das Funkeln in seinen Augen signalisierte eine Entschlossenheit, wie sie Straßenjungen oft zu eigen war.

»Hast du einen Brief für mich? Sprich!« Klara sah ihn erwartungsvoll an, aber der Junge schüttelte den Kopf, ehe er seine Kappe aufhob. Er wirkte wie ein scheues Wild, das nervös umherblickte und mit den Hufen scharrte, um jederzeit die Flucht zu ergreifen. Doch er war fest entschlossen, erst seine Mission zu erfüllen.

»Der Herr hat gesagt, ich soll Klara Butterfass erzählen, was ich gesehen habe.«

»Und was hast du gesehen?« Klara hielt sich zurück. Am liebsten hätte sie den Jungen geschüttelt, damit er ihr endlich verriet, wo Ferdinand war.

»'n Haufen Männer mit Gewehren. Der Herr hat sie beobachtet. Mitten auf dem Friedhof. Mich hat er mitgenommen. Aber dann isser ausgerutscht und hat sich hingelegt. Das hat Krach gemacht, da haben ihn die Männer gesehen. Ich bin gelaufen wie der Teufel, sie haben geschossen. Aber es war ja dunkel. Bin bis zum piekfeinen Hotel gelaufen, wie der Herr gesagt hat.«

Klara spürte, wie ihre Beine nachgaben. Sie schnappte nach Luft und stieß mit letzter Kraft hervor: »Was, was haben sie mit Ferdinand gemacht, wo ist er?«

»Den hamse weggeschleppt.« Der Junge hielt die Hand auf in Erwartung seines Lohns. Sein Auftrag war ausgeführt. »Was ich gesehen hab, zu einem der Gräber. Dort geh ich im Leben nicht mehr hin.«

Aber da war Klara schon niedergesunken – in zwei Arme, die sie auffingen.

24

»Jetzt bringt doch dem Fräulein ein Glas Wasser!« Der Mann im seidigen Anzug hatte sie zu einem der nächsten Sessel in der Eingangshalle geführt, wo Klara langsam wieder zu Sinnen kam. Als sie aufschaute, blickte sie in das Gesicht von Otto Messmer. »Wir haben Ihnen zu viel Arbeit bereitet, was? Sie sollten sich ausruhen. So gerne ich Sie auch sehe.« Er bemühte sich um ein Lächeln.

»Was machen S' denn für Sachen?« Hinter Otto schaute Jakob, der Portier, etwas betreten, gab aber gleich Anordnung, das Wasser zu holen. Auch der junge Bursche sah erschrocken aus. Er hatte sich nicht vom Fleck gerührt, aber wohl weniger aus Interesse an dem Ohnmachtsanfall der jungen Frau als an seiner Entlohnung.

»Es geht schon wieder.« Klara richtete sich auf. »Ich ... ich muss zum Friedhof, du musst mich hinbringen!« Sie deutete auf den Jungen und versuchte aufzustehen. »Schnell!«

»Was wollen Sie denn auf dem Friedhof? Dorthin geht niemand allein mitten in der Nacht.« Otto Messmer drückte Klara sanft zurück in den Sessel und reichte ihr das Glas Wasser, das sie gierig austrank. »Wann haben Sie überhaupt das letzte Mal etwas gegessen?«

Klara schüttelte energisch den Kopf. »Dafür ist jetzt keine Zeit. Es droht Gefahr. Für den Kaiser, für die Hochzeitsgesellschaft ...« Mit zitternden Beinen stand sie wieder auf und wandte sich an den Jungen. »Würdest du mir zeigen, wo du Ferdinand zum letzten Mal gesehen hast? Bitte, es ist wirklich dringend.« Der Bursche hielt schon wieder die Hand auf. Otto Messmer griff in seine Hosentasche und gab dem Jungen eine Münze.

»Sie wollen Ihren Arbeitsplatz verlassen?« Jakob schien nicht erfreut. Aber Messmer hob die Hand und wandte sich an Klara: »Ich habe Sie als kluge Frau kennengelernt, Klara

Butterfass. Wenn Sie sagen, dass es dringend ist, dann glaube ich Ihnen. Ich werde Sie begleiten. Und ...« Er wandte sich an Jakob. »Falls jemand nach Klara fragt, sagen Sie, dass sie für mich etwas erledigt. Die Braut ist meine Cousine. Ich denke nicht, dass das ein Problem sein dürfte, es gibt ja durchaus genug Personal.« Er reichte Klara den Arm. »Und nun lassen Sie uns aufbrechen. Wir nehmen eine Kutsche, so sind wir schneller, und unterwegs erzählen Sie mir, in welche Gefahr wir uns begeben.«

Sie verließen das Hotel Stéphanie durch den Haupteingang und bestiegen einen der dort wartenden Wagen. Der Junge machte große Augen, wahrscheinlich hatte er noch nie in einer Kutsche gesessen.

Nachdem Klara von den schwer bewaffneten Männern, der Versammlung auf dem Friedhof und Ferdinand berichtet hatte, bat Otto den Kutscher, erst zur Polizeistation zu fahren. Bevor Klara protestieren konnte, erklärte er: »Auf meinen Reisen habe ich einige Abenteuer erlebt, aber lebensmüde bin ich nicht. Es wird Zeit, dass wir die Angelegenheit in erfahrene Hände geben.«

Ferdinands Vater begrüßte sie auf der Wache. Er hatte Klara sofort wiedererkannt, und natürlich war ihm auch Otto Messmer nicht unbekannt. Als er den Namen seines Sohnes hörte, wurde er blass. »Warum haben Sie uns nicht gleich Bescheid gegeben, mein Herr? Dieser leichtsinnige Junge!«

»Nein, es ist meine Schuld!«, wandte Klara ein. »Herr Messmer hat soeben zum ersten Mal davon gehört. Wir wussten nicht, was die Männer im Schilde führen. Einer von ihnen wohnt sogar im Hotel Stéphanie. Aber das ist jetzt einerlei. Wir müssen etwas Schlimmeres verhindern und Ferdinand befreien. Schnell!«

»Immer mit der Ruhe, mein Fräulein. Sie beide bleiben selbstverständlich hier. So etwas ist Sache der Polizei.« Hauptwachtmeister Vogel rief seine Kollegen zusammen und informierte sie über den bevorstehenden Einsatz. »Und du zeigst uns den Weg!« Bei diesen Worten deutete er auf den jungen

Burschen, der unglücklich dreinschaute, schließlich aber nickte. Bevor Klara auch nur ein Wort sagen konnte, waren die Polizisten mit geschulterten Gewehren aus dem Gebäude gestürmt, in die Polizeikutschen gesprungen und losgefahren.

»Bringen Sie Ferdinand zurück und seien Sie vorsichtig!«, wollte Klara den Männern noch hinterherrufen, doch die Worte erstarben ihr in der Kehle, noch bevor sie im Geratter der Kutschen untergehen konnten. In ihre Sorge mischte sich Unmut darüber, selbst nichts tun zu können.

Sie trat nach draußen, wo sie tief Luft holte und versuchte, die aufsteigende Panik zu unterdrücken. Es fiel ihr schwer, den Polizisten nicht hinterherzulaufen, die die Dunkelheit bereits verschluckt hatte.

»Sie mögen diesen Ferdinand Vogel.« Otto Messmer war neben sie getreten. »Ist er …«

»Er ist ein Freund.« Klara seufzte und schaute in den Himmel. Was würde sie darum geben, dass diese Nacht ein gutes Ende fand. Es war ihre Schuld, wenn Ferdinand in Gefahr war. Was hatte sie sich nur eingebildet – dass sie zu zweit eine Bande bewaffneter Männer stellen könnten? Nervös knetete sie ihre Hände.

»Und was bin ich für Sie?« Sie spürte Otto Messmers Blick auf sich ruhen.

Klara zögerte einen Moment, dann griff sie nach seinen Händen. »Otto, Sie sind der beste Freund für mich, und jetzt können Sie es beweisen. Bitte.« Otto Messmer sah sie fragend an. »Zeigen Sie mir den Weg zum Friedhof, ich muss nach Ferdinand sehen. Ich habe ihn gebeten, den Mann zu verfolgen, nur deshalb ist er jetzt in Gefahr. Bitte, ich muss dorthin, sofort!«

»Wir sollten wirklich nicht …« Otto Messmer klang flehend. Doch als Klara Tränen in die Augen traten, seufzte er und nickte schließlich. »Na schön, aber ich komme mit. Sie gehen mir auf keinen Fall allein dorthin.«

Entschlossen fasste der Kaufmann Klara bei der Hand und zog sie mit sich. Eiligen Schrittes querten sie die Sophienstraße und bogen um die nächste Ecke. Klara schickte ein stummes Gebet zum Gotteshaus am Wegesrand, während Otto »die Baden-Badener Synagoge« murmelte, was für die nächsten Minuten das Letzte sein sollte. Stumm und keuchend folgten sie dem Weg, der sie eine Anhöhe hinaufführte. Klara kannte sich bald nicht mehr aus, in dieser Gegend war sie noch nie gewesen, doch Otto Messmer lief zielstrebig weiter. Nach etlichen Kurven wurde es endlich etwas flacher, jetzt waren sie nur noch von Wiesen umgeben, soweit Klara erkennen konnte. Straßenlaternen gab es hier oben keine. Doch gerade als sie das Gefühl bekam, die Dunkelheit nähme kein Ende mehr, sah Klara hüpfende Lichter in der Ferne. Ängstlich schaute sie zu Otto Messmer, der vor Anstrengung sein Jackett ausgezogen hatte, aber weiter auf die Lichter zulief, bis sie eine lange Mauer erreichten. Das musste der Friedhof sein. Otto gab ihr ein Zeichen, stehen zu bleiben, während er selbst zu einer offenen Gittertür in der Mauer schlich. Klara meinte, in der Ferne Stimmen zu hören. Das mussten die Verbrecher sein, wer sonst trieb sich nachts auf dem Friedhof von Baden-Baden herum?

»Wo ist die Polizei?«, flüsterte Klara, als sie dicht hinter Otto Messmer stand. Doch ihr Freund winkte nur mit der Hand und bedeutete ihr, zurückzubleiben. Klara sah sich um. Die Polizei hatte ihre Pferdewagen genommen, aber von denen war nichts zu sehen. Waren die Männer so klug gewesen, das letzte Stück des Weges zu Fuß zu gehen, um keinen Krach zu machen? Oder waren sie zu einem anderen Ort unterwegs? Wie viele Friedhöfe gab es wohl in Baden-Baden? Sie spürte, wie ihr Herz davongaloppierte. Was konnten sie beide allein gegen einen Haufen bewaffneter Männer ausrichten?

Endlich fasste Klara sich ein Herz. Sie ignorierte Ottos strengen Blick, wich seiner Hand aus, mit der er sie zurückhalten wollte. Stattdessen ging sie ein paar Schritte in den Friedhof hinein bis zu den ersten Gräbern und lugte vorsichtig um die Ecke. Dort waren sie: Ein gutes Dutzend Männer sah Klara im Schein der Fackeln. Sie standen auf dem Weg zwischen den Gräbern und schienen zu diskutieren, die Gewehre, die sie über den Schultern trugen, waren nicht zu übersehen.

Trotz der nächtlichen Kühle spürte Klara heftige Hitze in sich aufsteigen, ihre Hände fühlten sich so feucht an wie frisch gewaschenes Geschirr. Wo war Ferdinand? Im Schutz der Dunkelheit schlich sie weiter und näherte sich der Gruppe Schritt für Schritt, während sie sich an die steinernen Grabkreuze drückte. Aus Angst, Geräusche zu machen, setzte Klara behutsam einen Fuß nach dem anderen auf die Erde. Bloß nicht ausrutschen, befahl sie sich und versuchte, nicht vor Aufregung zu keuchen. Nur gut, dass ihr Dienstkleid tiefschwarz war.

Mittlerweile war Klara so nahe an die Männergruppe herangeschlichen, dass sie ganze Sätze aufschnappte. »Warum knallen wir ihn nicht einfach ab!«, rief jemand. »Wir lassen ihn hier, die Tiere werden sich um ihn kümmern«, ein anderer. Der Mann, den Klara als Baron an der Seite von Aurelia von Strempel gesehen hatte, stand in der Mitte. Er hob die Hände und ergriff das Wort. »Wir dürfen keine Zeit verlieren. Sonst ist die Hochzeit vorbei, und die Gekrönten liegen in ihren teuren Betten. Wollt ihr das?« Ein Gebrumme war die Antwort. »Aber wie können wir wissen, dass er sein Maul hält? Wir können ihm nicht vertrauen.« Die Männer wurden unruhig und blickten sich um, und jetzt sah Klara Ferdinand. Er war an eine mannshohe Engelsfigur gefesselt, die in der Dunkelheit hell leuchtete. Hinter ihm schauten ein Arm und ein Flügel hervor, als gehörten sie zu dem Gefesselten. Der Engel stand als Grabfigur neben einer Art Häuschen. Das musste eine Leichenkammer für besonders wohlhabende Leute sein, fuhr Klara durch den Kopf. Sie war erleichtert, als sie ihren Freund sah, der einen Knebel im Mund, aber die Augen geöffnet hatte. Ferdinand lebte! Am liebsten wäre sie zu ihm geeilt, hätte ihn befreit und in den Arm genommen.

»Wer ist dafür, dass wir ihn gleich hier erledigen?« Einige Arme schnellten in die Höhe. »Dann sind wir uns einig. Du da wirst es tun.« Der falsche Baron zeigte auf einen jungen Kerl. »Wieso ich?«

»Weil euer Anführer kein Blut an den Händen haben will. Fallt nicht auf ihn herein. Er benutzt euch nur.« Klara war aus dem Schutz der Gräber auf den Weg getreten. Der Boden knirschte, als die Männer zu ihr herumfuhren. Sie hörte Revolverhähne klicken und sah in Gewehrmündungen. Der Teergestank der Fackeln drang ihr in die Nase. Klaras Herz pochte so stark, dass sie fürchtete, dass es für jedermann zu hören war. Der Baron trat auf sie zu. »Wer bist du, und was hast du hier zu suchen?«

»Ich bin Klara Butterfass, und ich bin hier, um die Männer vor Ihnen zu warnen«, sagte sie mit zittriger Stimme. Sie bereute ihren Leichtsinn in dem Moment, als die Worte ihren Mund verlassen hatten. Wer war sie, sich mit einem bewaffneten Verbrecher und Betrüger anzulegen?

»Verschwinde, wenn dir dein Leben lieb ist. Oder sollen wir dich zusammen mit dem da kaltmachen?« Er zeigte auf Ferdinand, der genau wie der Engel erschrocken die Augen aufriss.

»Lass sie reden«, hörte Klara nun eine Stimme. »Ja, wir wollen hören, was sie zu sagen hat!«, eine andere. Sie holte tief Luft.

»Dieser Mann ist keiner von euch. Er ist einer von denen.« Sie wies hinter sich in die ungewisse Dunkelheit, dorthin, wo sie das Hotel von Camille und Augusta Brenner vermutete. Unten in der Stadt, wo hoffentlich noch ausgelassen und friedlich gefeiert wurde.

»Was redest du?« Der Anführer kam bedrohlich näher, aber schon sprangen zwei Männer hervor und hielten ihn fest. »Was meinst du damit?«, riefen sie.

»Er steht auf der anderen Seite. Abgestiegen ist er im piekfeinen Hotel Stéphanie. Bald wird er eine reiche Adlige heiraten und Baden-Baden verlassen. Er spielt ein falsches Spiel, und ihr seid ihm auf den Leim gegangen. Ihr sollt nur die Drecksarbeit für ihn machen. Danach wird er euch ans Messer liefern. Nur deshalb hat er zu euch Kontakt aufgenommen.«

»Ist das wahr?«

»Was sagt sie da?«

»Du bist ein Baron? Stimmt das?«

»Unsinn!« Wut sprach aus dem Blick des Mannes, der sich losriss. »Sie will uns nur gegeneinander aufwiegeln.«

»Aurelia von Strempel heißt seine Braut. Und ihr Vater ist ein reicher Fabrikant aus Köln. Ich habe mit ihr gesprochen, und in der Stadt habe ich ihn auch mit ihr gesehen. Morgen steigt seine Verlobungsfeier im kleinen Saal, dann werdet ihr schon im Gefängnis schmoren. Warum sollte ich lügen? Ich bin selbst nur eine kleine Arbeiterin, vom gleichen Stand wie ihr, und habe nichts zu verlieren.«

»Und wenn deine Geschichte stimmt«, meldete sich der Baron und lächelte überheblich, »warum bin ich dann hier? Wenn ich schon bald reich heirate?«

Klara schnappte nach Luft. Dumm war dieser Mensch nicht. Durchtrieben traf es besser.

»Weil Sie den Kaiser hassen. Und weil Sie als Held dastehen wollen. Und weil Aurelia Sie in Wirklichkeit nicht will. Sie wissen nicht, ob Ihr Plan funktioniert, aber es geht Ihnen nur um Ihr eigenes Fortkommen. Was aus diesen Männern, was aus Deutschland wird, das interessiert Sie doch gar nicht.«

Der Tumult, der nun losbrach, überstieg Klaras kühnste Erwartungen. Die Männer begannen, sich gegenseitig anzuschreien und zu schubsen, während ihr Anführer, der Herr Baron, sich umdrehte und wegrannte. In dem Moment, in dem einige der Kerle ihm nachsetzten, zerriss ein Schuss die Nacht. Aus dem Schutz der Grabsteine sprangen eine Reihe Männer in dunklen Uniformen hervor und stürzten sich auf die Verschwörer. Während die einen noch miteinander rangen, drehten sich die anderen überrumpelt um. Nach einer Schrecksekunde griffen sie nach ihren Waffen, doch da wurden sie schon von der Polizei überwältigt.

Klara spürte einen starken Griff am Arm, jemand zog sie weg. Es war Ferdinands Vater, dessen freundliches Gesicht einen ernsten, entschlossenen Ausdruck angenommen hatte.

Otto Messmer näherte sich, zog sie an sich und führte sie vom Getümmel weg. Erst jetzt bemerkte Klara, wie sie zitterte.

»Nehmen Sie das.« Otto Messmer legte ihr sein Jackett um die Schultern. Im Schutz der Friedhofsmauer sahen sie zu, wie Polizisten die Männer mit Stiefeln im Rücken auf den Boden drückten und ihnen die Hände fesselten. Wüste Beschimpfungen flogen durch die Nacht; mit jedem Mann, den sie abführten, wurde es ruhiger zwischen den Gräbern.

Während die ersten Kutschen der Polizei bereits wieder den Berg hinabratterten, lief Klara zu Ferdinand. Sein Vater hatte ihn eigenhändig befreit und ihm den Knebel aus dem Mund genommen. Ferdinands Gesicht war so dreckig wie seine Kleidung, unter der Nase sah Klara getrocknetes Blut.

»Ferdinand! Was haben sie mit dir gemacht?« Klara wollte ihren Freund umarmen, doch sie spürte, wie er sich versteifte und stumm blieb.

Hauptwachtmeister Vogel hatte seinen Polizeihelm abgenommen und wischte sich den Schweiß von der Stirn. »Mädle, was machst du nur für Sachen? Da haben wir wirklich Glück gehabt. Ohne den Überraschungsangriff hätte es übel ausgehen können. Gut, dass viele unserer Leute vom Militär kommen.«

»Wir danken Ihnen sehr herzlich für Ihren selbstlosen Einsatz!« Otto Messmer war hinzugetreten und reichte Ferdinands Vater die Hand. »Dann war Klaras Ahnung nicht ganz falsch.«

Der Gendarm nickte. »Dass diese Männer etwas Unrechtmäßiges vorhatten, ist mehr als eindeutig. Die vielen Waffen! Ausgerechnet in der Familiengruft vom Bénazet wurden sie aufbewahrt – ohne unseren Edouard und sein Geld aus der Spielbank gäbe es kein Kurorchester, kein Theater und keine Pferderennbahn. Was für Ganoven.«

»Sie wollten die Hochzeit im Hotel Stéphanie stürmen, sie hatten es auf die Majestäten abgesehen. Ich habe sie davon sprechen gehört.«

»Schon wieder ein Anschlag auf den Kaiser.« Der Polizist schüttelte den Kopf. »Bald brauchen wir eine Sondereinheit für ihn. Jetzt bringen wir erst mal die Kerle ins Gefängnis und vernehmen sie. Gnade ihnen Gott, dass sie geständig sind.« Er sah Klara in die Augen. »Du bist ein kluges Mädle und weißt selbst, dass diese Aktion äußerst leichtsinnig war. Anstatt in der Wache zu warten, bist du auf eigene Faust losgezogen. Was hätte da alles passieren können! Andererseits … Durch dein Ablenkungsmanöver konnten wir uns unbemerkt anschleichen. Ich sage es nicht gerne, aber wir müssen uns bei dir bedanken, Klara Butterfass!« Er gab ihr die Hand. »Mein Sohn sagte, einer der Männer logiere im Hotel Stéphanie, würden Sie mich dorthin begleiten? Wir werden sein Zimmer durchsuchen.«

»Natürlich, aber bleiben Sie bitte beim Du.«

Immer noch schweigend stand Ferdinand im Hintergrund. Er hatte das Gespräch verfolgt, sein Blick wanderte zwischen Otto Messmer und Klara hin und her und blieb schließlich an der Jacke hängen, die noch immer um ihre Schultern lag. »Mich braucht ihr, wie es aussieht, wohl nicht mehr.« Er klang resigniert.

»Nein, mein Sohn. Du hast dich heute schon genug in Gefahr begeben. Geh nach Hause, Mutter wird dir noch eine Suppe machen, und dann ab ins Bett. Und bevor du morgen darüber nachdenkst, ob du über die Geschichte berichten sollst, meldest du dich bei mir, versprochen?« Polizeihauptmeister Vogel klopfte seinem Sohn auf die Schultern.

Ferdinand nickte stumm. Ergeben, dachte Klara, wie ein Soldat nach einer dramatischen Schlacht.

»Gute Nacht, Ferdinand.« Sie drückte ihrem Freund den Arm, doch er nickte nur in die Runde und wandte sich ab. Sein Vater stieg mit Klara und Otto in die letzte Polizeikutsche.

»Ein Kind bleibt doch immer ein Kind«, murmelte der Gendarm, der sich den Helm wieder aufgesetzt hatte. »Und nun auf zur Stéphanie. Wie ich hörte, wohnt dort auch die junge Frau, mit der sich unser Baron zu verloben gedachte. Wollen wir doch mal sehen, ob wir nicht aufdecken können, was hinter den Machenschaften dieser Bande steckt!«

In diesem Augenblick ließ ein lauter Knall die Gruppe zusammenfahren. Und noch einer. Waren das schon wieder Schüsse? Hatte die Polizei nicht alle Verbrecher erwischt?

Klara griff erschrocken nach Otto Messmers Arm. Doch er lächelte nur und zeigte hinunter zur Stadt. Am Himmel zerbarsten helle Sterne zu bunten Gebilden, die Klara an die hübschen Dahlien erinnerten, von denen sie im Garten der Messmers schon eine erste Blüte entdeckt hatte.

»Das wird der feierliche Abschluss der Hochzeit sein, unten im Hotel Stéphanie. Camille Brenner ist unglaublich, er lässt sich ständig etwas Neues einfallen.«

»Und Sie verpassen das jetzt.«

»Sie haben uns dafür ein richtiges Abenteuer geboten. Außerdem haben wir von hier oben doch die viel bessere Aussicht auf das Feuerwerk.«

Ergriffen schauten sie einige Momente lang zu, während sich ihr Wagen als letzter in Bewegung setzte und hinunter in die Stadt rollte. Klaras Blick folgte den Explosionen am nächtlichen Himmel, bis die letzte Lichterblume erstarb und am Firmament in lange rote Tränen zerlief.

25

Sie betraten das Hotel Stéphanie durch den Haupteingang. Jakob befand sich noch immer an seinem Platz und schaute erschrocken auf die Polizisten, während er ihnen die Tür aufhielt. Er sah müde aus, dachte Klara. Die Hochzeitsgesellschaft schien sich zum Großteil aufgelöst zu haben, gerade ließ sich Pfarrer Ludwig seinen Mantel geben und empfahl sich. Ferdinands Vater nahm den Helm ab und begab sich mit seinem Kollegen zu Franz an die Rezeption, als ein Paar die Eingangshalle betrat.

»Guten Abend, Herr von Strempel, Mademoiselle!« Jakob begrüßte das ungleiche Paar.

Doch der untersetzte Mann hörte ihn nicht, zu laut sprach er zu seiner Begleiterin.

»Eine Unverschämtheit ist das. Was glaubt dieser Mensch eigentlich, wer er ist? Von einem Baron habe ich wahrlich anderes erwartet.«

»Ich habe doch gleich gesagt, dass dieser Mann keinen Anstand besitzt. Aber mir wolltest du ja partout nicht glauben.« Da war sie wieder, Aurelia von Strempel, und sie sah bezaubernd aus, dachte Klara. Ihre blonden Haare waren hochgesteckt, eine Locke kringelte sich vor ihrem Ohr, an dem ein langer, glitzernder Ohrring hing. Unter ihrem Umhang war ein gerüschtes Kleid in Hellblau zu erahnen. Trotz der späten Stunde sah sie frisch und wach aus.

»Wahrscheinlich hast du ihn mit deiner abweisenden Art vergrätzt. So wird das nie etwas mit einem Ehemann. Schon gar nicht mit einem Baron.« Aurelias Vater wandte sich zum Kaminzimmer, doch der Hauptwachtmeister vertrat ihm nach einem kurzen Hinweis von Klara den Weg. Der zweite Polizist war in Richtung der Treppe verschwunden.

»Mein Herr, Vogel mein Name, von der örtlichen Polizei, hätten Sie einen Augenblick für uns?«

Joseph von Strempel blickte so irritiert auf, als habe man ihn aus einem tiefen Schlaf geholt.

»Was? Wer, ich? Polizei? Was wollen Sie von mir? Ich habe mir nichts zuschulden kommen lassen. Komm, Aurelia.« Er lotste seine Tochter ins Kaminzimmer, das zu dieser nächtlichen Stunde menschenleer war. Doch Ferdinands Vater ließ sich nicht beirren und gab Otto Messmer und Klara ein Zeichen, ihm in die hintere Ecke zu folgen. Dort hatten sich die Strempels auf einer Sitzgruppe nahe am Kamin niedergelassen, in dem das Holz nur noch glimmte. Aurelia schaute überrascht auf, aber ihre Gesichtszüge wurden freundlich, als sie Klara entdeckte.

»Sie erlauben. Wir werden auch nicht lange stören.« Wie selbstverständlich setzte sich Hauptwachtmeister Vogel zu Vater und Tochter. »Das sind Klara Butterfass, Angestellte dieses Hauses, und Otto Messmer, Kaufmann und angesehener Bürger dieser Stadt. Beide haben geholfen, ein Verbrechen zu verhindern.«

»Und was habe ich damit zu tun?« Joseph von Strempel winkte nach dem Kellner. Er wirkte wie ein Mensch, der es gewohnt war, seinen Willen zu bekommen, und sich durch nichts und niemanden daran hindern ließ.

»Wie uns zu Ohren gekommen ist, sind Sie mit einem Mann bekannt, der unter dem Namen Baron von Thalheim in diesem Hotel logiert.« Aurelia riss die Augen auf und schaute hilfesuchend zu Klara, die der jungen Frau beruhigend zunickte.

»Und wenn das so wäre? Trauen Sie uns nicht zu, mit Baronen zu verkehren?«

»Wenn Sie unbedingt mit einem Schwindler und Verbrecher befreundet sein wollen«, bemerkte Otto Messmer trocken, während Strempel nach dem Bierglas griff, das der Kellner vor ihm abgestellt hatte, und gierig einen tiefen Schluck nahm, ohne zu warten, dass auch seine Tochter bedient wurde. Er schien hier Stammgast zu sein.

»Was?«, stieß Strempel hustend und mit rotem Gesicht hervor. »Was erlauben Sie sich! Sie sprechen vom Zukünftigen meiner Tochter.«

»Wir haben Grund zu der Annahme, dass Ihr sogenannter Baron Kopf einer kriminellen Vereinigung ist. Wie es aussieht, planten diese Verschwörer heute Nacht einen Anschlag auf die Majestäten hier in diesem Hotel. Das konnten wir vereiteln. Wir haben ihr Waffenlager ausgehoben und einige Festnahmen getätigt. Ihr Baron befindet sich bis auf Weiteres im städtischen Gefängnis. Wobei ich bezweifle, dass er ein echter Baron ist. Wir durchsuchen gerade sein Zimmer nach Dokumenten, die seine wahre Identität preisgeben.«

»Das ist doch Unsinn. Sicherlich verwechseln Sie den Mann. Und überhaupt – was haben wir damit zu tun? Wir sind rechtschaffene Bürger.« Das Glas, das Joseph von Strempel auf den Tisch knallte, war leer.

»Wie Sie schon ausführten, stand die Verlobung mit Ihrem Fräulein Tochter kurz bevor. Deshalb nehmen wir an, dass Sie uns sicherlich einiges über diesen Menschen erzählen können.«

»Er ist ein ungehobelter, unhöflicher und selbstsüchtiger Mann«, mischte sich Aurelia ein. »Alles, was ihn interessiert, ist die Fabrik meines Vaters.« Erklärend fügte sie hinzu: »Wir vertreiben Süßwaren.«

»Hat er sich jemals über seine politische Gesinnung geäußert?« Gendarm Vogel machte sich Notizen auf einem Stück Papier, das er aus seiner Uniformtasche gezogen hatte. Er sah nun Aurelia von Strempel an.

»Einmal habe ich dem Kaiser zugewunken, als er am Balkon stand, da hat er neben mir ausgespuckt. Ich hielt es für schlechtes Benehmen, aber nun …«

»Wir haben mehr über die Geschäfte gesprochen«, unterbrach sie ihr Vater. »Er war sehr daran interessiert, in die Fabrik einzusteigen und dort einen leitenden Posten zu bekleiden, nach der Hochzeit natürlich. Im Grunde waren wir handelseinig.«

»Du warst handelseinig«, zischte Aurelia, »ich wurde ja nicht gefragt.«

Der zweite Polizist erschien im Kaminzimmer und flüsterte Ferdinands Vater etwas ins Ohr. Er reichte ihm ein Dokument.

»Na, da haben wir es ja schon.« Hauptwachtmeister Vogel überflog das Papier. »Vaclav Rabinowicz heißt der Mann. Von Baron steht hier, soweit ich das sehe, nichts. Scheint so, als wären Sie einem Schwindler aufgesessen. Und einem bewaffneten noch dazu.«

Aurelia ließ sich in die Kissen sinken. »Ich habe es geahnt. Von Anfang an. Dieser Mensch war mir nicht geheuer. Gott sei's gedankt, dass Sie uns vor ihm bewahrt haben! Wir sind Ihnen zu Dank verpflichtet.« Sie schaute erst Klara an, dann die Polizisten. »Sie haben mich vor einer untragbaren Verbindung bewahrt. Und meinen Vater vermutlich vor schweren Verlusten. Dieser Mensch hat von der Leitung einer Firma nicht die geringste Ahnung, aber das wolltest du ja nicht hören. Und Geld hat er auch nicht.« Joseph von Strempel starrte seine Tochter an, als verstehe er die Welt nicht mehr. Dann wandte er sich an die beiden Polizisten.

»Wollen Sie damit sagen, dass es keinen reichen Baron zum Heiraten gibt?« Er sprang auf. »Gottverdammich, Aurelia, wir sind ruiniert!«

»Aber Papa, das ist doch nicht das Ende. Ich bin noch nicht einmal verlobt. Mein Ruf ist nicht dahin. Diese netten Menschen haben das Schlimmste verhindert. Es ist alles bestens.«

»Gar nichts ist bestens.« Strempels Gesicht sah aus wie ein befeuerter Heißluftballon kurz vor dem Start. »Der Baron war unsere letzte Rettung. Wenn nicht ein Wunder geschieht, stehen wir morgen auf der Straße. Aurelia, wir sind bankrott!« Er stürmte aus dem Raum.

»Herr von Strempel!«, rief ihm Ferdinands Vater hinterher, doch der Mann hörte ihn nicht mehr.

»Strempel genügt.« Aurelia hatte sich aufgerichtet und sah in die Runde. »Wir sind keine ›von‹. Mein Vater heißt mit zweitem Namen Viktor. Er dachte, wenn er ihn abkürzt, klingt es irgendwie … adliger.« Beschämt senkte sie den Blick. »Es tut mir leid, aber Sie würden es ja ohnehin erfahren, wenn Sie unsere Papiere kontrollieren. Ich verspreche Ihnen: Ab sofort keine Lügen mehr und keine Täuschung. Keine falschen Barone und hoffentlich keine Enttäuschung.«

26

Als Klara am nächsten Tag ihre Dienst antrat, fühlte sie sich, als hätte sie in der Nacht nur kurz die Augen zugemacht und diese ganze schlimme Geschichte geträumt. Es war ein herrlicher, sonniger Morgen, der sich vor der Tür des Hotels Stéphanie noch kühl anfühlte. Eigentlich hatte Klara Jakob berichten wollen, was alles in dieser Nacht noch passiert war, aber er fing heute später an. Statt seiner stand ein junger Bursche zum Empfang der Gäste bereit, die allerdings alle entweder noch schliefen oder sich gerade zum Frühstück in den Speisesaal begaben. Fleißige Hände hatten innerhalb nur weniger Stunden den Hochzeitsfestsaal in einen Frühstückssaal zurückverwandelt.

Klara half, Butter und frisches Gebäck aus der Küche hochzubringen und die Herrschaften mit Kaffee und Tee zu versorgen. Fast hätte man meinen können, es wäre in der Nacht überhaupt nichts geschehen, solch eine friedliche und entspannte Atmosphäre schufen die geübten Handgriffe und Verrichtungen der Angestellten. Die wenigen Gäste, die mit müden Gesichtern hinter der aktuellen Ausgabe des Badeblattes saßen, hüllten sich in Schweigen. Nur das beruhigende Klingeln der Silberlöffel in den zarten Porzellantassen durchbrach gelegentlich die Stille. Die Gäste konnten ungestört ihren Gedanken nachhängen, hatten sie doch nichts vom nächtlichen Abenteuer mitbekommen, sondern bis spät in die Nacht ein ausgelassenes Hochzeitsfest gefeiert. Von Aurelia Strempel und ihrem Vater war nichts zu sehen. Ob sie schon abgereist waren?

Trotz der Müdigkeit, die Klaras Schritte so schwer machte, als trage sie statt der leichten Tabletts Säcke voller Tierfutter in den Händen, jagten sich in ihrem Kopf die Gedanken. Am liebsten hätte sie Crescenzia um Rat gefragt, die mit Herz und Pragmatismus stets für alles eine Lösung wusste. Was würde sie zu Klaras Lage sagen? Mit der Hochzeit war ihr Dienst in diesem Hotel eigentlich beendet, jeden Moment konnte ihr Bruder auftauchen, um sie abzuholen, überlegte Klara. Sollte sie schon ihre Sachen packen?

Andererseits wollte sie ihren Arbeitsplatz und diese Stadt keine Minute früher als nötig verlassen. Aber durfte sie hoffen, noch etwas Zeit zu schinden? Kurz kam Klara die Idee, doch wegzulaufen, aber das verwarf sie sofort wieder. Sie hatte ihr Wort gegeben. Allerdings wusste sie eines noch nicht – was würde überhaupt Augusta Brenner zu alldem sagen?

»Klara, da bist du ja! Wir suchen dich!« Da stand die neue Dame des Hauses auch schon vor ihr, mit einem seligen Lächeln im Gesicht. Die Anstrengung des gestrigen Tages war ihr nicht anzusehen, aber Klara bemerkte den goldenen Ring an ihrem Finger, den sie immer wieder anfasste. »Ich habe gehört, was gestern passiert ist. Geht es dir gut?« Als Klara nickte, fuhr sie fort: »Die Polizei wird gleich hier sein, um uns alle zu vernehmen. Mit dir haben sie ja bereits gesprochen. Klara, wir müssen dir danken. Wie es aussieht, habt ihr, du und dein Freund, Schlimmeres verhindert! Ach, was sage ich – das Schlimmste!«

»Fräulein … ich meine Frau Brenner …« Klara schluckte. »Ich muss Ihnen etwas mitteilen. Ich kann leider nicht mehr lange …«

»Auch davon weiß ich schon«, unterbrach Augusta sie. »Otto Messmer hat gestern Abend noch einen Brief für mich abgegeben und mich auf den neuesten Stand gebracht. Was für eine furchtbare Geschichte, ich nehme an, dass du nicht aus freien Stücken zurück in den Schwarzwald willst?«

Klara schüttelte heftig den Kopf und presste die Lippen aufeinander. Sie konnte sich ihre Lage nicht schönreden, aber sie durfte auch ihre Familie nicht anschwärzen. Gegen das Wort ihres Vaters kam auch eine Augusta Brenner nicht an.

»Gut, denn bis die Dinge geklärt sind, habe ich eine andere Aufgabe für dich. Mein Onkel Otto sucht dringend ein geschicktes Mädchen. Er leitet den Europäischen Hof, den du ja schon kennengelernt hast. Wie du weißt, hat er zurzeit nur einen Gast, aber einen besonderen. Jetzt ist die Friseuse der Kaiserin erkrankt, und niemand sonst scheint ihre Haarpracht bändigen zu können. Wir kamen schnell auf dich, schließlich ist dein Zopf mindestens ebenso lang wie jener der Kaiserin von Österreich.« Augusta lächelte sie an.

Klara griff instinktiv nach ihrem Zopf, den sie heute früh erst geflochten und dann hochgesteckt hatte. »Sie meinen, ich soll ...«

»Du sollst unserer Sisi die Haare machen. Das bekommst du vermutlich besser hin als jedes ihrer Mädchen.«

»Aber mein Bruder, ich habe ihm versprochen ...«

»Bei allem Respekt gegenüber deiner Familie, Klara, aber wir sprechen hier von der Kaiserin von Österreich in einer Notlage. Dein Bruder wird sicherlich nicht wollen, dass Sisi überstürzt und verärgert frühzeitig Baden-Baden verlässt und nie mehr wiederkommt. So etwas hat ganz schnell auch diplomatische Auswirkungen zur Folge. Stadt, Monarchie und Hotel werden dir danken. Keine Sorge, sollte dein Bruder hier auftauchen, werde ich ihm das genauso sagen.«

Klara war sprachlos. Traute sie Augusta Brenner so viel Macht und Durchsetzungsvermögen zu? Aber was sollte Paul letztendlich schon ausrichten? Er konnte sich schlecht mit einer Kaiserin anlegen. Sie holte tief Luft und befahl sich, das aufkommende Glücksgefühl zu unterdrücken. Ihr war bewusst, dass dieser Dienst nur eine Verzögerung sein würde. Aufgeschoben war nicht aufgehoben, das hatte ihre Großmutter immer gesagt. Was wir heute nicht besorgen, das wartet am Ende doch auf uns.

Klara zuckte ratlos mit den Schultern, während Augusta fortfuhr: »Du tätest auch meiner Familie einen großen Gefallen. Ich würde Onkel Otto nicht gern enttäuschen. Er ist so ein gütiger Mensch und der beste Freund meines Vaters. Unter uns, als Papa das erste Mal um die Hand meiner Mutter angehalten hatte, wurde er von ihrem Vater abgewiesen. Erst als Otto ein gutes Wort für ihn einlegte, stimmte die Familie der Ehe zu. So gesehen – ohne ihn würde es mich nicht geben.

Und auch aus anderen Gründen sind wir ihm alle zu großem Dank verpflichtet.«

Klara nickte bedächtig, während ihr allmählich die Tragweite der neuen Aufgabe bewusst wurde. Sie sollte für die Kaiserin von Österreich arbeiten, die weltberühmt war für ihre Schönheit und ihre Haare – und für ihre Allüren. Sie, Klara Butterfass, war auserkoren, der Frau zu helfen, von der die Welt sprach. Und was das Wichtigste für sie war: Auch der Familie Messmer konnte sie einen Gefallen tun. Ein Dienst, der auf Gegenseitigkeit beruhte – Augusta rettete sie vor der Rückkehr auf den Hof, zumindest für ein paar Tage. Eine Bitte, die sie nicht abschlagen durfte.

»Ich springe sehr gerne ein.« Klara knickste leicht. »Aber sollte mein Bruder …«

»Mit ihm werden wir schon fertig, mach dir keine Sorgen. Wenn du das Hotel wechselst, weiß er erst mal nicht, wo du steckst. Und solange du im Dienst Ihrer Majestät bist, hat er keine Handhabe gegen dich. Danach sehen wir weiter, einverstanden?«

Klara atmete tief aus und nickte dann eifrig. Noch wagte sie nicht, sich zu freuen, aber ihr Herz machte einen Satz, als sie loslief, um ihre Sachen zu packen. Wieder einmal.

Weil Augusta sie aus Gründen der Sicherheit nicht zu Fuß gehen lassen wollte, saß Klara wenig später in der Kutsche und fieberte ihrer neuen Aufgabe entgegen. Noch konnte sie sich kein Bild von der Frau machen, die sie nur flüchtig auf der Treppe der Maison Messmer gesehen, von der sie aber schon so viel gehört hatte. Immerhin hatte sie sich mit Sisis Tochter bereits ein wenig angefreundet.

Klara beobachtete aus der Kutsche heraus die Menschen, die am Vormittag unterwegs waren. Wüsste sie es nicht besser, hätte sie angenommen, dass ganz Baden-Baden ein einziges Theater, ein riesengroßes Hotel war, in dem alle nur Zerstreuung suchten und keiner Arbeit nachgehen mussten.

Wie es wohl Ferdinand ging? Das schlechte Gewissen plagte Klara. Es war zwar erst wenige Stunden her, dass sie sich verabschiedet hatten, aber sie hatten nicht über das Geschehene gesprochen. Ob er verletzt war? Klara hoffte nur, dass er sie auch im neuen Hotel fand. Sie hätte es nicht ertragen, in den Schwarzwald zurückkehren zu müssen, ohne ihren Freund noch einmal gesehen zu haben.

Die Kutsche hielt wie beim jüngsten Besuch direkt vor dem Hotel, nur stand diesmal kein Direktor bereit. Klara fragte den Burschen an der Tür, und er zeigte ihr den Dienstboteneingang. Sie schlüpfte ins Haus und ließ sich den Weg zum Büro des Direktors weisen.

Otto Kah erwartete sie schon. Über tiefe Tränensäcke hinweg schaute er sie verschmitzt an, und Klara dämmerte, dass sie ihn gestern bei der Hochzeit zwar wahrgenommen, aber nicht gewusst hatte, wen sie da bediente. Waren denn alle Hotelbesitzer in Baden Baden miteinander verwandt oder verschwägert? Klara reichte ihrem neuen Dienstherrn die Hand und machte einen Knicks.

»Heben Sie sich das für die Kaiserin auf.« Otto Kah lachte, dass sein grauer Backenbart bebte. »Sie wird erleichtert sein, dass wir eine Hilfe gefunden haben. Stellen Sie sich das vor, das ganze Hotel ist voll mit ihrem Gefolge, zweiundfünfzig Menschen hat sie mitgebracht, aber nur eine einzige Frau lässt sie an ihre Haare. Und jetzt ist die Gute krank geworden.«

»Nichts Schlimmes hoffentlich«, wagte Klara zu sagen.

»I wo, die Fanny ist nur die Gewaltmärsche Ihrer Majestät hier im Schwarzwald nicht gewohnt. Musste mit auf die Höhen bis nach Sand, weil das Töchterle dort Geburtstag gefeiert hat. Und als die Gesellschaft fertig war mit ihrem Rheinsalm und dem Kuchen und auch schon den ein oder anderen Affentaler getrunken hatte, da fing es an zu schneien. Und die Fanny musste wie alle anderen durch die Kälte zu Fuß hinunter. Da hat sie die Influenza erwischt, was kein Wunder war bei der Anstrengung. Aber ohne Friseuse kein Waschtag für die Haarpracht.«

Klara gefiel, dass Otto Kah mit ihr redete wie mit seinesgleichen. Deshalb fasste sie Mut, ihm eine Frage zu stellen.

»Wäre es wohl möglich, mit Fräulein Fanny zu sprechen? Damit sie mich instruieren kann.«

»Das ist ein sehr guter Gedanke, Fräulein Butterfass. Dann sollte ich auch den richtigen Namen benutzen, Sie verzeihen: Franziska Feifalik heißt die Dame, Sie finden sie in Zimmer 025, ich zeige Ihnen den Weg. Um Ihr Gepäck kümmert sich der Bursche.«

Klara beeilte sich, mit Otto Kah Schritt zu halten, und strich sich im Laufen das Kleid glatt. Diese Frau Feifalik schien eine wichtige Person zu sein, wenn sie ein eigenes Zimmer bewohnte. Der Direktor klopfte, ein Hausmädchen öffnete, das mit einem leeren Tablett davoneilte.

»Frau Feifalik? Dürfen wir eintreten?« Otto Kah ging bis zum kleinen Salon, wo eine dick eingepackte Gestalt vor einer Tasse Tee saß. Franziska Feifalik trug einen warmen Morgenmantel und hatte trotz der frühlingshaften Temperaturen draußen einen Schal um den Hals gewickelt. Die dunklen Löckchen fielen ihr in die verschwitzte Stirn, und ihre Wangen waren gerötet. Mit heiserer Stimme antwortete sie: »Ja, bitte, kommen Sie herein.«

»Entschuldigen Sie vielmals die Störung«, Otto Kah verbeugte sich leicht, »darf ich Ihnen Fräulein Klara Butterfass vorstellen? Während Ihrer Genesung wird sie sich um die Haare der Kaiserin kümmern. Wenn Sie so freundlich wären, sie in Ihre Arbeit einzuweisen, damit die Kaiserin keinen Anlass zur Beschwerde hat?«

Die Kranke nickte, als der Direktor sich mit einem »Dann lasse ich die Damen allein« verabschiedete.

Franziska Feifalik bedeutete Klara, sich zu setzen, und musterte ihre Hände.

»Wie ich sehe: keine Ringe und kurze Nägel, das ist schon mal sehr gut.« Sie nickte ihr freundlich zu. »Hast du das Frisieren gelernt?«

»Nun«, begann Klara zögerlich, »alles, was ich vorzuweisen habe, ist die Erfahrung mit meinem eigenen Haar, das ich jeden Morgen flechte und hochstecke.« Sie drehte sich um, um

Fanny ihr Werk zu zeigen. Die nickte und hustete. »Ich habe die Kaiserin erst einmal gesehen, ihre Haare sahen prachtvoll aus. Ich hoffe, ich werde ihren Ansprüchen gerecht«, fügte Klara hinzu.

»Jeden Tag zweihundertfünfzig Bürstenstriche, danach flechten wir ein Haarnest, das am Ende die Zopfkrone halten soll. Und bei besonderen Anlässen verweben wir Perlen oder Rosen im Haar.« Klara betete, dass der Friseuse die Stimme nicht vollends versagte, bevor sie sie eingewiesen hatte. »Das ist kein Hexenwerk, aber morgen ist der große Waschtag.«

»Waschtag?«

Die Feifalik nickte. »Das Haar Ihrer Majestät wird alle zwei Wochen in einer Mischung aus Ei und Cognac gebadet. Die Kammerzofe kennt das Rezept. Nach dem Auswaschen breitest du das Haar auf einem Drahtgestell aus, das zeigt dir die Zofe ebenfalls. Bei gutem Wetter öffnen wir das Fenster zum schnelleren Trocknen. Das dauert eine Weile, und danach geht alles von vorne los …« Sie nieste.

»Die zweihundertfünfzig Bürstenstriche …«

Die Friseuse nickte und nahm einen Schluck Tee. Dann griff sie sich in die Haare und löste ihre Frisur. »Dann wollen wir einmal üben. Und wenn du das verstanden hast, dann gebe ich dir noch etwas mit. Ich nehme an, dass du länger bleiben willst als einen Tag. Und nenn mich doch bitte Fanny.«

Nachdem Klara sich von Otto Kah ihre Unterkunft für die nächsten Tage hatte zeigen lassen, machte sie sich auf den Weg zur Kaiserin, um sich vorzustellen. Stumm wiederholte sie im Geiste die Anweisungen von Fanny, in Händen einen gelblich glänzenden großen Kamm aus Bernstein und die weiße Schürze der Friseuse. Beides würde sie hüten wie einen Schatz und Frau Feifalik zurückgeben, sobald diese wieder gesund war. Klara kam es vor, als wäre ihre Zeit in der Maison und bei den Brenners nur eine Vorbereitung auf das gewesen, was ihr nun bevorstand: ihre Arbeit für Kaiserin Elisabeth von Österreich, von der alle sagten, sie habe einen schwierigen

Charakter. Wie hatte es Kaiserin Augusta ausgedrückt? Mit ihrer Extravaganz schade sie der Monarchie.

Das Prozedere der kaiserlichen Haarwäsche kam Klara allerdings nicht außergewöhnlich vor. Sprödes oder trockenes Haar mit Ei zu behandeln, dazu hatte ihr schon die Großmutter geraten. Gut, der Cognac war neu, so etwas Feines hatten sie auf dem Hof schlicht und ergreifend nicht gehabt. Und wenn, dann hätte ihn der Vater vermutlich zu hohen Feiertagen getrunken und nicht erlaubt, dass seine Tochter ihren Haaren damit einen goldenen Schimmer verlieh. Dass Sisi ihre langen Haare am Herzen lagen, auch das konnte Klara verstehen. Sie tastete auf ihrem Kopf, ob ihr geflochtener Zopf ordentlich aufgesteckt war. Für nichts im Leben hätte sie sich freiwillig davon getrennt.

Sie ging zu dem Salon, vor dem sie schon einmal gesessen und mit Sisis Tochter gesprochen hatte. Noch bevor Klara anklopfen konnte, öffnete sich die Tür. Eine der Hofdamen stand vor ihr und musterte sie ausgiebig. Gerade als Klara zum Sprechen ansetzte, erklang eine kräftige Stimme aus dem Salon.

»Ist das die neue Friseuse? Sie soll hereinkommen!«

Die Hofdame trat zur Seite. Ein Saal, so groß wie der größte Speisesaal im Hotel Stéphanie, erstreckte sich vor Klara. Aber bis auf eine Sitzgruppe war der Raum recht leer. Sie hielt Ausschau nach Elisabeth und entdeckte sie an der rückwärtigen Wand. An einer Sprossenkonstruktion hing die Kaiserin von Österreich an Ringen und hob und senkte ihre ausgestreckten Beine. Sie trug ein eng anliegendes Turngewand, das ihre mehr als schlanke Figur offenbarte. Die Anstrengung war Sisi nicht anzumerken, vielmehr sprach sie ruhig weiter.

»Wie ist dein Name?«, nuschelte sie, ohne den Mund zu bewegen.

Klara hätte vor lauter Überraschung fast vergessen zu knicksen. »Klara Butterfass aus dem Kinzigtal. Ich bin hier, um Ihrer Majestät die Haare zu machen.«

»Ich weiß, warum du da bist.« Die Kaiserin musterte Klara. »Dreh dich einmal um.« Klara tat es. »Öffne dein Haar.« Klara griff sich an den Kopf und zog die Klammern heraus. Der geflochtene Zopf fiel ihr bis auf die Hüfte. »Nun denn, das sieht mir nach ordentlicher Arbeit aus. Eine Wahl haben wir eh nicht. Morgen früh um acht Uhr wirst du mir die Haare waschen und anschließend frisieren. Weißt du schon, wie das gewünscht wird?« Klara nickte. Bevor sie etwas hinzufügen konnte, sprang die Kaiserin von der Sprossenwand, streckte sich und meinte: »Nun gut, dann können wir heute ja noch ausreiten. Du kommst vom Land, hörte ich, du kannst doch reiten?« Und als Klara erneut zustimmend nickte, klatschte die Kaiserin in die Hände und rief: »Ein guter Fang! Dann ist es beschlossen, am Nachmittag machen wir zwei einen Ausritt.«

Womit Klara offensichtlich entlassen war. Noch bevor sie sich fragen konnte, ob sie beim Reiten mit der Kaiserin mithalten konnte, wo eigentlich ihre Pferde standen und ob es gestattet war, mitten durch Baden-Baden zu galoppieren, war sie von der Hofdame auch schon hinauskomplimentiert worden: »Husch, husch, der Fechtlehrer müsste jeden Moment hier sein.«

27

Vor der Tür ließ sich Klara auf den Stuhl sinken, der im Flur stand und auf sie zu warten schien. Diese Frau im Saal hinter ihr, die sich Kaiserin von Österreich nannte, war wie ein Sturm. Einer, wie er im Herbst und Winter häufig durch den Schwarzwald fegte: kraftvoll, unvorhersehbar, angsteinflößend, und manchmal knickte er erbarmungslos die größten Tannen um. Anzusehen war ihr das nicht – Sisi war so zierlich und dünn, wie Klara es zuletzt als Kind gewesen war. Ihr kunstvoll aufgestecktes langes Haar konnte die Kaiserin in seiner Schwere vermutlich nur tragen, weil sie so ausführlich Sport machte. Nach der Gymnastik sollte der Fechtlehrer kommen, und dann wollte die Kaiserin auch noch ausreiten. Kam diese Frau nie zur Ruhe?

»Du bist wieder da!« Eine helle Stimme schallte den Flur entlang. Klara erkannte Marie Valerie, Sisis Tochter. In ihrem hellen, flatternden Kleid kam sie auf Klara zugelaufen. »Ich habe Einkäufe gemacht, schau!« Das Mädchen öffnete eine Schachtel und holte ein seidiges, bedrucktes Tuch heraus. »Ob es Mama gefällt?«

Klara bestätigte das eifrig. Es rührte sie, wie Sisis beinahe erwachsene Tochter selbstständig in Baden-Baden einkaufen ging, um ihrer Mutter eine Freude zu bereiten.

»Warst du ohne Hofdame unterwegs?« Klara sah kein Gefolge. Wenn die bewaffneten Männer auch im Gefängnis saßen, so war doch nicht gesagt, ob es nicht noch mehr von ihnen da draußen gab.

»Doch schon, aber sie kommen nicht hinterher!« Marie Valerie strahlte so, dass Klara ihr nicht die gute Laune verderben und von den Gefahren berichten wollte. Was ihr ohnehin nicht zustand.

»Warst du in den Kolonnaden? Dort haben sie die elegantesten Waren.«

»Ja, auch Mama geht dorthin. Aber heute hatte sie keine Zeit. Soll ich dir mein Zimmer zeigen?«

Klara überlegte, aber ihr fiel keine andere Aufgabe für heute ein, außer sich auf die Reitstunde mit der Kaiserin von Österreich vorzubereiten.

»Die Damen!« Ein Mann in schlanker Beinkleidung, in jeder Hand ein Florett, näherte sich ihnen. Kurz erschrak Klara, doch dann fiel ihr ein: Das musste der Fechtlehrer sein.

»Grüß Gott, Herr Schulze, lassen Sie meine Mutter bloß am Leben!« Marie Valerie lachte und zog Klara in das gegenüberliegende Zimmer. »Mama ist beschäftigt, jetzt haben wir Zeit für uns.«

Von ihrem Spielgefährten aus Afrika war heute nichts zu sehen, der Tisch in der Mitte des Raumes war leer. Ein übergroßes Himmelbett thronte an der Wand, auf dem Schreibtisch türmten sich Bücher. »Schau mal«, Marie Valerie zog ein Heft hervor, »ich schreibe Tagebuch. Aber immer wenn wir in Baden-Baden sind, komme ich nicht dazu, so viel ist hier los. Bald kommt meine Cousine, und wir machen einen Ausflug, ist das nicht aufregend?« Klara stimmte zu. »Aber noch nicht morgen, da muss ich bei meiner Mutter bleiben. Sie langweilt sich immer so schrecklich, wenn ihre Haare gewaschen und frisiert werden. Dabei muss ich ihr Gesellschaft leisten.« Marie Valerie setzte einen Blick auf, als stünde ihr Unterricht in Mathematik bevor oder ein Besuch beim Zahnarzt.

»Und das gefällt dir nicht?«, wagte sich Klara vorsichtig vor.

Das Mädchen zuckte mit den Schultern. »Ich bin schon gerne bei Mama. Aber nicht die ganze Zeit. Ich habe doch ein eigenes Leben!« Wie Sisis Tochter trotz ihrer Kindlichkeit genau wusste, was sie wollte! Eine junge Frau an der Schwelle zum Erwachsenwerden.

Sie erinnerte sich an ihre eigenen Jugendjahre. Die unbeschwerte Zeit war plötzlich zu Ende gewesen, als ihre Großmutter starb und sie allein unter Männern zurückließ, deren Gesetzen unterworfen. Klara hoffte für Marie Valerie, dass ihre Mutter ihr genug Freiheit ließ und sie zur richtigen Zeit ziehen lassen würde.

»Ich fürchte, ich muss mich dringend um den Reitausflug kümmern. Deine Mutter möchte mich heute Nachmittag mitnehmen, und ich bin noch gar nicht instruiert. Wirst du uns begleiten?«

Das Mädchen schüttelte den Kopf, und ihr liebes Gesicht sah mit einem Mal traurig aus. »Mama möchte nicht, dass ich ausreite. Zu gefährlich, sagt sie. Dabei reitet sie selbst wie eine Wilde.«

»Aber mir scheint, deine Mutter reitet sehr gut. Sie möchte nicht, dass dir etwas passiert, das ist doch verständlich.«

»Wie soll ich denn eine so gute Reiterin werden wie meine Mutter, wenn sie mich nicht aufs Pferd lässt?« Die klare, vielleicht naive Ehrlichkeit eines jungen Mädchens. Insgeheim konnte Klara der Tochter nur zustimmen. Doch sie unterstand in diesem Hotel der Kaiserin und musste sich ihren Wünschen beugen.

»Ich werde dir erzählen, was wir erlebt haben, versprochen.«

Marie Valerie klatschte in die Hände. »Au ja, wir machen danach eine Teestunde bei mir. Keine Widerrede.«

Lächelnd verabschiedete sich Klara und zog leise die Tür hinter sich zu. Sie hatte das Mädchen jetzt schon lieb gewonnen und würde alles tun, damit die Zeit in Baden-Baden auch für sie angenehm wurde. Aber nun hatte erst einmal ihre Mutter, die Kaiserin von Österreich, Vorrang. Und Klara hoffte, sie nicht zu enttäuschen.

Nach einer stärkenden Suppe in der Küche schlüpfte Klara in die hohen Stiefel, die für sie bereitgestellt worden waren, und begab sich hinter das Hotel, wie Otto Kah es ihr erklärt hatte. Da weitere Reitkleidung für das Personal nicht vorgesehen war, trug sie noch immer ihr Arbeitskleid. Klara war aufgeregt, denn sie musste sich eingestehen, dass sie im Gespräch mit der Kaiserin ein wenig übertrieben hatte. In Wirklichkeit war sie nur wenige Male in ihrem Leben geritten. Auf dem Hof gab es keine Pferde, die konnte sich der Vater nicht leisten. In jungen Jahren hatte sie das Reiten bei einer Freundin auf einem der Nachbarhöfe probieren dürfen. Es hatte ihr gefallen, und gerne wäre sie häufiger auf einem Pferd gesessen, aber die viele Arbeit auf dem Hof hatte es nicht zugelassen. Und ihr Vater auch nicht.

Klara lief zu den Ställen, wo ihr als Erstes eine Kuh entgegenblickte. Es stimmte also, was sie gehört hatte – die Kaiserin von Österreich reiste mit ihrer eigenen Kuh, um stets frische Milch zu haben. Zwei Pferde standen fertig gesattelt bereit – ein Brauner und ein Rappe. Sie schluckte. Anders als zu Hause im Schwarzwald würde sie hier im Damensattel reiten müssen.

»Da ist sie schon, sehr gut. Verlieren wir keine Zeit.«

Energischen Schrittes, soweit das lange Kleid es erlaubte, näherte sich die Kaiserin. Klara erschien sie fast noch schlanker als heute Vormittag in ihrem Turngewand. Das dunkelgrüne Kleid war hochgeschlossen und reichte fast bis zum Boden. Zarte Handschuhe bedeckten Sisis Hände, auf dem Kopf trug sie einen schwarzen Zylinder, der so aufrecht auf ihrer Frisur saß wie eine Krone. Klara fragte sich, ob die Kaiserin von Österreich überhaupt noch atmen konnte, so eng wie ihr Reitkleid geschnürt war. Und ob nicht der nächste Windstoß den Hut vom Kopf fegen würde. Sie beobachtete, wie zwei Stallburschen nach einem vollendeten Diener einen Schemel vor das Pferd stellten und der Kaiserin beim Aufsteigen behilflich waren. Kurz blitzten schwarz glänzende Stiefel unter dem grünen Stoff hervor, dann wurde auch Klara geholfen. Die Burschen zeigten ihr, wie sie die Beine über die Hörner des Sattels zu legen hatte, ohne ihr Kleid einzuklemmen, dann griff sie nach dem Zügel und fasste ihn so, wie sie es bei ihrer Freundin vor vielen Jahren gelernt hatte. Unsicher versuchte sie, eine feste Position auf dem Pferderücken zu finden, um diesem Tier nicht völlig ausgeliefert zu sein. Und den Wünschen der Kaiserin, die sich nun ihre Reitgerte reichen ließ und mit einem schnalzenden Geräusch ihren Rappen in Bewegung setzte. Klara schnalzte ebenfalls mit der Zunge, bewegte den Zügel, und tatsächlich folgte ihr Pferd dem anderen.

Sisi schlug den Weg zur Lichtentaler Allee ein, wo sie den ungläubigen Blicken der Spaziergänger zu entkommen suchte, indem sie in einen leichten Trab fiel. Klara musste an Wladimir Menschikow denken, der mit seinem Dreigespann beinahe Kaiserin Augusta umgefahren hatte. Es war nicht lange her, und doch kam es Klara vor, als lägen Jahre zwischen damals und heute, zwischen Augusta von Preußen und Elisabeth von Österreich. Nur sie war dieselbe geblieben – oder?

Bevor Klara sich in Gedanken verlieren konnte, waren sie am Kloster angekommen. Anders als Augusta bei ihrem Spaziergang machte Sisi hier keinen Halt, sondern ritt weiter, aus Baden-Baden hinaus. Klara lockerte ihre verkrampfte Zügelhaltung und versuchte, die grünen Hügel zu betrachten, die nun, nachdem sie die Richtung geändert hatten, malerisch vor ihnen lagen. Obwohl die Haltung für sie noch immer ungewohnt war, fühlte sich Klara mittlerweile im Damensattel wohl und fing an, den Ausritt zu genießen.

Einige wenige Menschen waren unterwegs, andere arbeiteten auf den Feldern, doch niemand nahm von den zwei Frauen auf Pferden Notiz. Die Kaiserin schien ein festes Ziel vor Augen zu haben. Klara staunte, wie sicher und gleichzeitig elegant sie ihr Pferd dirigierte, ohne dass es mühevoll wirkte. Plötzlich drehte sich die Kaiserin um und rief: »Auf geht's, bis zum Wald!«, und galoppierte davon.

Für einen Moment blieb Klara ratlos zurück, dann gab sie fast intuitiv ihrem Pferd mit den Füßen ein Zeichen, und es preschte tatsächlich hinterher. Krampfhaft hielt Klara die Zügel und konzentrierte sich darauf, nicht hinunterzufallen. Aber schnell war sie im Rhythmus, die Bäume flogen vorbei, und Klara verspürte ein derartiges Glücksgefühl, dass sie am liebsten laut geschrien hätte. Vergessen waren die Sorgen, die Furcht vor ihrem Bruder, der Blick in die Zukunft, der ihr das Herz zusammenschnürte. Sie fühlte sich leicht, frei und froh.

Als der Wald dichter wurde, ließ die Kaiserin ihr Pferd in leichten Schritt fallen und schaute in Klaras strahlendes Gesicht. Sie lächelte.

»Nicht wahr, es gibt nichts Besseres auf der Welt!«

Und als sie ein seliges Nicken zur Antwort bekam, fuhr sie fort: »Du hältst dich recht wacker. Das gefällt mir, daran könnten sich meine Damen ein Beispiel nehmen.«

»Sie ... Sie beherrschen Ihr Pferd und wirken dabei so anmutig, so möchte ich auch reiten können«, sprudelte es aus Klara heraus, bevor sie erschrocken innehielt. War es nicht verboten, unaufgefordert das Wort an Majestäten zu richten? Doch Kaiserin Elisabeth musterte sie wohlwollend und begann zu erzählen.

»Mein Vater hat es mir beigebracht. Er hatte, als wir Kinder waren, eine richtige Manege gebaut, wie in einem Zirkus. Er konnte Kunststücke, und ich habe ihn nachgeahmt. Ich wollte so sein wie Papa. Er hat immer gesagt: ›Wär'n wir nicht Prinzen, wären wir Kunstreiter word'n.‹« Sisi ahmte den österreichischen Dialekt ihres Vaters nach und lachte.

»So einen Vater hätte ich auch gerne gehabt«, rutschte Klara heraus. Undenkbar, dass sich ihr Vater mit seinen Kindern beschäftigt und ihnen jenseits der Feldarbeit etwas beigebracht hätte.

»Ich habe ihn schon lange nicht mehr gesehen«, fuhr Sisi fort und fiel in Schweigen. Klara musste sich bemühen, die gute Stimmung wiederherzustellen. Ob ihr Vorgehen dem Protokoll entsprach, darüber machte sie sich nach kurzer Zeit keine Gedanken mehr. Ihr Schicksal war besiegelt, was hatte sie zu verlieren? Selbst wenn sie ihre Anstellung verlor, weil die Kaiserin ihr Verhalten als ungebührlich und vorlaut empfand, würde es nichts daran ändern, dass sie schon sehr bald zurück im Schwarzwald sein würde.

»Wie gefällt Ihnen Baden-Baden, Majestät?«

»Es ist ein Juwel, und ich werde noch häufig kommen, denke ich. Meine Schwester Mathilde wohnt hier mit ihrer Tochter Mädi und ihrem unmöglichen Grafen. Ich besuche meinen Spatz, sooft es geht. Ich schätze an diesem Ort, dass einen jedermann in Ruhe lässt. Anders als in Wien, ganz anders.«

»Majestät sind gerne allein.« Der Wald wurde dichter, die Wege schmaler, und je höher sie kamen, umso kälter wurde es. Klara fragte sich, wie weit die Kaiserin noch reiten wollte. Sie spürte mittlerweile den Sattel schmerzhaft unter dem Gesäß, die Zügel schnitten ihr in die Hände. Sie umklammerte sie noch immer fest, aus Angst, ihr Tier könnte über eine Wurzel stolpern. Doch das Pferd lief ruhig und sicher, als kenne es das Ziel.

»Ich bin gerne fernab des Trubels. Davon haben wir wahrlich genug am Hofe. Und am besten gelingt mir das auf Reisen. Ich war längere Zeit auf Madeira und Korfu, aber meine zweite Heimat ist Ungarn. Dort kann man reiten und frei sein …«

»Majestät sind auch die Königin von Ungarn.«

Sisi nickte. »Als Nächstes reisen wir ins Osmanische Reich und auch wieder nach Griechenland. Morgen beim Haarewaschen werden wir Griechisch lernen.«

Zum ersten Schrecken gesellte sich bei Klara die Neugierde. Eine andere Sprache erlernen! Die Idee, andere Länder zum Vergnügen zu bereisen, war Klara noch nie gekommen. Und auch an ihren Traum, nach Amerika auszuwandern, hatte sie länger nicht mehr gedacht.

Es war beschämend. Nichts von dem, was sie sich vorgenommen hatte, war erreicht. Sie besaß nur das, was sie in der Maison Messmer verdient hatte. Die Münzen lagen tief unten in ihrem Rucksack und reichten vermutlich gerade, um die Fahrkarte zurück in den Schwarzwald zu bezahlen. Klara seufzte.

»Wie ich hörte, hast du meine Tochter bereits kennengelernt«, wechselte Sisi das Thema. Marie Valerie musste ihrer Mutter von den Begegnungen berichtet haben.

Klara nickte zögerlich. »Sie ist ein liebes Mädchen. So aufgeweckt und munter.« Sie hoffte, nichts Falsches zu sagen. »Ich mag sie sehr.«

»Ja, meine Valerie, die Einzige, die mir geblieben ist. Sie mag dich auch, hat sie mir erzählt. Sie wird uns morgen Gesellschaft leisten.«

Der Weg wurde steiler, die Pferde begannen zu schnaufen, und auch Klara brach trotz der niedrigeren Temperatur der Schweiß aus. »Wir werden am nächsten Gasthof Rast machen, um etwas zu trinken.«

Jetzt erst fiel Klara auf, wie lange sie schon unterwegs waren. Aber sie verspürte weder Hunger noch Durst. Im Gegenteil, sie hatte das Gefühl, ewig weiterreiten zu können. Und sie genoss die Gesellschaft von Sisi, die ihr viel weniger exzentrisch vorkam, als berichtet wurde. Wenn sie erst Ferdinand davon erzählte!

Beim Gedanken an ihren Freund erstarb ihr Lächeln. Kein Lebenszeichen hatte sie von ihm erhalten, nachdem sie so stumm auseinandergegangen waren. Sie wollte unbedingt wissen, wie er die Nacht überstanden hatte. Nur, wie sollte sie ihn erreichen? Sie stand fest in Diensten der österreichischen Kaiserin, und das hoffentlich noch möglichst lange.

Als der Wald sich lichtete, erblickte Klara ein Haus – das Gasthaus, auf das Sisi zuhielt. Niemand war zu sehen, als ein schriller Pfiff ertönte, woraufhin der Gastwirt und ein Bursche herausgestürzt kamen, sich vielmals entschuldigten und ihnen beim Heruntergleiten von den Pferden behilflich waren. Klara konnte sich ein Lachen nur schwer verkneifen – die Kaiserin von Österreich selbst war es gewesen, die auf den Fingern gepfiffen hatte. Die Frau wusste sich zu helfen, ihr hingegen hatten es die Brüder nie richtig beigebracht.

»Dürfen wir Ihnen etwas servieren? Vielleicht einen Kaffee oder ein Getränk? Wir haben auch eine Gemüsesuppe im Angebot, und der Braten ist im Ofen.« Klara war sich nicht sicher, ob die Gastleute die Kaiserin erkannt hatten. Sisi ließ sich nichts anmerken. Sie zeigte auf die Wiese neben der Gastwirtschaft, auf der ein paar Kühe grasten.

»Sie wollen den Braten?« Klara sah die Kaiserin fragend an. Doch die schüttelte den Kopf. Sie griff in ihre Satteltasche und zog einen silbernen Becher hervor. Erneut deutete sie auf die Kühe.

»Milch! Sie will frische Milch trinken!«, rief der Bursche, während Sisi eifrig nickte. Klara verstand nicht, warum sie plötzlich ihre Stimme verloren hatte. Oder geziemte es sich nicht, dass eine Kaiserin in der Öffentlichkeit sprach? Sie gab Klara ein Zeichen, sich darum zu kümmern.

Klara nahm den Becher und folgte dem Burschen, der über den Zaun sprang und zu den Kühen lief. Während er sich daranmachte zu melken, hielt sie den Becher darunter und fing die Milch auf, die warm und frisch duftete.

»Vielen Dank.« Klara trug die frische Milch vorsichtig zurück zur Kaiserin, die gierig trank und, ohne abzusetzen, den Becher leerte. Sie wischte sich mit ihren hellen Lederhandschuhen über den Mund und lächelte glücklich.

»Dann bringen wir die Pferde mal zu ihrem Wasser«, murmelte der Wirt erleichtert.

Klara erschrak, niemand hatte ihr Geld mitgegeben. Aber schon winkte der Wirt ab.

»Majestät müssen das Wasser für die Pferde nicht bezahlen und auch nicht die Milch. Es ist uns eine Ehre, Sie als Gast zu haben. Wenn wir Ihnen noch einen Wunsch erfüllen können, lassen Sie es uns wissen.«

Während der Bursche die Pferde zum Brunnen führte, schritt Sisi unruhig auf und ab. So gelöst, wie sie eben noch im Wald gewirkt hatte, so verkniffen und rastlos kam sie Klara nun vor. Als habe sie einen Termin, der sie trieb, ließ sie sich schnellstmöglich wieder auf ihren Rappen helfen und wartete, bis auch Klara wieder aufgestiegen war. Dann reichte sie dem Wirt ihre Reitgerte hinab.

»Für uns? Oh, Majestät, das ist doch viel zu wertvoll«, stammelte der Wirt und nahm den aufwendig verzierten Stab entgegen. Der Griff schimmerte gelblich wie aus Elfenbein, Klara bemerkte ein Bildnis darauf, das nach Kaiser Franz Joseph aussah. Mit einer tiefen Verbeugung verabschiedeten sich die beiden Männer von ihnen.

Schweigend trabten sie den Weg entlang. Klara begriff: Sisi war diesen Menschen nicht fremd, sie musste schon häufiger hier gewesen sein.

»Schau nur, wie wundervoll!« Die Kaiserin hatte ihre Stimme wiedergefunden. Der Wald hatte sich gelichtet und gab den Blick über grüne Hügel bis in die Ferne frei. Klara fragte sich, ob dort unten irgendwo ihr Hof lag. Sie versuchte sich vorzustellen, was ihre Familie wohl gerade tat, während sie mit der Kaiserin von Österreich durch den Schwarzwald ritt. Ob Friedrich wohlauf war? Paul hatte nicht erzählt, ob Vater bereits wieder geheiratet hatte.

»Nun, einen hübschen Anblick gibt es noch«, unterbrach Sisi Klaras Gedanken und dirigierte ihr Pferd weiter den schmalen Weg entlang. Nachdem die Pferde so schwankend durch dichtes Gehölz gestiegen waren, dass Klara befürchtete, jeden Moment hinunterzufallen und sich an einem Baumstumpf den Kopf anzuschlagen, blieb Sisi stehen und wies auf eine dunkel glitzernde Fläche. »Da sind wir. Das ist der Mummelsee. Er hat eine magische Ausstrahlung, findest du nicht?«

Klara nickte. Der See lag ruhig vor ihnen und wirkte fast schwarz. Wie tief mochte er sein?

»Siehst du die vielen Seerosen? Bald werden sie blühen. Die Menschen hier in dieser Gegend nennen sie Mummeln, deshalb Mummelsee. Er soll Tausende von Jahren alt sein und wird uns alle überleben.«

»Er … er ist wunderschön. Und ein wenig unheimlich.«

»Früher soll es darin Nixen gegeben haben. Ein Bauernsohn hatte sich in eine von ihnen verliebt«, fing Sisi an zu erzählen. »Und um ihre Zeit miteinander zu verlängern, hat er die Uhren verstellt. Als die Nixe deshalb zu spät zurückkehrte, gab es ein Donnerwetter, dass der See aufschaumte. Am nächsten Morgen waren auf der Oberfläche Blutlachen zu sehen. Die Nixe wurde nie mehr gesehen, und der Bauernsohn ist vor Trauer gestorben.«

»Was für eine traurige Geschichte!«

»Du findest sie auch auf einem Bild in der Wandelhalle der Trinkhalle, unten in der Stadt.«

Klara blickte die Kaiserin an, konnte jedoch keine Regung erkennen. Es hieß, Kaiser Franz Joseph vergöttere seine Frau. Zumindest hatte ihr das Fräulein Stern so in der Schule erzählt. Aber warum war sie dann immerzu auf Reisen, fern von ihrem Mann? Und ihre Tochter vermisste unterdessen ihren Vater schmerzlich.

Als hätte sie Klaras Gedanken gelesen, gab die Kaiserin einen einzigen vielsagenden Satz von sich, ehe sie für den Rest des Ritts schwieg: »Nicht jedem ist es vergönnt, ein Leben lang glücklich zu sein. Manchmal muss auch ein kleiner Moment genügen.«

28

Der Rückweg verlief zügig. Klara betete, dass sie vor der einbrechenden Dunkelheit zurück in Baden-Baden und im Hotel sein würden. Sie konnte nicht verstehen, warum es der Kaiserin gestattet war, so gut wie allein durch die einsamsten Gegenden zu reiten. Was da alles passieren konnte! Klara dachte weniger an einen Überfall, waren sie heute doch kaum einer Menschenseele begegnet. Eher an einen Unfall mitten im Wald, einen Sturz vom Pferd, eine Verletzung, dann würde niemand Majestät finden. Was ihr Ehemann wohl zu alldem sagte? Er musste doch in ständiger Sorge um das Wohlergehen seiner Frau sein. Andererseits – die Kaiserin von Österreich bewegte sich sicher und anmutig auf dem Pferd. Und hatte Fräulein Stern nicht auch erzählt, dass Sisi gerne auf die Jagd ging, über Hindernisse sprang und dabei erst einmal ernsthaft gestürzt war? Wie es hieß, hatte sie sich eine Gehirnerschütterung zugezogen, was sie mit einem »Das war doch nur ein Rumpler«, abgetan hatte.

Das gleichmäßige Schaukeln auf dem Pferderücken und die gute Schwarzwälder Luft hatten Klara schläfrig gemacht. Als sie endlich das erste Dorf erreichten, brach schon die Dämmerung herein, dunkle Wolken waren am Horizont zu sehen, und Klara hoffte, dass sie das Hotel trocken erreichten.

»Aua!« Die Kaiserin vor ihr war stehen geblieben und hielt sich die Wange. Hilflos sah sie sich nach ihr um, bevor sie erneut zusammenzuckte. »Mich hat etwas getroffen … was war das, ein Tier?«

Klara schloss zu Sisi auf, als sie aus den Augenwinkeln etwas Dunkles auf sich zufliegen sah. Instinktiv wandte sie sich ab, doch es traf sie am Arm.

»He!« Sie starrte links des Weges in die Wiese, die so hoch stand, dass sich ein Mensch problemlos darin verstecken konnte. Hatte jemand der Kaiserin aufgelauert? Klara spürte, wie sich ihr Herzschlag beschleunigte und Panik in ihr aufstieg. Was, wenn die Polizei in Augustas Hochzeitsnacht nicht alle Männer der bewaffneten Verschwörergruppe gefunden und eingesperrt hatte? Wenn einer hier lauerte, um Kaiserin Elisabeth zu ermorden? »Schnell, weiter!«, rief sie, ließ ihr Pferd in Trab fallen und folgte Sisi. Sie spürte dumpfe Schläge in ihrem Rücken und hörte, das etwas auf dem Boden aufschlug. Sie stoppten ihre Pferde erst, als sie außer Atem dort ankamen, wo sie vor vielen Stunden losgeritten waren, hinter dem Hotel de l'Europe. Sisis Hofdame wartete mit einer Laterne in der Hand auf sie.

»Majestät, Sie haben mir einen Schrecken eingejagt, so lange, wie Sie fort waren. Ist Ihnen etwas passiert?«

»Ach, Festi, es war so schön ruhig ohne Sie.« Die Kaiserin ließ sich von ihrer Hofdame vom Pferd helfen, während die Stallburschen die Tiere versorgten. »Was soll denn passiert sein, wir sind nur ein wenig ausgeritten.« Sie zwinkerte Klara zu. »Und dieses Mädchen kann reiten – daran solltest du dir ein Beispiel nehmen!«

»In diesem Leben bringt mich niemand mehr auf ein Pferd«, zeterte Marie Festetics, die Ihre Majestät zurück ins Hotel geleitete. »Schon die letzte Wanderung hat mich fast umgebracht.«

»Meine liebe Festi, ich glaube, es wird Zeit, dass ich Sie in den Innendienst versetze, Sie scheinen mir den Herausforderungen einer Hofdame auf Reisen nicht gewachsen. Und dem Schwarzwald erst recht nicht.«

Doch Marie Festetics ging nicht darauf ein. »Ihr Olivenbad wartet auf Sie, das wollen Sie doch nicht kalt werden lassen. Was sollen die Leute sagen, wenn sie Sie so spät noch auf der Straße sehen.«

Damit war Klara entlassen. Für die Teestunde mit Marie Valerie war es zu spät, sicherlich saß das Mädchen schon beim Abendessen oder lag im Bett. Aber Klara hatte noch etwas zu erledigen. Auch wenn die Kaiserin nicht mehr auf den Zwischenfall an der großen Wiese eingegangen war, so sah sie es doch als ihre Pflicht an, die Sache zu melden. Wo die Polizeistation war, wusste sie ja mittlerweile. Sie betete, dass sie dort niemand nach ihrem Dienstbuch fragen würde, das sie immer noch nicht vorgelegt hatte.

Als Klara die Stufen zur Wache hinaufstieg, zweifelte sie bereits an dem, was vorgefallen war. Sie hatten es sich doch nicht eingebildet? Nein, sowohl die Kaiserin als auch sie selbst waren getroffen worden. Nur was da aus der Wiese auf sie zugeschossen war, das konnte sie nicht sagen. Würde die Polizei sie für verrückt erklären?

»Grüß Gott, Mädle, was verschafft uns erneut die Ehre?«

Ein Polizist, den Klara in der ereignisreichen Nacht gesehen hatte, begrüßte sie freundlich. Als sie noch zögerte, sich ihm anzuvertrauen, sah sie auch schon Polizeihauptwachtmeister Vogel. Er saß an einem Tisch und sprach mit – Ferdinand! Klara spürte, wie sich ihre Mundwinkel nach oben zogen, am liebsten wäre sie sofort zu ihm geeilt. Aber ihr Freund schien außer sich zu sein. Ferdinand fuhr sich durch seine Locken, bevor er die Fäuste auf den Tisch fliegen ließ.

»Jetzt hör mir doch einmal zu, Vater. Ich verliere meine Arbeit, wenn du mich noch länger hinhältst. Das musst du doch verstehen.«

»Familienstreitereien, wie mir scheint.« Der freundliche Polizist lächelte sie entschuldigend an. »Sie können auch mir erzählen, was Sie auf dem Herzen haben.«

Aber Klara winkte ab und ging zu Vater und Sohn hinüber. Erst als sie vor ihnen stand, blickten die beiden auf.

»Ah, das Fräulein Butterfass.« Ferdinands Vater erhob sich und ergriff ihre Hände.

»Für Sie doch Klara.« Ihr Freund starrte sie stumm an, während sich sein Vater empfahl. »Vielleicht kann sie dich zur Vernunft bringen.«

»Was ist denn los?« Klara sah Ferdinand unsicher in die Augen. So aufgebracht und verärgert kannte sie ihn nicht. Und als er nicht antwortete, schob sie hinterher: »Wie geht es dir überhaupt? Was machen deine Verletzungen?«

Ferdinand schüttelte den Kopf und starrte auf den Tisch. Klara zog den Stuhl neben ihn und setzte sich. Und wenn sie bleiben müsste, bis der neue Tag anbrach! Sie würde nicht eher gehen, als bis er mit ihr gesprochen hatte.

»Ich arbeite jetzt im Europäischen Hof, im Dienst Ihrer Majestät, der Kaiserin von Österreich.«

Ferdinand hörte zu, schaute sie jedoch nicht an.

»Sie und ich, wir haben einen Ausflug zu Pferde gemacht, bis hoch an diesen dunklen See, wie heißt er noch, der Murmelsee?«

»Mummelsee«, brummelte Ferdinand.

»In diesem anderen Hotel bin ich, weil ich morgen der Kaiserin die Haare machen soll. Bisher ist sie nicht so exzentrisch, wie alle sagen. Sie hat unterwegs frisch gemolkene Milch getrunken. Vielleicht kannst du darüber in deinem Blatt schreiben.« Klara suchte Ferdinands Blick, noch immer schaute er zornig. »Und als wir wieder unten im Tal waren, sind wir angegriffen worden. Deshalb bin ich hier.«

»Was heißt angegriffen?« Ferdinand sah ihr in die Augen. »Ist euch etwas passiert?«

»Nein, nein, es war merkwürdig. Wir ritten an einer Wiese entlang, als uns plötzlich etwas traf. Ich konnte nichts erkennen, weil es schon langsam dunkel wurde. Die Kaiserin hat es im Gesicht erwischt und mich am Arm. Meinst du, das war ein Anschlag? Vielleicht wurden neulich nachts nicht alle geschnappt.«

»Na, wenn mit Gewehren auf euch geschossen worden wäre, würdest du jetzt nicht hier sitzen.«

»Nun gut.« Klara stand auf, sie hatte es sich anders überlegt. »Wenn du mich nicht ernst nimmst und auch nicht erzählen willst, was los ist, dann gehe ich jetzt und berichte deinem Vater von der Sache. Leb wohl, Ferdinand. Ich weiß nicht, ob ich länger als bis morgen in Baden-Baden bleiben darf. Es war schön, dich kennengelernt zu haben.«

»Warte!« Ferdinand hatte ihren Arm gegriffen. »Danke für die Informationen. Vielleicht berichte ich wirklich über euren

Ausflug. Wenn Vater mich schon nicht über die abenteuerliche Nacht schreiben lässt.«

»Warum denn nicht?« Klara nahm Ferdinands Hand, der seinen Griff gelockert hatte.

»Er möchte in der Stadt keine Unruhe schaffen. Und dafür sorgen, dass sich die Majestäten nicht gefährdet fühlen.«

»Aber er hat doch die Männer festgenommen. Dank deiner Hilfe.«

»Sag ihm das. Auf mich hört er ja nicht.«

Klara drückte Ferdinands Hand und ging zu seinem Vater hinüber.

»Ich habe eine wichtige Meldung zu machen, es betrifft die Kaiserin von Österreich. Auf einem Ausritt wurden wir angegriffen.«

Hauptwachtmeister Vogel wurde blass. »Was erzählst du, Mädle, was genau ist passiert?«

Klara fasste das Geschehen des Abends zusammen. »Wer kann das gewesen sein? Ein Anarchist, der noch nicht im Gefängnis sitzt? Haben Sie schon alle vernommen?«

Herr Vogel nickte. »Einige Monarchiegegner sind darunter, aber auch viele Mitläufer. Es war gut, dass wir so schnell gehandelt haben.«

»Glauben Sie, dass noch mehr unterwegs sind, die es jetzt auf Sisi abgesehen haben?«

»Wo, sagst du, ist das passiert?«

Klara beschrieb die Stelle vor den Toren von Baden-Baden.

»Ach, beim Hof vom Pfleiderer.«

Klara zuckte ratlos die Schultern. »Was bedeutet das?«

»Dass es wahrscheinlich der Max war mit seinen Brüdern. Die halten das ganze Dorf auf Trab mit ihren Steinschleudern. Derjenige, der ihnen das beigebracht hat, gehört vor Gericht gestellt. Einen ganzen Haufen Anzeigen haben wir deshalb schon bekommen.«

»Sie meinen, es waren Kinder? Mit Steinen?«

»Davon ist auszugehen. Natürlich überprüfen wir Ihre Angaben noch einmal und sehen uns am Ort um. Aber machen

Sie sich keine Sorgen, Fräulein Butterfass, die Täter werden wir bekommen, ich bin mir sicher.«

Mit einem Mal kam sich Klara dumm vor. Wieso war ihr das nicht eher eingefallen? Jungs mit Steinschleudern waren ihr nicht unbekannt, schließlich hatte sie Brüder. »Dann besteht keine Gefahr mehr für die Kaiserin?«

»Und für die anderen Majestäten auch nicht. Die Polizei hat ihre Arbeit gründlich gemacht und Sicherheit und Ordnung wiederhergestellt.« Hauptwachtmeister Vogel sah zufrieden aus. »Der falsche Baron war geständig, nachdem die anderen ihn verpfiffen haben. Sie planten tatsächlich einen Anschlag, waren sich aber noch nicht sicher, welches gekrönte Haupt sie erwischen wollten.«

»Also ist alles ausgestanden?« Klara fühlte sich erleichtert. »Aber dann könnte doch Ferdinand über die Nacht schreiben! Und die Polizei lobend erwähnen. Am Ende bekommen Sie noch eine Belohnung von sämtlichen Majestäten in der Stadt.« Klara schenkte Ferdinands Vater einen Blick, der irgendwo zwischen Stolz und Bewunderung lag.

»Nun ja, eigentlich dachte ich …«

»Baden-Baden wird erfreut darüber sein, so eine tüchtige Polizei zu haben. Vielleicht bekommen Sie einen Orden vom Bürgermeister!«

Hauptwachtmeister Vogel kratzte sich am Kopf, sah zu seinem Kollegen hinüber, seufzte tief und meinte dann: »Vermutlich hast recht, Mädle. Gefahren wird's immer geben, aber man muss einen Fall auch mal abschließen können. Sag meinem Sohn, er darf seinen Artikel schreiben. Dann freuen sich die Majestäten, dass sie hier bei uns in Sicherheit sind.«

Mit einem breiten Grinsen lief Klara zurück zu Ferdinand, der gerade seinen Hut griff und die Wache verlassen wollte. »Warte! Gute Nachricht, du darfst über alles schreiben! Ich habe ein Wort für dich eingelegt.«

»Du musst dich nicht einmischen, Klara. Ich komme schon allein zurecht. Ich brauche nicht die Erlaubnis meines Vaters für meine Artikel.«

»Aber …« Klara lief ihm hinterher, die Treppe hinab. Es hatte angefangen zu regnen. »Begleitest du mich noch zurück zum Hotel?«

Ferdinand drehte sich um. Der Blick, den er ihr unter seinen dunklen Locken zuwarf, war finster.

»So einen wie mich brauchst du doch gar nicht, wenn du einen erfolgreichen Geschäftsmann haben kannst.« Mit diesen Worten drehte er sich um und verschwand in der Dunkelheit.

29

Mit dem ersten Sonnenstrahl, der durch die Fenster der Zofenmansarde kroch, war Klara hellwach. Gestern Abend war ihr keine Zeit geblieben, um zu verstehen, was Ferdinand mit seinem schroffen Abschiedssatz sagen wollte. Zu schnell war sie durch den Regen zum Hotel gelaufen, zu schnell in einen tiefen Schlaf gefallen nach diesem langen und ereignisreichen Tag. Aber jetzt schob sich ihr das Bild eines Mannes vor Augen: Otto Messmer. Ihn hatte Ferdinand gemeint, als er davon sprach, dass sie statt seiner einen erfolgreichen Geschäftsmann haben könnte. Sie versuchte, sich an die Situation zu erinnern, als Ferdinand von seinem Vater nach der Festnahme der Verbrecher befreit worden war. Sie hatten zusammengestanden, auch Otto Messmer. Er war zuvorkommend gewesen, höflich und zurückhaltend. Und er hatte ihr sein Jackett um die Schultern gelegt.

Das Jackett! Klara setzte sich auf. Ferdinand hatte sie zusammen gesehen, vermutlich glaubte er, sie seien sich nähergekommen, wenn sie schon Ottos Jacke trug. Sie lachte erleichtert auf. Jetzt, da sie wusste, warum ihr Freund verstimmt war, konnte sie es ihm erklären. Bis ihr einfiel – vielleicht gab es keine Gelegenheit mehr für ein Gespräch mit ihm. Klara hörte eine Uhr im Hause schlagen und sprang auf, um sich anzukleiden und bereit zu machen für die große Aufgabe, die ihr heute bevorstand: Sisis Haare!

Nach einem hastigen Frühstück lief sie zum Salon der Kaiserin, wo ein Zimmermädchen sie eintreten ließ. Klara erschrak. Sisi lag auf einer Chaiselongue und trug lediglich ein sehr helles Gewand, das an ein Nachthemd erinnerte. Ihr Gesicht war völlig weiß, nur die dunklen Augen glichen zwei Kohlestücken, die in frischen Schnee gefallen waren.

»Majestät, soll das Mädchen Ihnen die Maske wieder abnehmen?« Hofdame Marie Festetics beugte sich über die Kaiserin. »Die neue Friseuse ist da.«

Sisi hob den Kopf und warf Klara einen Blick zu, dann gab sie ein Zeichen, und schon sprangen zwei Zimmermädchen herbei und begannen vorsichtig, das Weiß aus dem Gesicht der Kaiserin zu entfernen.

»Sie sehen wunderbar erfrischt aus, Majestät. Der Quark aus dem Schwarzwald bewirkt Wunder! Die Menschen auf dem Land mögen schlicht sein, aber sie wissen, was gut ist.«

Die Hofdame war der Kaiserin dabei behilflich, von der Chaiselongue zu einem erhöht stehenden Sessel in der Nähe des Fensters zu gelangen, der wie ein Thron aussah. Klara strich sich die Schürze glatt, die sie von Fanny Feifalik geliehen hatte, und tastete nach den weißen Handschuhen. Sie war vorbereitet.

»Ist sie wirklich krank, meine Fanny, oder ist das wieder eine ihrer Retourkutschen, weil sie nicht meiner Meinung war?«

Die Kaiserin wirkte auf Klara, als hätte sie sich noch nicht entschieden, ob dies ein Tag für gute oder für schlechte Laune war. Sie hoffte nur, dass Elisabeth nach dem langen Ausritt gestern so tief geschlafen hatte wie sie selbst und ihr als neuer Friseuse wohlgesonnen war.

»Sie ist erkältet und nicht gut bei Stimme, ich konnte mir ein Bild davon machen.« Klara deutete einen Knicks an. Seit der persönlichen Unterhaltung gestern mit der Kaiserin fürchtete sie sich nicht mehr vor ihr und wagte, das Wort an sie zu richten.

»Na, dann kann sie mir wenigstens nicht mehr widersprechen.« Sisi machte es sich auf ihrem thronähnlichen Sessel bequem und ließ sich einen Schemel unter die Füße schieben, während zwei andere Mädchen damit beschäftigt waren, einen Tisch hinter der Kaiserin aufzubauen.

Die Hofdame legte ihr einen weißen Spitzenumhang um die Schultern.

Während sie begann, Sisis Frisur zu lösen, gab sie einer der Zofen die Anweisung: »Lauf und hol uns die große Schüssel mit warmem Wasser.«

»Lass das Klara machen!«

Kurz wunderte sich Klara, dass die Kaiserin von Österreich ihren Namen kannte. Aber seit gestern wusste sie, dass Sisi zwar in der Öffentlichkeit nicht viel sprach, aber ihre Umgebung doch immer aufmerksam beobachtete. Entschlossen trat Klara hinter den Sessel, zog sich Fannys Handschuhe über und machte sich daran, die Nadeln aus dem Haar der Kaiserin zu ziehen und in ihre Schürzentasche zu stecken. Es waren eine Menge, und Klara fragte sich, ob Sisi mit dieser kunstvollen Frisur auch schlief. Schließlich fiel ihr das Haar wie eine kastanienbraune Welle entgegen und ergoss sich bis zum Boden. Noch nie im Leben hatte sie so lange Haare gesehen! Klara löste einige der geflochtenen Zöpfe und griff dann zum Bernsteinkamm, um die Haare vor dem Waschen einmal durchzukämmen.

»Sei bloß vorsichtig, ich habe heute sowieso schon Kopfweh. Und wo bleibt Ida? Sie soll uns vorlesen. Schläft meine Tochter etwa noch?«

»Ich hole sie!« Marie Festetics schickte sich an, den Saal zu verlassen, als zwei Mädchen mit einer dampfenden Wanne eintraten. Sie stellten sie auf den Tisch hinter der Kaiserin, und Klara begann, nachdem sie die Temperatur getestet hatte, Sisis lange und schwere Haare nach und nach in dem warmen Wasser zu versenken. Dann ließ sie sich von einem dritten Mädchen ein Kännchen reichen: die Mischung aus Ei und Cognac, von der Fanny gesprochen hatte. Vorsichtig verteilte Klara die gelbliche Masse über die feuchten Haare und machte sich daran, sie vorsichtig einzumassieren. Das war kaum möglich, ohne dass Wasser und Eimischung auf den Boden und auf den Tisch tropften, aber darum wollte sie sich später kümmern.

Klara hatte sich bis zu den Spitzen vorgearbeitet. Die Arme taten ihr weh von den nassen Haaren, die ihr schwerer vorkamen als der volle Suppentopf für die ganze Familie zu Hause. Sorgfältig wusch sie die Mischung wieder aus und gab den Mädchen ein Zeichen, frisches Wasser zu holen, während sie Sisis Haare in ein großes Handtuch wickelte.

»Guten Morgen, Mama!« Hinter der Hofdame stürmte Marie Valerie in den Salon.

»*Jó reggelt kívánok*, Mariechen.«

»Ach bitte, kein Ungarisch. Was lesen wir heute?« Das Mädchen fiel ihrer Mutter in die Arme.

»Langsam, meine Einzige, du siehst doch, dass ich wieder eine Prozedur über mich ergehen lassen muss. Ich bin Sklavin meiner Haare!«

Hinter Sisis Tochter war eine Frau mit dunklem Dutt und gütigem Gesicht aufgetaucht.

»Meine Ida, endlich!«, rief Sisi. »Ich langweile mich schon zu Tode. Lesen wir ›Faust‹ weiter oder lieber Heine?«

»Wonach dir ist, liebe Elisabeth, ich habe beides dabei.«

Klara stutzte. Diese Frau hatte einen Akzent, den sie nicht kannte. Und es war ihr gestattet, die Kaiserin von Österreich zu duzen. Die beiden mussten gute Freundinnen sein.

Ida und Marie Valerie setzten sich neben Sisi auf hohe Lehnstühle. Klara erkannte den Namen Goethe auf dem Buch, das Ida aufschlug – der Dichter, bei dem Kaiserin Augusta als Kind gelernt hatte.

»Darf ich wieder Mephistopheles sprechen?«, rief Marie, und Klara freute sich auf eine für sie neue Geschichte.

Die zwei Zofen kamen zurück mit einer Wanne voll mit lauwarmem Wasser, in der Klara die Haare der Kaiserin sorgfältig ein zweites Mal auswusch. Dann trocknete sie die Pracht mit Handtüchern, um anschließend aus einem neuen Kännchen eine Tinktur in die Haarspitzen einzumassieren: Brennnessel, Zitronensaft und Apfelessig waren darin, hatte ihr Sisis Friseuse verraten.

Während die Mädchen den Tisch samt Waschzuber forträumten und ihn durch ein Drahtgestell ersetzten, zog Klara den wertvollen Bernsteinkamm aus der Schürze und begann sehr vorsichtig, die gewaschenen Haare der Kaiserin auszukämmen. Immer wenn sie bei den Spitzen angelangt war, griff sie die ausgegangenen Haare und versteckte sie in ihrer Schürzentasche, wo Fanny eigens einen Klebestreifen dafür angebracht hatte. Erst als Klara fertig war, legte sie die wenigen Haare aus der letzten Strähne auf ein Silbertablett, das ihr ein Mädchen hinhielt, um sie der Kaiserin zu präsentieren. Diese warf einen Blick darauf, sagte aber nichts dazu, sondern lauschte weiter ihrer Hofdame, die abwechselnd mit Marie Valerie aus ›Faust‹ vorlas.

Klara atmete auf. Fanny hatte ihr das Geheimnis des Klebestreifens in der Schürze verraten, denn für Majestät war es ein Grauen, wenn sie entdecken musste, dass zu viele Haare ausgegangen waren. Für sie, so erklärte es sich die Friseuse, zeigte der Verlust von Haaren den allmählichen Verlust ihrer Schönheit und Jugend an.

Klara half den Mädchen, Sisis Haare auf dem Gestell auszubreiten, das bestimmt auch gut für feuchte Wäsche geeignet war. Fanny hatte ihr erzählt, dass sie für diese Prozedur manchmal auch einen Billardtisch benutzten. Bei geöffnetem Fenster sollten die langen Haare nun trocknen, bevor Klara sie frisieren durfte.

Sie wagte einen Blick durchs Fenster, sog die frische Frühlingsluft ein, die an diesem Tag wärmer war und vom nahenden Sommer erzählte – und fuhr zurück. Dort unten, gleich am Flüsschen, stand ein Mann. War es Paul, ihr Bruder? Hatte er sie schon gefunden? Oder spielten ihre Augen ihr einen Streich?

»Genug, ich bin Goethes müde!«, rief die Kaiserin. »Ich werde selbst ein wenig dichten.« Woraufhin Marie Festetics mit einem Bogen Papier und einem Bleistift herantrat.

»Mama«, rief Marie Valerie, »darf ich Klara entführen, solange du dichtest und deine Haare trocknen? Sie schuldet mir noch eine Teestunde, und du brauchst doch bestimmt Ruhe.«

Die Kaiserin sah überrascht auf. »Nun gut, mein Kind. Ich verstehe, wenn du dich grämst unter lauter alten Frauen.«

»Nein, Mama ist nicht alt, Mama ist wunderschön.« Marie Valerie sprang auf, nahm Klaras Hand und zog sie hinaus.

»Es ist doch angenehmer, bei einer Tasse Tee und englischen Keksen zu plaudern. Bevor meine Mutter wieder auf den Gedanken kommt, mit mir Altgriechisch zu lernen. Meinst du nicht auch?«

»Bist du häufig mit deiner Mutter auf Reisen?« Ein Zimmermädchen hatte Tee und Gebäck in Marie Valeries Gemächern serviert, während Klara versuchte, das unangenehme Gefühl zu verdrängen, dass sie hier fehl am Platz war. Sie hätte den Tee servieren und nicht mit der Tochter der Kaiserin von Österreich am Tisch sitzen sollen, als wäre sie selbst eine adlige Dame. Aber wenn es Fanny gestattet wurde, sich krankzumelden und in einem eigenen Zimmer zu wohnen, dann genoss die Friseuse der Kaiserin sicherlich eine gehobenere Stellung im Hofstaat.

»Ja, wir sind ständig unterwegs. Mama sagt dann immer zu Papa, dass ich krank bin und an die See müsste. Oder in die Berge. Wo es sie auch immer gerade hinzieht.«

»Dabei lernst du die Welt kennen, das stelle ich mir sehr abenteuerlich vor!« Klara empfand keinen Neid, dass Marie Valerie mit ihren gerade einmal fünfzehn Jahren schon mehr gesehen hatte, als es ihr selbst je vergönnt sein würde.

»Ach, na ja, meistens sind wir bei Großmama in Bayern und immer wieder in Ungarn. Das ist so anstrengend. Nur bei Papa muss ich kein Ungarisch sprechen.«

»Deine Eltern müssen dich sehr lieben!« Klara nahm einen Schluck Tee. Er schmeckte ganz anders als der Kaisertee, nicht so blumig und frisch, fuhr es ihr durch den Kopf. Nur an das Gebäck wagte Klara sich nicht.

»Manchmal lieben sie mich ein wenig zu sehr, vor allem Mama. Dann will sie gar nicht mehr von mir lassen, und ich muss immerfort bei ihr sein. Ist deine Mutter auch so?«

Klara schüttelte den Kopf. »Meine Mutter ist gestorben, schon bei meiner Geburt.«

»Oh, das ist ja schrecklich!« Marie Valerie fasste nach ihrer Hand. »Du vermisst sie sicher sehr! So anstrengend Mama manchmal auch ist, ich möchte nicht ohne sie sein.« Klara nickte stumm. Was würde sie darum gegeben, ein einziges Mal mit ihrer Mutter sprechen zu können, sie um Rat zu fragen. Oder einfach in ihren Armen zu liegen.

Sie erklärte: »Aber ich hatte eine liebe Großmutter, die mich großgezogen hat. Leider ist auch sie schon gestorben.«

»Dann bist du ja ganz allein!« Das Mädchen überlegte. »Ich bin manchmal auch recht allein.« Marie Valerie knabberte an einem Keks.

»Hast du keine Freunde? Ich habe hier in Baden-Baden einen guten Freund.« Klara dachte schweren Herzens an Ferdinand.

»Ich habe viele Cousinen. Mädi war an meinem Geburtstag hier. Das hättest du sehen sollen, mit Eseln sind wir rauf in den Schwarzwald, da lag noch Schnee. Und bald kommt Louise, dann lassen wir uns beim Hoffotografen fotografieren. Und nach Straßburg und Freiburg wollen wir auch. Aber Amalia ist mir die Liebste, sie ist meine Leibcousine.« Die Wangen des Mädchens glühten. Ob vom Tee oder vom Erzählen, vermochte Klara nicht zu sagen.

»Du führst ein sehr abwechslungsreiches Leben.«

»Und wenn ich erst auf meinen ersten Ball darf … Ob jemand mit mir tanzen mag?«

»Aber natürlich. Mit so einem hübschen Mädchen wie dir will doch jeder tanzen!« Klara musste lächeln. Marie Valerie war die Tochter des Kaiserpaares von Österreich. Und machte sich Sorgen darum, keinen Mann zum Tanzen zu finden. Am Ende waren die Frauen doch alle gleich. Sicherlich würde die jetzt Fünfzehnjährige schneller verheiratet sein, als ihr bewusst war. Klara wünschte ihr, dass sie sich den Mann aussuchen konnte, den sie liebte. Und dass sie dazu bereit war. Im Moment sah sie allerdings noch ein Mädchen vor sich, das Erwachsensein spielte. Und das so rein im Herzen war, dass Klara ihr für die Zukunft das Allerbeste wünschte.

»Majestät erwartet dich zum Frisieren.« Hofdame Festetics stand in der Tür.

»Kommst du mit?«, wandte sich Klara an Marie Valerie.

Doch die schüttelte den Kopf und sah traurig aus. »Fräulein Wackerow müsste gleich hier sein, meine Gouvernante. Mama möchte, dass ich immerfort lerne, auch wenn wir auf Reisen sind.«

»Was wäre ein Vergnügen wert, wenn es nicht auch die Pflicht gäbe«, verabschiedete sich Klara von Sisis Tochter, die sie schon sehr in ihr Herz geschlossen hatte.

Im Saal gegenüber empfing sie eine ungeduldige Kaiserin, zu Klaras Überraschung mit einer Zigarette in der Hand. Neben ihr befand sich die Hofdame mit einem Schälchen, mit dem sie die Asche auffing. »Es quält mich, so lange still zu sitzen. Wir müssen weitermachen.«

»Vielleicht wollen uns Majestät erst einmal ihr Gedicht vortragen? Und dann gibt es auch bald schon das Mittagsmahl.«

»Ich nehme heute nur ein aufgeschlagenes Eiweiß. Ich habe mich ja kaum bewegt. Ich werde noch Fett ansetzen.« Sie zog an der Zigarette und blies den Rauch Marie Festetics ins Gesicht, die zu hüsteln anfing. In diesem Moment kam Sisi Klara vor wie ein Kind. Ein verwöhntes Kind, dem niemand Grenzen aufzeigte und das trotzdem nicht so recht wusste, was es vom Leben wollte. Auch Luxus konnte langweilig werden.

Klara berührte Sisis ausgebreitete Haare. »Sie scheinen trocken zu sein, ich denke, wir können frisieren. Steht ein besonderer Anlass an?«

»Wir haben eine Einladung zum ersten großen Tennisturnier im neuen Verein in der Allee«, meldete sich Hofdame Festetics. »Alle werden dort sein, der Bürgermeister von Baden-Baden würde sich freuen, Majestät begrüßen zu dürfen. Und natürlich der Prinz von Wales, er macht sich sehr stark für diesen Verein und wird auch im Turnier antreten.«

»Bertie mit dem Tennisschläger?« Sisi brach in Lachen aus. »Das macht er doch nur, um den Frauen zu imponieren. Aber es könnte ein Spaß werden, ihn laufen zu sehen. Wir nehmen die Einladung an. Dafür brauche ich keine aufwendige Frisur, schließlich habe ich noch Fechtstunden.«

»Aber der bevorstehende Kostümball, Majestät! Es soll ein rauschendes Fest im Konversationshaus werden. Der Prinz freut sich so darauf.«

»Wir waren schon einmal sehr erfolgreich auf einem Maskenball«, mischte sich Ida Ferenczy lächelnd ein, »niemand hat uns erkannt. Niemand hat dich erkannt, meine Liebe.«

»Nein, nein, nach einem Ball ist mir nicht zumute. Immer diese lästige Konversation und dieses Begafftwerden. Ich komme mir jedes Mal vor wie eine Zuchtstute, die zum Verkauf steht. Ich habe andere Pläne. Fanny kann für mich dorthin gehen.«

»Die Friseuse ist noch krank.« Ida und Marie Festetics sahen die Kaiserin von Österreich ratlos an.

»Na, dann wüsste ich noch jemanden, der auch so schöne lange Haare hat.«

»Wer, Majestät?« Die Hofdamen schauten, als habe die Kaiserin in einer fremden Sprache gesprochen.

»Na, sie!« Sisi schaute ihre neue Friseuse mit einem Blick an, der keine Widerrede zuließ. »Klara soll für mich gehen.«

Klara hörte die große Standuhr an der Wand laut ticken. Niemand sprach ein Wort. In ihrem Kopf fügte sich das Gehörte zusammen. »Aber …«, stammelte sie, »aber Majestät, ich habe doch gar keine so langen Haare wie Sie!« Sie konnte unmöglich eine Kaiserin spielen, Kostümierung und Masken hin oder her.

»Das wird unsere Fanny schon hinbekommen.« Die Kaiserin sah zufrieden aus.

»Aber Fanny ist krank, und das wird ihr nicht gefallen«, wandte Marie Festetics ein. Klara vermutete, dass sie selbst es nicht gerne sah, wenn eine einfache Zofe wie sie so eine besondere Aufgabe von der Kaiserin persönlich übernahm.

»Der Ball ist doch erst morgen, und zum Frisieren braucht Fanny ihre Stimme nicht. Ein zweites Mal kann sich auch eine Feifalik keinen Widerspruch erlauben. Nun denn, damit ist es beschlossene Sache.«

»Aber ich … ich bin auch gar nicht so schön wie unsere Kaiserin«, wagte Klara einen weiteren Einwand.

»Du wirst kostümiert sein«, erklärte Ida Ferenczy, »niemand wird dich erkennen, und vors Gesicht hältst du deinen

Fächer, so wie es die Kaiserin üblicherweise tut. Wir haben diese Prüfung auch schon einmal erfolgreich bestanden.«

»Dann ist es abgemacht, und ich habe frei!«, rief Sisi und klatschte in die Hände wie ein Kind, das sich über eine Geburtstagstorte freut.

Mit Hilfe der Zofen nahm Klara die Haare der Kaiserin von der Trockenvorrichtung und begann, sie erneut Strähne für Strähne mit dem Bernsteinkamm der Friseuse zu kämmen. Wieder zog sie die ausgegangenen Haare vom Kamm und steckte sie in ihre Schürzentasche. Das leicht wellige Haar fühlte sich dick und gesund an und glänzte nach der Behandlung mit der Eimischung prächtig. Dann teilte Klara das Haar, um zwei äußere Zöpfe zu flechten und diese wie eine Krone auf dem Kopf der Majestät aufzustecken. Die mittleren Strähnen verflocht sie so, wie Fanny es ihr gezeigt hatte, um sie anschließend hochzuwinden, damit sie der Kaiserin in geordneter Form nur noch halblang in den Nacken fielen. Mit den Nadeln in ihrer Schürze befestigte Klara die Frisur gründlich, damit sie jeder sportlichen Betätigung standhielt.

Ihre eigenen Haare zu einem Kunstwerk zu machen – auf diese Idee war Klara noch nie gekommen. Sowohl auf dem Hof der Familie als auch bei der Arbeit in den Hotels hatte ihr dazu die Zeit gefehlt. Und natürlich der Anlass.

Klara war froh über diese Aufgabe, die viel Konzentration erforderte und ihren Geist ablenkte. Und sie konnte kaum einen Gedanken an die letzten Worte der Kaiserin verschwenden, die ihr Herz schneller schlagen ließen. Sie, Klara Butterfass aus dem Kinzigtal, sollte auf einen Ball gehen? Auch die Hofdamen der Kaiserin schwiegen. Vermutlich dachten sie darüber nach, wie ungehörig es war, eine Zofe anstelle der Kaiserin verkleidet auf einen Ball zu schicken. Und wie sie den Wunsch Ihrer Majestät umsetzen konnten.

»Zeig sie mir!« Sisi rutschte unruhig auf ihrem Sessel herum wie ein Rennpferd kurz vor dem Start.

In dem Glauben, dass die Kaiserin von Österreich ihre fertige Frisur sehen wollte, wartete Klara darauf, dass sich die beiden Zofen mit Spiegeln näherten. Aber die Mädchen standen in der Nähe der Tür und rührten sich nicht. Erst als Hofdame Ferenczy ihr einen Wink gab, verstand Klara. Sie zupfte die letzten Haare aus dem Bernsteinkamm und legte sie auf ein bereitstehendes Silbertablett. Das hielt sie Sisi hin, die wieder einen kurzen Blick darauf warf. Sie schien erleichtert zu sein, nicht mehr Haare gelassen zu haben.

Erst jetzt eilten die Zofen mit Spiegeln herbei. Aber Klara war noch nicht entlassen. Sie erinnerte sich an die Worte von Fanny und entfernte den weißen Spitzenumhang von den Schultern der Kaiserin. Dann trat sie vor sie hin, verbeugte sich und sprach: »Ich sinke Eurer Majestät zu Füßen.«

Sisi erhob sich, fasste sich vorsichtig an die Frisur, drehte den Kopf und entschied wohl, dass es eine ordentliche Arbeit war.

»Dann haben wir eine Verabredung«, stellte Marie Festetics fest und sah Klara dabei an. »Morgen geht es zum Tennisturnier mit dem Prinzen von Wales, damit du schon mal alle kennenlernst und weißt, vor wem du dich am Abend in Acht nehmen musst.«

Klara wagte nicht zu widersprechen. Sie verbeugte sich gerade, als die Kaiserin von Österreich ein letztes Mal an diesem Tag das Wort an sie richtete.

»Und wenn du deine Sache gut machst, Klara Butterfass, wer weiß, vielleicht packe ich dich ein und nehme dich mit nach Wien.«

Klara stolperte zum Ausgang und hörte hinter sich noch Hofdame Ida sagen: »Nun möchten wir aber endlich dein Gedicht hören, liebe Sisi.«

»An meinen Haaren möchte ich sterben, des Lebens ganze, volle Kraft …«, war das Letzte, was Klara vernahm, bevor sie die Salontür hinter sich schloss.

30

Die Kutsche hielt unmittelbar vor dem Eingang des Tennisplatzes im Grün der Lichtentaler Allee. Klara sprang vom Kutschbock und half den Hofdamen beim Aussteigen, die wiederum der Kaiserin von Österreich die Hand reichten. Während bereits das rhythmische Ploppen der Tennisbälle zu hören war, staunte Klara über die vielen Schaulustigen, die in langen Kleidern, mit großen Hüten und Sonnenschirmen oder in hellen Anzügen am Rande des Spielfeldes standen und auf den Beginn des Turniers warteten. Und hofften, einen nahen Blick auf die Majestäten werfen zu können.

Applaus brandete auf, Jubelrufe waren zu hören, als Sisi ausstieg. Sie trug heute ein weniger ausladendes Ensemble aus einem dunklen Rock und einer weißen Bluse, mit einer schwarzen Schleife am Hals. Auf dem frisch frisierten Haar thronte ein keckes Hütchen in denselben Farben. Die Kaiserin zückte ihren Fächer und trat hinter ihren Hofdamen durch den Eingangsbogen, auf dem in schwungvoller Schrift »Baden-Baden Lawn-Tennis Club 1881« zu lesen war. Der Clubvorsitzende erwartete sie bereits, seine Vorstandsmitglieder standen Spalier, um die Kaiserin zu begrüßen. Belustigt warf Sisi einen Blick auf den Herrn mit dem grauen Haar und Schnauzbart. Mit seiner pludrigen Hose zum Jackett mit Einstecktuch, unter dem eine Bauchbinde hervorschaute, wirkte er mehr wie ein Abenteurer unterwegs in fernen Ländern, dachte Klara, und nicht wie der Ehrenvorsitzende des Tennisclubs, als der er sich vorstellte. Mit wachen Augen hinter seiner runden Brille begrüßte er die Kaiserin auf Englisch und auf Deutsch.

»Reverend Archibald White von der All Saints Church«, stellte ihn der Ehrensekretär des Clubs, Robert von Fichard, schließlich namentlich vor. »Auf seine Anregung hin und mit seiner Expertise haben wir vor zwei Jahren diesen Club gegründet und so in Baden-Baden den Tennissport eingeführt.«

»Und Rugby und Cricket! Falls sich Majestät und die Damen also langweilen während ihres Aufenthaltes, sind Sie herzlich willkommen!« Der Mann mit den Pluderhosen verbeugte sich, während Klara überlegte, wie ein kirchlicher Reverend wohl zum Sport gekommen war. Ihren Dorfpfarrer konnte sie sich beim besten Willen nicht mit einem Tennisschläger in der Hand vorstellen. »In meiner bescheidenen, aber wunderschönen Kirche sind Sie natürlich auch jederzeit willkommen! Kaiserin Augusta war schon einige Male dort, und ich darf behaupten, es hat ihr gefallen.«

»Die Majestäten warten bereits«, unterbrach ihn der Sekretär. »Ich führe Sie gerne zu ihnen.«

Klara folgte Sisis Tross und sah nun zum ersten Mal bewusst den Tennisplatz, der sich an der Allee bislang hinter Hecken und hohen Bäumen versteckt hatte. Ein hüfthohes Netz spannte sich quer über eine Wiese, wo sich auf jeder Seite des Feldes jeweils ein Spielerpaar aufgestellt hatte und mit langen hölzernen Schlägern ruhige Bälle hin- und herschlug. Es kam Klara so vor, als sei es das Ziel, die Bälle so zu platzieren, dass kein gegnerischer Tennisschläger sie erreichen konnte. Jungs in weißen Matrosenanzügen und mit Strohhüten mit blauem Band standen am Rande der Wiese, offenbar bereit, den Spielern jederzeit mit Tennisschlägern und Bällen auszuhelfen. Ein Mann fiel besonders auf, er trug ein gestreiftes Hemd mit passender Hose. Unter seinem hohen Hut prangte ein Vollbart.

»Zur Eröffnung spielt Prinz Edward von Wales mit Madame Reyntiens gegen Lady und Lord Montague«, erklärte gerade Reverend White.

Sie hatten die Stuhlreihen am Rande des Tennisplatzes erreicht, auf denen Klara Familie Messmer erkannte, Direktor Otto Kah aus dem Europäischen Hof sowie Augusta und Camille Brenner. Während Sisi mit ihren Hofdamen zur ersten Reihe geführt wurde, um neben Kaiserin Augusta und Kaiser Wilhelm Platz zu nehmen, raunte der Reverend Klara zu: »*Stay here with me*, hier am Rand, mein Fräulein. Da sehen wir auch sehr gut und bekommen garantiert keinen Ball an den Kopf.«

Er sprach mit einem Akzent, der englisch sein musste, und lächelte sie freundlich an. »Ich habe den Club nur deshalb ins Leben gerufen, um selbst spielen zu können. Und für all die anderen tennisverrückten Engländer in der Stadt. Aber verraten Sie es niemandem!« Er grinste verschwörerisch. »Als Nächstes steht Fußball auf meiner Liste, damit meine Chorknaben Ruhe geben. Und meine vier Kinder!«

Klara lächelte. Dieser Reverend musste ein guter Mann sein und ein gewitzter noch dazu. Bestimmt hätte er ihr dabei helfen können, die Sprache zu lernen, die man im fernen Amerika sprach. Aber nicht nur Amerika war für sie unerreichbar geworden.

Sie betrachtete die Reihen der Besucher, wobei ihr Blick den eines gut aussehenden Mannes im glänzenden Anzug traf, der nun seinen Strohhut lüftete und in ihre Richtung zu grüßen schien. Otto Messmer! Ihr Herz machte einen weiteren Satz, als sie zum deutschen Kaiserpaar schaute, neben dem die Kaiserin von Österreich platziert worden war. Dort erhob sich gerade ein junger Mann mit Melone und einem Schreibblock in der Hand. Er kam auf sie zu – Ferdinand! Natürlich, über so ein wichtiges gesellschaftliches Ereignis wie dieses musste er berichten, wie hatte sie das vergessen können. Sicherlich hatte er mit den Hoheiten gesprochen.

»Ferdinand!«, zischte sie, als er sich anschickte, an ihr vorbeizuhasten. Überrascht blieb er stehen, stieß ein »Du bist noch da!« hervor und ergriff ihre Hand, um sie mit sich zu ziehen. Im Schatten eines Baumes ließ er sie los.

»Ich habe nicht viel Zeit, ich muss über das Turnier berichten, aber eins möchte ich loswerden.« Er drehte seine Melone in den Händen und blickte zaghaft auf. »Ich möchte mich entschuldigen. Natürlich kannst du verkehren, mit wem es dir beliebt. Es ist nicht an mir, einen Besitzanspruch geltend zu machen, nur weil du mich in dieser Stadt als Ersten kennengelernt hast.« Überrascht sah Klara ihren Freund an.

»Warum drückst du dich so geschwollen aus, Ferdinand Vogel? Eifersüchtig und dumm bist du gewesen!«

»Das hat meine Mutter auch gesagt.« Er klang kleinlaut. »Dann nimmst du meine Entschuldigung an? Ich ... ich möchte dich doch nicht verlieren, bevor du uns allen hier verloren gehst.«

Klara lächelte und legte Ferdinand ihre Hand auf den Arm. »Wir werden uns nicht verlieren, niemals.«

»Wie ist es dir ergangen, wann musst du weg?«

»Ich bin jetzt bei der Kaiserin von Österreich angestellt, wie du weißt.«

»Ich habe doch über euren Ausflug im Badeblatt berichtet. Und ich werde der Kaiserin auf ewig dankbar sein, dass du ihretwegen noch nicht auf deinen Hof musst. Wenn es schon nicht meinetwegen ist.« Er schaute sie zärtlich an. Klara sah einen Hauch Wehmut in seinem Blick und verspürte den Wunsch, ihre Hand an seine Wange zu legen und ihm zu versichern, dass sie auch seinetwegen gerne bleiben würde.

Stattdessen senkte sie die Stimme. »Heute Abend werde ich anstelle der Kaiserin auf den Kostümball des Tennisclubs gehen. Das darf niemand erfahren, das darfst du auch nicht in deinem Blatt schreiben, versprochen?«

»Na, du hast dich ja schon gut eingelebt!« Ferdinand grinste. »Ich verspreche es hoch und heilig. Und werde gerne über die überwältigende Erscheinung der Kaiserin von Österreich berichten. Dann hat dein Bruder keine Gewalt mehr über dich?«

Klara schüttelte den Kopf. »So einfach ist es leider nicht. Ich glaube, ich habe ihn auf der Straße vor dem Europäischen Hof gesehen. Wenn er mich zu fassen bekommt, nimmt er mich sofort mit, daran zweifle ich nicht.«

»Aber noch bist du in Diensten der wichtigsten Kaiserin Europas. Neben Augusta natürlich, die dich doch auch schätzt. Könnten die Hoheiten nicht ein Wort für dich einlegen?«

»Ferdinand ...« Klara wollte das leidige Thema von Pflicht und Familie nicht wieder anschneiden. Dass Sisi den Gedanken geäußert hatte, sie mit sich nach Wien zu nehmen, verschwieg sie. »Viel Zeit bleibt mir nicht hier in Baden-Baden. Aber noch bin ich ja da.« Unsicher spähte sie über die Hecke und studierte die Gesichter der Schaulustigen. Es war quälend, immer auf der Hut sein zu müssen, in der ständigen Angst zu leben, ihr Aufenthalt hier könnte jederzeit beendet sein. »Sag mir noch eins, warum macht Sisi in der Öffentlichkeit ihren Mund nicht auf? Und versteckt sich hinter ihrem Fächer? Als ich mit ihr im Schwarzwald geritten bin, war sie ganz anders.«

Ferdinand zuckte mit den Schultern. »Es heißt, sie habe schlechte Zähne, vom Rauchen. Die soll wohl niemand sehen. Oder sie fühlt sich zu alt. Es gibt auch keine Gemälde oder Fotografien mehr von ihr. Oder vielleicht ist sie einfach nur schüchtern.«

Klara nickte. All diese Gründe leuchteten ihr ein. Und zeigten ihr einmal mehr: Es war nicht einfach, die Kaiserin von Österreich zu sein.

»Ich werde mich besser wieder neben Reverend White stellen. Im Beisein eines Pfarrers und so vieler Majestäten wird mich wohl niemand einfach wegschleppen.«

»Mein Vater ist auch noch da.« Ferdinand deutete auf den Mann in Uniform, der sich mit entschlossenem Gesichtsausdruck am Eingang postiert hatte.

Sie traten aus dem Baumschatten hervor. »Ich glaube, ich kann dich jetzt allein lassen. Ich muss nun dem Turnier folgen, damit ich nicht verpasse, wenn unser wilder Bertie verliert.« Ferdinands Augen leuchteten in der Sonne grüner denn je, als er sich mit einem vollendeten Handkuss von Klara verabschiedete. »Dann sehen wir uns auf dem Ball. Ich freue mich, Majestät.« Ferdinand grinste, um dann, fröhlich mit dem Hut winkend, zurück zu seinem Platz zu laufen. Um ein Haar wäre er mit Otto Messmer zusammengestoßen! Klara betete, dass ihr Freund den jungen Kaufmann nicht gehört hatte, als dieser mit einem »Gott zum Gruße, Fräulein Klara!« auf sie zutrat.

»Herr Messmer!« Klara deutete eine leichte Verbeugung an. »Wie läuft das Geschäft mit dem neuen Kaisertee? Und haben Sie unsere Verbrechernacht gut überstanden?«

Otto lachte. »Sie halten sich nicht mit Geplänkel auf, das gefällt mir. Danke der Nachfrage, mir geht es gut. Und dem

Geschäft auch. Ich habe da so eine Idee, um neue Kunden anzusprechen. Mit kleinen gemalten Geschichten von Mann und Frau bei der Teezubereitung. Sie haben mich auf den Gedanken gebracht, als Sie bei mir zum Tee waren.«

Klara spürte, wie sie rot wurde. Der junge Mann vor ihr brannte wirklich für seinen Tee, dachte sie und musste lächeln.

»Sie sind ein Tennisfreund. Spielen Sie selbst?«

»Nein, mein Vater und ich sind zwar im Verein, aber bislang hatte ich noch keine Zeit dazu. Ich fürchte, ich würde auf dem Platz eine schlechte Figur abgeben. Außerdem – dieses ewige Pling-Plong wird doch ein wenig ermüdend, je länger man zuschaut. Wie aufregend ist dagegen das Pferderennen. Bald beginnt die Rennwoche draußen in Iffezheim, das sollten Sie sich einmal ansehen.«

»Pferderennen!« Klara staunte immer wieder. »Was es in Baden-Baden alles gibt.«

»Nun ja, es ist etwas weiter vor den Toren der Stadt. Aber durchaus in annehmbarer Zeit mit der Kutsche zu erreichen. Wollen Sie mich demnächst begleiten? Es wäre mir eine außerordentliche Freude, Ihnen diese Seite unserer Stadt zu zeigen.«

Klara brachte es nicht übers Herz, ihn daran zu erinnern, dass sie zu Beginn der Rennwoche vermutlich schon wieder im Schwarzwald sein würde. Aber falls nicht – sie war Otto Messmer noch ein Treffen schuldig. Sie nickte zaghaft. »Das wäre sehr schön«, sagte sie leise.

Eine Glocke ertönte, und Klara beeilte sich, ihren Platz neben dem Reverend einzunehmen. Sie versuchte, der Eröffnungsrede von Oberbürgermeister Albert Gönner zu lauschen, dessen dunkler Schnauzbart bei jedem Wort wackelte. Er nannte eine Reihe von Namen, woraufhin die jeweiligen Spieler aufstanden und in die Menge winkten. Viele Engländer waren darunter, und Klara fragte sich, ob diese Menschen alle in Baden-Baden wohnten oder eigens für diesen Tag angereist waren. Ob bekannte Tennisspieler dabei waren? Aber die hätte sie ohnehin nicht erkannt. Vermutlich logierten sie bei Augusta und Camille Brenner im Hotel Stéphanie, genau wie der Prinz von Wales. Klara beobachtete Edward, der nahe bei seiner Mitspielerin stand und mit ihr zu flirten schien.

Wie es Madame möglich war, im bodenlangen weißen Kleid einem Ball hinterherzujagen, davon konnte sich Klara wenig später ein Bild machen. Die Dame raffte mit der linken Hand ihren Rock, während sie mit dem Tennisschläger in der Rechten den Ball über das Netz katapultierte. Genauso häufig wie Edward traf sie den Tennisball, sodass die beiden am Ende gewannen. Der Prinz küsste erst seiner Partnerin die Hand und schritt daraufhin auf die Majestäten zu. Dort verbeugte er sich zunächst vor Kaiserin Augusta und ergriff dann Sisis Hand, um sie von ihrem Sitz hochzuziehen und sie der applaudierenden Menge zu präsentieren.

Klara hielt die Luft an. Sie konnte fühlen, wie unangenehm eine solche Zurschaustellung für die Kaiserin sein musste. Doch Sisi schlug mit ihrem Fächer Edward spielerisch den Hut vom Kopf. Während des allgemeinen Gelächters, in das auch Bertie miteinstimmte, setzte sie sich wieder hin für die Siegerehrung. Gewiss konnte es schnell zum Eklat kommen, grübelte Klara, wenn so viele Majestäten an einem Ort versammelt waren. Doch in der entspannten Atmosphäre der Stadt, in der sich die Menschen an den schon sommerlichen Temperaturen erfreuten, war kein Raum für Missstimmung und Ärger.

Selbst die sonst so streng wirkende Kaiserin von Österreich gab den Flirtversuchen des Prinzen von Wales nach. Und auch Kaiserin Augusta schien sich zu amüsieren, obwohl dieser Ausflug nichts mit Kirche und Kloster zu tun hatte. Klara hörte das bebende Lachen von Kaiser Wilhelm, der aufstand, um den Prinzen zu seinem Sieg zu beglückwünschen. Edward schien ein Mensch zu sein, der andere zu begeistern vermochte und eine ausgelassene Stimmung verbreitete. Vielleicht wollte Sisi heute Abend doch selbst auf den Ball gehen?, überlegte Klara. Doch die Hoffnung platzte in dem Moment, als sich die Hofdamen erhoben, die Kaiserin in ihre Mitte nahmen und sich anschickten, den Tennisplatz zu verlassen. Sisi schien für heute genug Öffentlichkeit genossen zu haben.

»Die Eisenbahn hat es aber eilig«, murmelte Reverend White neben ihr, und Klara begriff, dass er Sisi meinte. Sicherlich war es nicht rechtens, so über die Kaiserin von Österreich zu sprechen, aber der Mann hatte mit seiner Beschreibung recht. Sisi schien wie eine Dampflokomotive durch ihr Leben zu eilen. Ob sie zu einem Ziel hinjagte oder vor etwas weglief, das hatte Klara noch nicht herausgefunden.

»Unsere Queen Victoria hat da mehr Ruhe!« Der Reverend schmunzelte, und seine Augen blitzten hinter der kleinen, runden Brille. »Allerdings auch mehr Gewicht.« Klara beschloss, Ferdinand nach der All Saints Church zu fragen. Vielleicht konnte er sie einmal begleiten, zu einer Messe oder einem Gespräch mit dem weit gereisten Reverend mit der guten Menschenkenntnis.

Die aufgereiht sitzenden Besucher erhoben sich ehrfurchtsvoll, Klara nickte Mr. White zu und folgte dem Tross zu den Kutschen, vorbei an Hauptwachtmeister Vogel. Und stockte. Denn wie aus dem Nichts stand er plötzlich vor ihr, jener Mensch, der ihr von allen hier der Nächste hätte sein sollen und den sie sich so weit weg wie nur möglich wünschte: Paul, ihr Bruder. Er sah sie an, und Klara schnappte nach Luft. Was sie in seinen Augen erkannte, war keine Überraschung, sondern eine große Wut. Eine Wut, die er wohl nur mühsam unterdrückte, weil er unter fremden Menschen war, ahnte sie.

Er streckte die Hand nach ihr aus, doch Klara lief zur Kutsche und sprang auf den Bock, wo schon der Kutscher wartete. Während die Pferde zügig lostrabten, drehte sie sich noch einmal um. Aber von Paul war nichts mehr zu sehen.

31

Klara betrachtete sich im Spiegel. Die Frau, die ihr inmitten des goldverzierten Rahmens entgegenblickte, kam ihr fremd vor. Sie trug einen bodenlangen Rock, auf dem sich gestickte Blumen in allen Farben des Regenbogens aneinanderreihten. Über eine bauschige weiße Bluse, mit Spitze besetzt, hatten ihr die Kammerzofen eine dunkle, geknöpfte Weste gezogen, auf der allerlei schwere Ketten klimperten. Klara wagte kaum, den Kopf zu bewegen, zu kunstvoll erschien ihr die Frisur, die ihr Friseuse Fanny gemacht hatte, wenn auch immer noch unmissverständlich leidend mit schniefender roter Nase. Als hätte Klara an dem Haarschmuck nicht schon genug zu tragen, hatten ihr die Zofen obenauf noch eine mit bunten Bändern geschmückte Haube befestigt. Klara würde als Ungarin gehen, darin waren sich Sisi und ihre Hofdamen gleich einig gewesen. Denn wenn es auch ein Kostümball war, sollte sie als Kaiserin von Österreich und Ungarn zu erkennen sein, nicht zuletzt an der Haarpracht, in die Fanny silbrig glänzende Fäden eingeflochten hatte.

Klara versuchte ein paar Schritte in den hohen Stiefeln. Sie zu binden hatte länger gedauert, als das Mieder so eng zu schnüren, damit sie auch in der Silhouette als Sisi durchgehen konnte. Sie wurde sich bewusst, dass sie nicht so einfach fliehen konnte, sollte sie auf dem Ball enttarnt werden. Wahrscheinlicher war, dass sie bereits nach wenigen Minuten in Ohnmacht fiel, weil sie viel zu wenig Luft bekam.

»Und jetzt reichts ihr den Fächer.« Die Kaiserin ließ den Blick über ihr Ebenbild schweifen und strich mal hier, mal dort eine Falte auf dem Rock glatt. Sie selbst trug bereits den Fechtanzug für ihre abendliche Stunde.

»Wenn ich's nicht besser wüsste, würde ich meinen, ich selbst stehe da.« Sisi lächelte zufrieden. »Jetzt habe ich meine Ruhe, und wir vermeiden unnötige politische Animositäten.

Franzl liegt mir ständig in den Ohren. Wenn du schon in der Weltgeschichte herumspringst, sagt er, dann repräsentiere auch unser Kaiserreich. Aber es ist immer so schrecklich fad.«

»Du bist wunderschön!« Marie Valerie sprang auf und griff Klaras Hand. Das Mädchen hatte während des Ankleidens mit leuchtenden Augen danebengesessen und immer wieder in die Hände geklatscht. »Wirst du auch tanzen? Ich liebe es zu tanzen.« Sie wollte mit der verkleideten Klara umherwirbeln, aber ihre Mutter griff ein.

»Jetzt bring unsere Ungarin nicht zu Fall. Sie hat einen langen Abend vor sich. Wenn du recht schön dein Gesicht verdeckst, wird der Prinz auf dich hereinfallen, jede Wette. Zu gern würde ich Mäuschen spielen.«

»Du musst unerkannt bleiben, das ist das Wichtigste, sonst sind wir blamiert!« Marie Festetics überreichte ihr den größten Fächer, den Klara jemals gesehen hatte. Die Hofdame sah unglücklich aus. Klara überlegte, ob es daran lag, dass sie sie begleiten musste, oder daran, dass sie selbst das Kostüm eines Harlekins trug, dessen Glöckchen bei jeder Bewegung bimmelten. Hinter ihrem Fächer musste Klara kichern, denn auch Ida Ferenczy war kaum wiederzuerkennen. Wegen ihrer gemeinsamen Liebe zu Griechenland hatte die Kaiserin bestimmt, dass ihre Hofdame und Freundin als Aristoteles zum Ball gehen sollte. Wie sich das für einen Philosophen gehörte, bestand ihre Verkleidung im Wesentlichen aus einem weißen Gewand und einem angeklebten Bart – ein Kostüm, so schlicht und leicht, wie es auch Klara gefallen hätte. Es kam ihr vor, als spüre sie mit jedem Kleidungsstück, das ihr angelegt wurde, den Druck, der auf ihr lastete, und mit jedem Seitenblick die Erwartung des kaiserlichen Hofes von Österreich-Ungarn. Worauf hatte sie sich nur eingelassen?

Der Weg zum Ballsaal war nicht weit. Der Vierspänner klapperte über die Brücke und passierte die Trinkhalle mit dem Wandelgang und der Reihe an Gemälden hinter den hohen Säulen. Klara grüßte im Stillen Kaiser Wilhelm, dessen Büste ihr so streng entgegenblickte, als wollte er sie zur Rede stellen, was sie denn an diesem lauen Abend in so einer feinen Gegend zu suchen habe. Klara dachte an ihren Ausflug mit Kaiserin Augusta, die hier ihre Trinkkur gemacht hatte.

Lodernde Fackeln wiesen den Weg zu dem ehrwürdigen Gebäude, dem Konversationshaus. Der Geruch von Pech stieg Klara in die Nase und brannte ihr in den Augen. Instinktiv hielt sie sich den Fächer vors Gesicht und ließ sich von den Hofdamen aus der Kutsche helfen. Das Gefühl, eine Betrügerin zu sein, begleitete sie die Stufen hinauf und hinein in die Halle des Hauses, das für Vergnügungen aller Art erbaut worden war: Opern, Soireen, Komödien und Konzerte priesen die Plakate am Eingang an. Sogar eine italienische Nacht mit Illumination und ein Kinderfest sollte es in diesem Sommer 1883 geben.

Nachdem ihnen fleißige Hände die Umhänge abgenommen hatten, durchquerte Klara mit den Hofdamen den ersten großen Konversationssaal. Von Streicherklängen begleitet, schien es ihr, als teilte sich die Menge vor ihnen. Vorbei an Schaulustigen drängten die Hofdamen sie weiter in den nächsten, etwas kleineren Saal. Fast hätte Klara den Fächer sinken lassen – so beeindruckt war sie von den Kronleuchtern, die sich, riesigen silbernen Tränen gleich, von der Kastendecke ergossen. Marmorne Säulen, dick wie Baumstämme, versperrten ihr die Sicht auf die Türen am hinteren Ende und die Logen darüber. Heute schien sich niemand dort oben hinter Vorhängen versteckt zu halten, jeder wollte sich zeigen. Die Besucher des Balls standen in Grüppchen zusammen oder flanierten paarweise durch den Raum. Klara sah Jäger, Zimmermädchen, einen Admiral und einen Mann, der in weißen Pluderhosen und lackglänzenden Stiefeln einen Tanz vollführte, dass seine Feder am Hütchen im Takt wippte.

»Madame sehen bezaubernd aus.« Ein Herr war aufgetaucht, der mit seiner weißen Mütze und Schürze aussah wie ein Koch, anhand seines Bartes und des Bauches aber unschwer als Edward von Wales zu erkennen war. Zumal sein Deutsch genauso klang wie das des Reverend. »Oder sollte ich lieber sagen, Majestät?« Er blitzte sie so herausfordernd an, dass

Klara den Kopf senkte, peinlich darauf bedacht, den Fächer nicht vom Gesicht zu nehmen. Sie hielt ihm wortlos die Hand hin und sah sich verstohlen nach ihren Hofdamen um, die im Hintergrund miteinander plauderten. Klara rief sich in Erinnerung, was ihre Aufgabe auf diesem Ball war. Sie sollte alle glauben machen, dass sie die Kaiserin war, die diesen Ball mit ihrer Anwesenheit beehrte und die Gäste mit ihrer Schönheit verzauberte. Um die Bande zwischen Baden-Baden und dem Kaiserreich Österreich-Ungarn zu stärken. Den Prinzen zu beeindrucken und erfolgreich zu überlisten, hatte bereits funktioniert, freute sich Klara. Sie stand im Dienst Ihrer Majestät, der Kaiserin Elisabeth von Österreich, und wollte sie nicht enttäuschen. Auch wenn ihre Zeit in dieser Stadt dem Ende zuging, so würde sie, Klara Butterfass aus dem Kinzigtal, ihre Aufgaben bis zum Schluss sorgfältig erledigen.

Ein Gedanke drängte sich in ihr Bewusstsein und machte sie unruhig: Auch ihr Bruder Paul könnte sich unter die Ballbesucher gemischt haben, unerkannt in einem fremden Gewand. Am liebsten hätte Klara sich zur Beruhigung Luft zugefächelt, doch den Schutzschild vor ihrem Gesicht bewegte sie lieber nicht. Sie spähte um sich und spürte, wie ihr der Schweiß ausbrach. Schwer hatte sie am Kostüm, an der Frisur, an den Erwartungen zu tragen, und es war pure Angst, die sie antrieb. Sie gab den Hofdamen ein Zeichen, schenkte Edward mit ihren Augen ein Lächeln und zog an ihm vorüber. Klara konnte es selbst nicht fassen: Sie ließ den Prinzen einfach stehen! Das konnte sie, denn heute Abend war sie die Kaiserin von Österreich und damit ranghöher als der englische Thronfolger. Die neue Rolle schenkte ihr Selbstbewusstsein, ja eine Macht, die Klara bisher nicht gekannt hatte, die ihr aber auf Anhieb gefiel.

»Das haben Sie sehr gut gemacht!« Ida Ferenczy nickte ihr anerkennend zu. Und Marie Festetics ergänzte: »Dieser furchtbare Mensch, er kann seine Finger nicht von den Frauen lassen. Dass er deshalb schon einmal vor Gericht stand, scheint ihn auch weiterhin nicht davon abzuhalten!«

Die Menge vor ihr teilte sich und ließ die drei Frauen vorbeischreiten. Klara deutete mit dem Kopf einen Gruß an und blickte über die tuschelnden Köpfe der Besucher hinweg, immer darauf bedacht, ihr Gesicht weiterhin verdeckt zu halten.

Ein Mann mit grauer Melone trat aus der Menge hervor und grüßte sie mit einer Verbeugung. Ferdinand! Fast hätte Klara Sisis Hinweis vergessen, dass sie in der Öffentlichkeit am besten gar nicht den Mund öffnen sollte. Ihr Freund war der Einzige, der in diesem Saal nicht verkleidet war. In der Hand hielt er einen Block. Natürlich – Ferdinand war hier, um zu berichten, und nicht, um zu feiern. Klara schenkte ihm wohlwollend ein kurzes Lächeln, das er hoffentlich an ihren Augen erkannte, und ging weiter. Wie ein mit Menschen gefülltes Labyrinth kam ihr dieses Konversationshaus vor. Wie viele Säle gab es? Sie betraten einen kühler anmutenden Raum, in dem sich Klara sofort besser fühlte. Ob es an den Pflanzen lag, die hier die Wände und Säulen zierten, oder an der Glaskuppel, die trotz der Ornamente eine Ahnung von Himmel über ihnen zuließ, vermochte sie nicht zu sagen.

»Wünschen Majestät vielleicht etwas zu trinken?« Aristoteles sah sie fragend an.

»Es ist ganz schön heiß in diesem Haus«, ergänzte der Harlekin und reichte ihr einen Champagner vom Büfett.

Klara nahm dankbar das Glas entgegen und stürzte den Champagner hinter ihrem Fächer stumm hinunter, als wäre er kühles Brunnenwasser. Beschwingt und ermutigt flanierte sie weiter in einen Saal, der sie mit roten Seidentapeten und schweren goldenen Kronleuchtern empfing. Hier war es so laut, dass sich niemand verständlich machen konnte. Nach dem prickelnden Champagner spürte Klara Wärme in sich aufsteigen, verbunden mit einem leichten Schwindel im Kopf. Wann hatte sie das letzte Mal etwas gegessen? Aber dies war nicht der Ort für eine Mahlzeit, die echte Sisi nahm ohnehin nur wenig zu sich und schon gar nicht unter fremden Menschen.

»Ist Ihnen nicht wohl, Majestät?« Hofdame Ida berührte sie leicht am Arm. Klara widerstand der Versuchung, sich Luft zuzufächeln. Die von Düften und Ausdünstungen schwangere

Luft stieg ihr in die Nase. Ein flaues Gefühl nahm von ihr Besitz.

»Sie ist ganz blass«, stellte Marie Festetics fest, »wir sollten sie nach draußen bringen.« Die Hofdamen hatten Klara an den Armen gepackt und wollten sie sanft durch den Musiksaal nach draußen schieben, doch ein Mann stellte sich ihnen in den Weg. Das Hemd über seinem Bauch war aufgesprungen, sein Gesicht glühte, und die Kochmütze saß schief auf seinem Kopf. Er versuchte Klara mit den Augen zu fixieren.

»Da ist sie ja wieder, meine Herzdame, meine Lizzy, *my love.*« Er schwankte leicht, als er sich ihr näherte. Klara nahm den scharfen Geruch von Alkohol wahr. »Du riechst so gut, und dein schönes Haar … Weißt du noch, die Jagd in Schottland im vergangenen Jahr? Was bist du mir davongejagt! Aber jetzt, jetzt habe ich dich!« Er streckte die Hand nach ihr aus. Die drei Frauen flüchteten in die andere Richtung, ausgerechnet in den kleinsten Raum, den Salon Pompadour, in dem nichts stand außer einem Sofa mit einem Blumenbezug, der sich an der Wand fortsetzte. Den Rückweg versperrte ihnen der betrunkene Prinz, der nachgekommen war.

»Aber Majestät!« Ida Ferenczy versuchte gleichzeitig, einen Knicks zu machen und den Thronfolger auf Abstand zu halten. »Wir wollten gerade gehen.« Sie zog Klara durch eine kleine Tür in den letzten der großen Säle, wo tanzende Paare ihnen Platz machten und Flanierende stehen blieben, um sich anzuschauen, welches Schauspiel sich ihnen bot.

»Hiergeblieben!« Edward von Wales zog den Kochlöffel aus seinem Gürtel, schlug damit den Hofdamen auf die Finger und zeigte dann auf Klara. »Du … du hast mir heute schöne Augen gemacht. Beim Tennis. Ich habe mich nicht getäuscht, Bertie täuscht sich nie in den Frauen.«

Er griff nach der vermeintlichen Kaiserin, bekam aber nur den Fächer zu fassen. Klara sprang erschrocken zurück, wobei sie ihren Sichtschutz losließ. Ihre Stiefel verfingen sich im Rock und brachten sie zum Straucheln. Während sie fiel, verließ ein Laut der Überraschung ihre Kehle. Ein Grieche und ein

Harlekin standen starr daneben, als der Prinz rief: »Sie … Sie sind nicht die Kaiserin von Österreich! Betrügerin!«

Für einen Moment wurde es still im Saal, auch die Musik hatte aufgehört. Menschen kamen näher, begierig, einen Skandal hautnah zu erleben und nicht erst im Badeblatt davon zu lesen. Klara lag auf dem Rücken und wünschte sich hoch in den Götterhimmel der prachtvoll bemalten Decke des Konversationshauses. Sie hatte nur einen Gedanken: Ihre Tarnung war aufgeflogen, jeder konnte sehen, dass sie nicht die Kaiserin von Österreich war. Sie hatte ihren Auftrag nicht erfüllt, sie hatte versagt. Klara rappelte sich auf und suchte ihren Fächer.

»Klara!« Ein Mann im abgewetzten Jackett drängte sich durch die Menge. Mit seinen schweren Stiefeln machte er einen schlichten Eindruck. Falls er auf diesem Kostümfest als Bauer unterwegs war, so war ihm die Verkleidung gelungen. Aufgebracht schaute er zwischen Klara und dem Prinzen hin und her, dann holte er plötzlich aus und schlug seine Faust mitten ins Gesicht des Prinzen von Wales. Die Zuschauer stöhnten auf, als der schwere Mann langsam nach hinten kippte. Der Bauer machte einen Schritt auf Klara zu und griff nach ihr, aber jemand rief: »Polizei!«, und plötzlich kam Bewegung in die Menschen. Die einen stürzten sich auf den Schläger und hielten ihn fest, die anderen hoben den Prinzen vom Boden, der unablässig »Nicht schon wieder, nicht schon wieder« lamentierte, während er sich die Nase hielt, aus der rote Tropfen in sein weißes Hemd sickerten und einen Fleck wie von einer tödlichen Schussverletzung hinterließen.

»Klara!« Ferdinand war aufgetaucht, gemeinsam mit den Hofdamen half er ihr auf und wollte sie aus dem Getümmel führen, aber Klara riss sich los und drängte zurück zu den Männern. Edward hielt sich ein Tuch vor die blutige Nase und funkelte sie zornig an. Sie wandte sich an den wütenden Mann im abgewetzten Jackett, der seinen Widerstand aufgegeben hatte, dem aber anzusehen war, wie die Wut in ihm kochte.

»Paul«, rief Klara, als energische Stimmen im Saal laut wurden. Bevor sie weitersprechen konnte, wurde sie unsanft zur

Seite gestoßen, zwei Polizisten bahnten sich ihren Weg zu den Störenfrieden. Bevor Klara auch nur Luft holen konnte, hörte sie die Stimme von Hauptwachtmeister Vogel.

»Hiermit verhafte ich Sie wegen des tätlichen Angriffs auf Ihre Majestät den Prinzen von Wales. Führt den Mann ab!«

»Er … er ist mein Bruder!«, rief Klara. »Wohin bringen Sie ihn?«

»Ins Gefängnis!« Ferdinands Vater wirkte zufrieden. »Dort wird er die Nacht verbringen. Und vielleicht den Rest seines Lebens.«

32

In dieser Nacht hatte Klara mit niemandem mehr gesprochen. Die Hofdamen waren mit ihr in die Kutsche gestiegen und zurück zum Hotel de l'Europe gefahren, wo sie von einer Zofe entkleidet und ins Bett geschickt worden war. Mit jeder Klammer, die aus ihrem Haar entfernt wurde, jedem Kleidungsstück, das sie ablegte, verschwand ein Stück des Glanzes, der Souveränität, der Selbstsicherheit, ja der Macht, die Klara für einen Moment inmitten der Gesellschaft auf dem Ball verspürt hatte.

Kaiserin Elisabeth durften die Damen nicht sofort Bericht erstatten, es wurde getuschelt, dass diese Stunden ihrem abendlichen Schönheitsritual vorbehalten waren. Von Heupackungen zur Entspannung war die Rede, von einer Maske aus Rosenwasser, Milch, Traubensaft, Weihrauchöl und geschlagenem Eiweiß, was Klara für eine verwegene Mischung hielt. Von Honig und zerstampften Erdbeeren für rosige Wangen und von rohem Kalbfleisch, das Sisi nach den Erzählungen der Hofdamen über Nacht aufs Gesicht gelegt wurde. Klara konnte nicht verstehen, warum man so teures Fleisch, das auf ihrem Hof nur zu Feiertagen auf den Teller kam, derart verschwendete. Ganz zu schweigen davon, dass wohl kaum jemand während der Nacht so ruhig liegen konnte, dass die Fleischscheiben nicht herunterfielen, sodass sie sich am nächsten Morgen, unansehnlich und vermutlich auch wenig wohlriechend, im Bett wiederfanden. Klara schauderte schon bei der Vorstellung. Aber man versicherte ihr, dass dies für Sisi kein Problem sei, schließlich schlafe sie sowieso auf einer harten Rosshaarmatratze die ganze Nacht unbeweglich auf dem Rücken, eine Rolle im Nacken, damit die Haare auf einer Decke hinter ihrem Kopf ausgebreitet werden konnten. Von Kopf bis Fuß und rund um die Uhr im Dienst ihres Kaiserreiches. Allmählich verstand Klara, warum Elisabeth so unruhig, so freiheitsliebend war. Dem strengen Korsett ihres Hofes in Wien war die Kaiserin durch den Besuch in Baden-Baden für eine Zeit lang entflohen, aber ganz ablegen konnte sie ihre Stellung, ihre Bürde nicht so ohne Weiteres. Da ging es Sisi nicht anders als ihr selbst.

Auch wenn ihre eigene Stellung in der Gesellschaft, ihre Aufgabe eine ganz andere war, dachte Klara, es blieb doch, schwer wie eine Kette, die Abhängigkeit. Freiheit war ein ferner Traum, der nur von Männern gelebt werden konnte – und auch längst nicht von allen. Klara dachte an Ferdinand, der von seinem Vater und von seinem Dienstherrn abhängig war. Ob er Wort gehalten und nicht über ihr Versteckspiel geschrieben hatte? Was hieße, dass er den ganzen Vorfall nicht erwähnen konnte, obwohl er hautnah dabei gewesen war. Und was sein Vater wohl von ihr dachte? Ständig brachte sie Männer ins Gefängnis. Wie lange würde es dauern, bis er ihr den Umgang mit seinem Sohn verbot? Mit schwermütigen Gedanken fiel Klara in dieser Nacht in einen tiefen Schlaf.

Erst am nächsten Morgen konnte sie sich den Sorgen um ihre Enttarnung, ihren Bruder und ihre eigene Zukunft widmen. Als Klara in einer ruhigen Minute nach dem Frühstücksdienst für Sisis Angestellte das Badeblatt in die Finger bekam, war sie erleichtert – über den Ball standen zwar ein paar Zeilen darin, aber der Vorfall, die Schlägerei, der Polizeieinsatz wurden nicht erwähnt. Sie ließ das Blatt sinken und atmete auf, als Marie Festetics auf sie zutrat.

»Auf ein Wort!« Sie zitierte Klara in eine ruhige Ecke der Eingangshalle, um ihr in wenigen Sätzen, die keinen Widerspruch duldeten, Anweisungen zu erteilen. »Die Kaiserin wurde über den Verlauf des gestrigen Abends in Kenntnis gesetzt. Sie selbst wird den heutigen Tag in Heidelberg verbringen. Fanny, ich meine, Frau Feifalik ist bereits dabei, sie zu frisieren. Wir benötigen also deine Dienste nicht.«

Bevor Klara nachfragen konnte, wie Sisi den Vorfall aufgenommen hatte und ob sie ihre Dienste überhaupt nicht mehr benötigte oder nur heute nicht, hatte die Hofdame auch schon wieder kehrtgemacht und eilte zurück in die erste Etage zu den kaiserlichen Gemächern.

»Tränen gelacht hat s'. Das war genau nach ihrem Geschmack, dass der schlimme Bertie sein Fett wegkriegt«, wusste die Köchin zu berichten, als Klara sich in der Küche zurückmeldete. »Die Mädchen haben's mit angehört, als sie der Kaiserin ihren morgendlichen Becher Brühe brachten. Zum Frühstück! Mich schüttelt's, wenn ich nur daran denke.« Die runde Frau mit den roten Backen hielt sich den Bauch beim Lachen.

»Sie braucht meine Dienste nicht mehr, hat es geheißen. Bin ich – entlassen?« Klara traten Tränen in die Augen. Sie dachte an ihren Bruder im Gefängnis, an ihre Familie auf dem Hof, an Kaiserin Augusta in der Maison und an Augusta Brenner im Hotel Stéphanie. Wo sollte sie hin? Was konnte sie jetzt noch tun?

»Wenn du magst, lauf gleich los und frag nach deinem Bruder. Und dann meldest dich bei Augusta Brenner, dort ist doch dein Platz. Und mach dir keine Sorgen, unsere Kaiserin der Fleischbrühe wird schon nach dir rufen, wenn sie dich braucht.« Die Köchin hatte die Arme in die Hüften gestemmt. »Und wenn es sein muss, einmal über die Oos hinüber.«

»Aber Herr Direktor Kah, muss ich ihm nicht –«

»Das lass mal unsere Sorge sein, Mädle. Und jetzt lauf und pack dein Bündel!«

Klara tat wie ihr geheißen und machte sich auf den Weg. Ihr erster Halt führte sie zu Messmers Delikatessengeschäft, wo sie eine Nachricht für Otto abgab. Wenige Minuten später stieg sie mit klopfendem Herzen die Stufen zur Polizeiwache hoch. Sie wusste nicht, was sie sich wünschen sollte. Dass Paul dank ihrer Fürsprache auf freien Fuß gesetzt wurde? Oder dass man ihn im Gefängnis behielt? Sie musste es schaffen, dass die Polizei ihren Bruder freiließ, ermahnte sich Klara. Aber bitte nicht sofort, schob sie mit schlechtem Gewissen hinterher. Sie brauchte noch Zeit, um sich auf ihre Rückkehr in den Schwarzwald vorzubereiten. Und um all den Menschen zu danken, die ihr in dieser Stadt so geholfen hatten.

Mit Erleichterung sah Klara, dass Ferdinands Vater heute Dienst tat.

»Kommst wegen dem Paul? Hätt ich's nicht schon gewusst, wär ich schnell darauf gekommen, dass das dein Bruder ist. So viele Butterfass gibt's nicht im Städtle. Hat dich erkannt trotz deiner Verkleidung als Kaiserin. Was für eine Geschichte!«

»Herr Vogel, der Paul wollte mich nur beschützen. Er ist sonst nicht so. Ich hätte schon längst mit ihm zurück auf den Hof gemusst. Es ist alles meine Schuld!«

Hauptwachtmeister Vogel bedachte sie mit einem väterlichen Blick. »Nun komm und setz dich, Mädle, und dann erzählst du mir alles. Wäre doch gelacht, wenn wir die Angelegenheit nicht in Ordnung bringen könnten.«

In den folgenden Minuten schüttete Klara Ferdinands Vater ihr Herz aus und berichtete ihm von ihrem Dienst für die Kaiserin von Österreich, dem Versprechen, das sie ihrem Bruder gegeben hatte, und dem betrunkenen Prinzen von Wales.

»Verdient hat's der Schlimmfinger«, sagte der Polizist, als Klara ihren Vortrag beendet hatte. »Aber wofür haben wir Gesetze. Morgen werden wir deinen Bruder dem Richter vorführen, und der soll entscheiden, was mit ihm passiert. Dank deiner Aussage wird er hoffentlich gnädig sein. Der Prinz von Wales hat bislang nicht vorgesprochen. Wenn wir Glück haben, erinnert er sich an nichts. Und selbst wenn, diesen Vorfall möchte er bestimmt nicht an die große Glocke hängen.« Der Polizist zwinkerte Klara lächelnd zu. »Aber sag, willst denn zurück auf deinen Hof, Mädle?«

Klara schüttelte stumm den Kopf. »Aber ich muss, ich hab's versprochen.« Durch seine liebenswürdige, sanfte Art gab Ferdinands Vater ihr das Gefühl, ihm alles sagen zu können, auch wenn er eine Uniform trug.

»Dann nutze den heutigen Tag, mein Kind. Wer weiß, was der morgige bringt.«

Mit dem Wissen, alles in ihrer Macht Stehende getan zu

haben, verließ Klara die Polizeistation. Vor der Tür lief sie Ferdinand in die Arme.

»Klara! Ich habe dich gesucht, aber im Hotel warst du nicht. Geht es dir gut?«

Sie nickte. »Ich habe deinem Vater Bericht erstattet. Bis morgen muss mein Bruder auf jeden Fall im Gefängnis bleiben.«

»Dann hast du jetzt frei?«

»Ich wollte mich bei Augusta Brenner melden. Schließlich stehe ich noch in ihren Diensten. Sisi braucht mich nach meinem Versagen wohl nicht mehr.«

»Kopf hoch.« Ferdinands Finger unter ihrem Kinn zwang Klara, ihm in die Augen zu sehen. »Ich begleite dich zu den Brenners. So haben wir wenigstens ein paar Minuten für uns.«

Einträchtig gingen sie durch die Stadt, vorbei an der Kirche, in der Augusta gerade erst ihren Camille geheiratet hatte, bis zum modernsten Hotel von Baden-Baden.

»Danke, dass du über den Vorfall nicht in deiner Zeitung geschrieben hast. Sonst wäre ich vollends blamiert und wohl auch verachtet. Und die Kaiserin erst!«

»Ich halte mein Wort.« Ferdinand klang ernst. »Wobei es ein offenes Geheimnis ist, dass sich die Kaiserin von Österreich auf so mancher Feierlichkeit vertreten lässt. Sonst allerdings von ihrer Friseuse. So heißt es zumindest in Wien.«

»Aber nicht mit diesem Ausgang. Ich habe allen geschadet. Ein Wunder, dass ich noch nicht im Zug zurück in den Schwarzwald sitze.«

Ein paar Minuten hingen beide ihren Gedanken nach. Klara spürte Ferdinands Hand an ihrer. Aber da standen sie auch schon vor dem Hotel Stéphanie, und Klara schlüpfte zum Dienstboteneingang hinein.

»Ich warte hier noch ein wenig. Falls man dich hinauswirft, fange ich dich auf«, rief Ferdinand ihr hinterher und tippte an seine Melone.

Klara brachte ihren Rucksack auf die Zofenstube. Augusta musste sie nicht lange suchen, die neue Dame des Hotels verabschiedete sich gerade von abreisenden Gästen, die nach ihrer Hochzeit noch ein wenig länger geblieben waren.

»Ich habe mich schon gefragt, wie es dir ergangen ist«, begrüßte sie Klara. Augusta Brenner schien noch nichts vom nächtlichen Vorfall auf dem Fest gehört zu haben. »Komm, ich möchte alles über unsere Sisi hören.« Sie lotste sie in ein Büro, wo Klara auf dem schweren Holzstuhl Platz nahm und ihr stockend all ihre Erlebnisse mit der Kaiserin von Österreich schilderte. Als sie beim Prinzen mit der blutigen Nase angekommen war, unterdrückte Augusta ein Lachen. »So etwas musste ja mal passieren bei so vielen Frauen, denen unser Bertie schöne Augen macht. Jetzt weiß ich auch, warum er sich heute noch nicht beim Frühstück hat blicken lassen. Er schläft seinen Rausch aus.«

Klara schreckte zusammen. Wie hatte sie vergessen können, dass Edward von Wales im Hotel Stéphanie logierte! Sie hatte mit ihrer Geschichte also auch den Brenners geschadet. Aber Augusta schien es mit Humor zu nehmen. »Im Ernst, Klara«, sie legte ihre Hand auf ihre, »der Prinz wird's verkraften und ist im Übrigen auch selbst schuld. Um deinen Bruder hast du dich schon gekümmert, aber auch er hat seine Misere selbst verursacht. Soweit ich von meinem Onkel Otto gehört habe, war Sisi mit deiner Arbeit zufrieden, und das ist doch die Hauptsache.«

Klara nickte. »Ich stehe Ihnen jetzt wieder voll und ganz zur Verfügung. Wenn ich auch nicht sagen kann, für wie lange. Sobald mein Bruder –«

»Na, jetzt sitzt er ja erst einmal ein. Hier im Badischen mahlen die Mühlen langsam. Im Moment ist es ruhig im Hotel, da brauche ich dich nicht. Wir erwarten zwar heute hohen Besuch – der Schah von Persien wird bei uns wohnen. Aber er bringt seinen halben Hofstaat mit und möchte nur von seinen persönlichen Lakaien bedient werden. Er hat sogar eigene Köche dabei. Ist vielleicht auch besser so, sonst landen wir noch alle in seinem Harem. Weißt du was? Du nimmst heute einen freien Tag, du hast ihn dir verdient. Und wenn dein Bruder morgen noch nicht wieder aus dem Gefängnis raus ist und dich mitnimmt, dann habe ich neue Aufgaben für dich.«

»Danke.« Klara stand auf.

»Ach, und ich habe noch etwas für dich ...« Augusta Brenner zog eine Schublade am Schreibtisch auf. Sie überreichte Klara einen Umschlag. »Ein paar Worte von Aurelia von Strempel, oder sollte ich sagen: Aurelia Strempel? Sie ist mit ihrem Vater abgereist und bat mich, dir diese hier zu geben.« Sie drückte Klara ein kleines schwarzes Säckchen in die Hand, in dem es verdächtig klimperte. »Ihr Dank, dass du sie vor dem falschen Mann und einer erzwungenen Heirat bewahrt hast.« Augusta sah sie liebevoll an. »Und weil du uns damit wiederum vor den falschen Gästen bewahrt hast, haben Camille und ich den Betrag aufgerundet.«

Klara war zu überrascht, um etwas zu erwidern.

»Und jetzt raus mit dir, genieße das schöne Wetter.«

Und schon stand Klara wieder draußen vor dem Hotel, wo Ferdinand sie empfing.

»Du kannst mir nicht erzählen, dass sie dich hinausgeworfen haben, doch nicht eine Klara Butterfass!«

Klara schüttelte den Kopf. »Freier Tag.« Sie zuckte mit den Schultern.

»Das ist wunderbar, wir machen einen Ausflug.« Ferdinand strahlte sie an. »Lass dich überraschen, ich führe dich an einen kühlen Ort mit rauschendem Wasser.«

Sie marschierten los, hinaus aus der Stadt, vorbei an Wiesen und Feldern, auf denen das Getreide wuchs. Klara erinnerte sich – hier war sie mit Sisi entlanggeritten. Aber nach einiger Zeit bog Ferdinand in den Wald ein.

»Warum ich freibekommen habe, wissen wir jetzt. Aber sag, warum hast du so viel Zeit für diesen Ausflug? Musst du gar nicht arbeiten?«

»Vielleicht habe ich ja auch einen freien Tag.« Ihr Freund hielt seinen Blick stur geradeaus.

»Aber doch nicht, wenn so viele Hoheiten in der Stadt sind, über die du berichten müsstest.« Klara blieb stehen und hielt Ferdinand fest. »Sag mir die Wahrheit. Hat es Ärger gegeben, weil du nicht über den Vorfall auf dem Ball berichtet hast?«

Ferdinand antwortete nicht und kickte einen Stein den Weg entlang. In der Stille drang ein fernes Säuseln an ihr Ohr, die Kühle des Waldes ließ Klara frösteln. »Schau mir in die Augen.« Sie nahm seine Hand.

Ferdinand seufzte, sah seine Freundin an und stieß hervor: »Rausgeworfen haben sie mich. Ich soll mich zum Teufel scheren, hieß es.« Er ging eilig weiter.

»Du hast deine Arbeit verloren? Oh nein. Das ist alles meine Schuld.« Klara kamen die Tränen. Die Liste ihrer Vergehen wurde immer länger. Sie brachte den Menschen in dieser Stadt nichts als Unglück. Sie lief hinter Ferdinand her, das Rauschen wurde lauter, Klara spürte einen feinen Film im Gesicht. »Warte!«

Aus dem Weg war ein Pfad geworden, der immer steiler bergauf führte. Keuchend kletterte Klara über Felsen, hielt sich an ihnen fest, um sich weiter hochzuziehen. Ferdinand musste vor ihr sein, aber sie sah ihn nicht mehr.

Plötzlich hörte und spürte sie es nicht nur, sondern sah es: Wasser. Es fiel vom Felsen, der vor ihr lag, und landete mit einer derartigen Wucht viele Meter weiter unten zu ihren Füßen, dass Klara die Tropfen im Gesicht spürte und nach Luft schnappte. Ein feiner Lichtstrahl in allen Farben des Regenbogens spannte sich über den Wasserfall, der zu einem Fluss wurde und an ihr vorüberrauschte. Sie machte einen Schritt darauf zu, wollte das eiskalte Wasser an den Händen spüren, für einen Moment ihre Sorgen vergessen. Gerade beugte sie sich vor, da rutschte sie mit einem Fuß auf dem nassen Boden aus und strauchelte. Überrascht schrie sie auf. Mit aller Kraft klammerte Klara sich an einen der Büsche, die das Ufer säumten, um das Gleichgewicht wiederzufinden.

Sie wehrte sich verzweifelt gegen die Schwerkraft, die sie zum tobenden Wasser hinzog, und spürte schon die Gischt im Gesicht, als sich ein fester Griff um ihre Taille legte und sie zurückriss. Zwei Arme fingen sie auf und trugen sie ein paar Meter weiter zu einem Felsen.

»Zum Schwimmengehen ist es zu kalt!« Ferdinand atmete schwer, die Haare hingen ihm feucht ins Gesicht, aber er lächelte sie an. Doch Klara sah die Sorge in seinen Augen. Bevor sie selbst merkte, dass sie zitterte, hatte ihr Freund seine Jacke ausgezogen und legte sie ihr um die Schultern. »Ich hoffe, mein Jackett ist gut genug.«

Klara wusste, was er meinte. Aber sie konnte nicht antworten, sie sah nur noch den jungen Mann mit den grünen Augen und den strubbeligen braunen Haaren, der immer bei ihr war, wenn sie ihn brauchte. Der sie gerettet hatte, wieder einmal. Und sie dann noch mit einem leichten Spruch aufheiterte, wenn das Leben sich ganz düster zeigte. Eine Woge reinen Gefühls durchströmte sie.

Klara griff nach Ferdinands Arm und zog ihn zu sich. Ihre Lippen trafen sich, als hätten sie schon lange auf diesen Moment gewartet. Sie spürte seine Überraschung, ein kurzes Zögern, das sich in eine Welle von Zärtlichkeit verwandelte und sie wie der reißende Fluss hineinzog in einen Strudel von Leidenschaft.

Erst als Klara die Wassertropfen aus Ferdinands Haaren auf ihrem Gesicht spürte, tauchte sie auf wie eine Ertrinkende, die nach Luft rang. Sie lächelte, als Ferdinand die Hand an ihre Wange legte und den einen Satz sagte, der ihr Leben für immer verändern sollte.

»Klara, ich liebe dich.«

33

Seit langer Zeit spürte Klara zum ersten Mal innere Ruhe und Leichtigkeit. In Ferdinands Armen verschwammen Zeit und Raum. Sie wollten sich nicht voneinander lösen, aber nach einer Weile drängte ihr Freund zum Aufbruch.

»Du brauchst trockene Sachen, du darfst nicht krank werden, Klara.«

Sie küssten sich noch einmal, dann half Ferdinand ihr hoch, und Hand in Hand gingen sie zurück. Ein wohliger Schauer durchströmte Klaras Körper, als sie den Wald verließen und sie die wärmenden Sonnenstrahlen durch ihr Kleid spürte. Sie wäre am liebsten quer durch die Wiesen gelaufen und hätte vor Freude gejubelt, doch mit jedem Schritt, den sie tat, war es, als kehrte die Erinnerung an das zurück, was nun unweigerlich bevorstand.

»Was wirst du jetzt tun ohne Arbeit?« Es bedrückte sie, dass ihr Freund wegen ihr in Schwierigkeiten geraten war.

»Ich weiß nur, ich muss verhindern, dass mich mein Vater zur Polizei holt, damit er mir Protokolle diktieren kann.« Er grinste schon wieder. »Wenigstens stehe ich nicht auf der Straße.«

»Es ist genau das, was du nicht wolltest – von deinem Vater abhängig zu sein und immer noch zu Hause wohnen zu müssen. Ich kann Augusta Brenner fragen, ob sie im Hotel jemanden brauchen.«

»Als Gärtner? Oder vielleicht als Botenjunge? Oder willst du mich lieber beim Bedienen sehen?« Ferdinand zog sie an sich und drückte ihr erneut einen Kuss auf den Mund.

»Du nimmst mich nicht ernst.« Klara machte sich frei. »Ich fühle mich schuldig.« Aber Ferdinand winkte ab.

»Wie du weißt, hatte ich es eh satt, immer nur den Reichen und Adligen aufzulauern. Warten wir ab, was das Leben mit uns noch so vorhat.«

»Aber um frei zu sein, brauchst du Geld.«

»Schade, dass das Casino geschlossen ist, sonst könnte ich es beim Roulette versuchen.«

Klaras bewunderte Ferdinand erneut für seine unbekümmerte Art, das Schicksal anzunehmen. Zumindest wirkte er so, wenn er bei ihr war. Ihr selbst fiel sogar das Atmen immer schwerer, je näher sie der Stadt kamen.

»Du könntest dich umziehen, dann lade ich dich auf einen Kaffee ein«, schlug Ferdinand vor. Doch Klara schüttelte den Kopf.

»Aber du hast einen freien Tag, und der ist noch nicht vorbei.«

Sie nickte. »Ja, und ich würde die restlichen Stunden auch mit niemandem lieber verbringen als mit dir. Aber ich muss noch ein letztes Versprechen einlösen.«

»Meine pflichtbewusste Klara. Auch das schätze ich an dir. Habe ich dir schon gesagt, dass ich sehr viel an dir mag?« Er sah sie zärtlich von der Seite an.

Sie waren am Hotel Stéphanie angekommen, wo soeben eine Kutsche nach der anderen vorfuhr. Ein flinker Bursche sprang von der ersten herunter und schnappte sich eine Kiste, die viel zu groß war für seine schmächtige Gestalt. Er schleppte sie zum Eingang, wo ihm Jakob die Tür aufhielt.

Klara fiel ein Mann im dunklen Gewand auf, der einen Hut wie ein Lampenschirm trug, den vorne eine große weiße Feder zierte. Der schwarze Schnauzbart schien das Kräftigste an ihm zu sein, denn er ließ sich von vielen Händen aus der Kutsche helfen. Als er sich zu ihnen umdrehte, bemerkte Klara einen gebogenen Säbel an seiner Seite.

»Da haben wir ja unseren Schah. Zu schade, dass ich nicht mehr berichte. Schau dir an, was da alles an ihm funkelt. Ich könnte wetten, das sind echte Diamanten.« Ferdinand wies zum Eingang, in dem der Mann mit einem letzten Glitzern verschwand. »Nimm dich vor ihm in Acht, wer ihm nicht gefällt, den lässt er töten.«

Klara starrte auf die nicht enden wollende Menge an Frauen,

die sich aus den anderen Kutschen wuchteten. Ob das der Harem war, von dem Augusta gesprochen hatte?

»Er soll fünfundzwanzig Frauen haben«, erklärte Ferdinand, als hätte er ihren Gedanken erraten. »Aber lass uns nicht über andere sprechen, solange wir uns noch haben. Du musst wirklich schon gehen?« In seinem Blick sah Klara die Sehnsucht. Sie nickte stumm, worauf sie sich in die Arme fielen und nicht mehr loslassen wollten. Denn keiner von ihnen wusste, wann sie sich das nächste Mal sehen würden. Ob es überhaupt ein Wiedersehen gab. Stumm sah Klara ihrem Freund noch einmal tief in die Augen, als wollte sie diesen Moment auf ewig in ihrem Gedächtnis festhalten. Dann drehte sie sich um und verschwand im Hotel.

Otto Messmer wartete bereits vor dem Geschäft – er hatte also ihren Brief bekommen –, als Klara wenig später angelaufen kam. In Baden-Baden waren so viele Gäste, wie sie es noch nicht erlebt hatte. In der Allee, wo auch geschmückte Kutschen auf Gäste warteten, fanden sich die ersten Familien für ein großes Picknick ein. Auf dem Tennisplatz wurde rege gespielt, den ganzen Tag hallte Musik über den Platz vor dem Konversationshaus, durch die Kolonnaden bis in die Stadt. Plakate kündigten für den heutigen Abend die Oper »Aida« an, und wer danach noch nicht müde in sein Bett fiel, für den gab es das Nachtfest oben beim Alten Schloss. Klara widerstrebte die Vorstellung, dass Menschen unbeschwert in einer Stadt feierten, in der vor Kurzem noch bewaffnete Männer einige von ihnen hatten töten wollen.

Sie war unsicher gewesen, ob sie sich überhaupt ein letztes Mal mit Otto Messmer treffen sollte. Aber sie schuldete ihm zumindest noch eine gemeinsame Tasse Tee. Außerdem gefielen ihr die Gespräche mit dem weit gereisten jungen Kaufmann. Er nahm sie ernst, in Ottos Gegenwart kam sie sich erwachsen vor.

»Pünktlich und munter, obwohl Sie heute Nacht wohl wenig Schlaf bekommen haben dürften.« Otto hatte sich schick gemacht, ein rotes Einstecktuch zierte sein beigefarbenes Jackett zur dunklen Hose.

»Sie haben von dem Vorfall gehört? Wollen Sie immer noch mit mir zur Rennbahn?«

»Wenn jemand so hübsch ist wie Sie, doch immer!« Sie gingen ein paar Schritte bis zum großen Platz, wo Otto Messmer eine Kutsche anhielt und ihr beim Einsteigen half. Klara strich das Kleid glatt, das ihr Augusta überlassen hatte, und fühlte sich wieder einmal fehl am Platz. Sie befand sich in einer Rolle, die ihr nicht zustand, dachte sie, als die Pferde den Weg aus der Stadt hinaus einschlugen, vorbei am Bahnhof, an dem sie vor gar nicht allzu langer Zeit angekommen war. Klara dachte an ihre erste Begegnung mit Ferdinand und musste lächeln. Noch immer fühlte sie seine Lippen auf ihren. Gut, dass er nicht wusste, warum sie ihm für den Nachmittag einen Korb gegeben hatte.

»Sie sehen glücklich aus. Liegt es daran, dass Sie, wie ich hörte, dieses Städtchen noch nicht verlassen müssen?«

Klara spürte, wie sie rot wurde. »Auch daran«, murmelte sie und ließ den Blick über Felder bis zur nächsten Anhöhe schweifen. Sie war dankbar, dass Otto Messmer nicht weiter nachfragte. »Was sind Ihre nächsten Pläne?«, wechselte sie das Thema.

»Nun, seit Ihrem Auftrag und der erfolgreichen Komposition des Kaisertees spukt mir etwas Größeres im Kopf herum. Sie sind die Erste, der ich davon erzähle – ich träume von einem eigenen Geschäft, nur mit Tee. Aber in einer größeren Stadt als Baden-Baden. Mit der Empfehlung des Kaiserpaares könnte etwas daraus werden. Aber wir werden sehen, gut Ding will Weile haben. Das gilt insbesondere für Tee.«

»Tee ist Ihre Leidenschaft.« Klara blickte in Ottos helle Augen.

»Das trifft es. Ich habe in meinen früheren Jahren den Handel mit Bier kennengelernt. Aber weder die Produktion noch die Vermarktung haben mich so fasziniert wie die Kraft und dieser Geschmack, die in ein paar Teeblättern stecken. Diese

Feinheiten in der Mischung und Zubereitung, die Kreativität, die er erfordert, und nicht zuletzt die Ruhe, in der er genossen wird – das ist meine Welt. Es ist noch ein langer, steiniger Weg, aber ich denke, ich werde ihn gehen.«

»Sie werden es schaffen, da bin ich mir ganz sicher«, antwortete Klara.

»Sie könnten mit mir kommen.«

Klara sah ihren Begleiter überrascht an. »Ich fürchte, ich werde in meinem Leben nirgendwo mehr hingehen, außer zurück in den Schwarzwald.« Und als Otto Messmer protestieren wollte, fügte sie hinzu: »Lassen Sie uns heute nicht darüber reden. Erzählen Sie mir lieber etwas über das Pferderennen. Warum waren Sie so sicher, dass ich das noch gesehen haben muss, bevor ich die Stadt verlasse?«

Otto Messmer schwieg für einen kurzen Moment, in dem er Klara nur ansah – mit einer Mischung aus Zuneigung und Bedauern. Doch schließlich beantwortete er ihre Frage, was sie an diesem Nachmittag erwartete.

»Unsere schöne Rennbahn feiert dieses Jahr fünfundzwanzigjähriges Jubiläum – wie Sie schon an den vielen Festivitäten in der Stadt sehen. Da hat sich der Internationale Club nicht lumpen lassen. Und zu diesem Anlass lässt der Prinz von Wales sein Pferd ›The Scot‹ an einem Rennen teilnehmen. Das wird Aufsehen erregen. So ein Spektakel sollten Sie einmal gesehen haben, denn auch das ist Baden-Baden.«

Klara erschrak. »Sie meinen, der Prinz ist da? Heute?« Panik stieg in ihr auf. Was würde Edward tun, wenn er sie erblickte? Sie war schuld an dem ganzen Tumult und seiner blutigen Nase. Sicherlich würde sie bei ihrem Bruder im Gefängnis landen. »Ich … ich kann da nicht hin.« Am liebsten wäre sie aus der Kutsche gesprungen. Aber Otto Messmer beruhigte sie.

»Keine Sorge. Der Prinz wird Sie gewiss nicht wiedererkennen. Er hat heute nur Augen für seinen Scot.«

Der Kutscher zügelte die Pferde, und gemächlich trabten sie durch die engen Gassen eines Dorfes, bis sie schließlich vor einem Eingangstor anhielten. Menschen strömten hinein – Klara konnte sich gar nicht vorstellen, wo sie alle herkamen. Otto half ihr beim Aussteigen, und gemeinsam folgten sie den hellen Sonnenschirmen und Strohhüten, bis sie auf einer Wiese standen.

»Dort ist die Rennbahn.« Otto deutete über die Zuschauer hinweg, die ihnen die Sicht versperrten. »Und da drüben ist die Tribüne.« Klara sah ein langes Gebäude mit großen Balkonen. Unter den gestreiften Markisen drängten sich auf einer Seite Frauen in langen weißen Kleidern und mit ausladenden Hüten, auf der anderen die Männer. Nur auf dem obersten Balkon flanierten Männer und Frauen gemeinsam. Klara kniff die Augen zusammen, doch sie konnte keinen Prinzen erkennen. Langsam beruhigte sie sich. In diesem Trubel würde es schwer sein, jemanden zu finden oder einem Bekannten zufällig über den Weg zu laufen.

»Herr Messmer, welche Freude.« Eine tiefe Stimme mit einem rollenden R näherte sich.

»Fürst Menschikow, es ist mir eine Ehre. Darf ich vorstellen – Fräulein Butterfass.«

Der große Mann, der mehr Haare in seinem langen Schnauzbart hatte als auf dem Kopf, zog den Hut und sah Klara dabei durchdringend an. Sie knickste, doch der Fürst hatte schon nach ihrer Hand gegriffen, um ihr einen Kuss daraufzuhauchen. Klara erkannte den Mann. Sie hatte ihn zwar nur kurz aus den Augenwinkeln wahrgenommen, als er in seiner Troika an Kaiserin Augusta und ihr vorbeigeprescht war, aber Majestät hatte seinen Namen genannt.

»Mir scheint, Sie lieben es, die Pferde rennen zu lassen.« Die Männer blickten überrascht zu Klara, der diese Worte unangenehm waren, sobald sie sie ausgesprochen hatte. Was dachte sie sich dabei, als Dienstmagd so mit einem Fürsten zu sprechen? Aber Menschikow funkelte sie voller Interesse an.

»Da haben Sie recht, mein Fräulein. Je schneller, desto besser.«

»Haben Sie einen Tipp für uns?«, mischte sich Otto Messmer in den Schlagabtausch ein. »Wir wollten gerade eine Wette abschließen.«

»Wenn man dem Prinzen von Wales Glauben schenken mag, dann ist sein Scot der Favorit. Wovon ich mich lieber mit eigenen Augen überzeuge.« Er setzte seinen Hut wieder auf und empfahl sich. »Vielleicht sehen wir uns dort oben bei einem Glas Champagner nach dem Rennen.« Der letzte Blick des Fürsten galt Klara, bevor er in der Menschenmenge verschwand.

»Ich muss Ihnen gar nichts erzählen, Sie wissen ja schon das Wichtigste über die Persönlichkeiten unserer Stadt.« Otto Messmer lächelte sie an. »Menschikow ist einer der Gründer des Internationalen Clubs, der die Rennbahn unterhält. Ein hübscher Zeitvertreib für die Gesellschaft, nachdem das Casino ja bedauerlicherweise schließen musste.«

»Oh, das wusste ich nicht, es tut mir leid, ich bin zu vorlaut.«

»Unsinn, genau das lieben doch die Herrschaften an Baden-Baden. Hier sind alle ungezwungen und frei. Aber bevor wir Sie zum Champagner mit dem Fürsten schicken, werden wir einen Wettschein ausfüllen. Und wenn Sie Glück haben, sind Sie bald eine von ihnen.« Klara spürte Ottos Hand auf dem Rücken, während er auf einen Holzzaun zeigte. »Dort ist das offizielle Wettbüro. Es geht nur kaum jemand hin, weil niemand beim Glücksspiel gesehen werden möchte.« Otto lachte. »Aber wenn Sie genau hinschauen«, er deutete mit dem Kopf auf einen windig aussehenden Mann mit Schiebermütze, der von einem anderen gerade ein paar Münzen in die Hand gedrückt bekam, »gewettet wird trotzdem. Aber da ich heute eine Dame dabeihabe, halte ich mich wohl besser an legale Gepflogenheiten. Wir haben uns zwar die Pferde noch gar nicht angesehen, aber manchmal ist blindes Tippen ohnehin das Beste.« Er ließ sich von einem Burschen mit einem Stapel Papier im Arm eine Liste mit den Namen aller startenden Pferde geben. »Das erste Gewinnerpferd auf dieser Rennbahn hieß übrigens ›Amazone‹.«

»Das finde ich schön.« Klara dachte an eine Stunde bei ihrer Lehrerin Fräulein Stern, die ihr über die Amazonen berichtet hatte. Frauen, die es den Männern gleichtaten und in den Krieg zogen. Die stark waren und selbstbestimmt. Ob es eine Legende war oder ob es sie wirklich gegeben hatte – an diesem Tag auf der Rennbahn wünschte sich Klara, dass es für sie und alle Frauen dieser Welt eines Tages so kommen würde. Dass sie ihren eigenen Weg gehen durften, wo auch immer er sie hinführte. »Welche Amazone läuft denn heute?«

»Nun«, Otto Messmer überflog den Rennplan, »aus Deutschland hätten wir das Pferd ›Brocken‹ aus dem Gestüt Harzburg. Und die Schlenderhanerin mit Namen ›Maria‹. Die anderen Pferde kommen aus Österreich, England, und zum ersten Mal ist Frankreich wieder dabei. Unsere Nachbarn haben den Krieg überwunden, scheint mir.« Er sah Klara fragend an.

»Dann nehme ich doch lieber eine ›Maria‹ als einen ›Brocken‹.«

»Eine gute Entscheidung«, bemerkte Otto. »Ich gehe und setze für uns.«

»Aber ich habe doch gar kein Geld ...«

»Das lassen Sie meine Sorge sein.« Otto verschwand in der Menge, während Klara beschloss, sich nicht von der Stelle zu ruhren. Sie beobachtete die Menschen um sie herum.

»Klara!«

Sie fuhr herum und stand dem Mann gegenüber, den sie vor wenigen Stunden zum ersten Mal geküsst hatte.

»Was machst du hier?« Ratlos blickte Ferdinand sie an, während Klara nach Worten suchte.

»Ich, also ...« Am liebsten wäre Klara Ferdinand um den Hals gefallen, um dort weiterzumachen, wo sie vor wenigen Stunden aufgehört hatten. Aber etwas regte sich in ihr. Sicher, es war falsch gewesen, Ferdinand nicht zu erzählen, dass sie heute noch eine Verabredung hatte. Nur – hätte er es verstanden? Wütend wäre er geworden, eifersüchtig vielleicht, und das hatte Klara vermeiden wollen. Brauchte sie die Zustimmung eines Mannes für ihre Entscheidungen, ihr Leben? Auch wenn es der Mann war, für den ihr Herz schlug – sie war niemandem Rechenschaft schuldig. Außerdem … »Und was machst du hier?«

Ferdinand zuckte mit den Schultern. »Als wir vorhin darüber sprachen, dass ich nicht ins Casino gehen kann, um Geld zu gewinnen, fiel mir ein, dass es hier noch eine Möglichkeit gibt. Deshalb …« Er hielt einen Schein hoch. »Ich habe auf den dicksten Brocken getippt und hoffe, dass ich einen solchen auch gewinne. Und dann entführe ich dich und baue dir ein Schloss.« Klara sah, wie sein Lächeln erstarb, als sein Blick auf den Mann fiel, der sich ihnen näherte.

»So, einmal ›Maria‹, Ihr Wunsch ist mir Befehl. Beten wir, dass uns das Glück hold ist.« Otto Messmer war zurück, ebenfalls mit einem Wettschein in der Hand. Fragend schaute er Ferdinand an.

»Das, ähm, ist Ferdinand Vogel«, erklärte Klara, »mein … mein Freund hier in Baden-Baden, und das ist Otto Messmer, der Sohn von –«

»Ich weiß, wer Herr Messmer ist«, unterbrach Ferdinand. »Und jetzt weiß ich auch, warum du keine Zeit mehr für mich hattest. Nun denn, da möchte ich nicht stören.«

Er lüftete seinen Hut, drehte sich um und ging, ohne sich noch einmal umzudrehen.

Klara schnappte nach Luft, aber ihr fiel nicht ein, wie sie Ferdinands Verhalten hätte erklären können.

»Wie es aussieht, gefällt es Ihrem Freund nicht, dass Sie mit mir unterwegs sind.« Er blickte Klara an, belustigt, wie sie fand.

»Ich habe ihm nicht gesagt, dass ich heute Nachmittag verabredet bin. Jetzt denkt er, ich hätte es verheimlichen wollen.«

»Und, stimmt das? Ich weiß zwar nicht viel über Frauen, aber durchaus über Männer. Und ich glaube, dass Sie ihm keine Rechenschaft schuldig sind.« Mit einem Blick auf Klaras verzweifeltes Gesicht fuhr er fort: »Na, kommen Sie, ich zeige Ihnen Ihre Maria, und dann geht auch schon das Rennen los.«

Klara folgte Otto Messmer, der nach rechts und links grüßte, bis sie bei der Präsentation der Pferde angekommen waren. Jockeys mit bunten Kappen und Anzügen stiegen auf Rappen, Braune und Schimmel, von denen manch einer nervös am Zügel riss oder einen Satz machte. Fachsimpelnd stand das Publikum um die Pferde und ihre Reiter herum. Klara erkannte den Prinzen von Wales, der mit einem Jockey sprach und dessen Pferd tätschelte, vermutlich der berühmte Scot. Das nächtliche Abenteuer schien Edward nicht verstimmt zu haben, auch seine Nase war ohne sichtbare Blessuren.

»Können wir das Rennen auch von da oben sehen?« Klara deutete zu den Gebäuden mit den Balkonen.

»Dort haben wir den besten Überblick«, stimmte Otto Messmer zu und reichte ihr seinen Arm. »Und Getränke.«

Klara vertrieb für den Moment den Gedanken an Ferdinand. Otto Messmer hatte recht. Wenn ihr Freund ihr nicht vertraute, war sie ihm gar nichts schuldig. Klara hakte sich bei Otto ein und fasste einen Entschluss: Wenn dies ihr letzter Tag in Freiheit sein sollte, dann wollte sie ihn auskosten. Und mit einem netten Mann den vielleicht letzten Champagner ihres Lebens trinken.

34

Klara öffnete das schwarze Säckchen und ließ die Münzen durch die Finger gleiten. Ihre Maria hatte zwar nicht gewonnen, war aber Zweite geworden. Dank Ottos geschicktem Wetteinsatz hatte es auch dafür Geld gegeben. Außerdem war er so nett gewesen, den Gewinn mit ihr zu teilen. Mittlerweile war schon so viel Geld zusammengekommen, dass ihre Familie besänftigt sein würde, wenn sie, wenn auch verspätet, zurück auf den Hof kam, dachte Klara. Aber wo war die Freude von gestern geblieben, als das Pferd, auf das sie gesetzt hatten, beinahe als erstes durchs Ziel gegangen war? Als sie Otto Messmer um den Hals gefallen war?

Klara zog das Säckchen zu und packte es zu ihren anderen Sachen in den Rucksack. Sie würde sich noch oft zurückträumen können, aber jetzt war es an der Zeit, sich der Wirklichkeit zu stellen. Und die sah für sie vor, bereitzustehen, wenn ihr Bruder aus dem Gefängnis entlassen wurde, und mit ihm zu gehen, zurück in den Schwarzwald. Und das war vermutlich heute. Wieso sollte ihn der Richter nach ihrer Aussage bei der Polizei nicht laufen lassen? Paul hatte sich bislang nichts zuschulden kommen lassen, er wollte nur seine Schwester vor einem Betrunkenen beschützen, das war Klara mittlerweile klar geworden.

Sie schulterte ihren Rucksack und suchte Augusta Brenner. Sie fand die junge Frau im Büro, in reger Diskussion mit ihrem Ehemann.

»Wir müssen das verhindern, Camille! Was er vorhat, ist völlig wahnsinnig. Wenn das der Bürgermeister erfährt …«

»Ich stimme dir ja zu, *ma chère*, aber wir dürfen unsere Gäste auch nicht vor den Kopf stoßen. Wir sind ein Hotel, wir leben nach dem Grundsatz: Ihr Wunsch ist uns Befehl!«

»Aber doch nicht so etwas!« Augusta klang, als wollte sie mit ihrer Stimme Gläser zerbersten lassen. »So leben wir hier nicht. Wie du sagst: Er ist Gast, er hat sich auch nach unseren Regeln zu richten. Das musst du verstehen!«

»Ich bin ganz deiner Meinung, aber das müssen wir ihm schonend beibringen. Mehr sage ich doch nicht.«

»Das wird er aber nicht verstehen, der Mann ist gewohnt, dass seine Befehle befolgt werden.«

»Aber was sollen wir denn jetzt tun?«

Die Tür war nur angelehnt, Klara zögerte anzuklopfen. Aber da wurde sie auch schon aufgerissen, und Augusta Brenner stand vor ihr. »Du bist es, Klara, ich dachte schon, einer der vielen Diener des Schahs belauscht uns.« Sie schaute den Gang entlang. »Komm herein.« Sie deutete auf Klaras Rucksack. »Du willst uns verlassen?«

»Ich ... ich fürchte, ich muss mich verabschieden. Ich gehe davon aus, dass mein Bruder heute aus dem Gefängnis entlassen wird, und dann werden wir wohl gleich abreisen.« Sie schaute Camille und Augusta an.

»Du siehst nicht glücklich darüber aus.«

Klara schüttelte den Kopf. »Um mich geht es nicht. Ich habe mein Wort gegeben, und ich bleibe dabei.« Sie wollte sich nicht der Hoffnung hingeben, der Bauer vom Nachbarhof könnte in ihrer Abwesenheit eine neue Frau gefunden haben. Denn es war nicht nur die erzwungene Hochzeit, die sie bedrückte. Vor allem die Aussicht, wieder unter ihrem Vater oder einem Ehemann auf einem Hof tief im Schwarzwald zu arbeiten, verdarb Klaras Stimmung. Zu sehr hatte sie ihre neue Tätigkeit, hatte sie Baden-Baden lieben gelernt. Sie seufzte, als ihr Blick auf einen Jungen fiel, der in der Ecke des Büros kauerte. Kannte sie ihn? »Wie ich sehe, haben Sie bereits Ersatz für mich. Dann gehe ich leichten Herzens.«

»Gusta, ich muss zurück zu den Handwerkern«, schaltete sich Camille ein. »Der neue Flügelbau muss beaufsichtigt werden. Ich vertraue dir voll und ganz, dass du eine Lösung findest. Mit Personal kannst du nun mal am besten umgehen.« Der junge Hoteldirektor warf seiner jungen Frau eine Kusshand zu, nickte in Klaras Richtung und verließ das Büro.

Augusta ließ sich auf einen der Stühle sinken und schlug die Hände vors Gesicht. »Oh Gott, oh Gott, was mache ich denn bloß. Solche Probleme haben wir in der Maison nie gehabt.«

»Vielleicht kann ich helfen?« Klara setzte ihren Rucksack ab. So verzweifelt hatte sie Augusta Brenner noch nie gesehen.

»Das ist nicht so einfach, fürchte ich.« Augusta deutete auf den jungen Mann in der Ecke. »Er ist Diener beim Schah von Persien, der gerade unser Gast ist.«

»Ich habe ihn gesehen, als er gestern angekommen ist. Ich hatte den Eindruck, dass er wirklich seinen ganzen Hofstaat mitgebracht hat.«

»Ja, man sollte meinen, dass ihm jeder Wunsch von den Augen abgelesen wird. Aber trotzdem hat dieser junge Mann seinen Ärger entfacht.«

»Was hat er getan?«

»So genau konnte ich das nicht herausfinden. Es heißt, er habe Tee verschüttet und den Schah damit verbrannt. Der geriet daraufhin außer sich und will ihn bestrafen. Er glaubt wohl, es sei ein Anschlag auf sein Leben gewesen.«

Klara dachte an ihr eigenes Vergehen bei Kaiserin Augusta. So unangenehm der Zwischenfall auch gewesen war, Mutwilligkeit oder gar Mordabsichten, weil sie Tee verschüttet hatte, hatte ihr niemand vorgeworfen. »Welche Strafe denn?« Sie erwiderte den Blick des Jungen, aus dessen Augen Angst sprach.

»Der Schah will ihn köpfen lassen.« Augusta hatte die Worte geflüstert.

»Wegen verschüttetem Tee?« Klara hielt es für einen Scherz, bis sie ihre Chefin sah, die sich die Hand vor den Mund hielt, als hätte sie mit ihrer Aussprache das Schicksal des Jungen besiegelt. »Das … das meint der Schah ernst.«

Ein Nicken war Augustas Antwort. »Hier im Hotel.«

»Aber … noch weiß er nicht, wo sein Diener ist.«

»Ich habe den Jungen heute früh gefunden, als ich ins Büro kam. Er hatte sich versteckt. Was machen wir denn nun? Der Schah wird sehr verärgert sein, wenn er erfährt, dass sein Diener hier ist. Er wird auch uns bestrafen wollen. Und vermutlich sofort abreisen und seinen Aufenthalt nicht bezahlen, dabei ist der Großteil unserer Zimmer von seinem Gefolge belegt. Dann ist auch unser guter Ruf dahin, dabei sind wir doch gerade dabei, uns zu vergrößern und alles zu modernisieren.« Augusta Brenner war aufgestanden und lief unruhig auf und ab. »Ganz zu schweigen davon, was so ein Vorfall für Baden-Baden bedeuten würde. Besuchen Sie unser schönes Städtchen. Wo Menschen noch geköpft werden!« Sie erhob ihre Stimme, aber Klara spürte ihre abgrundtiefe Sorge. »Niemand wird mehr herkommen. Es ist eine Katastrophe.«

»Wir könnten den Diener noch besser verstecken, woanders, nicht hier im Hotel.« In Klaras Kopf formte sich so etwas wie ein Plan.

»Was? Wo? Aber der Schah …«

»Wenn der Diener nicht gefunden wird, vergisst der Schah das Geschehene vielleicht. Sie könnten ihn gleichzeitig ablenken, eine Ausfahrt mit ihm machen, einen Besuch organisieren.«

Augusta nickte. »Ja, aber … einen Besuch bei wem? Die Kaiserin von Österreich hat ihn nicht empfangen. Ich fürchte, daher rührt die schlechte Laune des Schahs in Wirklichkeit.«

»Ich kenne da einen magischen See im Schwarzwald, dorthin wäre er eine Weile unterwegs. Sie könnten ihm sagen, dass Sisi dort auch häufig ist. Es wäre nicht mal gelogen.«

»Und der Diener? Wo soll er denn nur hin? Hier kann er nicht bleiben.«

Klara überlegte. Sie könnte ihn mit auf den Hof nehmen, eine zusätzliche Arbeitskraft käme ihrem Vater sicherlich gelegen. Nur – würde der junge Mann sich dort wohlfühlen? Wie es aussah, war er es gewohnt, viele Menschen um sich zu haben. Könnte sie doch nur zu Ferdinand gehen, er kannte sich in dieser Stadt aus wie kein Zweiter, ihm würde bestimmt eine Lösung einfallen. Aber sie wusste noch nicht einmal, wo ihr Freund überhaupt war.

Dann fiel ihr etwas ein.

»Ich habe eine Idee, wo wir ihn verstecken können. Niemand wird dort nach ihm suchen. Der perfekte Ort, um Dinge und Menschen für eine Weile verschwinden zu lassen.«

Als Augusta sie fragend ansah, flüsterte Klara ihr etwas ins Ohr.

»Oh ja, das ist eine gute Idee, warum bin ich darauf noch nicht gekommen?« Augusta strahlte. »Das ist wirklich der sicherste Ort, den ich mir vorstellen kann. Wie eine Höhle, bewacht von einem feuerspeienden Drachen.« Sie lachten beide. »So können wir einen Skandal vermeiden. Denn wie sagt man – aus den Augen, aus dem Sinn? Hoffentlich gilt das auch für unseren Gast, den Schah.« Augusta wollte dem Jungen schon Anweisungen geben, aber dann besann sie sich. »So ohne Weiteres kann er das Büro auf keinen Fall verlassen. Moment.« Sie zeigte auf eine große Holzkiste. »Hier sind noch immer meine Bücher aus der Maison drin, wenn wir die ausräumen, passt vielleicht der Diener hinein. Ihr nehmt eine Kutsche, und hier im Haus weiß ab sofort niemand, wo er abgeblieben ist.«

»Versteht er denn, was wir mit ihm vorhaben?« Zusammengekauert wie ein gejagtes Tier hockte der Diener in der Ecke, bereit, jeden Augenblick panisch das Weite zu suchen.

»Er wird wissen, was ihm droht, das dürfte reichen.« Augusta hatte die Kiste geleert. Gemeinsam mit Klara gab sie dem jungen Mann zu verstehen, er solle aufstehen und ihnen vertrauen. Klara machte Handzeichen, wie sie es bei ihrer Großmutter immer getan hatte, nachdem sie schwerhörig geworden war. Und tatsächlich – der Diener stieg bereitwillig in die Kiste. Sie dankten ihm, indem sie ihre Hände aneinanderlegten, dann hielten sie die Zeigefinger an die Lippen, um ihm zu bedeuten, sich völlig still zu verhalten, und schlossen den Deckel.

»Und jetzt schnell, je eher er raus aus unserem Hotel ist, desto besser für alle. Jakob soll eine Kutsche vorfahren lassen und jemanden schicken, der uns mit der Kiste hilft.«

Klara nickte und wollte schon losrennen, aber Augusta hielt sie zurück.

»Ich kann dir gar nicht genug danken, Klara, für das, was

du alles getan hast, für uns, für mich und meine Familie. Sag nur ein Wort, und ich setze mich dafür ein, dass du in Baden-Baden bleiben darfst.«

Klara nickte stumm, drückte Augustas Hände und verließ das Büro.

»Ja Mädle, was bringst mir denn da?« Crescenzia hatte die Arme in die Hüften gestemmt und schaute verwundert auf die Kiste, die Hausbursche Florian mit Gärtner Fritz hereinschleppte. »Hoffentlich sind da ein paar Leckerbissen drin und nicht schon wieder ein toter Bär wie der vom Zaren für die Majestäten. Aus dem konnten wir nicht mal mehr Wurst machen, so wie der gestunken hat. Unser Himbeer musste ganz schön tricksen und das Wildschwein ordentlich würzen, damit unser Wilhelm und unsere Augusta dachten, sie essen Bärenfleisch.« Sie lachte.

»Nein, was da drin ist, lebt«, Klara hatte die Stimme gesenkt, »und darf nicht gesehen werden. Wir kommen von Augusta Brenner, es gibt ein großes Problem, und wir haben gehofft, Sie können uns helfen.«

»Meine liebe Augusta ist in Schwierigkeiten? Und das so kurz nach der Hochzeit? Na, dann bringts die Kiste hoch in meine Kammer, und ich schaue hinein.«

Die Burschen schleppten den schweren Kasten sämtliche Treppen hinauf bis unters Dach, wo Crescenzia ihr eigenes Zimmer hatte. Dort wuchtete sie sich in ihren einzigen Sessel, stellte die Füße auf den Fußschemel und gab den Hausdienern ein Zeichen, zu verschwinden. Dann schaute sie gespannt zu, wie Klara den Deckel öffnete.

»Na, da schau her, der sieht ja aus wie aus ›Tausendundeine Nacht‹!« Crescenzia blickte in die weit geöffneten Augen des Dieners. »Du musst keine Angst haben. Willst einen Keks? Du hast bestimmt Hunger, so dünn, wie du bist.« Die älteste Angestellte der Maison griff nach der Dose auf dem Tischchen neben sich und hielt sie dem Diener hin. Der nahm sich ein Gebäck, schnupperte daran und machte es dann Crescenzia nach und biss hinein. »Hab ich's nicht gesagt, ein Hüngerle hast. Sonst siehst du aber ganz patent aus. Was ist mit dem Burschen?«

Klara berichtete vom Schah und seinen Absichten, den Diener köpfen zu lassen.

»Hier bei uns im Städtle? Im Stéphanie? Dem ist wohl sein Tee zu Kopf gestiegen! Kein Wunder, dass unsere Augusta verzweifelt ist. Jetzt bleibst erst mal hier. Schau, mein Strickkörble ...« Crescenzia griff unter den Sessel und zog einen Korb mit bunten Wollknäueln hervor. »Die kannst entwirren und aufrollen, dann hast was zu tun. Und ich komm heute Mittag wieder mit einem Essen. Und so lange ...«, sie ließ sich von Klara aus dem Sessel helfen und zog einen Schlüssel aus ihrer Schürzentasche, »... müssen wir dich einschließen, verstehst du mich?« Crescenzia bedeutete dem Diener, was er zu tun hatte, zeigte ihm den Schlüssel, wies zur Tür und tätschelte ihm zum Abschied den Kopf. »Keine Sorge, solange du in meiner Kammer bleibst, musst keine Angst haben. Hier wird niemandem der Kopf abgeschlagen. Das wär ja noch schöner!«

Damit war die Sache für die heimliche Chefin der Maison erledigt.

»Wir müssen Wilhelm Messmer Bescheid sagen«, meinte Klara, als sie das Zimmer verließen.

»Er wird's schon früh genug erfahren. Das überlasse getrost mir. Du hast genug Ärger mit deiner Familie, Mädle.« Crescenzia stieg ächzend die Treppe hinunter.

»Sie haben von dem Drama erfahren?«

»In unserem Städtle spricht sich alles herum. Der Bertie wird sich an nichts erinnern, und verdient hat er's sowieso. Dein Bruder wird nicht lange einsitzen.«

»Ja, das denke ich auch. Vermutlich wird er heute entlassen, damit geht meine Zeit in Baden-Baden zu Ende.«

»Eine Schande ist das. Mach nur einen Mucks, und ich verstecke dich ebenfalls da oben in meiner Kammer.«

Klara schüttelte den Kopf und presste die Lippen aufeinander, um die Tränen zurückzuhalten. Die Menschen in diesem Hotel waren so gut zu ihr.

»Nicht weinen, Mädle, du wirst deinen Weg machen, wo auch immer das sein wird.« Crescenzia schloss Klara in ihre kurzen Arme und drückte sie so kräftig an die Brust, als wollte sie sie eigenhändig hier festhalten. »Und sag der Augusta, ihre Kiste kann sie persönlich bei mir abholen. Sonst krieg ich das Kind ja gar nicht mehr zu sehen.«

Mit Crescenzias Worten im Ohr und einem winkenden Florian an der Eingangstür warf Klara einen letzten Blick auf das Haus, das ihr Arbeitsplatz, Zuflucht und Heimat zugleich geworden war. Eine neue Heimat, die sie nun endgültig verlassen musste.

35

»Köpfen? Im Hotel Stéphanie? Mitten in Baden-Baden?« Die Männer in Uniform sahen sie ungläubig an.

»Du meinst das ernst, Mädle. Ich werd narrisch!« Hauptwachtmeister Vogel musste das Gehörte erst einmal verdauen. »Ich dachte, die Zeiten sind lang vorbei. Aber wohl nicht für alle. Das müssen wir natürlich verhindern. Ich schicke gleich meine besten Männer …«

»Nein, das geht nicht. Sie können doch nicht den Schah von Persien so einfach festnehmen. Denken Sie an die diplomatischen Verwicklungen, von der Unruhe in Baden-Baden ganz zu schweigen. Die Gefahr ist auch erst einmal gebannt.« Klara brachte die Polizisten auf den letzten Stand der Dinge. »Und wo kein Diener, da kann auch niemand geköpft werden.«

»Und wofür brauchst dann uns?«

»Wir dachten, Meldung muss gemacht werden, und sicherlich möchte der Bürgermeister darüber informiert sein, was in seiner Stadt vor sich geht.«

»Sehr richtig. Dann soll mein Herr Sohn gleich mal einen Bericht schreiben.« Wachtmeister Vogel deutete auf Ferdinand, der am Ende des Raumes an einem kleinen Tisch saß und konzentriert ein Protokoll studierte. Klaras Herz machte einen Satz, als sein Vater nach ihm rief.

Aus Ferdinands Augen sprach die Sehnsucht, aber sein Mund sagte etwas anderes, als er Klara gegenüberstand. »Hat Otto Messmer heute keine Zeit?«

»Das weiß ich nicht.« Klara unterdrückte eine aufsteigende Wut. »Ich weiß nur, dass ich keine Zeit mehr in dieser Stadt habe.«

»Der Mittagsbote muss gleich hier sein, dann wissen wir, ob der Richter deinen Bruder laufen lässt«, informierte Ferdinands Vater.

»Wie geht es ihm?«

»Er sagt nicht viel und hält sich wacker – wenn unsere Suppe auch dünn ist. So eine Zeit zum Nachdenken ist nie verkehrt. Vielleicht hat er sein Vorhaben aufgegeben?«

Klara bezweifelte, dass ihr Bruder sich Gedanken um ihr Wohlergehen gemacht hatte. Paul war zu verbohrt. Hatte er sich einmal etwas in den Kopf gesetzt, war er davon nicht abzubringen. Außerdem handelte er im Auftrag des Vaters.

»Dann könntest du hierbleiben und mit Otto Messmer einen Teehandel aufmachen.« Ferdinand sah sie herausfordernd an.

»Und dich stellen wir ein und schicken dich auf die Teeplantagen nach China.« Klara hielt dem Blick ihres Freundes stand. Aufmerksam wandten die Polizisten die Köpfe zwischen ihnen hin und her.

»Immer noch besser, als dem verliebten Gockel zuzusehen.«

»Otto ist nicht verliebt. Er ist nur sehr höflich und zuvorkommend. Im Gegensatz zu dir.«

»Was hat mein Sohn jetzt schon wieder angestellt?« Der Hauptwachtmeister stützte sich auf den Tisch auf und sah Ferdinand an.

»Er schenkt der Frau, die dachte, ihr Wohl liege ihm am Herzen, kein Vertrauen.«

»Und das, wie ich sehe, zu Recht.« Ferdinands Augen blitzten sie an.

»Statt deiner Augen solltest du lieber deinen Kopf benutzen.« Klara blitzte zurück.

»Das sagen wir auch immer. Mädle, du sprichst wie meine Frau. Und Ferdinand, du weißt ja, deine Mutter hat immer recht. Und jetzt geht ihr zwei vor die Tür und schaut, wo der Mittagsbote bleibt.« Wachtmeister Vogel schob seinen Sohn hin zu Klara, die sich umdrehte und zur Wache hinausstapfte.

»Du hast deine Sachen schon gepackt.« Ferdinand stand unschlüssig auf den Stufen und deutete auf Klaras Rucksack. Seine Wut schien verpufft. Im Gegensatz zu der von Klara.

»Glaubst du, ich mache Spaß, wenn ich sage, dass meine Zeit in Baden-Baden abläuft?« Sie sah den Mann, von dem sie geglaubt hatte, ihm gehöre ihr Herz, mit traurigen Augen an. Ferdinand schüttelte stumm den Kopf und stieg die Treppe hinunter.

»Es ist nur … das macht mir Angst. Dein … Abschied. Und als ob das nicht genug wäre, ist da ständig dieser Messmer in deiner Nähe.« Er kickte einen Stein auf der Straße.

»Ferdinand.« Klaras Stimme wurde weich. »Otto ist ein guter Freund geworden. Er hat mir oft geholfen. Nicht mehr und nicht weniger. Ich war ihm noch eine Verabredung schuldig. Du musst lernen, mir zu vertrauen.«

»Das versuche ich ja.« Ferdinand sah sie nicht an. »Es tut nur so weh.« Seine letzten Worte hatte er geflüstert. Klara trat auf ihn zu und nahm seine Hand.

»Schau mich an.« Sie sah ihm ins Gesicht, in seinen Augen standen Tränen. »Du weißt, dass ich nicht dasselbe für Otto empfinde wie für dich. Er ist ein Freund. Aber du bist mein Freund. Nur dir gehört mein Herz.« Ihre Hand wurde feucht, und Klara konnte nicht sagen, ob es ihre Tränen waren oder seine.

»Ich will dich nicht verlieren«, stieß Ferdinand hervor. Sie fielen sich in die Arme, und während er sie voller Verzweiflung an sich drückte, rannen ihr die Tränen über die Wangen.

»Ich dich doch auch nicht«, flüsterte Klara, als sie nach Luft schnappte.

»Der Gedanke, dass du morgen nicht mehr da bist …«

Ungeachtet dessen, dass sie jemand sehen könnte, drückte Klara ihrem Freund ein heimliches Küsschen auf die Wange. Dann nahm sie seine Hände und drückte sie fest. So standen sie, als ein Reiter herangeprescht kam. Er trug Uniform und eine Botenmütze und sprang mit einem eleganten Satz vom Pferd. Aus seiner Tasche zog er einen Brief, mit dem er die Stufen zum Polizeigebäude eilig hinauflief. Klara und Ferdinand sahen sich an und folgten ihm.

»Da haben wir die Entscheidung des Richters aus Karlsruhe«, verkündete Hauptwachtmeister Vogel und öffnete den Umschlag, während sich der Bote verabschiedete. Schweigen trat ein, als er das Dokument überflog. »In Sachen Paul Butterfass … hmhmhmhm.«

»Nun sag schon, Papa, was steht drin?« Ferdinand starrte seinen Vater an, als könnte er ihn dadurch dazu bringen, schneller zu lesen.

»… erfolgt die richterliche Anordnung, ihn unverzüglich freizulassen.«

»Verdammt!« Ferdinands Faust krachte auf den Tisch.

»So wird hier nicht geredet. Wir haben uns der richterlichen Entscheidung zu beugen.« Sein Vater wandte sich an einen der Polizisten. »Sag dem Batschari, er soll uns Paul Butterfass bringen. Und du …« Der Hauptwachtmeister drehte sich zu seinem Sohn um. »… bereitest das Formular zur Entlassung vor.«

Widerstrebend zog sich Ferdinand an seinen Schreibtisch zurück. Klara sah ihm an, wie Trotz, Wut und Ohnmacht miteinander rangen.

Es dauerte nicht lange, und schon stand ihr Bruder im Raum. Er sah so erschöpft aus, als hätte er die jährliche Heuernte allein bewältigen müssen; Klara erkannte zum ersten Mal Züge ihres Vaters in seinem Gesicht. Unruhig sah er sich in der Wachstube um, als müsste er sich erst an das helle Tageslicht gewöhnen. Sein Blick blieb an Klara hängen, er senkte den Kopf.

»Und hier sind Ihre persönlichen Sachen zurück.« Ferdinands Vater zog einen Blechkasten aus dem Regal und stellte ihn auf den Tisch. Paul nahm ein Messer heraus, eine Geldbörse und eine Kette, an der ein goldenes Kreuz baumelte. Die Goldkette reichte er seiner Schwester.

Klara sagte: »Noch bin ich nicht zurück mit dir auf dem Hof. Du kannst sie mir auch später geben.«

Aber ihr Bruder widersprach. »Du musst nicht mit mir kommen.«

»Was?« Klara war plötzlich, als stünde ein Fremder vor ihr. Wo war der sturköpfige Paul, der niemals von einer einmal gefassten Meinung abwich?

»Du hast mich schließlich hier rausgeholt. Sonst hätte ich vermutlich mein halbes Leben in dieser Zelle verbracht. Ich stehe in deiner Schuld, Klara.«

»Aber unser Vater …«

Paul zuckte mit den Schultern. »Ich werde es ihm erklären. Oder ihm sagen, ich hätte dich nicht gefunden. Ich weiß noch nicht.«

»Das … das ist wunderbar!« Ferdinand trat hinzu und wollte Klara umarmen. Aber jetzt war sie es, die mit der Faust auf den Tisch schlug.

»Nein!« Viele Augenpaare schauten sie erschrocken an. »Das ist eine Lüge. Eine Lüge, die Vater durchschauen wird. Ich habe mein Wort gegeben, dass ich mit dir gehe, so wie du Vater versprochen hast, mich nach Hause zu bringen. Und er hat mich dem Nachbarn versprochen. So viele Versprechen, die mit meinem Namen verbunden sind. Ich kann nicht hierbleiben und so tun, als wäre nichts geschehen. Wir müssen die Angelegenheit regeln, und zwar ehrenhaft und nicht wie Feiglinge. Ich werde mich nicht mein ganzes Leben lang verstecken oder wegrennen und immer in Angst leben.«

»Das Mädle hat recht.« Ferdinands Vater nickte. »Der richtige Weg ist mitunter steinig.«

»Dann willst du mit ihm gehen?« Ferdinand klang entsetzt.

Klara nickte und sah ihrem Freund in die Augen. Es hatte keinen Zweck, die Sache hinauszuzögern, die Qual zu verlängern. Der Zeitpunkt des Abschieds war gekommen.

Ferdinand ballte die Fäuste und presste sie vor seinen Mund. Dann stieß er hervor: »Dann gehe ich mit dir!«

36

Das Rattern des Zuges übertönte die bleierne Stille zwischen ihnen. Klara betrachtete ihre beiden Mitreisenden und erkannte sie nicht wieder. Von Pauls Starrköpfigkeit und Wut, die sie seit Kindertagen begleitet hatten, war nichts mehr zu spüren. Stumm starrte ihr Bruder hinaus auf die vorbeifliegenden Felder und wirkte so sanft und verletzlich, dass ihn Klara am liebsten in den Arm genommen hätte. Etwas, was sie zuletzt wohl in ihrer Kindheit getan hatte. Ferdinand hingegen kam ihr ungewohnt entschlossen vor. Sein Lächeln war hinter zusammengekniffenen Lippen verschwunden. Dass seine Hand in ihrer lag, schien er nur zu dulden, denn er erwiderte die liebevolle Geste nicht.

»Na, da schau her!« Ein Mann mit dunklem Schnäuzer und einer schäbigen Jacke, die nicht zu seinem Hut passte, drängte sich durch den Waggon und blieb vor ihnen stehen. Sein abschätziger Blick, den er über Paul und Ferdinand wandern ließ, wurde gierig, als er Klara ansah. »Das schöne Kind, gleich mit zwei Herren unterwegs, Respekt. Da hast es ja weit gebracht. Wer hätt's gedacht.« Er leckte sich anzüglich die Lippen. Bevor Ferdinand aufspringen konnte, froh, ein Ventil für seine Wut gefunden zu haben, war der Mensch in der Menge verschwunden, und der Zug hatte sein Ziel erreicht.

Paul stapfte vorneweg, die Hände in den Hosentaschen vergraben.

»Warum war es dir so wichtig, mitzukommen? Du willst doch kein Bauer werden?« Klara fasste ihren Freund am Arm.

»Ich will wenigstens sehen, wie es dir dort geht. Ob dein Vater dich gut behandelt. Und …« Ferdinand stockte.

»Und was?«

»Ich muss ihn sehen. Den Bauern, den du heiraten willst.« Ferdinand trat gegen einen Stein, als könnte er so den anderen Mann aus dem Weg räumen.

»Ich will ihn doch gar nicht heiraten.« Klaras Stimme wurde schrill. »Und bis ich nicht in der Kirche stehe, gebe ich die Hoffnung nicht auf, dass es dazu nicht kommt. Das solltest du auch tun.«

»Dann hättest du auch in Baden-Baden bleiben können.« Ferdinand zog sein Jackett aus, die Sonne brannte mittlerweile herab. Nur auf den Wegen, die durch den Wald führten, gab es Schatten.

»Und was ist mit dir?« Klara versuchte, ihrer Stimme einen fröhlichen Klang zu geben. Was nützte es, sein Leben, seine Laune und sein Denken von Dingen bestimmen zu lassen, die man nicht ändern konnte? Ich sollte nach vorne schauen, nahm sich Klara im Stillen vor und spürte wieder die ruhige Sicherheit, dass sie das Richtige tat. Ja, sie ging zurück auf ihren Bauernhof, von dem sie vor vielen Wochen geflohen war, aber sie tat es mit reinem Gewissen. Niemals hätte sie ein Leben führen können, das nach außen glanzvoll war, aber sie im Inneren zerriss. Ihr Freund dagegen hatte diese Ruhe nicht.

»Ich weiß es nicht. Zurück zum Badeblatt gehe ich nicht. Aber bei der Polizei, unter den Augen meines Vaters, kann mein Platz auch nicht sein. Und doch muss ich dort arbeiten, solange ich noch von meinen Eltern Kost und Logis bekomme. Was ich eigentlich will, interessiert doch niemanden.«

»Mich schon.« Klara drückte seine Hand. »Warte doch ab, du bist noch jung, alles wird sich fügen.«

»Am besten wäre es, wenn ich fortgehe. Niemand wird mich vermissen.«

Klara bedachte ihren Freund mit einem zärtlichen Blick. Um das Gespräch fortzusetzen, blieb keine Zeit. Sie waren am Hof angekommen.

Der Erste, der sie begrüßte, war Arcos. Der Schäferhund lief ihnen kläffend entgegen, bis er Klara erkannte und sich schwanzwedelnd auf sie stürzte. »Das ist unser treuer Arcos. Arcos, das ist Ferdinand, ihn wirst du bitte nicht in den Allerwertesten beißen. Das ist nämlich seine Spezialität.« Sie lachte laut auf. Wie hatte sie ihren vierbeinigen Freund vermisst, auch wenn er sie bei ihrer Flucht fast verraten hätte. Klara streichelte den großen Hund und ließ sich von ihm die Hände lecken, und auch Ferdinand schien für einen Moment seine Sorgen vergessen zu haben.

Mit klopfendem Herzen, aber einem Lächeln auf den Lippen lief sie die große Wiese hinunter bis zum Haus, wo Paul die Tür aufstieß. Der Geruch nach Kartoffelsuppe stieg Klara in die Nase. Mit einem Mal fühlte es sich an, als wäre sie nie fort gewesen. Am großen Tisch saß der Vater unter dem Jesuskreuz und ließ sich einen Teller Suppe reichen – von einer hochgewachsenen Frau, die Klara nicht kannte. Hatte sie sich verhört, oder hatte ihr Vater sich gerade bedankt?

Er sah anders aus, fand Klara. Sein Haar war ordentlich gekämmt, das Hemd schien neu zu sein. Aber was ihn so fremd wirken ließ, war sein Gesicht. Seine Augen strahlten und … war das ein Lächeln? Die anderen am Tisch waren fröhlich ins Gespräch vertieft.

»Klara!« Ein junger Mann sprang auf und lief auf sie zu. »Du bist zurück, endlich!«

»Friedrich!« Klara fiel ihrem Bruder um den Hals. »Ich habe dich vermisst.«

»Und wen bringst du uns mit?« Er musterte Ferdinand, der unschlüssig in der Tür stand und seinen Hut in den Händen drehte.

»Das ist mein Freund Ferdinand Vogel aus Baden-Baden, und das ist meine Familie.« Klara deutete in die Runde und stellte ihm einige der Anwesenden vor. Die Gespräche waren verstummt, alle am Tisch schauten sie erwartungsvoll an.

»Vater?« Klara trat einen Schritt auf Heinrich zu, dessen Gesicht sich verdunkelt hatte. »Vater, ich bin wieder da, sag, bin ich willkommen?« Mit klopfendem Herzen stand sie mitten im Raum, während sämtliche Augenpaare am Tisch erst auf sie gerichtet waren und dann zu ihrem Vater wanderten. Klara bemerkte, wie die große Frau ihrem Vater die Hand in den Rücken legte und leise mit ihm sprach.

Endlich räusperte sich der schwere Mann und stand auf. Er wirkte wie eine bessere Ausgabe seiner selbst, aber zum ersten Mal bemerkte Klara auch sein Alter. Seine Stimme klang fremd, als er »Klara, Kind« murmelte. Sie lief zu ihm, und nach einem Blick in seine Augen warf sie sich ihm in die Arme. Das war nicht der Vater, vor dem sie geflohen war. Der ihre Bücher in den Kamin geworfen hatte, der sie verheiraten wollte, kaltherzig und lieblos. Lange hatte sich Klara danach gesehnt, von ihrem Vater umarmt zu werden. Es hatte siebzehn Jahre gedauert, bis sich ihr Traum erfüllte.

Sie atmete seinen väterlichen Duft ein, der ihr doch so vertraut war, und spürte seine Wärme. »Du bist wieder da«, flüsterte er.

»Nun setzt euch schon hin, bevor die Suppe kalt wird.« Die große Frau wies eine Magd an, weitere Teller zu bringen, und während die Tischgesellschaft zusammenrückte, setzten sich Klara, Ferdinand und Paul dazu.

»Ich bin Elisabeth«, stellte sich die Frau vor, die, aus der Nähe betrachtet, älter als Klara war, aber jünger als ihr Vater. »Ich bin Heinrichs neue Frau.«

Mit offenem Mund schaute Klara von ihrem Vater zu Elisabeth und von Friedrich zu Paul. »Du hast davon gewusst, Paul, und mir nichts verraten?«

»Die Männer dieser Familie sind sehr verschlossen, das habe ich auch schon festgestellt.« Elisabeth lächelte sie an. »Aber Liebe richtet vieles, nicht wahr?« Sie sah ihren Ehemann an, der ihr zustimmte. Ihr Vater war verliebt, fuhr es Klara durch den Kopf. So hatte sie ihn noch nie erlebt. Und dank Elisabeths Liebe und Fürsorge hatte er sich, wie es schien, zu einem besseren Menschen gewandelt. Der seine Gefühle zuließ und sie auch zeigte.

»Bleibst jetzt hier, oder wirst wieder fortgehen?« Heinrich sah sie an. »Mit ihm?« Er deutete mit dem Löffel auf Ferdinand.

»Nun …« Trotz ihres Hungers konnte Klara ihre Suppe noch nicht anrühren, die verführerisch duftete. Sie sah ihren

Vater an. »Ich habe Paul das Versprechen gegeben, mit nach Hause zu kommen. So wie du das Versprechen gegeben hast, mich zu vermählen, mit jemandem, dem mein Herz nicht gehört. Deshalb bin ich fortgelaufen. Aber jetzt bin ich hier, um die Versprechen einzulösen.«

Paul zog etwas aus seiner Hosentasche und reichte es ihr über den Tisch. Klara nahm die Kette ihrer Großmutter Bertha entgegen und legte sie sich um den Hals. Mit den Fingern strich sie über das goldene Kreuz auf ihrem Dekolleté.

»Klara ist mit mir gekommen, wie sie es versprochen hat, obwohl sie es nicht hätte tun müssen. Sie hat mir in Baden-Baden geholfen und sich sehr ehrenvoll verhalten.«

Klara hatte ihren Bruder noch nie solch bedeutungsschwere Sätze sagen gehört. Ihr »Danke, Paul« kam von Herzen. Sie war glücklich, ihn zum Bruder zu haben.

»Nun, was das zweite Versprechen betrifft …« Elisabeth sah Heinrich erwartungsvoll an. »Das hat sich erübrigt«, ergänzte der Vater, während er ein Stück Brot brach.

»Keine Hochzeit?«, rief Ferdinand aufgeregt und hätte sich beinahe an seiner Suppe verschluckt.

»Nicht mit dem Ketterer-Karl, da kommst zu spät.«

Klara schaute überrascht Friedrich an. »Was ist passiert?«

»Mein Bruder hat ebenfalls wieder geheiratet«, erklärte Elisabeth. »Seine langjährige Magd. Nachdem seine Frau gestorben war, hat sie sich um die Kinder gekümmert und um ihn. So sind sie sich nähergekommen.«

»Dann …« Klara blickte von einem zum anderen und konnte nicht glauben, was sie da hörte. Ihr Vater nickte. »Du musst niemanden heiraten, den du nicht willst.«

»Du bist frei!« Friedrich griff nach ihren Händen. »Was wirst du tun?«

Ehe Klara auch nur einen Gedanken fassen konnte, sprang Ferdinand so eilig auf, dass sein Stuhl umfiel. Er knöpfte sein Jackett zu, verbeugte sich zu Klaras Vater hin und sagte: »Heinrich Butterfass. Ich möchte um die Erlaubnis bitten, um die Hand Ihrer Tochter anzuhalten.«

In die Stille, die daraufhin am Tisch eintrat, brach ein lautes Poltern. Eine Tür wurde zugeschlagen, eine weitere geöffnet, und plötzlich stand Klaras ältester Bruder Ludwig im Raum und rief: »Was ist denn hier los?«

Alle starrten auf Ludwig, der den umgestürzten Stuhl ergriff, sich daraufsetzte und nach Suppe verlangte. Nach ein paar Löffeln sah er sich um und entdeckte Paul.

»Da bist ja wieder. Hast lang gebraucht, um das Mädle heimzubringen.« Er zeigte auf Ferdinand, der noch immer vor Heinrich stand und nicht wusste, was er tun sollte. »Und wer ist das?«

»Das ist mein Freund Ferdinand«, meldete sich Klara, »Ferdinand, das ist mein ältester Bruder Ludwig.«

»Noch ein Esser, oder kann er arbeiten?« Er griff nach dem Brot.

Klara sah hilfesuchend zu Heinrich. Die schroffe Art, die bislang ihrem Vater zu eigen war, schien Ludwig übernommen zu haben.

»Er wollte gerade etwas ganz anderes«, mischte sich Friedrich ein.

»Ach ja, und was?« Kauend sah Ludwig in die Runde.

»Ich habe um die Hand Ihrer Schwester angehalten.« Ferdinands Stimme klang bestimmt und kräftig. »Ich möchte Klara heiraten. Wir werden in Baden-Baden leben, sodass Sie auch keine weiteren Esser befürchten müssen.«

»Du willst nicht bleiben?« Heinrich sah seine Tochter an. Klara las Enttäuschung in seinen Augen.

»Nein, Vater.« Jetzt stand auch Klara auf und stellte sich neben ihren Verlobten. »Mein Platz ist nicht länger hier. Du hast eine Frau gefunden, der Ketterer-Karl hat eine Frau gefunden.«

»Und Klara hat einen Mann gefunden«, rief Friedrich. »Freuen wir uns doch mit ihr.«

»Du hast recht, Klara«, stimmte Elisabeth zu. »Heinrich hat mir erzählt, dass du Bücher liebst und so gern in die Schule gegangen bist. Du solltest etwas aus deinem Leben machen.

Dein Vater ist sicherlich einverstanden.« Liebevoll sah sie ihren Ehemann an, mit dem sie noch nicht lange Bett und Wohnstube teilte.

»Ich wäre nicht aus der Welt. Ihr könntet mich besuchen in Baden-Baden, Paul kennt den Weg.«

»Nun denn, wenn es dein Wunsch ist ...« Klaras Vater nickte bedächtig. Er zögerte. »Was sagst du, Ludwig?«

Jetzt schauten alle auf den ältesten Bruder, dessen Gesicht ganz rot geworden war, ob von der heißen Suppe oder von innerem Aufruhr. »Ist sie uns nicht noch etwas schuldig? Schließlich hat sie Ärger gemacht, Paul musste sie suchen, wir durften sogar ihre Arbeit übernehmen.«

»Ich ... habe Geld!« Ferdinand griff in seine Jackentasche, aber Heinrich unterbrach ihn.

»Ich verkaufe meine Tochter nicht!«

»Ich werde für den Ärger, den ich gemacht habe, selbst geradestehen.« Klara lief zu ihrem Rucksack und zog das schwarze Säckchen hervor. Sie reichte es Ludwig. »Hier, davon kannst du eine weitere Arbeitskraft einstellen oder eine neue Kuh kaufen. Ich habe das Geld redlich verdient.«

Ludwig nickte zufrieden, während Paul rief: »Er ist doch nur in Sorge, weil er sich bald eine neue Arbeit suchen muss und nichts mehr zu sagen hat.«

»So ist es der Brauch.« Heinrich sprach mit ruhiger Stimme »Mit seiner Volljährigkeit übernimmt der jüngste Sohn den Hof.«

»Und jagt uns davon. Dann gehe ich lieber freiwillig.« Ludwig warf den Löffel auf den leeren Suppenteller.

»Aber das möchte ich doch gar nicht!« Friedrich war aufgesprungen. »Ihr wisst es – ich bin für die Feldarbeit genauso wenig geeignet wie Klara. Ich will den Hof nicht übernehmen. Von mir aus können Ludwig und Paul hier weiterhin gemeinsam die Bauern sein. Vorausgesetzt ...«

»Was?« Ludwig wirkte jetzt nicht mehr so angriffslustig wie eine verscheuchte Biene, sondern eher aufgeregt wie ein Pferd, das eine Möhre vor der Schnauze wittert.

»Vorausgesetzt, Klara nimmt mich mit in die Stadt.«

»Und wovon wollt ihr leben in Baden-Baden?« Heinrich klang besorgt, aber auch interessiert.

»Ich werde tun, was ich bisher dort gemacht habe, ich arbeite in den Hotels und bediene Majestäten und andere Gäste. Und für Friedrich findet sich auch etwas.«

»Sie sollten Klara sehen, die Gäste lieben sie! Sie hat sogar die deutsche Kaiserin Augusta bedient und der Kaiserin von Österreich geholfen.« Ferdinand betrachtete seine Braut mit Stolz im Blick.

Heinrich nickte, als sich Elisabeth meldete. »Und was wird aus eurem Vater, was wird mit mir?«

»Ihr müsst euch keine Sorgen machen«, wandte Paul ein, »ihr werdet, solange ihr lebt, auf diesem Hof bleiben können, nicht wahr, Ludwig?« Er sah seinen Bruder an, der einen Moment innehielt und dann stumm nickte.

»Darauf lasst uns die Hände reichen.« Mit Heinrich erhoben sich alle Familienmitglieder, die noch nicht standen, sie traten zusammen und legten ihre Hände aufeinander. »Mögen sich unser aller Wünsche erfüllen.«

Das, was sie empfand, musste Familienzusammengehörigkeit sein, dachte Klara. Ein Gefühl, das sie zum ersten Mal in ihrem Leben hatte. Sie sah zu ihrem Bräutigam hinüber, der verloren etwas abseits stand. Aber Ferdinand lächelte und rief: »Kann mir jetzt endlich jemand meine Frage beantworten?«

»Wie wäre es, wenn du sie erst einmal mir stellst?« Klara trat zu ihm und reichte ihm die rechte Hand, während sich alle anderen um sie versammelten. Ferdinand sank auf die Knie.

»Klara Butterfass, möchtest du meine Frau werden?«

Klara holte tief Luft und gab Ferdinand die Antwort, die sie ihm schon lange hatte geben wollen: »Ja, ich möchte dich heiraten!«

EPILOG

Klaras Finger zitterten, als sie die letzte Nadel in ihre geflochtene Frisur steckte. Sie betrachtete sich noch einmal im Spiegel und strich ihr Kleid glatt. Wenn sie auch froh war, dass sie ihre Haare nicht abgeschnitten hatte – sie sah nicht annähernd so elegant aus wie Sisi, die vor wenigen Wochen abgereist war, nicht ohne in der ganzen Stadt großzügige Spenden verteilt zu haben. Bejubelt von vielen fähnchenschwenkenden Schaulustigen am Straßenrand, begleitet von ihrem Hofstaat und von ihrer Kuh, für die eigens ein Viehwaggon angehängt wurde. Auch mit Kaiserin Augusta konnte sie es nicht aufnehmen, die gemeinsam mit Kaiser Wilhelm ihre Rückkehr nach Baden-Baden für den nächsten Monat angekündigt hatte, im Badeblatt natürlich. Um ihren Geburtstag zu feiern, wie es hieß, zwischen den Rebstöcken vor den Toren von Baden-Baden.

Aber mit Augusta Brenner konnte sie mithalten, bei ihr hatte sie sich in den vergangenen Wochen nicht nur viel abgeguckt, die gute Seele hatte ihr auch wertvolle Hinweise gegeben, wie sie ihrer neuen Aufgabe gerecht werden konnte.

Klara holte tief Luft. Heute begann ihr neues Leben. Ihr Leben als eine freie, selbstbestimmte Frau in der Stadt, die sie so lieb gewonnen hatte: Baden-Baden.

»Die Betten sind gemacht, die Bäder blitzblank geputzt und die Böden gebohnert, Chefin.« Sofie kam die Treppe herunter. Auch sie trug, wie es sich für die erste Hausdame der Stubenmädchen gehörte, ein dunkles, gestärktes Kleid. Klara hatte sie nicht aus der Maison Messmer abwerben wollen, aber Sofie wollte die Chance ergreifen, einen Schritt nach oben zu machen und zu wechseln. In ein zwar kleineres Hotel, aber eines, in dem sie mehr Verantwortung übernehmen konnte.

Ganz anders als Marie. Wie Klara von Crescenzia erfahren hatte, war ihre schwierige Kollegin dem nächstbesten Mann nach Italien gefolgt, der ihr Reichtum, Titel und weite Reisen versprochen hatte. Der hatte sich jedoch als Hochstapler entpuppt, und angeblich saß Marie jetzt in der Toskana auf einem einsamen Landgut fest, ohne auch nur ein Wort Italienisch zu sprechen.

»Nun, mein Goldstück, wie fühlst du dich? Bist du bereit?« Klara spürte Ferdinands Arm auf ihrer Schulter.

Sie nickte. Mit ihrem Verlobten und ihrer besten Freundin an der Seite war sie gewappnet für alles, was da kommen mochte. Als sie vor einigen Monaten ihre alte Heimat, den Bauernhof im Schwarzwald, zum zweiten Mal verlassen hatte, war ihr nichts mehr geblieben außer ihrem Rucksack auf dem Rücken und dem Mann, den sie liebte, an der Hand. Von einem Moment wie diesem hätte sie nicht zu träumen gewagt.

»Du hättest mir auch schon früher erzählen können, dass du auf der Rennbahn gewonnen hast.«

»Wieso? Ich wusste doch nicht, ob ich allein zurückkehre oder mit meiner Braut.« Ferdinand grinste so frech, wie sie ihn kannte.

»Und wieso hat der feine Herr dann erst noch bei seinem Vater auf der Polizeistation gearbeitet?«

»Na, man muss doch nicht gleich alles hinausposaunen, so sind wir Badener nicht. Ich wusste erst auch gar nicht, was ich mit dem Geld anfangen sollte. So viel war es nun auch nicht. Erst zusammen mit deinem Geld hatten wir genug.« Ferdinand strahlte sie an.

»Es war wirklich nur rechtens, Klara, dass der Bürgermeister dir auf diese Art und Weise für deinen Dienst an der Stadt gedankt hat.« Sofie klang bestimmt. Sicherlich würde sie eine sehr gute Hausdame abgeben und das Personal bestens im Griff haben.

»Stellt euch vor, wir hätten tatsächlich eine Hinrichtung im Hotel Stéphanie miterleben müssen.« Klara konnte noch immer nicht glauben, dass ein Mann, der sich Schah von Persien nannte, zu solchen Gräueltaten imstande sein konnte. »Augusta und Camille hätten sich nicht mehr auf die Straße getraut.«

»Sie haben sicherlich ein Freudentänzchen aufgeführt, als der Schah endlich abgereist ist«, mutmaßte Sofie. »Er hat ihnen sogar noch einen wertvollen Teppich geschenkt und dem Badener Orchester hundertzwanzig Rubel, wahrscheinlich hatte er einfach vergessen, was er mit Amon vorgehabt hat. Schaut, wie gut ihm die Uniform steht. So gibt er einen guten Portier ab, den jeder gleich erkennt. Ich werde mich noch einmal bei Crescenzia für die Kleiderspende bedanken. Sie unterstützt uns wirklich, wo sie nur kann. Dank ihr wissen wir auch endlich, wie er heißt.«

Klara nickte. »Bist du bereit?« Sie lächelte dem jungen Burschen zu, dem man ansah, dass er aus einem fernen Land kam. Womit er gut in ein Hotel passte, wie sie fand. So würde sich die Welt bei ihr gleich wie zu Hause fühlen.

Amon strahlte in seinem dunkelgrünen Anzug. Den Hofstaat des Schahs schien er nicht zu vermissen, schnell hatte er sich in Baden-Baden eingelebt und Zutrauen gefasst. Mittlerweile verstand er auch ein wenig von ihrer Sprache und hatte das eine oder andere Wort gelernt.

Auf Klaras Zeichen hin öffnete er die Tür. Die Standuhr im Flur, die Ferdinands Eltern ihnen geschenkt hatten, schlug zehn Uhr. Der erste Tag ihres neuen Lebens konnte beginnen.

Gemeinsam mit Ferdinand und Sofie trat Klara hinaus in die Sonne, die nicht mehr ganz so kräftig schien. Sie sah sich um. Hier oben war Baden-Baden am ursprünglichsten. Auf den groben Steinen ratterten die Kutschen besonders laut, doch der Krach wurde verschluckt von den Glocken der Stiftskirche und den Rufen der Marktweiber, die um diese Jahreszeit Kohl und Äpfel anpriesen. Sollten sie jemals eine Küche haben und ein Restaurant einrichten, hätte es der Koch nicht weit zum Einkaufen. Aber erst einmal wollten sie nur ein einfaches, aber freundliches kleines Hotel sein. Klara blickte sich um und betrachtete das Schild über der Eingangstür – »Hotel Schwarzwald«, hatte Ferdinand eigenhändig und in schnörkeliger Schrift gemalt. Das Schreiben hatte sich, neben dem Hotel, als seine wahre Passion herausgestellt. Nur nicht mehr für das Badeblatt. Er arbeitete gerade an einer längeren Erzählung über Klaras und seinen Werdegang und das herrschaftliche Leben in der Kurstadt.

»Wann darf ich endlich die ersten Kapitel lesen?« Klara war froh, dass ihr Freund neben dem gemeinsamen Hotel eine Betätigung gefunden hatte, die ihn glücklich machte. Denn jetzt, da das Haus seinen Betrieb aufnahm, lag vieles in ihren Händen. Das war ihre Bedingung gewesen – sie wollte die Prämie, die sie nach ihrer Rückkehr vom Bürgermeister bekommen hatte, nur dann zu Ferdinands Wettgewinn dazulegen, wenn sie selbst über alles bestimmen konnte. Zu lange war sie von ihrem Vater und ihren Brüdern abhängig gewesen, hatte als Angestellte in Hotels gearbeitet. Nun wollte sie endlich auf eigenen Füßen stehen und ihre eigenen Entscheidungen treffen.

Klara war bereit, Verantwortung zu tragen. Und die spürte sie mit jedem Schritt, den sie tat.

»Klara!« Eine Kutsche war vor dem Hotel zum Stehen gekommen, und eine junge, hübsche Frau sprang heraus. »Habe ich euch endlich gefunden! Hier oben seid ihr dem Himmel am nächsten, wie mir scheint.«

»Aurelia! Welch Überraschung, ich hätte nicht geglaubt, dass ich dich noch einmal sehen werde.« Klara blickte fragend ihren Verlobten an. Ferdinand lächelte wissend und begrüßte die junge Frau, die kein »von« mehr in ihrem Namen trug, aber glücklicher denn je wirkte.

»Es gab auch jede Menge zu tun in der Fabrik. Denk nur, mein Vater lernt mich wirklich an, ich werde irgendwann, wenn ihm alles zu viel geworden ist, die Fabrik übernehmen. Er hat endlich eingesehen, dass er mich so schnell nicht unter die Haube bekommt. Bei dir ist das anders, wie ich gehört habe.«

Amon nahm Aurelias Koffer entgegen, und sie folgten dem Diener ins Haus.

»Wir freuen uns auf die Hochzeit am nächsten Wochenende, aber am meisten freue ich mich auf unsere Gäste. Meine ehemalige Lehrerin, Fräulein Stern, hat sich angekündigt, nachdem ich ihr geschrieben habe, denk nur. Aber du bist die Erste, Aurelia, du bekommst das schönste Zimmer. Ich habe jeden Raum eigenhändig dekoriert. Ich hoffe, es ist dir nicht zu schlicht, schließlich bist du Luxus gewohnt.«

»Jeden Tag Luxus kann auch sehr, sehr anstrengend sein. Na komm, ich habe euch eine große Auswahl an Bonbons mitgebracht. Ich werde neue Sorten aufnehmen.«

»Ich wünsche mir Lakritze und Waldmeister!« Friedrich Butterfass trat durch eine Tür in den kleinen Eingangsbereich und begrüßte Aurelia Strempel. »Ich habe schon viel von Ihnen gehört.« Er verbeugte sich formvollendet in seinem neuen Anzug, der nichts Bäuerliches mehr an sich hatte, sondern ihn als den Menschen zeigte, der er eigentlich war.

Unter dem Arm zog er ein dickes Buch hervor. »Aber lassen Sie uns zunächst den allerersten Eintrag in unser Gästebuch machen. Wenn Sie mir Ihre persönlichen Vorlieben verraten, machen wir Ihren Aufenthalt zu den schönsten Wochen Ihres Lebens.« Er lächelte Aurelia an und öffnete sein sehr dickes Buch mit schwarzem Einband.

»Na, ob es Wochen werden, kann ich nicht versprechen, Herr …«

»Das ist Friedrich, mein jüngster Bruder. Er ist mit mir aus dem Schwarzwald gekommen und wird so lange bei uns arbeiten, bis er genug Geld für die Überfahrt nach Amerika zusammenhat«, erklärte Klara. »Er möchte unbedingt die neu gebaute Brooklyn Bridge sehen und die große Freiheit kennenlernen.«

»Das war doch immer dein Traum.« Ferdinand sah seine Verlobte mit zärtlichem, aber auch fragendem Blick an. »Ich hoffe, dass unsere Hochzeit dich nicht daran hindert, dein Glück zu finden. Das könnte ich nicht ertragen.«

Aber Klara lachte und schüttelte heftig den Kopf. »Mein Traum erfüllt sich gerade – ich darf mir mit dem Mann, den ich liebe, meiner Familie und meinen Freunden in diesem Hotel etwas Eigenes erschaffen. Und sieh nur hier.« Sie deutete auf die Regale, die den kleinen Frühstücksraum gleich neben dem Eingang wohnlich machten. »Die ersten Bücher haben dort bereits Platz gefunden. Und der da.« Klara griff nach einem Kästchen und öffnete den Deckel.

»Der Marienkäfer aus Schokolade! Den habe ich dir bei unserem ersten Ausflug geschenkt. Du hast ihn aufbewahrt.«

»Natürlich. Dich habe ich schließlich auch noch.« Klara lächelte und nahm ihren Verlobten in den Arm. »Ich kann es nicht erwarten, dass hier die ersten Gäste sitzen und des Morgens ihren Tee trinken – natürlich Messmers Kaisertee!«

»Ich hörte, dass Otto Messmer plant, in Frankfurt ein eigenes Geschäft zu eröffnen, nur mit Tee«, berichtete Aurelia.

»Gut, dass der Mann beschäftigt ist!« Ferdinand lächelte und drückte Klara noch ein wenig fester.

»Ich habe aber auch eine Frage an meinen Zukünftigen ...« Klara sah ihren Verlobten an.

»Wann wir heiraten? Na, am Samstag, das weißt du doch. In der kleinen hübschen Kirche von Reverend White, weil wir uns nicht entscheiden konnten, ob wir nun katholisch heiraten sollen, hier oben in der Stiftskirche, dann hätten wir es wenigstens nicht weit. Oder lieber unten in der evangelischen Stadtkirche wie Augusta Messmer.«

»Das weiß ich doch. Und auch, dass du mir danach noch einen Tanz schuldest. Im Konversationshaus. Es sei denn, du gehst mit der Kaiserin in der Oos baden.«

»Da versuche ich mich doch lieber beim Tanz. Wir haben wirklich Glück, dass es an dem Abend dort einen Ball gibt und die Hochzeitsgäste zusammengelegt haben, damit wir dort feiern können. Du wirst aus dem Tanzen gar nicht mehr herauskommen, Klara Vogel.«

»So weit ist es aber noch nicht.« Klara boxte ihren Verlobten auf den Arm. »Nein, ich wollte dich schon lange fragen, wo du mich damals eigentlich hinbringen wolltest. Als wir uns zum ersten Mal trafen, am Bahnhof von Baden-Baden.«

»Als du so hübsch und hilflos in unserem Städtchen gestrandet bist und als Allererstes deine Schuhe ausgezogen hast?«

Klara lächelte Ferdinand an. »Und als du mich so zielsicher zur Maison Messmer geführt hast, als wüsstest du, was du tust. Seitdem frage ich mich, was du eigentlich mit mir vorgehabt hast. Was wäre passiert, wenn die Kaiserin nicht ihren Handschuh verloren und bei Wilhelm Messmer ein gutes Wort für mich eingelegt hätte, damit er mich in sein Hotel aufnimmt? Du hast dafür gesorgt, dass wir zur richtigen Zeit am richtigen Ort waren. Nur – das konntest du ja nicht wissen, mein Lieber. Also was war dein Plan?«

»Ach weißt du, Pläne sind doch was für Anfänger. Meine Maxime ist: Wir müssen dem Leben nur vertrauen, dann wird das Schicksal schon alles für uns richten. Und oft funktioniert das auch, wie du an uns siehst. Aber da du schon über Pläne sprichst, meine Liebste …« Ferdinand sah seine Braut skeptisch an. »Amerika geht mir nicht aus dem Kopf, das war doch dein eigentliches Ziel. Nicht dass du mir kurz nach der Hochzeit auf einmal das nächste Schiff besteigst.« Alle Augen richteten sich auf Klara.

»Dorthin können wir immer noch, wenn es uns hier nicht mehr gefällt. Aber jetzt, in diesem Moment«, Klara fasste Ferdinands Hände, »habe ich mein Glück in Baden-Baden gefunden. Und wisst ihr, was: Wir mit unserem Hotel müssen doch gar nicht hinaus in die Welt – die Welt kommt zu uns!«

Und so ging es weiter …

Kaiser Wilhelm kam mit seiner Frau im Herbst wieder nach Baden-Baden, wo Augusta Ende September ihren zweiundsiebzigsten Geburtstag feierte. Zwei Tage zuvor hatte es ein versuchtes Attentat auf den Kaiser gegeben, in Rüdesheim am Rhein, wohin Wilhelm zur Einweihung des Niederwalddenkmals gereist war. Er hatte Glück: Wegen des feuchten Wetters zündete das Dynamit nicht. Der Attentäter wurde später zum Tode verurteilt und hingerichtet. Zwei Jahre später soll es einen weiteren Anschlagsversuch im Stuttgarter Theater auf ihn gegeben haben, der vereitelt werden konnte und vor der Öffentlichkeit geheim gehalten wurde. Wilhelm lebte noch weitere fünf Jahre und starb mit einundneunzig Jahren in Berlin.

Kaiserin Augusta überlebte ihren Mann nur um zwei Jahre, nachdem sie noch den Tod ihres Enkels Ludwig Wilhelm im Alter von dreiundzwanzig Jahren sowie den Verlust ihres Sohnes Friedrich Wilhelm verkraften musste. Letzterer regierte nach dem Tod seines Vaters Kaiser Wilhelm I. als »99-Tage-Kaiser« nur drei Monate lang, bevor er mit sechsundfünfzig Jahren an Kehlkopfkrebs starb.

Die Eröffnung des Augustabades erlebte die Kaiserin nicht mehr. Ein letztes Mal war sie 1887 in Baden-Baden zu Besuch gewesen. Bei ihrem Abschied hinterließ sie in der Maison Messmer eine Kornblume – die Lieblingsblume des Kaisers, mit der Tochter Luise als Kind sein Arbeitszimmer geschmückt hatte. Hotelier Wilhelm Messmer ließ sie einrahmen und übergab das Geschenk später seiner Tochter Helene. Sie ging zur Ausbildung nach Paris und heiratete den Baden-Badener Apotheker Oskar Rößler. Die jüngste der drei Schwestern, Wilhelma, führte nach dem Tod des Vaters Wilhelm mit ihrem Ehemann Willy Schneider das Hotel Messmer weiter. Ihr Sohn Reinhold Schneider wurde Schriftsteller und beschrieb in seinem Buch

»Der Balkon« den Abriss der alten Maison Messmer in den 1950er Jahren. Wilhelma verließ später ihre Familie, ihr Mann nahm sich das Leben.

Wilhelm Messmer selbst hat noch einige Feste in seinem Hotel gefeiert und viele Pasteten selbst gemacht. Die Überlieferungen gehen auseinander, ob er beim Essen starb, im Weinkeller oder beim Billardspiel. Seine Frau Luise Messmer überlebte ihn um einige Jahre. Die älteste Tochter Augusta machte mit ihrem Mann Camille Brenner das Hotel Stéphanie erfolgreich zu einem der modernsten Hotels in Deutschland. Sie bekamen fünf Kinder. Nach Camilles überraschendem Tod aufgrund einer Lungenentzündung 1914 in Cannes führte Augusta Brenner das Hotel mit ihren beiden Söhnen Kurt und Alfred weiter. Sie starb 1956 mit einundneunzig Jahren. Ein Jahr älter wurde Crescenzia Werner, die urige Angestellte der Maison Messmer, die einst als Kindermädchen für die dreizehn Kinder von Johann Baptist Messmer eingestellt worden war – eins davon der spätere Hotelier Wilhelm. Erst im Jahr 1900 kam Crescenzia ins Spital nach Rastatt, wo sie bis zuletzt nähte und fleißig war, bis sie schließlich an Altersschwäche entschlief. Im selben Jahr starb auch der Kolonialwarenhändler Eduard Messmer, der mit seinem Messmer-Tee 1884 Hoflieferant geworden war. Für Baden-Baden engagierte er sich im Bürgerausschuss und im Stadtrat. Eduard wanderte viel in der Umgebung von Baden-Baden und blieb bis ins hohe Alter geistig und körperlich fit. Sein Sohn Otto Messmer eröffnete 1886 in Frankfurt eine Filiale des Baden-Badener Geschäfts, in dem ausschließlich Tee verkauft wurde. Er heiratete erst im Alter von über fünfzig Jahren, und als seine Frau starb, verlobte er sich mit seiner Hausdame, die schnell schwanger wurde. Kurz vor der Niederkunft heirateten die beiden ohne Standesamt, der Hausarzt war Zeuge. 1895 wurde Messmer Tee als Marke eingetragen. Ottos Bruder Ernst übernahm die Delikatessenhandlung in Baden-Baden und gliederte eine Kaffeerösterei an.

Kaiserin Elisabeth von Österreich, genannt Sisi, reiste noch einige Jahre unter dem Namen Gräfin von Hohenembs durch die Welt – ins damals Osmanische Reich, um Troja zu sehen, und auch wieder nach Griechenland. Erneut nach Baden-Baden kam sie erst einige Jahre später. Nach dem Selbstmord ihres Sohnes, Kronprinz Rudolf, im Jahr 1889 trug sie nur noch Schwarz. Auf einer Reise nach Genf 1898 wurde sie von einem italienischen Anarchisten mit einer Feile attackiert, er stach ihr damit ins Herz. Sie war sechzig Jahre alt, als sie starb. Ihre Tochter Marie Valerie hatte ein Jahr nach dem Tod ihres Bruders geheiratet und insgesamt zehn Kinder bekommen. Während ihr Ehemann später fremdging, engagierte sie sich fürs Rote Kreuz. Sie starb mit sechsundfünfzig Jahren an Lymphdrüsenkrebs.

Prinz Edward von Wales blieb der »ewige Thronfolger«, bis er nach dem Tod seiner Mutter Queen Victoria 1901, mit neunundfünfzig Jahren, doch noch König wurde. Über vierzig Jahre lang kam er regelmäßig nach Baden-Baden, wo er Tennis spielte, Politiker und schöne Frauen traf, sich für die Rennbahn in Iffezheim einsetzte und große Essen und Partys für Freunde ausrichtete.

Fast fünfzig Jahre lang regierte Schah Nasreddin als absolutistischer Herrscher über Persien. Er soll fünfundzwanzig Frauen gehabt haben, vierzehn Söhne und eine unbekannte Zahl an Töchtern. Trotz dreier Europareisen schätzte er die europäischen Staatsformen nicht, seinen ersten Premierminister ließ er ermorden. Er selbst starb mit vierundsechzig Jahren bei einem Anschlag.

Nachwort

Diese Geschichte ist zwar meiner Phantasie entsprungen, sie hätte sich aber durchaus zutragen können, so oder anders. Meine Hauptperson Klara Butterfass mitsamt ihrer Familie habe ich mir ausgedacht, genau wie den jungen Reporter Ferdinand Vogel und Aurelia Strempel mit ihrem Vater. Aber vieles entspricht der Wirklichkeit: Das Leben auf einem Bauernhof im Schwarzwald war damals ein hartes. Und das »Badeblatt«, für das Ferdinand Vogel schreibt, gab es in Baden-Baden seit 1807, viele der alten Ausgaben sind im Stadtarchiv und auch im Internet zu finden. Anders als von mir dargestellt, wurden darin allerdings keine großen Artikel veröffentlicht. Zu lesen waren im Wesentlichen Anzeigen der örtlichen Geschäfte, ein paar Nachrichten aus der weiten Welt und Listen mit den Namen und der gesellschaftlichen Stellung neuer Gäste und in welchen Hotels sie abgestiegen waren. Bemerkenswert ist, dass es viele der im Roman beschriebenen großen und auch kleinen Hotels von damals bis heute in Baden-Baden gibt. Von manchen sind allerdings nur der Name und der Standort geblieben: »Maison Messmer« gleich hinter dem Theater wurde abgerissen, an gleicher Stelle hat man ein Luxushotel gebaut, das heute wieder »Maison Messmer« heißt. Der »Europäische Hof« wurde restauriert, und aus der »Villa Stéphanie« und dem früheren »Stephanienbad« wurde »Brenners Parkhotel«, wie damals schon ein modernes Luxushotel.

Es ist auch eine bekannte Tatsache, dass sich in der Sommerhauptstadt Europas jedes Jahr Kaiser, Könige, Fürsten und Adlige, berühmte Schriftsteller und Musiker getroffen und vergnügt haben. Vor dem Deutsch-Französischen Krieg 1870/1871 kamen vor allem Franzosen und Russen; eine Reihe von Gästen, wie etwa der russische Schriftsteller Fjodor Dostojewski, waren dem Glücksspiel in Baden-Baden so sehr verfallen, dass sie sich im Casino um all ihr Geld brachten. Manch einer soll sogar nach verlorenem Spiel hinter dem Casino seinem Leben ein Ende gesetzt haben, so wird es zumindest erzählt.

Im Jahr 1883, in dem dieser Roman spielt, war das Casino allerdings geschlossen. Dafür gab es den Tennisclub, der heute »Rot-Weiss« heißt und sich noch immer in der Lichtentaler Allee befindet. Er gilt als einer der ersten Tennisvereine überhaupt in Deutschland. Belegt ist auch, dass Prinz Edward von Wales zum ersten großen Turnier 1883 kam und selbst mitgespielt hat.

Das damalige deutsche Kaiserpaar, Wilhelm I. mit seiner Gattin Augusta, logierte jedes Jahr im Hotel Messmer, das beide aufgrund seiner familiären Atmosphäre und der vergleichsweise einfachen Ausstattung liebten.

Gegenüber, im heutigen »Hotel Atlantik«, das einst »Angleterre« hieß, stieg in früheren Jahren regelmäßig der Eiserne Kanzler Otto von Bismarck ab, so war der Weg für Besprechungen mit dem Kaiser für ihn nicht weit.

Sechs Mal soll Kaiserin Elisabeth von Österreich in Baden-Baden gewesen sein, 1883 reiste sie zusammen mit ihrer Tochter Marie Valerie an, die dort ihren fünfzehnten Geburtstag feierte. Sisi war nicht nur für ihre opulente Haarpracht bekannt, sondern auch für ihr strenges Fitnesstraining, wie wir heute sagen würden. Sie ritt bis in die Höhen des Schwarzwaldes, machte ausgedehnte Spaziergänge im Eiltempo und absolvierte täglich ein exotisch anmutendes Schönheitsprogramm.

Viele der interessanten Details über diese oft nur aus Geschichtsbüchern bekannten Persönlichkeiten habe ich in die Geschichte eingearbeitet. Mein Ziel war es, den Herrscherfamilien und anderen Berühmtheiten der damaligen Zeit Leben einzuhauchen und eine Ahnung davon zu erwecken, wie es im Jahr 1883 in Baden-Baden zugegangen sein könnte. Sämtliche Dialoge sind frei erfunden, auch wenn einzelne Aussagen und Sätze durchaus so überliefert sind.

Ich hoffe, es ist mir geglückt, durch eine unterhaltsame Handlung mit vielen wahren Elementen das Jahr 1883 in Baden-Baden lebendig werden zu lassen. Es war das Jahr, in dem die österreichische Kaiserin Sisi, Kaiserin Augusta und Kaiser Wilhelm und auch der Prinz von Wales tatsächlich in Baden-Baden gewesen sind, wenn auch nicht unbedingt genau zu der von mir beschriebenen Zeit. Aber sie sind sich in der Kurstadt durchaus begegnet und kannten einander natürlich ohnehin. Allerdings habe ich mir die künstlerische Freiheit genommen, zu anderen Zeiten belegte Ereignisse vor- oder zurückzuverlegen, wie etwa den verbürgten Besuch des Schahs von Persien von 1889 auf 1883 oder die Hochzeit von Augusta Messmer mit Camille Brenner von 1884 auf 1883, wodurch sich aber an ihrer Bedeutung nichts ändert. Noch ein letzter Hinweis zum Namen Baden-Baden: Auch wenn die Stadt ihren doppelten Ortsnamen erst 1931 offiziell bekam, benutzt wurde er schon im 16. Jahrhundert, um Baden im Badischen – das spätere Baden-Baden – von Baden in Österreich oder Baden in der Schweiz zu unterscheiden.

Ich hoffe, mein Ausflug in eine längst vergangene, aber im Stadtbild Baden-Badens noch immer lebendige Zeit hat Ihnen gefallen und regt Sie dazu an, mit anderen Augen durch die schöne Kurstadt zu flanieren.

Kristina Hortenbach

Danke

Eine Geschichte, die in der Vergangenheit spielt, braucht viele Helfer, um sie lebendig werden zu lassen. Ihnen allen, ob namentlich erwähnt oder nicht, möchte ich an dieser Stelle meinen allerherzlichsten Dank aussprechen.

Ich begann meine Recherchen im Stadtmuseum von Baden-Baden, wo ich mir in der ständigen Ausstellung erste Inspirationen über die Kurstadt im 19. Jahrhundert holte.

Auf der Suche nach Quellen und Informationen über die damaligen Persönlichkeiten waren mir Dagmar Rumpf und ihr Team vom Stadtarchiv eine große Hilfe. Von der Gästeführerin Eileen van Schaik, die es liebt, die unmöglichsten Details aus alten Zeiten herauszufinden, habe ich viele Anregungen bekommen.

Joachim Engert vom Arbeitskreis für Stadtgeschichte in Baden-Baden gewährte mir Einblick in alle Veröffentlichungen der Aquae-Hefte, in denen die Mitglieder Vergangenes aus Baden-Baden beleuchten.

Der Jurist und Historiker Reiner Haehling von Lanzenauer schickte mir trotz seines hohen Alters noch einige wertvolle Hinweise.

Buchhändler Josua Straß und Jess Dönges hatten immer ein offenes Ohr für mich und gaben mir gute Tipps und jede Menge hilfreiche Buchempfehlungen.

Dank Markus Brunsing, dem Chef des Gartenbauamtes in Baden-Baden, weiß ich jetzt nicht nur, welche Bäume damals die Lichtentaler Allee säumten.

Schwester Hildegard vom Kloster Lichtenthal in Baden-Baden versorgte mich mit alten Schriften, in denen Kaiserin Augusta erwähnt wird, ein Dank geht an meinen Vater Jürgen Hortenbach für die Übersetzung. Übrigens, eine Führung im Kloster lohnt sich!

Reiner Pfeiffer vom Tennisclub »Rot-Weiss« versorgte mich

mit Informationen und Fotos über die Anfänge auf dem Tennisplatz.

Pfarrer Thomas Müller von der evangelischen Stadtkirche und seiner Frau danke ich für das Foto von Pfarrer Wilhelm Ludwig, der vierzig Jahre lang in Baden-Baden tätig war, trotzdem war von ihm zunächst kein Bild zu finden.

Frank Geyer vom Friedhofsamt nahm sich die Zeit, mich über den Baden-Badener Hauptfriedhof zu führen, wo einige Brenners beerdigt liegen.

Hilfreich war auch der Austausch mit Grete Otto, die die bezaubernde Internetseite Buergerleben.com betreibt und viel über frühere Zeiten und das alte Baden-Baden weiß, nicht nur über die Mode des späten 19. Jahrhunderts.

Stephan Buchner von Baden Galopp konnte mir bei Fragen zu Pferderennen und -wetten auf der Iffezheimer Rennbahn weiterhelfen.

Da dieser Roman rund um Baden-Badener Hotels spielt, suchte ich nach Insiderinformationen und alten Fotos, Speisekarten et cetera. Erste Hilfe bekam ich von Cristina Winkelmann vom Hotel Messmer und von der Presseabteilung von Brenners Parkhotel. Thomas Stern und Kollegen von der Sächsischen Landesbibliothek wühlten sich für mich durch alte Menükarten. Und Claus-Carsten Andresen vom Oetker-Archiv verwies mich ans Tourismus-Archiv der TU Berlin, wo mir Bartosz Klimek zum Thema Tourismus und Kulinarik in Baden-Baden weiterhelfen konnte.

Einige Informationen zum Kolonialwarenladen von Eduard Messmer und zur Geschichte des Messmer-Tees bekam ich von der Firma Meßmer selbst. Auch Maximilian Wilkendorf mit seinem Teegeschäft in Karlsruhe half mir mit seinem Fachwissen über Tee. Von Walther Scharwies und Arnold Butnaru in Alzenau bekam ich Fotos und Informationen über Otto Messmer in seiner Frankfurter Zeit.

Danke auch an Thomas Hafen vom Vogtsbauernhof in Gutach! Er nahm sich Zeit, um mir das Landleben im 19. Jahrhundert näherzubringen.

Jeder Teil einer Geschichte, und sei er noch so klein, will verifiziert werden. Dabei halfen mir Stefan Rohlfs vom Gerhart-Hauptmann-Museum in Berlin und Jan Markert vom Forschungszentrum Europa an der Uni Trier, der mein Bild von Otto von Bismarck vervollständigte. Rosemarie Mann-Stein vom Sisi-Museum in Pfaffenhofen lieferte mir die passenden Textstellen, in denen die Aufenthalte der Kaiserin in Baden-Baden erwähnt werden.

Und nicht zuletzt ein großes Dankeschön an unseren »Club der Bestseller«, bestehend aus Gaby Petersen, Yvette Eckstein, Thomas Krüger (und mir) – mit dem Rat und der Unterstützung von Kolleginnen und Kollegen schreibt es sich doch am besten.

Dem Emons Verlag und meiner Lektorin Uta Rupprecht danke ich für ihre kluge Unterstützung.

Ohne die Inspiration durch die Fortbildung über historische Romane von Lisa Bitzer wäre dieses Buch nie zustande gekommen. Was ein altes Foto, eine rote Nase und ein wenig Phantasie doch alles auslösen können …

Literatur

Arbeitskreis für Stadtgeschichte Baden-Baden, Aquae-Hefte, verschiedene Jahrgänge

Heinrich Berl, Das Badener Tagebuch, im Stadtgeschichtlichen Verlag Baden-Baden, 2. Auflage 1936

Ders., Ergötzliche Geschichten aus Alt-Baden, Verlag Dr. Willy Schmidt Baden-Baden, 3. Auflage 1966

Egon-Caesar Conte Corti, Elisabeth – die seltsame Frau, Styria Verlag 1998

Karen Duve, Sisi, Galiani Verlag 2022

Karin Feuerstein-Praßer, Augusta, Kaiserin und Preußin, Piper Verlag, 4. Auflage 2015

Ute Frevert, Heinz-Gerhard Haupt (Hrsg.), Der Mensch des 19. Jahrhunderts, Magnus Verlag 1999

Gleichstellungsstelle der Stadt Baden-Baden (Hrsg.), Zwischen Suppenküche und Allee. Frauengeschichten aus Baden-Baden, 3. Auflage 2012

Reinhard Heydenreuther, Spuren der Wehmut – Kaiserin Elisabeths Reisen durch das alte Europa, F. Pustet Verlag 1998

Hans Leicht (Hrsg.), Ein Harem in Bismarcks Reich. Das ergötzliche Reisetagebuch des Nasreddin Schah, Thienemanns Verlag, 2. Auflage 1975

Stefanie Maeck, Meßmer: Vom Zauber einer Weltmarke, Wachholtzverlag 2014

Hans-Peter Mengele, Palais Biron Baden-Baden. Eine Zeitreise durch zwei Jahrhunderte, Verlag Regionalkultur 2009

Heidi Müller, Dienstbare Geister. Leben und Arbeitswelt städtischer Dienstboten, Dietrich Reimer Verlag Berlin, 1985

Wilma Pfeiffer, Die wilde Kaiserin. Sisi in Geschichten und Anekdoten, Bayerland 2018

Jochen A. Pfisterer, Baden-Baden. Sein kulturelles Erbe, Aquensis Verlag 2022

Karl Reinbothe, 150 Jahre Rennbahn Iffezheim, Eigenverlag 2008

Martha und Horst Schad (Hrsg.), Marie Valerie. Das Tagebuch der Lieblingstochter von Kaiserin Elisabeth von Österreich, Verlag Langen Müller, 3. Auflage 2004

Hans Dieter Schreeb, Primadonna, Ullstein 2001

Roland Seiter, Gruß aus Baden-Baden. Die Kurstadt im Schwarzwald auf ausgewählten historischen Ansichtskarten, Rendezvous Verlag 2010

Harald Siemen, 200 Jahre – 200 Momente: Zwei Jahrhunderte Galoppsport-Geschichte 1822–2022, Deutscher Sportverlag 2022

Mark Twain, Bummel durch Europa, Diogenes 1990

Gudula Walterskirchen, Beatrix Meyer, Das Tagebuch der Gräfin Marie Festetics. Kaiserin Elisabeths intimste Freundin, Residenz Verlag 2014

Thomas Wieke, Kronen müssen fest sitzen! Anekdoten von Wilhelm I., Eulenspiegel Verlag 2008

Martina Winkelhofer, Eine feine Gesellschaft. Skandale und Intrigen an Europas Königs- und Kaiserhäusern, Piper, 6. Auflage 2021

Dies., Sisis Weg. Vom Mädchen zur Frau – Kaiserin Elisabeths erste Jahre am Wiener Hof, Piper 2021